KRISTIN ADLER

Im Staub sollst du kriechen

Kristin
ADLER

IM STAUB
SOLLST DU KRIECHEN

Roman

LYX
EGMONT

Originalausgabe Oktober 2014 bei LYX
verlegt durch EGMONT Verlagsgesellschaften mbH,
Gertrudenstr. 30–36, 50667 Köln
Dieses Werk wurde vermittelt durch die Literarische Agentur Thomas Schlück GmbH, 30827 Garbsen.

Übersetzung der apokryphen Schrift:
www.sapientia.ch

1. Auflage
Redaktion: Claudia Schlottmann
Satz: KCS GmbH, Stelle/Hamburg
Printed in Germany (670421)
ISBN 978-3-8025-9618-6

www.egmont-lyx.de

FSC MIX Papier FSC® C083411

»Seufzend sprach der Teufel: Adam, meine ganze Feindschaft, Neid und Schmerz gehen gegen dich, weil ich deinetwegen auf die Erde hinabgestoßen ward.

Adam antwortete: Was habe ich dir getan, und was ist meine Schuld dir gegenüber?

Der Teufel antwortete: Als Gott den Lebensodem in dich blies und dein Gesicht und Gleichnis nach Gottes Bild geschaffen wurde, gebot der Erzengel Michael: Betet Gottes des Herrn Ebenbild an, wie Gott der Herr es befiehlt! Aber ich antwortete: Ich brauche Adam nicht anzubeten. Ich werde doch den nicht anbeten, der geringer und jünger ist als ich! Ich bin vor ihm erschaffen worden. Er sollte mich anbeten.

Und Gott der Herr geriet in Zorn über mich und verbannte mich mit meinen Engeln von unserer Herrlichkeit, und so wurden wir um deinetwillen aus unseren Wohnungen in diese Welt getrieben und auf die Erde verstoßen.«

Aus der apokryphen Schrift »Das Leben Adams und Evas«

1

Als Nicholas das Telefonat beendet hatte, lehnte er sich erleichtert zurück. Eigentlich hatte er keine Skrupel, diese Art von Gesprächen zu führen. Aber er war dabei immer angespannt, weil er absolut ungestört sein musste und niemand ihn belauschen durfte. Hier hatte er zwar seine Ruhe, dennoch hatte er ständig die Ohren gespitzt und sich zunehmend verkrampft.

Das Büro, in dem er saß, war ein langer, sehr schmaler Raum, rechts und links mit verstaubten Bücherregalen vollgestellt. Der Schreibtisch hatte schon bessere Zeiten gesehen: Das einstmals helle Holz war nachgedunkelt, die Tischplatte an vielen Stellen zerkratzt. Auch der Computer war nicht mehr der jüngste, sondern eine dieser Riesenkisten, die ständig abstürzten oder heiß liefen. Nicholas vergewisserte sich, dass er keine Spuren auf der Festplatte hinterlassen hatte, ehe er ihn herunterfuhr. Es dauerte lange, bis der Bildschirm endlich erlosch. Ungeduldig trommelte er mit den Fingern auf die Tischplatte.

So ein Büro würde ich mir nicht bieten lassen, dachte er, und sein Blick fiel auf den Linoleumboden, der sich an einigen Stellen wellte. Nein, welch grauenhafter Ort.

Er erhob sich, streckte sich, packte seine Sachen zusammen. Zumindest hatte dieses Büro ihm heute Abend gute Dienste geleistet, und in einigen Wochen würde er selbst ein ganz anderes beziehen, groß, luxuriös, hell.

Er überlegte, was er mit dem angebrochenen Abend anstellen sollte. Selten genug, dass er mehrere Stunden frei verplanen konnte. Eine Möglichkeit wäre, Clara zu treffen, aber er konnte ihr den Schlüssel auch morgen zurückgeben. Dieser langweilige Smalltalk von heute Nachmittag hatte ihm fürs Erste gereicht. Vielleicht sollte er wieder mal ins Kino gehen, irgendwo lief bestimmt ein Actionspektakel; nach schwerer Kost war ihm jedenfalls nicht. Er könnte aber auch einfach nur über den Römer bis zum Main schlendern, am Fluss entlang einen gemütlichen Spaziergang machen, erkunden, wie sich die Stadt, in der er früher gelebt hatte und in die er bald wieder ziehen würde, verändert hatte.

Er freute sich auf Frankfurt, auch wenn seine Berliner Kollegen ihn deswegen für verrückt hielten. Berlin hatte den Nimbus des Aufstrebenden, Unkonventionellen, Neuen. Eine Stadt auf dem Weg zur Weltmetropole, die ihren Flair und ihre Lebendigkeit aus ihrer ungewöhnlichen Geschichte bezog, eine Stadt ohne diesen künstlich gestylten, überteuerten Chic anderer Großstädte. Frankfurt hingegen war in den Augen der meisten eine öde Bankencity, über deren Mief auch der Anblick der Skyline nicht hinwegtäuschen konnte.

Nicholas sah das anders. Die Lebensqualität – unbezahlbar. In Berlin saß man doch stundenlang in der S-Bahn, bis man die Stadt auch nur zur Hälfte durchquert hatte. Hier reichten fünfzehn Minuten, und man konnte einen Spaziergang im Grünen machen. Ganz zu schweigen vom nahen Flughafen. Klar, der Fluglärm. Sollten sich doch die Grünen darüber beschweren, er war klug und praktischerweise reich genug, um in ein Viertel zu ziehen, wo er nicht davon behelligt werden würde.

Nicholas nahm sein Jackett von der Stuhllehne und zog es über sein weißes Hemd. Dazu trug er Jeans, was selten war, aber zu einem Tag wie heute passte. Er hatte keine Akten- oder Laptoptasche dabei, sondern brachte alles, was er bei sich trug, in Jackett und Hose unter: iPhone, Schlüssel, Geldbörse.

Er warf einen letzten Blick auf den Schreibtisch, damit er keine verräterischen Spuren oder Notizen hinterließ, prüfte sogar kurz den Papierkorb und wollte das Büro verlassen. Bevor er die Tür erreichte, bemerkte er, dass einer seiner Schnürsenkel offen war. Fluchend hockte er sich auf den Boden, griff nach den Bändern und verknotete sie.

Er hatte sich noch nicht wieder aufgerichtet, als ihn ein Geräusch zusammenzucken ließ. Es klang wie ein Hüsteln oder Schnauben, und es war so … nah. Seine Nackenhaare richteten sich auf, und er fuhr herum.

Nichts.

Der Eingangsbereich des Museums war ebenso menschenleer wie das Büro. Der schwarze Bildschirm des Computers glotzte ihn gleichgültig an.

Eben, dachte er beruhigt. Hier ist niemand. Hier *kann* um diese Uhrzeit niemand sein.

Er überprüfte noch einmal seine Schnürsenkel und stand auf. Diesmal nahm er kein Geräusch wahr, sondern eine Bewegung, einen schwarzen Schatten, der einem vorbeifliegenden Vogel glich.

Doch es war kein Vogel, sondern eine Hand. Eine schwarze Hand.

Sie steckte in einem glänzenden Lederhandschuh.

»Was zum Teufel …«

Er brachte seine Frage nicht mehr zu Ende. Ein dumpfer Gegenstand traf seinen Hinterkopf.

Er spürte noch, wie sein Körper auf den Boden prallte, dann nichts mehr.

Nackt, dachte er, ich bin nackt.

Lange war es nur dieser eine Gedanke, der sich in seinem Gehirn festbiss. Für jede andere Wahrnehmung wie Unbehagen, Angst oder gar Panik war es zu träge. Er fühlte den leicht gewellten Linoleumboden unter sich, einen säuerlichen Geschmack im Mund und einen kalten Luftzug, der ihn frösteln ließ.

Jemand hatte ihm seine Kleidung vom Körper gezerrt. Ein Brennen an seinem Oberschenkel verriet einen Kratzer, den der Reißverschluss seiner Jeans dort hinterlassen haben musste.

»Was zum Teufel«, wollte er wieder ansetzen, doch aus seinem Mund kam nur ein heiseres Flüstern. Seine Zunge, die ihm dicker, regelrecht geschwollen erschien, stieß gegen einen rauen Widerstand. Er konnte nichts sagen, er war geknebelt.

Umdrehen, dachte er. Ich muss mich umdrehen.

Wie in Zeitlupe war ihm die Erkenntnis gekommen, dass er auf dem Bauch lag und dass er seine Lage ändern musste, um den Angreifer sehen zu können. Als er den Kopf hob, wurde er augenblicklich mit einem pochenden Schmerz bestraft, dennoch versuchte er ächzend, sich aufzustützen. Es gelang ihm nicht, seine Hände waren auf dem Rücken gefesselt.

Er stöhnte auf, als ein Fuß in seine Seite gerammt wurde. Zunächst dachte er, der Angreifer wolle ihm die Rippen brechen, doch dann ging ihm auf, dass er ihm offenbar helfen wollte, sich auf den Rücken zu drehen.

Wer immer ihn niedergeschlagen hatte, wollte von ihm erkannt werden.

Nicholas schluckte gegen den säuerlichen Geschmack in seinem Mund an. Die Gestalt, die sich über ihn beugte, wälzte ihn nicht nur auf den Rücken, sie schnitt ihm auch die Fesseln an den Handgelenken auf.

Seine Finger fühlten sich taub an, und seine Augen tränten. Über alles, was er sah, legten sich kleine, silbrige Sternchen. Erst nach einer Weile lichtete sich der Funkenregen, und er blickte in das Gesicht des Angreifers. Ein vertrautes Gesicht. Der Knebel dämpfte seinen Schrei, aber seine Augen weiteten sich.

Du?, wollte er brüllen. Du?

Er war seines Entsetzens noch nicht Herr geworden, als er sah, was der Angreifer in den Händen hielt. Wieder ein tonloser Schrei. Er wollte sich aufrichten, irgendwie auf die Beine kommen, fliehen. Doch seine Füße, das merkte er erst jetzt, waren ebenfalls gefesselt, und bevor er sich zur Seite wälzen konnte, traf ihn ein Tritt ins Gesicht. Er spürte das kalte Leder der Schuhsohle, roch den Straßendreck, hörte ein knackendes Geräusch – der grässlichste Laut, den er je vernommen hatte.

Sein Kopf schien zu explodieren, seine Haut zu zerplatzen, warmes Blut troff aus seiner Nase und sickerte in den Knebel in seinem Mund. Er bekam Panik, konnte nicht mehr atmen, erst recht nicht, als er wie durch einen roten Schleier sah, dass der Angreifer seine Waffe bedrohlich schwang.

Nein!, wollte er schreien. Nicht!

Verzweifelt drehte er den Kopf zur Seite, doch der Angreifer hatte es kein weiteres Mal auf sein Gesicht abgesehen. Die Axt raste auf ihn herab, er sah silbrigen Stahl aufblitzen, fühlte, wie die Schneide in sein Fleisch drang, sich mühelos einen Weg durch die Muskelmasse bis zum Knochen bahnte. Der Schmerz zerriss ihn, während rotes, warmes Blut auf ihn spritzte.

Er wusste nicht, welcher Körperteil getroffen worden war, ob die Axt weiter wütete oder der Angreifer sich mit diesem einen Schlag begnügte. Es machte keinen Unterschied, denn der Schmerz war überall, wühlte in seinen Eingeweiden, kämpfte sich seine Kehle hoch. Er schmeckte Erbrochenes im Mund, konnte es aber wegen des Knebels nicht ausspucken, biss sich auf die Zunge, während noch mehr Blut aus seiner Nase troff und über seine Wangen rann.

Sein Körper verkrampfte sich, bäumte sich auf, schien noch gegen den Schmerz ankämpfen zu wollen. Sein Geist hingegen hoffte auf nichts mehr, nur mehr auf das gnädige Nichts, das ihn von dem Grauen erlösen würde.

Dieses Nichts ließ nicht lange auf sich warten.

»Das war erst der Anfang«, war das Letzte, was Nicholas Roth von dieser Welt hörte.

2

Clara schreckte aus dem Schlaf hoch, die roten Ziffern des Radioweckers zeigten 5 Uhr 23.

Als sie instinktiv mit der Zungenspitze über ihre obere Zahnreihe fuhr, stieß sie auf Widerstand. Ihr fiel wieder ein – so wie es ihr seit drei Wochen jeden Morgen einfiel –, dass ihr der Zahnarzt eine Beißschiene verordnet hatte. Sie knirsche im Schlaf so heftig mit den Zähnen, das gehe an den Zahnschmelz, hatte er gesagt und sich erkundigt, ob sie Stress habe.

Ihr Zahnarzt war einige Jahre jünger als sie, zumindest sah er jünger aus. Während er sie untersuchte, hatte er ständig mit seiner Assistentin geflirtet. Auch jetzt musterte er Clara nur flüchtig. Klar, sie war mindestens zehn Jahre älter als die Assistentin und weder so stark geschminkt noch derart routiniert darin, einem Mann aufreizende Blicke zuzuwerfen.

»Ich bin alleinerziehend«, hatte sie geantwortet. »Und voll berufstätig.«

Er nickte verständnisvoll, machte einen Abdruck für die Schiene und schrieb etwas für den Zahntechniker auf. Sein Kugelschreiber hatte die Form eines Pinguins. Ein Jux-Geschenk. Oder ein Hinweis darauf, dass auch er Kinder hatte.

»Passen Sie auf sich auf!«, sagte er.

Clara öffnete die Tür des Behandlungszimmers, blieb aber auf der Schwelle stehen. »Wissen Sie«, sagte sie, »so schlimm ist es eigentlich gar nicht. Meine Tochter lebt bei ihrem Vater, und ich habe den langweiligsten Job der Welt.«

Der Kugelschreiber fiel ihm fast aus der Hand. Irritiert sah er hoch.

»Passen Sie auf sich auf«, sagte sie, lächelte und ging.

Die Zahnschiene also. Als sie sie zum ersten Mal anprobiert hatte, hatte sie sich an das künstliche Vampirgebiss erinnert, das sie vor vielen Jahren mal auf einer Halloweenparty getragen hatte.

Clara drehte sich auf die andere Seite. Erst als sie die Augen schloss, hörte sie es wieder: das Vibrieren ihres Smartphones. Ruckartig fuhr sie hoch. 5:24.

Sie sprang aus dem Bett, stieß mit dem Fuß gegen das Nachtkästchen und rieb sich verwirrt die große Zehe. Das Vibrieren klang zunehmend ungeduldig. Wer immer sie an einem Donnerstagmorgen zu dieser nachtschlafenden Zeit anrief, ließ sich nicht von der Mailbox abspeisen.

Katharina, dachte sie, und der Schreck ließ sie den Schmerz im Zeh vergessen. Vielleicht war etwas mit Katharina passiert.

Doch als sie das Handy ans Ohr presste, meldete sich nicht ihr Exmann Philip, sondern eine undeutliche Frauenstimme.

»Frau Mohr?«, ertönte es inmitten eines Rauschens. »Frau Mohr?«

»Ja, ich bin dran. Wer ist da?«

»Oooh.« Der langgezogene Ton der Frau hörte sich klagend an.

»Wer ist da?«, fragte Clara noch einmal. Sie merkte, dass sie nuschelte, weil sie noch die Beißschiene trug, und riss sie sich schnell von den Zähnen.

»Müssen ins Museum kommen, sofort. Müssen kommen … oh.«

Jetzt erkannte sie die Stimme, sie gehörte Frau Zielińska, der Putzfrau. Neben Pfarrer Berger, dem Kurator, und Marlene Ried, die die Eintrittskarten verkaufte, war sie die einzige Person, die außer Clara einen Schlüssel zum Museum besaß. Bis jetzt war Clara sich nicht darüber klar gewesen, dass Frau Zielińska so früh am Morgen ihre Arbeit verrichtete, die Fußböden wischte, die Glasvitrinen abstaubte und das Büro aufräumte, oft so gründlich, dass Clara manche Unterlagen mühsam in der Ablage suchen musste. Aber das störte nicht weiter, sie hatte ohnehin nicht so viel zu tun.

»Was ist passiert?«, fragte Clara. Sie fröstelte.

»Müssen kommen … toter Mann hier.«

Die letzten Worte gingen im Rauschen unter.

»Ein toter Mann?«

»Toter Mann«, bestätigte Frau Zielińska wenig geistreich. »Kommen bitte sofort. Polizei hier.«

Das Rauschen schien leiser zu werden, aber als Clara nachfragen wollte, ertönte ein Tuten. Aufgelegt.

Sie ließ das Handy sinken und huschte auf Zehenspitzen zurück zum Bett. Am liebsten hätte sie ihre kalten Füße unter die Bettdecke gesteckt, den Anruf ignoriert oder sich vorgemacht, dass sie nur geträumt hatte.

Aber es war kein Traum. Die roten Ziffern des Radioweckers zeigten 5:28.

Dicke Regentropfen klatschten auf die Windschutzscheibe. Obwohl Clara die Scheibenwischer auf die höchste Stufe gestellt hatte, war vom frühmorgendlichen Frankfurt kaum mehr zu sehen als verzerrte Schatten und einzelne Farbtupfer.

Großartig. So früh aus dem Bett geklingelt zu werden und dann noch dieser Regen. Zumindest war auf den Straßen nicht viel los, sie kam zügig durch. Normalerweise ging sie zu Fuß von ihrer kleinen Wohnung im Ostend zum Museum gleich gegenüber vom Dom. Nur abends, wenn sie nach einem Abstecher zur Kleinmarkthalle mit Einkaufstüten beladen war, fuhr sie manchmal die zwei Stationen mit der S-Bahn.

Wahrscheinlich ein Obdachloser, ging es ihr durch den Kopf. Ja, so musste es sein. Einmal, im Winter, war sie fast über einen Mann gestolpert, der im überdachten Eingangsbereich des Museums geschlafen hatte. Sie hatte ihn angestupst, und als er sich nicht rührte, hatte sie gedacht, er wäre erfroren. Doch ehe die von ihr alarmierte Polizei eintraf, war der Obdachlose wieder zu sich gekommen, hatte sich grummelnd aufgerappelt und war mit seinen Plastiktüten verschwunden. Wie peinlich ihr der Fehlalarm gegenüber den beiden Beamten gewesen war.

Jetzt lagen die Temperaturen zwar deutlich über dem Gefrierpunkt, aber sterben konnte man schließlich auch an etwas anderem als an Kälte. Ja, überlegte Clara, das hatte Frau Zielińska sicher gemeint, als sie von einem Toten im Museum sprach. Genau genommen hatte sie ja auch nicht gesagt, dass sich der Tote *im* Museum befand, er konnte genauso gut vor der Tür liegen.

Die Ampel vor ihr sprang auf Rot. An der Kreuzung musste sie links abbiegen, das vermutete sie zumindest, sie war sich nie sicher, wie man am schnellsten zum Parkhaus am Römer kam. Während sie auf Grün wartete, musterte sie ihr vom Schlaf verquollenes Gesicht im Rückspiegel. Sie hatte sich nicht einmal gewaschen, war nur rasch in ihre Kleidung geschlüpft. Es war das erste Mal seit ihrer Scheidung, dass sie ungeschminkt und unfrisiert das Haus verließ. In der feuchten Luft hatte sich ihr Haar an Stirn und Schläfe gekräuselt, während es überall anders dünn und glatt herunterhing. Suppennudelhaare, hatte ihre Mutter immer gesagt.

Immer noch rot. Clara kramte in der Handtasche nach einem Lippenstift, hoffte, auch Puder und Wimperntusche zu finden.

Hinter ihr hupte ein Auto, die Ampel war auf Grün umgesprungen.

Mist, dachte sie, als sie ungeschminkt weiterfuhr, tröstete sich aber mit dem Gedanken, dass sie um diese Uhrzeit ohnehin kaum jemand sehen würde.

»Überhaupt«, hatte Dora – zuerst ihre Freundin, später ihre Schwägerin, mittlerweile ihre Exschwägerin – einmal zu ihr gesagt, »warum legst du plötzlich so viel Wert auf dein Aussehen? Früher warst du ja nicht so.«

Dora hatte recht. Philip hatte sich von Clara immer mehr Eleganz gewünscht, mehr Stilsicherheit, spektakulärere Outfits.

»Ich will nicht, dass irgendein Fotograf …«

»Die heißen Paparazzi, und in Deutschland lassen sie einen halbwegs in Ruhe!«

»Mir hat vor zwei Wochen einer vor der Haustür aufgelauert«, hatte Clara eingewandt. »Wenn schon ein Schnappschuss, dann nicht im abgewrackten Zustand. Sonst heißt es nachher noch, die einstige Märchenprinzessin sei nach ihrer Scheidung Alkoholikerin geworden. Oder drogensüchtig. Oder noch was Schlimmeres. ›Kein Wunder, dass ihr armer Mann das Kind nicht bei ihr wohnen lässt‹.«

»So wichtig bist du gar nicht. Für die Yellow Press, meine ich. Die haben dich bei der Hochzeit belagert, meinetwegen auch bei Katharinas Geburt, aber jetzt doch nicht mehr. Oder hast du seit der Scheidung irgendein Foto von dir in der Zeitung gesehen?«

»Nein«, antwortete Clara. »Aber nur, weil ich eben nicht wie ’ne abgewrackte Drogenabhängige aussehe. So gibt mein Leben doch keine Story her. Kein neuer Mann. Langweiliger Museumsjob. Und immer ordentlich gekleidet und geschminkt.«

Wenn sie mit dem Obdachlosen richtig lag, hätte sie genügend Zeit, gleich wieder nach Hause zu fahren und sich vor der Arbeit zurechtzumachen. Eigentlich lohnte es sich gar nicht, ins Parkhaus zu fahren, vielleicht fand sie ausnahmsweise mal in der Domstraße einen Parkplatz.

Sie kurbelte das Fenster herunter, um besser sehen zu können, da die Windschutzscheibe von innen zu beschlagen begann. Kalte Regentropfen trafen sie im Gesicht, einer davon mitten ins Auge. Sie zwinkerte – und dann sah sie es.

Polizeiautos, nicht nur eins, sondern gleich drei, und mehrere uniformierte Beamte, die hektisch umherliefen. Einer war gerade dabei, den Eingangsbereich des Museums mit orange-weiß gestreiftem Plastikband abzusperren.

Kein toter Obdachloser, dachte sie, noch nüchtern, noch sachlich, dann entfuhr ihrem trockenen Mund ein entsetzter Aufschrei.

Sie hatte nicht daran gedacht, vielleicht hatte sie es auch verdrängt, aber sie hätte wissen müssen, wer der Tote im Museum war.

»Bitte nicht«, stammelte sie. »Bitte nicht Nicholas.«

Clara parkte im absoluten Halteverbot und versperrte außerdem den halben Gehweg, als sie hastig in die erstbeste Lücke manövrierte, die sich ihr bot.

Als sie die Autotür öffnete, schlug ihr ein Schwall Regen entgegen – und die Stimme des Polizisten mit dem Absperrband. Er trug eine Lederjacke, von der das Wasser abprallte, doch sein Gesicht war so gnadenlos nass, als hätte er gerade geduscht. Die Barthaare seines Schnauzers glichen mehr einem Flaum als richtigen Stoppeln. Zwanzig Jahre war er höchstens alt, vermutete Clara. Vielleicht einundzwanzig.

»Sie können hier nicht parken!«

Claras Haare waren schon ganz feucht. Sie zog ihren Seidenschal hoch, um sie zumindest ein wenig zu schützen. »Was ist da drinnen los?«, fragte sie und deutete auf das Gebäude. »Das … das ist mein Museum.«

Was natürlich Quatsch war. Ihr gehörte noch nicht mal die Wohnung, in der sie lebte. Das Museum befand sich im Eigentum des Bistums Limburg, wurde aber vom Staat mitfinanziert. Sie war nur eine Angestellte.

Der junge Polizist zog die Schultern hoch, entweder aus Unsicherheit oder um zu verhindern, dass ihm der Regen in den Nacken lief. Die Tropfen fielen mittlerweile so dicht, dass Clara ihre Augen abschirmen musste, um den Mann überhaupt noch sehen zu können. Seine Worte wurden vom Prasseln fast verschluckt.

»Dann gehen Sie mal rein«, meinte er nach längerem Zögern und strich sich unsicher über den viel zu dünnen Schnauzer. »Hauptkommissar Hartmann von der Kripo ist auch gerade eingetroffen.«

Clara spürte den Regen plötzlich nicht mehr. »Kripo?«, rief sie entsetzt. »Was ist denn passiert?«

Der Polizist zog seine Schultern immer höher. »Gehen Sie einfach rein«, forderte er sie auf. Offenbar hatte er Angst, einen Fehler zu machen.

Aus Gewohnheit kramte Clara nach ihrem Schlüssel, als sie im strömenden Regen auf das Museum zulief. Wenn sie morgens kam, war Frau Zielińska meist schon gegangen und sie darum die Erste, die aufsperrte. Um zehn Uhr traf dann Frau Ried ein, jedenfalls montags, dienstags, donnerstags und freitags, wenn das Museum vormittags geöffnet hatte. Frau Ried war für den Kartenverkauf gleich am Eingang zuständig, außerdem für den kleinen Museumsladen gegenüber, in dem Kataloge, Führer, Plakate von verschiedenen Sonderausstellungen und ein paar Postkarten angeboten wurden. Bis vor Kurzem hatten sie ausschließlich Karten mit Exponaten des Museums gehabt, die sich jedoch schlecht oder gar nicht verkauften. Seit Clara vorgeschlagen hatte, Abbildungen des Doms und andere allgemeine Frankfurt-Motive mit ins Sortiment zu nehmen, lief es besser. Samstags und sonntags, wenn das Museum von elf bis siebzehn Uhr geöffnet hatte, saßen wechselnde Hilfskräfte an Frau Rieds Platz, meistens Studenten.

Ehe Clara die Tür aufsperren konnte, wurde sie von innen geöffnet.

»Gut, dass endlich da sind«, rief ihr Frau Zielińska mit starkem Akzent entgegen. Ihre Stimme zitterte genauso wie ihr ganzer Körper, und ihr Gesicht war erschreckend bleich.

Clara selbst hatte dem Bistum Frau Zielińskas Einstellung empfohlen – Pfarrer Berger überließ Personalentscheidungen dieser Art ihr –, aber seitdem hatte sie sie nicht oft gesehen.

»Ist es Nicholas Roth?«, fuhr Clara sie an.

Frau Zielińska wich zurück. Sie trug einen braunen, knöchellangen Flanellrock, eine Bluse im selben, jedoch verwaschenen Farbton und darüber ein farblich nicht dazu passendes Kleidchen mit Blumenapplikationen.

»So schrecklich«, stammelte Frau Zielińska weinerlich, »so schrecklich.« Dann wandte sie sich ab, zog ein Taschentuch hervor und putzte sich umständlich die Nase.

Clara spürte, wie ihr das Wasser von den Haaren und von den Ärmeln ihres rosafarbenen Pullovers tropfte. Vorhin hatte sie gar nicht darauf geachtet, was sie anzog, nun fiel ihr vor allem auf, dass es zu wenig war, um nicht zu frieren.

»Ist es Nicholas Roth?«, fragte sie wieder.

Frau Zielińska fuhr mit ihrem weinerlichen Singsang fort, durchsetzt mit unverständlichen polnischen Wörtern. Sie zerknäuelte das Taschentuch in ihren geröteten Händen, die genauso mager waren wie ihr restlicher Körper.

Clara war fast erleichtert, sich abwenden zu können, als sie hinter sich eine Bewegung wahrnahm. Drei Stufen führten von dem Vorraum mit Kasse und Museumsladen zu einem schmalen Gang, durch den man sowohl zum Rundgang durch die drei Ausstellungsräume gelangte als auch zu ihrem kleinen Büro. Unmittelbar gegenüber von ihrem Büro befanden sich die Toiletten – Clara musste dieselben benutzen wie die Besucher –, und daneben lag eine kleine Kaffeeküche.

Auf der untersten Stufe stand ein müde wirkender, unrasierter Mann mit grauem Gesicht. Vermutlich dieser Hartmann von der Kripo. Er hatte einen bulligen Oberkörper, um dessen Taille sich seine Lederjacke deutlich spannte. Seine Hände waren in den Taschen einer grauen Jeans vergraben, während er missmutig die Stirn runzelte. Es war schwer, sein Alter einzuschätzen. Er gehörte zu jener Art Männer, die schon mit fünfundvierzig alt aussehen, sich aber in den darauf folgenden zwanzig Jahren kaum mehr verändern. Sind sie fünfundsechzig, heißt es dann, sie hätten sich gut gehalten.

»Gerade mal sechs Uhr«, stellte er mit Blick auf seine Armbanduhr fest. »Ich brauche jetzt erst mal einen Kaffee. Wo gibt's denn hier einen Automaten?«

Clara trat mit ihren klatschnassen Haaren hastig auf ihn zu. »Clara Mohr. Ich bin die Leiterin dieses Museums. Können Sie mir sagen, was passiert ist? Ich habe gehört, dass hier … dass hier ein To… ein Toter gefunden wurde.« Trotz des Gestammels klang ihre Stimme sachlich.

Die Stirn des Mannes glättete sich. »Unschöne Sache«, knurrte er.

»Nicholas?«, fragte Clara, und mit der sachlichen Stimme war es vorbei. »Ist es Nicholas Roth? Ich habe ihn gestern getroffen, er ist ein alter Bekannter. Er wollte am Abend den Computer in meinem Büro benutzen …«

»Häh?«, grummelte der Mann, um dann entschlossen hinzuzufügen: »Ich brauche jetzt einen Kaffee. Sonst kann ich nicht denken.«

»Oben, gleich neben der ersten Tür links, ist ein Automat. Aber …«

Er achtete nicht mehr auf sie, sondern wandte sich ab und stapfte langsam die Stufen hinauf und den schmalen Gang entlang.

Frau Zielińska schnäuzte sich lautstark. Sie war auf einen

der Plastikstühle gesunken, die eigentlich für Frau Ried bereitstanden. Frau Ried hatte es im Rücken und konnte nicht lange stehen, nicht einmal die zwei Minuten, die es brauchte, um Geld für Ansichtskarten oder die zwei Euro Eintrittsgeld zu kassieren.

Frau Zielińska sprach jetzt wieder deutsch. »Wie kann man so was mit Mensch machen«, sagte sie ein ums andere Mal. »Wie kann man so was machen … die Hand … das Blut … so was noch nie gesehen … wie kann man so was machen …«

3

Clara warf einen Blick in die Ausstellungsräume am Ende des bogenförmigen Gangs. Alles sah aus wie immer. Die Vitrinen, in denen sich Prunkkelche und Strahlenmonstranzen, liturgische Gewänder und Faksimiles, Kruzifixe, Weihereliquiare und Siegel des ehemaligen Bartholomäus-Stiftes befanden, waren dunkel. Sie wurden ausschließlich während der Öffnungszeiten beleuchtet – ebenso wie diverse Heiligenstatuen, die Kreuzblume des Frankfurter Doms oder die Gemälde an den Wänden, von denen das älteste, eine Mariendarstellung aus der Spätgotik, das Highlight der Ausstellung darstellte.

Anschließend ging sie zurück zu ihrem Büro. Die Tür war verschlossen.

»Da können Sie jetzt nicht rein«, sagte jemand hinter ihr.

Clara fuhr herum. Sie hatte gar nicht bemerkt, dass der Kripobeamte ihr gefolgt war.

»Können wir irgendwo in Ruhe reden?«, fragte er mürrisch. »Ich habe ein paar Fragen an Sie.«

»In der Kaffeeküche«, murmelte Clara.

»Kaffee klingt schon mal gut. Aus dem Automaten kommt nur süße Plörre.«

Was für ein Idiot, ging es Clara durch den Kopf, aber sie hielt sich nicht lange mit dem Gedanken auf. Noch größer als ihr Ärger über diesen Mann war ihre Angst. »Kommen Sie mit.«

Das Fenster in der Kaffeeküche war gekippt, die kalte Morgenluft ließ Clara frösteln. Mit mechanischen Bewegungen füllte sie Wasser in die Kaffeemaschine und schüttete den letzten Rest Kaffeepulver aus einer Packung in den Filter. Als ihr der Kaffeeduft in die Nase stieg, begannen ihre Schläfen zu pochen.

Bei ihrem ersten Praktikum in einem Museum – damals hatte sie im dritten Semester Kunstgeschichte studiert – war es neben Kopierarbeiten und Telefonaten ihre wichtigste Aufgabe gewesen, Kaffee zu kochen. Ihr Chef hatte behauptet, niemand könne so eine gute Latte macchiato zaubern wie sie. Clara war geschmeichelt gewesen, aber gelernt hatte sie während des Praktikums so gut wie nichts.

»Hauptkommissar Martin Hartmann«, knurrte der Mann, während Clara zwei Tassen aus dem Wandschrank holte. Der Henkel der einen war abgebrochen.

»Clara Mohr«, sagte sie leise, obwohl sie sich eben schon vorgestellt hatte.

»Sie sind die Leiterin des Museums, habe ich das richtig verstanden?«

»Es ist Nicholas.« Es klang wie eine Feststellung, nicht wie eine Frage, auch wenn Clara immer noch hoffte, sie würde sich irren.

Doch Hartmann bestätigte ihre Vermutung. »Wenn Sie Nicholas Roth meinen – dann ja. Der Name steht zumindest in dem Ausweis, den wir beim Toten gefunden haben. Sie kennen ihn also. Wie gut kennen Sie ihn?«

Clara fühlte, wie sämtliches Blut aus ihrem Gesicht wich. Kurz setzte ihr Zeitgefühl aus. Sie wusste nicht, ob nur einige Sekunden vergangen waren oder eine ganze Minute, als

Hartmann seine Frage wiederholte: »Also, wie gut kennen beziehungsweise kannten Sie ihn?«

»Er ist ein Bekannter … ein Freund …«, stammelte sie.

»Eher Bekannter oder eher Freund?«

»Wir haben an derselben Uni studiert. Hier in Frankfurt.«

Clara hatte Nicholas während der Recherchen zu einer Seminararbeit über das Lutherbild von Lucas Cranach dem Älteren kennengelernt, dasselbe Thema, dem er sich als wissenschaftlicher Mitarbeiter an der Fakultät in seiner Dissertation widmete. So waren sie ins Gespräch gekommen, und seitdem war Nicholas in regelmäßigen Abständen in ihrem Leben aufgetaucht – zuerst als Lehrer, dann, als sie ihr Studium abgeschlossen hatte und kurzzeitig an der Uni arbeitete, als Kollege. Nachdem sie geheiratet und den Job an der Uni aufgegeben hatte, trafen sie sich weiterhin, nicht weil sie ihn besonders mochte, sondern weil er sie an ein freies, ungebundenes Leben erinnerte, als sich die Yellow Press noch keinen Deut um sie geschert hatte und sie noch nicht Mitglied eines der größten Adelshäuser Deutschlands gewesen war. Und dann, als ihre Ehe mit Philip zu kriseln begann …

»Sie wussten also, dass er sich gestern Abend hier im Museum aufhielt?«, fragte Kommissar Hartmann.

Clara schreckte aus ihren Gedanken hoch und fühlte sich ertappt. In der Kaffeemaschine begann es zu brodeln, erste dunkle Tropfen platschten in die gläserne Kanne. Ihre Haare tropften auch immer noch. Sie nahm ein Stück Küchenrolle und wischte sich über Kopf und Nacken.

»Nicholas hat die letzten Jahre in Berlin gearbeitet«, sagte sie. »In der Generaldirektion der Städtischen Museen. Aber demnächst wollte er nach Frankfurt umziehen, er ist der designierte neue Direktor des Städelmuseums. Wir haben uns am Nachmittag auf einen Kaffee getroffen, weil wir uns länger nicht mehr gesehen hatten ... Und er hat gefragt, ob er am Abend eine Weile mein Büro benutzen könne.«

Hartmann sah sie an. »Ich verstehe Sie richtig: Der künftige Direktor des Städelmuseums muss seine ehemalige Kollegin, Bekannte, Freundin um Hilfe bitten, damit er seine E-Mails checken kann? Hatte er denn kein Smartphone oder einen Laptop?«

»Es ging nicht nur um E-Mails. Er hat im Städel noch kein eigenes Büro, dort fängt er ja erst übernächsten Monat an. Er war in Frankfurt, weil er eine Wohnung suchte, für sich und seine Frau. Und seine beiden Söhne natürlich.«

»Er ist also verheiratet.«

Sie nickte. »Er wollte gestern in Ruhe an ein paar Sachen arbeiten. Und hier hatte er alles, was er brauchte: Faxgerät, Kopierer, Internetzugang, Telefon.«

»Das heißt, er konnte hier alles benutzen, obwohl er gar nicht hier arbeitete, sondern nur ein Freund von Ihnen war.«

»Worauf wollen Sie hinaus? Dass ich meinen Arbeitgeber hintergehe?«

»Wer ist denn Ihr Arbeitgeber? Und wie sieht Ihre Tätigkeit genau aus?«

Die Kaffeekanne war halb voll, als Clara sie wegzog, obwohl noch Kaffee durch den Filter tropfte. Es zischte, als ein Tropfen auf die heiße Platte fiel und dort verdampfte.

»Wie gesagt, ich ... ich leite dieses Museum«, erklärte Clara, um rasch hinzuzufügen: »Das klingt nach mehr, als es ist. Das Museum ist sehr überschaubar, wie Sie gesehen haben, es gibt nicht so viel zu tun. Ich schreibe die Pressemeldungen, wenn es Veranstaltungen oder Sonderausstellungen gibt, manchmal mache ich auch Führungen, vor allem mit Schulklassen. Außerdem leite ich eine Arbeitsgruppe, in der über die künftige Ausrichtung des Museums diskutiert wird. Zum Beispiel, ob wir auch zeitgenössische kirchliche Kunst zeigen sollen. Oder ob das Museum in ›Ars Sacrale‹ umbenannt werden soll. Manchmal planen wir auch Ausstellungen mit anderen Museen, zum Beispiel mit dem Liebighaus am Schaumainkai, dort gibt es eine große Skulpturensammlung. Ich kümmere mich auch um die Post, aber genau genommen ist es nur eine halbe Stelle, die ich hier ausfülle.«

Clara redete immer schneller. Nicht dass irgendetwas davon wichtig gewesen wäre. Aber so lange sie sprach, musste sie nicht hören, was mit Nicholas geschehen war.

Wie kann man so was mit Mensch machen … die Hand … das Blut …

»Außerdem arbeite ich noch als Kunstexpertin des Bistums Limburg«, fuhr sie fort.

»Limburg?« fragte Hartmann.

»Frankfurt gehört zum Bistum Limburg und nicht zum Bistum Mainz.«

»Aha.« Hartmann sah weder so aus, als habe er das schon mal gehört, noch als wisse er genau, was ein Bistum überhaupt ist. »Und was machen Sie so als Kunstexpertin? Wie wird man so was überhaupt?«

»Ich habe Kunstgeschichte studiert, und ein paar Semester Mediävistik, also die Geschichte des Mittelalters. Und Theologie an der Hochschule Sankt Georgen. Mein Schwerpunkt war die sakrale Kunst des Spätmittelalters, darüber habe ich auch meine Dissertation geschrieben. Viele wertvolle Kunstgegenstände befinden sich im Besitz der Kirche. Angenommen, es fällt die Renovierung eines Triptychons …«

»Eines *was*?«

»Das ist ein Block aus drei Tafeln. Die Form ist typisch für gotische Altarbilder. In so einem Fall werde ich dann hinzugezogen, ermittle die Kosten, stelle Kontakt zu Restauratoren her. Falls auf dem Dachboden irgendeiner Pfarrei bei der Entrümpelung ein altes Bild oder eine Statue gefunden wird, werde ich hinzugezogen, um ein Gutachten zu schreiben, also den Wert des Bildes festzustellen. Aber so etwas kommt höchstens zwei, drei Mal im Jahr vor.«

Clara schenkte Kaffee ein. Sie nahm einen hastigen Schluck aus ihrer Tasse, der Kaffee war stark und so heiß, dass sie sich die Zunge verbrannte. Erst jetzt hatte sie den Mut, selber eine Frage zu stellen. »Können Sie mir sagen, was genau mit Nicholas passiert ist?«

»Wie es ausschaut, ist er durch einen Kopfschuss getötet worden«, sagte Kommissar Hartmann. »Aber das ist leider nicht alles. Zuvor hat ihn der Täter …« Er brach ab.

»Ja?«

Hartmann sah aus dem Fenster. »Die Spurensicherung ist da. Ich fürchte, so bald werden Sie Ihr Büro nicht nutzen können.«

Eine Weile standen sie schweigend da und tranken ihren Kaffee.

Die Gedanken, in die Clara versunken war, waren banal, schrecklich banal. Jetzt muss sich das Städel einen neuen Direktor suchen. Dabei hätten sie kaum einen besseren als Nicholas finden können. Nicholas war der geeignete Mann für den Posten, das war von Anfang an klar gewesen. Zielstrebig und gut aussehend. Charmant, vor allem Frauen gegenüber. Er konnte aber auch knallhart sein, wenn das zielführender war.

Sie selbst hatte er immer mit ausgesuchter Höflichkeit behandelt, ohne eine gewisse Distanziertheit je abzulegen. Einmal hatte er behauptet, er sei in sie verliebt, aber sie hatte gewusst, dass er mit solchen Gefühlen nur kokettierte. Nicht nur wegen seiner Frau, sondern weil er genaue Vorstellungen von seinem Leben hatte und jemand wie sie nicht in dieses Leben passte, zumindest nicht langfristig. Nicht dass sie das sonderlich bedauert hätte. Seine Unverbindlichkeit war das, was sie am meisten für Nicholas eingenommen hatte.

Ich wollte doch mit ihm ins »Oosten« gehen, dachte sie plötzlich. Das »Oosten« war ein Ausflugslokal auf dem Gelände der ehemaligen Ruhrorter Werft. Sie hatte gelesen, dass für das Interieur gebrauchte Materialien neu aufbereitet worden waren – die Sessel auf der Terrasse bestanden aus altem Bootsholz aus Indonesien –, und als sie Nicholas davon erzählt hatte, war er genauso neugierig darauf gewesen wie sie.

Jetzt, das wusste sie, würde sie sich wohl nie aufraffen, in das Lokal zu gehen, und sie war sich nicht sicher, wofür sie sich mehr schämte: dass sie angesichts von Nicholas' Tod an etwas so Banales wie indonesische Bootsholzstühle dachte, dass sie keine anderen Freunde hatte, die mit ihr Frankfurts Gastronomie erkundeten, oder dass sie sich nicht würde aufraffen können, es allein zu tun.

»Wo waren Sie gestern Abend?«, fragte Kommissar Hartmann plötzlich.

»Verdächtigen Sie mich etwa, Nicholas umgebracht zu haben?«

»Sie haben zu diesem Museum doch jederzeit Zugang,

oder? Wer außer Ihnen hat noch einen Schlüssel? Wie viele Mitarbeiter gibt es?«

Wenn er das fragt, ging es Clara durch den Kopf – sehr langsam, irgendwie zeitversetzt –, dann gibt es keine Spuren eines gewaltsamen Einbruchs. Sie erinnerte sich, dass sie Nicholas einen Reserveschlüssel gegeben hatte, damit er später abschließen konnte.

»Pfarrer Berger, der Kurator des Museums. Eigentlich ist er Pfarrer in der Gemeinde Sankt Andreas, deswegen hat er für das Museum kaum Zeit.« Genau genommen ist er auch nicht oft in der Pfarrei, dachte sie. »Frau Zielińska«, fuhr sie fort. »Die kennen Sie schon, sie hat Nicholas ja gefunden. Und dann ist da noch Frau Ried. Sie arbeitet halbtags hier, das heißt, an den vier Tagen, an denen das Museum geöffnet hat. Ich kann Ihnen eine Liste mit allen Personen geben, die am Wochenende hier arbeiten – Frau Ried kümmert sich um die Einstellung der Praktikanten. Sie ist außerdem für den Kartenverkauf und den Museumsladen zuständig. Manchmal springt sie auch bei den Führungen ein, wenn ich schon eine Gruppe habe.«

»Sie haben mir noch nicht gesagt, wo Sie gestern Abend waren.«

»Bei meiner Schwägerin.« Meiner Exschwägerin, fügte sie im Stillen hinzu. »Den ganzen Abend, bis etwa elf Uhr«, fuhr sie fort. »Sie und ihr Mann werden das gerne bestätigen. Was genau ist denn nun mit ihm passiert? Kann ich … ihn sehen?«

»Das geht im Moment nicht. Außerdem würde ich mir das an Ihrer Stelle nicht antun, ist 'ne echte Schweinerei«, meinte Hartmann. Es klang gleichgültig, eher wie ein vorschriftsmäßiges »Betreten auf eigene Gefahr«.

»Ich muss ihn sehen!«, beharrte Clara. Weil mir meine Fantasie sonst die grässlichsten Bilder vorgaukelt, fügte sie in Gedanken hinzu, weil ich sonst nie wieder das Museum betreten kann, weil ich endlich das Gefühl haben muss, dass das hier wirklich passiert, nicht nur in einem blöden Traum.

Hartmann zuckte die Schultern und wandte sich den drei Männern der Spurensicherung zu, die gerade die Stufen hochstürmten.

»Na, endlich«, brummte er. »Noch schön ausgeschlafen vor Dienstbeginn? Wird Zeit, dass ihr endlich loslegt.«

Einer der Männer war im Türrahmen der Kaffeeküche stehen geblieben, sein Blick schweifte durch den Raum und blieb an Hartmanns Kaffeetasse hängen. »Das nenne ich es sich am Tatort gemütlich machen«, knurrte er. »Du weißt aber schon, dass überall Spuren …«

»Der Tatort ist da drüben, nicht hier«, unterbrach Hartmann ihn unbeeindruckt. »Du glaubst doch nicht ernsthaft, dass sich der Mörder hier erst 'nen Drink zubereitet hat, bevor er losschlug? Und außerdem …«

Clara hörte nicht mehr auf Hartmanns Worte. Unauffällig war sie an ihm vorbeigeschlüpft und stellte sich hinter die Männer von der Spurensicherung.

Sie sah, wie einer von ihnen langsam die Türklinke ihres Büros niederdrückte, auf der Schwelle kurz innehielt, den Raum schließlich betrat. Die anderen folgten, ohne auf Clara zu achten.

Sie atmete kräftig aus. Beim Ausatmen fühlt man weniger Schmerz, hieß es. Vielleicht hatte man beim Ausatmen auch weniger Angst. Sie wusste nicht, ob es half, ob ihr Unbehagen beim Einatmen noch größer gewesen wäre – das Unbehagen, bis zur Türschwelle vorzutreten, zu sehen, was sich dahinter verbarg. Es fühlte sich an wie damals als Kind, wenn sie Urlaub bei den Großeltern machte und es eine Mutprobe war, in den finsteren Keller zu gehen, an dessen Decke eine flackernde Glühbirne baumelte und wirre Schatten warf.

Anstatt einen Blick auf den Boden zu wagen, auf Nicholas, starrte sie hartnäckig auf ihren Schreibtisch und den Kalender, der dort stand. Er hatte keinen einzigen Eintrag, ihre wenigen Termine merkte sie sich auswendig.

Wieder atmete sie langsam aus. Ihr Blick glitt weiter zum Drehsessel, auf den man einen Haufen zerknüllter Kleidungsstücke geworfen hatte. Die Jacken der Polizisten, dachte sie, doch dann sah sie genauer hin und stellte fest, dass es Nicholas' Kleidung war: seine Jeans, sein weißes Hemd, seine schwarze Anzugjacke. Als sie gestern im Café gesessen hatten, hatte er sie abgelegt.

Warum haben die ihn denn ausgezogen, dachte sie. Erst später, viel später, ging ihr auf, dass das nicht die Polizisten getan hatten, sondern der Mörder.

Ihr Blick glitt vorsichtig tiefer, sie presste die Augen zusammen, sodass sie alles nur durch einen schmalen Spalt sah. Irgendetwas Großes lag dort auf dem Fußboden, neben dem Schreibtisch; sie hätte einen Schritt vortreten müssen, um es genauer zu sehen, doch sie stand wie angewurzelt da.

Die Leiche, wahrscheinlich war es die Leiche. In ihrem Magen breitete sich ein merkwürdiges Kitzeln aus.

Einer der Kriminaltechniker erhob sich und gab den Blick auf etwas frei, das ebenfalls auf dem dunkelbraunen Linoleumfußboden lag. Es war deutlich kleiner als die Leiche, und Clara riss unwillkürlich die Augen auf, um es besser zu erkennen. Wenn es so klein war, konnte der Anblick doch nicht so schlimm sein.

Es war eine Hand.

Nicholas' linke Hand. Der Verlobungsring befand sich noch daran. Die Hand war zwischen Handgelenk und Ellenbogen abgetrennt worden und blutete nicht, zumindest jetzt nicht mehr; die Lache, in der sie lag, glich schwarzem, zähem Schleim. Clara durchstöberte ihr medizinisches Grundwissen, glaubte sich vage zu erinnern, dass solche Mengen Blut ein Zeichen dafür waren, dass man eine Gliedmaße schon vor dem Tod abgetrennt hatte.

Sie schluckte und in ihrem Mund schmeckte es metallisch, obwohl sie das vertrocknete Blut doch nur sah, nicht roch. Es war nicht nur auf den Boden geflossen. Ihr Blick fiel auf die vormals weiße Wand, an der die roten Blutspritzer einen fast lächerlich akkuraten Halbkreis bildeten. Rasch starrte sie wieder auf die Hand, als wäre ein Anblick erträglicher als der andere, dabei wurde ihr von beidem übel.

Die Finger waren etwas gekrümmt, als würde Nicholas Klavier spielen, und die Kuppen waren bläulich verfärbt. Ansonsten sah die Hand nicht tot aus, sondern irgendwie noch … warm.

Das Kitzeln in Claras Bauch verstärkte sich, ließ dann kurz nach, kam schließlich in Form eines Würgereflexes wieder. Dennoch konnte sie nicht aufhören, die Hand anzustarren, machte sogar noch einen Schritt nach vorne, um sie besser sehen zu können. Der Schnitt, mit dem sie abgetrennt worden war, war nicht glatt. Die Haut, diese bleiche, fast ins Bläuliche gehende Haut, sah wie ein abgerissener Stofffetzen aus. Sie konnte noch die Adern sehen, die gerunzelten, im Sonnenlicht vertrockneten Würmern glichen. Etwas Weißes blitzte an der Schnittfläche hervor, vielleicht Knorpel, vielleicht der Knochen.

Jetzt wich Clara endlich zurück, betrachtete – ohne es zu wollen – auch den Leichnam und erkannte, was der Mörder mit ihm gemacht hatte. Dann erst drehte sie sich um, merkte, dass es zu weit bis zu den Toiletten war, und beugte sich über den weißen Abfalleimer, der im Gang stand.

Während sie würgte, fühlte sie Hartmanns Blick auf sich ruhen, abschätzig und irgendwie genervt. Er war ihr offenbar gefolgt, hatte jedoch nicht zu verhindern versucht, dass sie den Toten sah.

Noch peinlicher, als vor ihm zu kotzen, war, kotzen zu wollen, aber es nicht zu können. Ihre letzte Mahlzeit – irgendein Tandoorigericht mit Linsen, das ihre Exschwägerin Dora beim Inder bestellt hatte – lag länger als zehn Stunden zurück. Nur Speichel floss aus ihrem Mund, zäher, bitterer Speichel, und dann, als ihr die Kehle unendlich wehtat, eine bräunliche Masse.

Hartmann trat neben sie. »'Ne echte Schweinerei«, murmelte er.

»Herrgott, Hartmann!«, rief einer der Männer von der Spurensicherung genervt. »Das ist ein Tatort, kein Scheißhaus! Schaff sie raus!«

Clara wusste nicht, ob er sie oder die Leiche meinte.

4

Simon klopfte an die Schlafzimmertür. »Bist du wach?«

Die Antwort war ein unverständliches Murmeln. Er zögerte einzutreten, hielt die Türklinke eine Weile umklammert, ehe er sie niederdrückte.

Dora lag im Bett, mit einer Schlafmaske über den Augen, die langen, roten Haare um sich ausgebreitet. Die beige Satinbettwäsche bedeckte ihre Beine, der Oberkörper in einem dünnen Spitzenhemdchen lag frei.

Simon trat einen Schritt näher, er kam sich wie ein Eindringling vor. »Dora, bist du wach?«

»Was?«

Sie schreckte hoch und zog sich die Schlafmaske vom Gesicht. Ihre Wimpern waren farblos, die Haut, besonders um die Augen, zerknittert. Simon sah seine Frau fast nie ungeschminkt, schon gar nicht mit ungetuschten Wimpern.

»Ich brauche das Auto. Kannst du mit der Bahn fahren?«

Dora setzte sich auf, die Haarflut ergoss sich über ihren Rücken. Sie waren fast hüftlang, und Simon, der diese Haare geliebt hatte, als sie sich kennenlernten und ein Paar wurden, fragte sich später oft, wie sie damit schlafen konnte. Ihn brauchte das natürlich nicht zu kümmern, denn sie schliefen nie im selben Bett, von Beginn an nicht.

»Weil wir beide unsere Intimsphäre wollen und brauchen«,

erklärte Dora ihren Bekannten und Freunden, wenn man sie fragte.

»Es ist nun mal so«, erklärte er, wenn man ihn fragte.

»Wieso weckst du mich?«, fragte sie gereizt. »Du weißt doch, dass ich heute erst zur dritten Stunde habe.«

Sie legte eine Hand über die Augen, entweder um sich vor dem Licht oder die ungetuschten Wimpern vor seinem Blick zu schützen.

»Es gab … Ich muss …«, setzte er wieder an, um dann zu wiederholen: »Ich brauche das Auto. Kannst du mit der Bahn fahren?«

Sie sah zum Fenster, gegen das dicke Regentropfen trommelten. »Es schüttet«, stellte sie fest.

»Du musst doch nur eine Station bis zur Stresemannallee fahren. Ich muss so schnell wie möglich in die Innenstadt.«

»Es schüttet«, wiederholte sie.

»Eben. Darum brauche ich das Auto. Du kannst dir doch ein Taxi nehmen.«

»Warum nimmst du dir kein Taxi?«

»Was macht es denn für einen Eindruck, wenn ich mit dem Taxi vorgefahren komme?«

»Ach, und du meinst, in der Schule findet man es ganz normal, wenn ich das so mache? Klar, die Grafentochter hat's ja …« Mit einem Stöhnen ließ Dora sich wieder auf das beige Satinkissen fallen.

Simon hasste diesen Stoff, er fühlte sich so glitschig an und nie wirklich warm. Aber zu Dora passte er irgendwie … wobei das nicht hieß, dass sie kalt war, nicht immer zumindest, sie konnte auch ganz anders sein, lebendig, mitreißend, eine richtige Rubensfrau. So bezeichnete sie sich selbst gerne, obwohl sie Wert darauf legte, nicht so dick zu sein und keine Cellulite zu haben, zumindest keine so starke. Nur ihre roten Haare hatten etwas Opulentes, Prächtiges, als stammten sie aus einem Renaissancegemälde.

»Dorothea«, setzte er an. Manchmal war es leichter, mit ihr zu reden, wenn er ihren vollständigen Namen aussprach. »Es ist was Schlimmes passiert. In Claras Museum. Es gab … es gibt dort einen Toten. Ich glaube, du kennst ihn. Nicholas Roth. Mir hat man natürlich wieder mal als Letztem Bescheid gegeben, aber gerade deswegen will ich so schnell wie möglich dorthin.«

Dora schlug die Bettdecke zurück. »Wie bitte?«, entfuhr es ihr.

»Grässliche Sache, sie haben ihn in Claras Büro gefunden. Er ist ermordet worden.«

»Was hat er denn da gemacht?«

Simon zuckte die Schultern. »Keine Ahnung, Bückner hat mich dort hinbestellt. Hartmann wird das gar nicht gefallen. Der hasst mich.«

Herbert Bückner war Leiter der Abteilung 4 des hessischen Landeskriminalamts, verantwortlich für schwere und organisierte Kriminalität. Hartmann war Hauptkommissar der Unterabteilung, die für Gewalt-, Eigentums- und Sexualdelikte zuständig war und in der Simon seit Kurzem arbeitete. Mit jedem Blick und jeder Geste machte Hartmann deutlich, was er von dem neuen Kollegen hielt – nämlich gar nichts.

»Der hasst dich nicht, der muss sich nur an dich gewöhnen.«

»Der hält meine Arbeit für nutzloses Brimborium«, stellte Simon fest. Er erschrak selbst über den ebenso frustrierten wie resignierten Unterton in seiner Stimme.

Am Anfang hatte er noch gehofft, es würde sich bessern, aber mittlerweile konnte er es nicht mehr schönreden: An seiner vorigen Arbeitsstelle beim BKA in Wiesbaden hatte er Freunde und Förderer um sich gehabt, hier beim LKA Hessen war er umgeben von missgünstigen, abweisenden Kollegen. Und das lag noch nicht mal an den üblichen Animositäten zwischen BKA und LKA. Es lag an der Furcht, Simon könne Fehler seiner Kollegen aufdecken, publik machen, was vor allem im Bereich der OFA – der Operativen Fallanalyse, für die es eine eigene Unterabteilung gab – nicht optimal lief. Er war hier der potenzielle Spion vom Bund, das Kameradenschwein, nicht der Kollege.

Aber darüber konnte er mit Dora nicht reden. Am Ende würde sie ja doch nur einen Vorwurf hinter seinen Klagen wittern. Weil sie auf seiner Versetzung bestanden hatte. Weil er nur widerstrebend zugestimmt hatte. Und weil das, was sie sich beide davon erwartet hatten – mehr gemeinsame Zeit und eine glücklichere Ehe – bis jetzt nicht eingetreten war.

»Lass dir nicht alles gefallen«, sagte sie knapp.

Guter Tipp, dachte er. Den gebe ich dir gerne, wenn du dich mal wieder über unmögliche Schüler aufregst. Aber er sagte nichts, sondern nickte nur.

Dora warf sich ihren Morgenmantel über. Er hatte den gleichen Farbton wie die Bettwäsche. »Wie ist er denn gestorben?«

»Kopfschuss«, erklärte Simon knapp. »Davor hat man ihn aber offenbar verstümmelt.« In kurzen Sätzen berichtete er, was er wusste – was nicht viel war, aber reichte, um Doras Interesse zu wecken.

»Ein Ritualmord?«, fragte sie.

Simon verkniff sich ein Grinsen. Dora konnte es nicht lassen, mit Begriffen um sich zu werfen, von denen sie nichts verstand. Manchmal fühlte sie sich regelrecht als Expertin, weil sie mit einem Profiler verheiratet war. Zumindest glaubte sie, dass sie das war, denn die Bezeichnung kannte sie aus amerikanischen FBI-Serien. Vergebens hatte Simon ihr zu erklären versucht, dass man in Deutschland nicht von Profilern, sondern von Fallanalytikern sprach, und dass seine Aufgabe nicht darin bestand, sich ins kranke Hirn eines Serientäters hineinzudenken und dessen Persönlichkeitsprofil zu erstellen, sondern – vor allem anhand des Tatorts – die Tat zu analysieren und bestmöglich zu rekonstruieren.

Simon zuckte die Schultern. »Ich kann noch nichts dazu sagen.«

»Und Clara? Weiß sie davon? Ist sie dort?«

Sie klingt ehrlich besorgt, stellte Simon erleichtert fest. In letzter Zeit ertappte er sich dabei, wie er sich über jede altruistische Anwandlung bei Dora freute. Der Blumenstrauß für die Kollegin an deren Geburtstag, die Vorfahrt, die sie auf einer stark befahrenen Kreuzung einem Fahrschüler ließ, die Katze der Nachbarin, die sie während deren Krankenhausaufenthalt fütterte – alles gute Taten. Alles ein Beweis dafür, dass sie nicht nur an sich dachte. Dass sie wegen ihres Eheglücks auf seiner Versetzung bestanden hatte, nicht weil es für sie bequemer war, das Auto allein zu nutzen.

»Ich weiß es nicht, auch deswegen muss ich schnell hin. Sie kann sicher Unterstützung gebrauchen. Ich hoffe, sie hat die Leiche nicht gesehen.«

Dora nickte. »Clara würde so etwas nicht verkraften.« Diesmal klang sie nicht besorgt, sondern ein wenig überheblich.

Und jetzt?, dachte Simon zynisch. Wieder ein Strich mehr auf der Liste der »schlechten Taten«? »Auf mich macht sie eigentlich immer einen ganz stabilen Eindruck. Etwas introvertiert und zurückhaltend, aber auch stark, wenn man bedenkt, wie sie sich von Philip getrennt hat.«

»Ich bitte dich!«, rief Dora empört. »Sie stand kurz vor dem Zusammenbruch! Wenn sie mich damals nicht gehabt hätte, wäre sie in der Klapse gelandet!«

»Echt?«, fragte Simon gedehnt, weil er wusste, dass er Dora damit provozieren konnte.

»Natürlich!«, sagte sie. »Ich habe mich jeden Abend um sie gekümmert. Fast jeden Abend.«

»Waren wir während des Scheidungsverfahrens nicht vier Wochen lang in Südfrankreich?«

Dora schnaubte, wechselte jedoch vorsichtshalber das Thema. »Aber wieso sollte denn jemand Nicholas ermorden?«

Simon zuckte die Schultern. »Ist es also okay, wenn ich das Auto nehme?«

Dora nickte wieder. »Dann bestell ich mir halt ein Taxi«, murmelte sie und konnte sich nicht verkneifen hinzuzufügen: »Die Grafentochter hat's ja.«

Clara versuchte, Pfarrer Berger zu überzeugen, persönlich mit der Presse zu sprechen. Erwartungsgemäß lehnte er ab. »Sie machen das viel besser!« Berger war bei den meisten Angelegenheiten der Meinung, dass jemand anders es besser machen würde als er – das betraf nicht nur sein Amt als Kurator des Museums, sondern auch die Leitung der Pfarrei Sankt Andreas. Sobald er eine Mütterrunde begleiten, einen Pastoralkurs für Erwachsene organisieren oder Veranstaltungen beim Kirchen-Infopoint in der Liebfrauenstraße ankündigen sollte, hatte er den immer gleichen Satz parat: »Sie machen das viel besser!«

Leider konnte seine Pastoralreferentin ihm nicht die sonntägliche Messe abnehmen, obwohl der Pfarrer wohl auch das gerne delegiert hätte. Im Museum überließ er Clara hingegen sämtliche Pflichten, erst recht bei einem Notfall wie heute.

Pfarrer Berger war am späten Vormittag gekommen – wie üblich in Hektik und nicht für den Tag gerüstet: Seine Haare waren unfrisiert und ungewaschen, auf seiner uralten schwarzen Anzugjacke, die an den Ellbogen mit runden Lederflecken ausgebessert war, sammelten sich Haarschuppen. Clara nahm seinen Mundgeruch wahr, als er sich aufgeregt vorbeugte und sich von ihr berichten ließ, was geschehen war. Mehrmals schüttelte er den Kopf, eher betrübt als ehrlich schockiert. Erst als sie ihn darauf hinwies, dass schon mehrere Journalisten aufgekreuzt waren, auch RTL-Hessen und jemand von der *Bild* Frankfurt, erschien echtes Entsetzen in seinem Gesicht.

»Ich doch nicht!«, rief er entgeistert, als sie ihn aufforderte, so bald wie möglich eine Stellungnahme vor der Presse abzugeben.

»Natürlich in Absprache mit der Kriminalpolizei«, fügte Clara hinzu.

»Im Grunde habe ich mit diesem Museum doch nichts zu tun!«, beharrte er. So ehrlich hatte er das noch nie ausgesprochen.

»Pfarrer Berger, das Museum befindet sich in kirchlicher Trägerschaft. Und das ist nicht nur ein Detail am Rande. Es wird die Leute womöglich besonders interessieren. Pfarrer Berger«, wiederholte sie mit Nachdruck, »Sie sind der Amtsträger, mit dem die Journalisten reden wollen. Nicht ich.«

Wo Kirche draufsteht, muss auch Kirche drin sein. Das hatte sie in einem Seminar für Öffentlichkeitsarbeit gelernt, das sie vor Antritt dieser Stelle besucht hatte.

»Wenn die Presse einen O-Ton über eine kirchliche Angelegenheit haben will«, fuhr sie fort, »dann sollte ein Priester oder eine Nonne ihn liefern, kein Laie.«

»Was soll ich denn überhaupt sagen?«

Clara zuckte die Schultern. »Das werde ich im Laufe des Tages mit der Kripo klären. Aber halten Sie sich sicherheitshalber bereit.«

Seit den ersten Anfragen der Presse – sie hatte die Anrufe von Marlene Rieds Telefon neben der Kasse entgegengenommen – versuchte sie, mit Kommissar Hartmann zu sprechen, doch der war offenbar der Meinung, ihr genug Zeit gewidmet zu haben.

Noch ehe sie die weitere Vorgehensweise mit ihm hatte abstimmen können, war der GAU in Sachen Öffentlichkeits- und Pressearbeit eingetreten: Frau Zielińska war beim Verlassen des Museums einem Reporter in die Hände gefallen, dem sie leichenblass und völlig verwirrt Bericht erstattete. Als Clara, die die Szene vom Fenster des Eingangsbereichs aus beobachtet hatte, hinausrannte, lächelte der Reporter befriedigt, und Frau Zielińska war wieder den Tränen nahe. Wenigstens hatte es zu regnen aufgehört.

»He!«, rief in diesem Augenblick der junge Polizist mit dem Flaumbärtchen. »Sie können Ihr Auto nicht einfach hier stehen lassen! Die hätten es schon abgeschleppt, wenn ich nicht …«

»Ja, ja.« Clara rang entnervt die Hände. Als sie sich wieder umdrehte, war Frau Zielińska verschwunden, und der Reporter stürzte auf sie zu. »Frau Mohr, stimmt es, dass der Leichnam von Nicholas Roth …«

Sie hatte sämtliche Fragen zurückgewiesen und ihn darauf vertröstet, dass es im Laufe des Tages eine Pressekonferenz geben würde.

»Nein«, beharrte Pfarrer Berger jetzt. »Ich kann das nicht machen, ich war ja nicht dabei, ich kenne mich hier nicht aus.«

»Ja, denken Sie, ich habe zugesehen, als Nicholas Roth ermordet wurde?«, entfuhr es Clara gereizt. Sie biss sich auf die Lippen.

»Aber Sie haben den Toten doch gesehen, oder? Sie können das bestimmt besser.« Er seufzte anstandshalber. »Außerdem habe ich jetzt einen Termin in Sankt Andreas. Ein Taufgespräch.«

Das macht doch sicher Frau Schneider, ging es Clara durch den Kopf, aber sie schwieg und ließ den Pfarrer ziehen.

Das Gespräch hatte in der Kaffeeküche stattgefunden, die leere Tasse von Hartmann stand ungewaschen auf der Anrichte. In Claras Magen grummelte es, kein Anzeichen von Übelkeit wie heute früh, sondern von Hunger. Sie war jetzt sechs Stunden auf den Beinen, ohne etwas gegessen zu haben, wobei sich ihr Appetit auf ein krosses Frühstücksbrötchen oder ein Croissant in Grenzen hielt, wenn sie an die Hand dachte, an all das Blut, den verstümmelten Leichnam.

Clara schüttelte den Kopf, um die Bilder aus ihrem Kopf zu verdrängen. Sie beschloss, sich ein wenig zurechtzumachen, die mittlerweile trockenen Haare zu frisieren und sich etwas zu schminken für den Fall, dass noch mehr aufdringliche Journalisten hier auftauchten.

Ihre Schminksachen waren im Auto. Richtig, das Auto. Es stand noch immer im absoluten Halteverbot. Sie blickte an sich hinab, und ihr fiel auf, dass die braunen Schuhe nicht zu ihrer schwarzen Nadelstreifenhose und dem rosa Pulli passten. Normalerweise trug sie zu dem Pulli die Wildlederstiefel im gleichen Farbton, die sie vor einem Monat im Ausverkauf erstanden hatte. Wobei es der Presse heute wahrscheinlich egal war, ob ihre Schuhe die gleiche Farbe wie ihre Hose hatten. Ganz gleich, was sie trug, sie würde Philip keine Schande mehr machen. Es gab keine Schnappschüsse mehr, die in der *Bunten* unter der Rubrik »So nicht, Frau Gräfin« auftauchten. Sie war keine Gräfin von Haidhausen mehr, nur noch Clara Mohr.

Eben sprach jemand diesen Namen aus. Es klang langgezogen, leicht nörgelnd.

»Frau Ried«, stellte Clara fest. »Sie müssen nicht hierbleiben. Heute bleibt das Museum selbstverständlich geschlossen, also gibt es keinen Kartenverkauf. Und mit Kommissar Hartmann haben Sie doch bereits gesprochen.«

»Er hat gesagt, dass ich später aufs Präsidium kommen muss, um die Aussage zu unterschreiben«, erklärte Frau Ried mit beleidigtem Unterton. »Und ich kann doch jetzt nicht gehen, wie stellen Sie sich das vor, Frau Mohr? Ich kann Sie doch nicht allein lassen. Draußen steht eine Schulklasse, die für heute eine Führung gebucht hat.«

»Dann schicken Sie sie weg! Sprechen Sie bitte mit der Lehrerin!«

»Aber was soll ich denn sagen? Dass da ein Toter liegt?« Der Busen bebte.

»Sagen Sie einfach, dass die Führung auf morgen, nein, auf nächste Woche verschoben werden muss«, erklärte Clara knapp.

»Und ständig klingelt das Telefon«, klagte Frau Ried. »Ich werde noch wahnsinnig! Lauter Presseleute!«

»Ich kann Ihnen da auch nicht helfen«, sagte Clara. »Wimmeln Sie die Leute irgendwie ab. Die Polizei wird wahrscheinlich demnächst eine Erklärung an die Presse abgeben und wir wahrscheinlich auch. Vertrösten Sie die Journalisten bis dahin.«

»Aber was mache ich, wenn man Sie persönlich sprechen will?«, fragte Frau Ried.

Clara hatte das Gefühl, ihr Kopf würde gleich platzen. »Dann behaupten Sie, dass ich nicht da bin«, sagte sie. »Oder nein, noch besser: Sagen Sie, dass ich einen auswärtigen Termin habe.«

Frau Ried starrte sie aus zusammengekniffenen Augen an. »Aber das stimmt doch gar nicht!«

»Natürlich nicht!«, rief Clara entnervt.

»Also soll ich für Sie lügen«, stellte Frau Ried vorwurfsvoll fest. »Und wo finde ich Sie, wenn *ich* Sie erreichen muss.«

»Ich bin in Sankt Andreas«, erklärte Clara knapp. »Nachsehen, ob wir den Gemeindesaal für die Pressekonferenz nutzen können.«

Kurz überlegte sie, ob es nicht besser wäre, zum Haus am Dom gleich gegenüber zu gehen. Sie kannte dort einige Kollegen von der Katholischen Medienarbeit des Rhein-Main-Gebiets und könnte nach einem leerstehenden Konferenzraum fragen. Allerdings – und damit verwarf sie den Gedanken wieder – wollte sie keine langen Erklärungen abgeben, und zum Pfarrsaal in Sankt Andreas hatte sie einen Schlüssel.

»Gerade ist übrigens ein schwarzer Wagen vorgefahren«, bemerkte Frau Ried. »Das ist der Leichenwagen, oder?«

»Kann sein«, sagte Clara. »Vielleicht ist es auch der Notarzt.«

»Der Mann ist doch schon tot. Wozu braucht man denn da noch einen Arzt?«

»Irgendjemand muss doch offiziell den Tod feststellen, einen Totenschein ausfüllen«, entgegnete Clara. »Ich nehme an, er wird danach in die Gerichtsmedizin gebracht. Zur Obduktion.«

Sie starrte auf den Kaffeeautomaten. Ihr war so schwindlig, dass sie sich am liebsten kurz dagegen gelehnt hätte. Nicht nachdenken, zwang sie sich. Nicht nachdenken.

»Das wäre alles«, beschied sie Frau Ried knapp, ehe sie ins Freie stürzte.

Die Stühle im Gemeindesaal standen im Kreis. Offenbar hatte hier kürzlich der Kurs für die Firmlinge stattgefunden. Auf der Tafel waren mit verschiedenfarbiger Kreide zwei Kreise gemalt worden. In dem einen stand GOTT und in dem anderen ICH. Und dann gab es noch einen dritten, der sich mit den anderen beiden überschnitt, doch das Wort SAKRAMENT, das darin gestanden hatte, war schon halb verwischt. In dem Raum musste dringend gelüftet werden, die Luft war zum Schneiden. Neben dem Mülleimer lag, sorgfältig zusammengefaltet, ein Stück Alufolie. Wer immer es hier entsorgt hatte, hatte wahrscheinlich nicht den Eimer verfehlt, sondern auf die fehlende Mülltrennung aufmerksam machen wollen.

Clara zerknüllte die Alufolie, öffnete das Fenster und warf die Folie in den Innenhof. Schwer ließ sie sich auf einen der Stühle fallen. Sie stützte ihre Ellbogen auf die Knie und legte den Kopf zwischen die Hände.

Ihre Kopfschmerzen und das flaue Gefühl im Magen wurden gerade etwas besser, als sich Schritte dem Raum näherten, kurz vor der Tür stehen blieben und dann über die Schwelle traten.

Als Clara hochblickte, stand eine Frau vor ihr, die ihr irgendwie bekannt vorkam, die sie aber nicht einordnen konnte.

Kaum hatte sie Clara erblickt, fing sie grußlos zu fragen an: »Frau Mohr, können Sie bestätigen, dass es sich bei dem Toten um Nicholas Roth handelt? Stimmt es, dass er demnächst die Direktion des Städel-Museums übernehmen sollte? War es ein Raubüberfall, wurden Exponate des Museums gestohlen? Ist es richtig, dass er mit einem Kopfschuss hingerichtet worden ist?«

Die Fragen prasselten auf Clara nieder. Erst jetzt fiel ihr auf, dass sie an der Leiche keine Kopfverletzung wahrgenommen hatte. Ihre Augen waren an ganz anderen Details hängen geblieben, ehe sie in den Plastikeimer gekotzt hatte.

»Was wollen Sie hier?«, fragte sie unwirsch.

Die Frau war offenbar keine erfahrene Journalistin, sonst hätte sie nicht den Kardinalfehler begangen, zu viele Fragen auf einmal zu stellen. Auf diese Weise verlor man die Gesprächsführung, überließ es dem Gegenüber, auf welche Fragen er antworten und welchen er ausweichen wollte.

Anstatt sich ihres Fehlers bewusst zu werden, blickte sie Clara erwartungsheischend an. Sie war noch sehr jung, mit gewöhnlichem Gesicht und mausgrauem Haar, aber schriller Kleidung: Sie trug einen karierten Faltenrock, der kurz oberhalb der Hüfte endete, gelbe Kniestrümpfe über einer fleischfarbenen Strumpfhose und weinrote Ballerinas.

Warum müssen sich erwachsene Frauen wie kleine Mädchen anziehen, dachte Clara.

Auch auf den zweiten Blick kam ihr die Journalistin bekannt vor. Vielleicht hatte sie mal ein Praktikum in irgendeiner Kulturredaktion gemacht und sich mit einer der Pressemeldungen befasst, die Clara herausgab. Genau genommen war das nur alle paar Monate der Fall; über ein unbedeutendes Mini-Museum wie das ihre gab es nicht viel zu berichten.

»Frau Ried hat mir gesagt, dass ich Sie hier finde. Können Sie mir mehr über den Mord sagen?«

Warum konnte die Alte nicht einfach mal den Mund halten?

Clara atmete tief durch. »Tut mir leid«, sagte sie. »Ich kann keine Auskunft geben. Sie müssen Geduld haben.«

»Ist es wahr, dass der Tote verstümmelt wurde? Richtete sich die Tat gegen Nicholas Roth persönlich oder gegen das Museum für sakrale Kunst? Was hat Nicholas Roth eigentlich in dem Museum gemacht? Wussten Sie, dass er dort war? Woher kennen Sie ihn?«

Unfähige Kuh, durchfuhr es Clara. Bis jetzt hatte sie in ihrer klammen Kleidung gefröstelt, nun brach ihr der Schweiß aus allen Poren. Die Journalistin stellte zwar völlig unkoordiniert Fragen, aber sie schien zumindest ein Gespür dafür zu haben, auf welchem wunden Punkt sie herumreiten konnte.

Was, wenn sie zu schnüffeln beginnt und draufkommt, dass ich und Nicholas mal … Ach was, ich bin bei der ganzen Angelegenheit nicht so wichtig. Clara Mohr ist nicht wichtig. Clara von Haidhausen wäre es, aber die Journalistin hat ja keine Ahnung, dass die eine mit der anderen identisch ist.

»Hören Sie …« Clara atmete tief durch. Wieder fiel ihr das Seminar für Öffentlichkeitsarbeit ein: »Wenn Sie vor die Presse treten, dann versuchen Sie gar nicht erst, etwas zu vertuschen. Wenn eine Caritas-Mitarbeiterin Spendengelder unterschlagen hat, dann kommt das ans Licht. Wenn ein Priester in Ihrem Bistum einen Chorknaben missbraucht hat, auch. Auf Gerüchte müssen Sie nicht eingehen – aber wenn Sie mit Fakten konfrontiert werden, nützt es nichts, sie zu leugnen. Sie machen eine bessere Figur, wenn Sie sie nüchtern benennen und zur Aufklärung beitragen.«

»Typisch«, hatte damals ihr Sitznachbar gemurmelt, »dass er jetzt mit einem pädophilen Priester kommt. Als ob es kein anderes Beispiel gäbe.« Ihr Sitznachbar war selber Priester.

»Hören Sie«, wiederholte Clara. »Ich kann bestätigen, dass Nicholas Roth im Museum für sakrale Kunst tot aufgefunden wurde. Es hat den Anschein, dass er ermordet wurde. Aber mehr weiß ich wirklich nicht.«

Die junge Journalistin riss interessiert die Augen auf. »Und der Leichnam?«, fragte sie neugierig. »Was ist denn jetzt mit dem Zustand des Leichnams?«

Clara schüttelte abwehrend den Kopf. Sie gab keine Antwort, konnte aber nicht verhindern, dass der grässliche Anblick erneut vor ihrem inneren Auge aufstieg.

Nicholas hatte auf dem Bauch gelegen, nackt. Auf seinem fahlen, gräulichen Hintern einzelne Haare, dazu kleine rote Pickel, offenbar ein Hautausschlag, der sich am Rücken fortsetzte. Zwischen den Beinen ein feuchter, bräunlicher Fleck – ein Zeichen, dass sich Darm und Blase entleert hatten, als man ihm die Hand abhackte. Oben, an den Schultern, war der Tote halbwegs muskulös, aber zu den Hüften hin schwabbelte die Haut. Die Arme waren sonnengebräunt, der Rücken hingegen blass. Auch an Nicholas – in Kleidung ein attraktiver, jugendlich wirkender Mann – hatte der Zahn der Zeit zu nagen begonnen.

Clara wich dem Blick der jungen Journalistin aus. Die abgehackte Hand und das Blut an der Wand waren nicht alles gewesen. Nicholas' Füße waren mit einer schwarzen, klebrigen Flüssigkeit übergossen worden, dem Geruch nach zu urteilen Teer. Auch der Linoleumboden war mit zähen Fäden überzogen, die einem dunklen Spinnennetz glichen. Und dann die Schulterblätter! Der Mörder hatte sich nicht damit begnügt, sie mit Teer zu bestreichen, sondern hatte dünne, graue Taubenfedern darauf geklebt. Der linke Armstumpf war auf dem Boden aufgestützt; das viele Blut, das sich darum gesammelt hatte, war ebenso schwarz verkrustet wie die Lache, in der die abgehackte Hand gelegen hatte. Es sah nicht so aus, als fehle die Hand, sondern als würde sie sich in die Tiefe graben. Merkwürdig war auch die Lage der schwarz verschmierten Beine: Sie waren leicht angewinkelt, und damit sie in dieser Position blieben, hatte der Mörder ein Kleidungsstück unter die Füße gelegt.

»Bitte«, flehte Clara, »bitte lassen Sie mich jetzt in Ruhe.« Sie versuchte, das Zittern in ihrer Stimme zu verbergen. In ihrem Magen begann es wieder zu grummeln, der Druck an den Schläfen verstärkte sich. Und noch etwas stieg in ihr hoch, sie konnte es nicht benennen, es war nicht dieses kalte Entsetzen von vorhin, eher … Irritation.

Während sie nachdachte, hatte sie den toten Nicholas ganz deutlich vor Augen, nur dass er diesmal nicht in ihrem Büro lag, sondern im luftleeren Raum zu schweben schien. Diese schwarz verklebten Füße, dieser Armstumpf, der so aussah, als würde die Hand sich in den Boden graben.

Ihr Blick irrte durch den Gemeindesaal, blieb an der Tafel und den drei Kreisen hängen. ICH, GOTT, SAKRAMENT.

»Gibt es schon eine Erklärung, warum der Mörder das getan hat?«, fragte die aufdringliche Journalistin. »Hat die Polizei einen Verdacht? Handelt es sich um die Tat eines geistesgestörten Irren?« Sie verschluckte sich beinahe an den Fragen.

Ich habe so was schon mal gesehen, dachte Clara. Ich hab schon mal einen Menschen so wie Nicholas daliegen sehen.

Clara flüchtete aus dem Gemeindesaal von Sankt Andreas. Zunächst hatte es den Anschein gehabt, als würde sich die junge Journalistin mit den paar Brocken zufriedengeben, doch nun kam sie ihr über die Straße nachgelaufen.

»Wir kennen uns übrigens«, rief sie. »Letztes Jahr bei der Orgelmeile. Ich habe für HR4 darüber berichtet. Du hast mir ein paar O-Töne gegeben.«

Clara nickte geistesabwesend. Sie war noch etwa zwanzig Schritte vom Museum entfernt, vor dessen Eingang gerade ein grauer Wagen hielt.

Die Journalistin folgte ihrem Blick. »Scheint, als würde der Leichnam in die Pathologie gebracht. Kannst du mir nicht doch noch ein paar Informationen geben?«

Clara fragte sich, warum die Junge sie plötzlich duzte.

»Ich habe alles gesagt.«

»Aber was denkst du darüber? Wollte sich jemand an Nicholas rächen – so wie man ihn zugerichtet hat?«

Clara entging nicht, dass die andere Nicholas' Nachnamen weggelassen hatte, als sprächen sie über einen gemeinsamen Bekannten. Ein guter Trick, um Vertraulichkeit zu schaffen.

»Ich kann es mir nicht erklären«, sagte Clara knapp. »Ich muss jetzt los, etwas essen.«

»Wenn du magst, können wir in die Cucina delle Grazie gehen – ist doch gleich hier um die Ecke. Dort gibt's auch leckeren Kaffee. Ich lad' dich ein.«

»Nein«, wehrte Clara ab. »Nein, das halte ich für keine gute Idee.«

»Aber wenn dir etwas einfällt, wenn du darüber reden möchtest, dann rufst du mich doch an, oder?«

Die Junge drückte ihr ein Visitenkärtchen in die Hand. Anne Lercher. Clara konnte sich nicht erinnern, den Namen schon mal gehört zu haben; ebenso fremd war ihr der Name der Zeitung, für die die Journalistin offenbar inzwischen arbeitete.

»Alles klar«, sagte Clara und versuchte, freundlich zu lächeln, in der Hoffnung, die Nervensäge schneller loszuwerden. Es klappte, denn schließlich stapften die leuchtenden Strümpfe in den Ballerinas davon.

Die Atempause dauerte genau dreißig Sekunden.

»Na, großartig«, ertönte es rechts von ihr. »Jetzt reden Sie mit der Journaille!«

Clara fuhr herum.

Kommissar Hartmann stand vor dem Museum, die Hände

in den Hosentaschen versenkt. »Habe ich Ihnen vorhin nicht ausdrücklich gesagt, dass wir das übernehmen?«

Clara kam sich vor wie ein zurechtgewiesenes Kind. »Ich habe keine der Fragen beantwortet«, verteidigte sie sich hastig. »Diese Journalistin ist mir einfach nachgegangen, aber ich habe ihr jegliche Auskunft verweigert.«

»Der HR3 hat eben von einem verstümmelten Mordopfer berichtet«, sagte Hartmann anklagend, und obwohl es nicht Claras Schuld war, dass die Nachricht bereits die Runde gemacht hatte, senkte sie schuldbewusst den Kopf.

»Ich gebe nur Informationen weiter, die das Museum betreffen«, murmelte sie.

»Und welche wären das? Dass es heute wegen Regen geschlossen bleibt, oder was?«

Clara wollte sich nicht weiter auf diese Auseinandersetzung einlassen. »Haben Sie schon einen Anhaltspunkt? Ich meine, wer das war und … warum?«

Hartmann trat sehr dicht an sie heran, der Geruch seiner Lederjacke drang ihr in die Nase.

»Nein. Sie etwa?«

»Ich dachte, das wäre Ihr Job.«

»Und ich dachte, Sie hätten Nicholas Roth gekannt. Irgendwelche Vermutungen? Hatte er Probleme, hatte er Feinde?«

»Nicht dass ich wüsste, aber …« Clara zögerte, unsicher, ob sie sich ihm anvertrauen sollte. »Mir ist noch etwas aufgefallen«, sagte sie schließlich. »Die Art, wie sein Leichnam dalag, die kommt mir irgendwie bekannt vor. Ich meine, ich habe noch nie einen Toten gesehen, aber irgendwas an dieser Armhaltung … Ich weiß auch nicht, es fällt mir nicht recht ein, aber …« Sie geriet vollends ins Stammeln.

Hartmann verdrehte entnervt die Augen, ehe er laut »He!« schrie. Clara zuckte zusammen, aber der Schrei galt nicht ihr. »He, Luis! Kannst du mir was mitbringen?«

Der Kriminalbeamte ließ Clara stehen und rannte über die Straße zu seinem Kollegen, der offenbar auf dem Weg zur Wurstbude war. Der Wortwechsel drang bis zu Clara herüber. Hartmann wollte keine Wurst, auch keinen Fleischkäse, nur eine Brezel, aber nicht von der Wurstbude, sondern vom Brezen-Benno, der einen eigenen Stand hatte, an dem die Brezel halb so teuer war wie in der Bäckerei.

Wieder fühlte Clara, wie ihr ganz flau im Magen wurde. Vielleicht sollte sie ins Schirn-Café gehen, gleich gegenüber der gleichnamigen Kunstsammlung, und schauen, was dort als Mittagsgericht angeboten wurde. Oder zu dem Suppenladen, der um die Ecke aufgemacht hatte.

Ehe sie sich aufraffen konnte, fiel ihr Blick auf ein Auto, das direkt vor dem Museum parkte, im absoluten Halteverbot, genau wie ihres. Ein Mann lehnte an der geschlossenen Fahrertür und sah sie vorwurfsvoll an.

Mist!, dachte sie. Mist, Mist, Mist! Der hat mir gerade noch gefehlt!

5

Simon beobachtete Clara durchs Autofenster. Er hatte gleich gegenüber vom Museum geparkt, war aber noch nicht ausgestiegen. Hartmann erwartete ihn bestimmt alles andere als ungeduldig. Dass Bückner den Neuen seinem Team zugeteilt hatte, empfand der Hauptkommissar bis heute als Beleidigung.

Simon konnte sich noch gut an seinen ersten Arbeitstag beim LKA erinnern, als Hartmann endlos Scheintelefonate geführt hatte, um ihn möglichst lange warten zu lassen.

»Ich kann mir vorstellen, dass Sie ein guter Mann sind«, hatte er schließlich erklärt und entschuldigend die Hände gehoben. »Aber ich habe einfach keine Verwendung für Sie.«

»Echt?«, hatte Simon gefragt, und was gut funktionierte, um Dora zu provozieren, tat auch hier seine Wirkung.

Hartmanns aufgesetztes Lächeln schwand. »Wir brauchen niemanden vom BKA, der uns auf die Finger schaut.«

»Na dann«, hatte Simon schulterzuckend gemeint.

»Machen Sie sich eben nützlich, wenn Sie können, aber stören Sie nicht«, hatte Hartmann geschnaubt.

Seither verging kein Tag ohne bissige Bemerkung. Dora meinte immer, er müsse einfach selbstbewusster auftreten. »Du bist zu fein, zu still für diese Truppe.«

»Das tue ich mir ganz sicher nicht an, den Obermacker zu geben.«

»Was du Stolz nennst, ist für solche Typen Schwäche.«

Wahrscheinlich hatte Dora recht. Auch damit, dass sich Clara nicht so viel von ihrem Exmann, Doras Bruder, gefallen lassen solle.

Simon bemitleidete Clara, als er sah, wer vor dem Museum auf sie wartete. Sichtlich gedrückt ging sie auf den Mann zu, und nicht zum ersten Mal nahm Simon diesen leicht gequälten Gesichtsausdruck an ihr wahr.

Ihre »Leidensmiene« nannte Dora das, obwohl sie Clara mochte und im Übrigen gut damit leben konnte, wenn Menschen in ihrer Gegenwart litten, Hauptsache, sie taten es nicht zu laut und nicht zu auffällig.

Clara war diesbezüglich unkompliziert. Sie würde nie einen netten Smalltalk stören oder mitten in der Nacht anrufen.

Clara ist eine pflegeleichte Freundin, ging es Simon durch den Kopf. Und ich ein pflegeleichter Ehemann. Wir sind nie lauter als Dora, nie lustiger, nie schicker gekleidet. Tolle Statisten.

Was du Stolz nennst, ist für solche Typen Schwäche …

Wahrscheinlich galt das nicht nur für »solche Typen«, sondern auch für Dora selbst.

Manchmal trafen sich Claras und seine Blicke, wenn Dora vor versammelter Mannschaft einen ihrer großen Auftritte hinlegte. Nie hatte er Verachtung in den Augen seiner Exschwägerin gelesen, sondern immer Verständnis – und ein ganz klein wenig Überdruss.

Clara hatte das Auto erreicht, und der Mann fing an, auf sie einzureden. Sie kam Simon sehr blass vor, was vielleicht nicht nur an dem Schock, sondern auch an dem rosa Pulli lag.

»Ich verstehe nicht, warum sie keine kräftigeren Farben

trägt«, hatte Dora einmal gesagt. Sie selber sparte nicht mit kräftigen Farben und genoss es, der absolute Hingucker bei jeder Gesellschaft zu sein. »Clara ist doch eigentlich eine hübsche Frau. Na gut, ihre Haare sind ein wenig zu dünn, einen etwas dunkleren Farbton könnten sie auch vertragen, und in ihrem Gesicht müsste sie andere Akzente setzen, aber ansonsten kann man was aus ihr machen. Hast du mal die Hochzeitsfotos von ihr und Philip gesehen? Da hatte sie natürlich einen Visagisten.«

Simon kannte die Hochzeitsfotos, aber Clara fiel darauf nicht sonderlich auf. Dora hingegen hatte sich gekonnt in Szene gesetzt.

»Ich habe die beiden verkuppelt«, hatte sie behauptet, solange Philip und Clara glücklich verheiratet gewesen waren.

»Wie kommt ihr auf die Idee, dass ich sie verkuppelt habe?«, hatte sie nach deren Scheidung irritiert gefragt, um hinzuzufügen: »Ich habe doch gleich gesehen, dass sie nicht zusammenpassen.«

Simon überlegte, ob er aussteigen und Clara helfen sollte, aber er wusste nicht, wie.

»Auch endlich hier?«

Simon zuckte zusammen, als Hartmann an sein Autofenster klopfte, und stieg hastig aus dem Wagen.

Der Kommissar kaute an einem Bissen Brezel. Im Schlepptau hatte er einen Mitarbeiter, den Simon noch nicht kannte und aus dessen Mundwinkel eine Zigarette hing.

»Ich verstehe gar nicht, wie du noch rauchen kannst, Mike«, sagte Hartmann zu ihm. »Wär' mir zu schade ums Geld. Also, Kollege Fabiani, was machen Sie hier?«

Simon hasste es, wie Hartmann das i am Ende seines Namens immer betonte, so unnatürlich, als wäre die Tatsache, dass ihm irgendein italienischer Vorfahre diesen Nachnamen eingebrockt hatte – während er doch weder schwarze Haare noch funkelnde Augen noch irgendwelche Machoqualitäten besaß –, ein weiterer Minuspunkt. Nicht dass der noch besonders gezählt hätte.

»Ich will mir den Tatort ansehen und …«, setzte Simon an.

»Spusi ist bald fertig«, fiel Hartmann ihm ins Wort und wandte sich an Mike. »Keine nennenswerten Spuren. Der Täter scheint nach dem Mord einfach seelenruhig rausspaziert zu sein. Bei der Tat selber ist er äußerst geschickt vorgegangen. Fingerabdrücke, Stofffasern – alles Fehlanzeige. Ich glaube nicht, dass wir den Raum versiegeln müssen. Leiche ist schon ab zur Rechtsmedizin. Da kann sich unser Doktor Tod 'nen schönen Nachmittag mit machen. In einer halben Stunde ist Besprechung im Präsidium.«

»Hat die Museumsmaus ein Alibi?«, fragte Mike.

Hartmann konnte nicht antworten, er hatte gerade wieder von seiner Brezel abgebissen.

»Ja, das hat sie«, erklärte Simon. »Clara Mohr ist eine Freundin meiner Frau. Sie war gestern Abend bei uns. Der Arzt meinte eben, Nicholas Roth sei seit mindestens zwölf Stunden tot.«

»Kannten Sie den Toten womöglich auch?«

Simon sah Hartmann an, dass er eine Chance witterte, ihn loszuwerden. »Persönlich involviert« hieß das Zauberwort.

»Nein, ich kannte ihn nicht«, erklärte er, um sogleich fortzufahren: »Ich bin hier, weil uns der Tatort über die Spurensicherung hinaus noch eine Menge verraten könnte.«

»Ach ja? Was kann er uns denn verraten? Lassen Sie mich

überlegen. Ich tippe mal, der Täter kam mit Mordabsichten. Normalerweise trägt man eine Schusswaffe und eine Axt nicht zufällig mit sich rum. Und da es hier nirgendwo Fingerabdrücke gibt, wird er wohl Handschuhe getragen haben.«

»Die Frage ist doch: Warum wurde der Mord hier ausgeführt? Wenn der Täter Nicholas Roth gekannt hätte, hätte er ihn auch woanders töten können«, meinte Simon und tat so, als hätte er Hartmanns höhnischen Unterton überhört. »In seiner Berliner Wohnung oder in dem Hotelzimmer, das er hier in Frankfurt hatte.«

»Hier war er ungestört.«

»Kann sein. Aber interessant ist doch, dass der Tatort im weitesten Sinne mit Nicholas Roths Beruf zu tun hat. Womöglich richtet sich die Tat nicht gegen ihn als Privatperson, sondern als künftigen Museumsdirektor.«

»Okay«, meinte Hartmann sarkastisch, »jetzt müssen wir nur noch klären, warum der Mörder den Mann niedergeschlagen, gefesselt und geknebelt hat, warum er ihn danach auszog, ihm die Nase kaputttrat und die Hand abhackte.«

»Erst anschließend hat er ihn erschossen, wenn ich recht informiert bin«, ergänzte Simon schnell. »Das heißt, er wollte ihm Schmerzen zufügen. Allerdings hat er ihn offenbar nicht langsam zu Tode gefoltert.«

»Tja, und dann bliebe noch zu klären, warum Roths Füße mit Teer bestrichen waren. Und warum man auf seinen Rücken Federn geklebt hat. Aber das dürfte ja kein Problem sein, so was erleben wir ja alle Tage.«

Simon ignorierte die Bemerkung. »Er hat ihn nicht nur verstümmelt und getötet«, stellte er fest. »Der Mörder hatte ein Interesse daran, Roth über den Tod hinaus zu demütigen, ihn bloßzustellen – deswegen die Nacktheit. Und was den Rest anbelangt, glaube ich nicht, dass irgendein Detail dem Zufall entspringt. Der Mörder wusste, was er wollte, er hat sich einen entsprechenden Plan zurechtgelegt – und er hat ihn Schritt für Schritt umgesetzt. Er hat sich Zeit dafür genommen, eine Botschaft zu übermitteln, quasi ein Statement zu diesem Nicholas Roth abzugeben.«

»Clever kombiniert«, ätzte Hartmann und tauschte mit dem rauchenden Mike ein Grinsen. »Auf so eine Idee würde ein armes Hirn wie meins nie kommen. Gott sei Dank haben wir einen Psychologen, der uns das erklärt. Haben Sie zufällig schon rausgefunden, ob der Täter als Kind Bettnässer war?«

»Sie wissen ganz genau, dass ich kein Psychologe bin, sondern Kriminalbeamter wie Sie«, erklärte Simon. »Ich war jahrelang im Deliktsbereich tätig, erst danach habe ich die Ausbildung zum Fallanalytiker begonnen.«

Hartmann ging nicht darauf ein. »War er nun ein Bettnässer oder nicht?«

»Es geht hier nicht um die Persönlichkeitsmerkmale des Täters. Sein Profil ist völlig sekundär. Es geht um die Analyse seines Verhaltens. Wir müssen aus der objektiven Spurenlage den Tathergang rekonstruieren. Dabei ist es legitim, Vermutungen anzustellen – auch wenn sich die später vielleicht als hinfällig erweisen. Das ist wie eine Art Brainstorming.«

»Ach, du Scheiße!«, stieß Hartmann hervor.

Mikes Grinsen wurde breiter. »Wenn jede Vermutung erlaubt ist, will ich es mal versuchen«, mischte er sich ein. »Dieser Typ da drinnen, der Tote, steckte in irgendeiner unschönen Sache drin. Und jetzt hat man ihm sein Händchen abgehackt, damit er nie wieder was Böses anstellen kann.«

»Und warum dann der Teer an Beinen und Rücken?«, fragte Hartmann.

»Nun«, Mike zuckte mit den Schultern, »als Zeichen, dass er mit beiden Beinen in der Scheiße steckte, sich förmlich darin gewälzt hat. Und dafür hat er nun eins auf den Deckel gekriegt.«

Obwohl Simon sich sicher war, dass der junge Beamte ihn nur verarschen wollte, ging er darauf ein.

»Da könnte was dran sein«, sagte er. »Aber in erster Linie gilt es nicht zu analysieren, was der Täter beabsichtigt hat und warum, sondern, wie er vorgegangen ist. Und das erscheint sehr planmäßig, durchdacht, gründlich. Ich glaube …«

»Wir machen's auf meine Weise«, unterbrach Hartmann ihn rüde, ehe er sich wieder an Mike wandte. »Dieses ganze diffuse Blabla bringt doch nix. Zum Täter führt uns das Opfer. Also will ich möglichst viel über das Opfer wissen. Wir rekonstruieren seinen gestrigen Tagesablauf. Und wir sprechen mit sämtlichen Bekannten, Kollegen, seiner Familie. Seine Frau lebt ihn Berlin, richtig?«

»Haben Sie nicht eben gesagt, dass wir die Besprechung im Präsidium abhalten?«

Kurz schien Hartmann irritiert zu sein. »Klaro, dann teilen wir die Ermittlungsgruppen ein. Darf ich davon ausgehen, dass Sie, Herr Kollege, sich erst noch den Tatort ansehen, da der ja so aufschlussreich ist?«

»Wir sollten noch eine Sache klären, nämlich ob …«

»Ich habe vollstes Vertrauen in Sie, Fabiani.« Hartmann zog wieder das i am Ende in die Länge. »Gehen wir«, sagte er zu Mike.

Philip blieb ans Auto gelehnt stehen, als Clara ihn erreichte. Sein Lächeln war freundlich – zumindest konnte man es dafür halten, wenn man ihn nicht kannte.

»Wie geht es dir, liebe Clara? Ich hoffe doch, gut«, begann er mit samtiger Stimme. »Sicher hast du einen ganz tollen Vormittag gehabt, wenn auch sehr arbeitsreich, und deswegen hast du vergessen, unsere Tochter von der Vorschule abzuholen, obwohl das seit einigen Tagen so ausgemacht war. Aber macht ja nichts, darin bist du schließlich richtig gut – andere Menschen irgendwo sitzen zu lassen. Die Schulleiterin hat mich angerufen. Katharina war in Tränen aufgelöst. Gott sei Dank konnte ich sie trösten, und jetzt ist sie bei einer Freundin, ich habe nämlich nachher noch einen wichtigen Termin. Auch wenn der sicher nicht so wichtig ist wie deine Termine.«

Philips Lächeln wurde breiter, auch den letzten Satz hatte er im gleichbleibenden freundlichen Singsang hervorgebracht.

»Philip …« Clara zögerte. Sie wollte sich nicht rechtfertigen, denn aus Erfahrung wusste sie, dass Erklärungen alles noch schlimmer machten. Im besten Fall würde sie ein weiteres zynisches Lächeln ernten, im schlimmsten Fall würde ihr jene Mischung aus kindlichem Trotz und tiefer Gekränktheit entgegenschlagen, auf die nach Beziehungskrachs meist eisiges Schweigen gefolgt war.

Es liegt an dir, hatte dieses Schweigen verkündet, nur an dir. Ich biete dir ein traumhaftes Leben, alle Frauen beneiden dich, und du kannst einfach nicht glücklich sein.

Früher hatte sie den Fehler gemacht, ihm zu erklären, dass sich das Leben, das er ihr auf dem Silber-, nein, Goldtablett servierte, auch nach fünf Jahren nicht wie das eigene anfühlte, sondern wie eine Filmrolle. Eine richtig tolle Filmrolle, sogar eine oscarträchtige, aber eben nicht die, die sie spielen wollte. Sie wollte ein zurückgezogenes Leben führen, ein unbeobachtetes, ein selbstbestimmtes. Sie wollte für das Kleid, das sie beim Frankfurter Presseball trug, weder gelobt noch kritisiert werden. Und schon gar nicht wollte sie einem Society-Reporter verraten müssen, von welchem Designer es stammte.

Einmal – sie trug Dior – hatte sie auf eine entsprechende Frage geantwortet: »H&M, was glauben Sie denn?«

Niemand hatte das lustig gefunden, weder der Reporter noch Philip. Andere Frauen würden solche Events genießen, hatte er ihr vorgeworfen.

»Weißt du, Clara«, sagte Philip jetzt, und diesmal klang es nicht süßlich, sondern ernsthaft und nachdrücklich. »Weißt du, du hast mich Knall auf Fall verlassen, das ist in Ordnung, ich bin erwachsen, ich komme darüber hinweg. Aber du kannst dein Kind nicht verlassen, du kannst nicht …«

»Jetzt hör aber auf!«, fiel sie ihm scharf ins Wort. Sie atmete tief durch. »Nicholas Roth ist tot«, fügte sie etwas gemäßigter hinzu.

Philip schwieg und gab ihr die Gelegenheit, ihn genauer zu mustern. Seine Kleidung war schlicht, aber elegant: ein schwarzer Boss-Anzug und ein weißes Hemd von Baldessarini, ausnahmsweise keine Krawatte. Er trug die Haare jetzt kürzer, sportlicher, nicht mehr so wellig wie zu Beginn ihrer Ehe. Sie standen vom Kopf ab, vielleicht hatte er sie gegelt, obwohl das eigentlich nicht sein Stil war. Schlicht, aber elegant war sein Motto, am besten von nichts zu viel: nicht zu laut, nicht zu heftig, nicht zu gefühlsgeladen.

»Triffst du dich etwa noch mit *dem*?«, fragte er kalt. Die zynische Phase schien beendet zu sein. Die zwei Nächte währende Affäre mit Nicholas Roth war eine der schlimmsten Beleidigungen, die sie Philip je zugefügt hatte, fast so schlimm, wie ihn zu verlassen. Aber er war großmütig gewesen, geduldig mit ihr, nicht zu laut, nicht zu heftig, nicht zu gefühlsgeladen. Am Ende hatte er ihr verziehen. Klar, sie hatte nur fremdgevögelt, weil sie unter Druck gestanden hatte. *Du Arme, es ist nicht so, dass ich kein Verständnis dafür hätte, aber jetzt reiß dich wieder zusammen.*

Clara hatte sich nicht zusammengerissen.

»Er wollte demnächst einen Job hier in Frankfurt antreten. Am Städel-Museum. Philip, er ist ermordet worden!«

Philip kniff die Lippen zusammen, erst recht gekränkt, weil sie ihm nicht mal den gerechten Ärger gönnte.

»Ich wusste nicht, dass ihr noch Kontakt hattet«, bemerkte er spitz. »Weiß seine Frau davon?«

»Hörst du mir eigentlich zu? Er ist tot! Er ist in meinem Museum erschossen worden. Sie haben ihm …«

»Und was hatte er bitte schön in deinem Museum verloren?«

»Das geht dich gar nichts an«, rief sie heftig, um kleinlaut hinzuzufügen: »Ich habe mich mit ihm zu einem späten Kaffee getroffen, und danach wollte er etwas faxen oder kopieren oder was weiß ich, und deswegen …«

»Stimmt«, fiel Philip ihr ins Wort, »es geht mich nichts an. Mir ist völlig egal, ob du mit ihm Kaffee getrunken oder gefickt hast. Glaub nicht, ich könnte einen Schlussstrich nicht akzeptieren. Du wolltest deine Freiheit – bitte schön, jetzt hast du sie. Aber leb sie gefälligst nicht auf Kosten unserer

Tochter aus. Sie hat das nicht verdient.« Mit einem Ruck löste er sich von seinem Wagen, stieg ein und knallte die Tür zu.

»Philip …«

Er startete, und seine Worte wurden fast vom Geräusch des Motors übertönt. »Ich hole Katharina später ab. Du musst dich heute nicht um sie kümmern. Aber wenn du sie noch einmal enttäuschst, dann wirst du mit den Konsequenzen leben müssen.«

Die Reifen quietschten, als er losfuhr. Er war kaum um die Ecke gebogen, als Clara ein kalter Tropfen traf. Sie blickte nach oben in den grauen Himmel, es begann wieder zu regnen.

Im Eingangsbereich traf sie auf Simon. Er stand vor dem Museumsshop und musterte den Stand mit den Ansichtskarten.

Als er sie bemerkte, fuhr er herum. »Clara! Gut, dass ich dich noch treffe. Es tut mir so leid, was geschehen ist.«

Seine Stimme war leise und sanft. Clara konnte sich nicht erinnern, jemals erlebt zu haben, dass ihr Schwager laut wurde. Undenkbar, dass er Dora anschrie. Und genauso schwer vorstellbar war, dass er sich mit dieser sanften Stimme bei einem Vorgesetzten wie Hartmann durchsetzen konnte.

»Du bist hier?«, fragte sie.

»Ja«, sagte er. »Sie haben mich dazugerufen, das heißt, Bückner, der Chef der Abteilung, hat mich geschickt. Hartmann war nicht so begeistert. Du dürftest ihn ja mittlerweile kennengelernt haben.«

Clara verzog ihr Gesicht zu einer Grimasse. »Hat man schon eine Ahnung, wer …?«

Simon schüttelte den Kopf. »Die Ermittlungen stehen ganz am Anfang. Möchtest du dich setzen, du siehst blass aus.«

»Ehrlich gesagt, möchte ich vor allem etwas essen«, bekannte sie.

Knapp fünf Minuten später erreichten sie das Schirn-Café. Der Weg dorthin führte durch einen Holzverbau entlang der Ausgrabungen einer römischen Siedlung. Sie betraten das Lokal, gingen an der langgezogenen, ellipsenförmigen Bar vorbei in den hinteren Teil und nahmen vor einer grellgelben Wand im Schatten zweier Säulen Platz. Zu ihrem Essen bestellte sich Clara einen doppelten Espresso macchiato und eine Ingwer-Orange-Bionade. Als der Kaffee kam, nahm sie schnell ein paar kleine Schlucke und spürte, wie sich Wärme in ihrer Brust ausbreitete, wie sie kurz, sehr kurz, alles vergessen konnte – das nasskalte Wetter, das frühe Aufstehen, den Schock über den Toten, nicht zuletzt Philip und seine Vorwürfe.

Aber dann ging ihr auf, wie bitter der Kaffee schmeckte. Sie hatte vergessen, ihn zu zuckern, sie hatte auch Katharina vergessen, und das hätte ihr niemals passieren dürfen, nicht einmal an einem Tag wie heute; was war sie nur für eine Mutter.

»Wie gut kanntest du Nicholas?«

Simons Frage klang ehrlich interessiert, und sie vermutete, dass er nichts von ihrer kurzen Affäre mit ihm wusste. Warum auch, Dora würde mit ihm nicht über eine Sache reden, die nicht mit ihr selber zu tun hatte.

»Ein alter Bekannter«, log sie. »Er ist einfach ein alter Bekannter. Ich verstehe überhaupt nicht, wie jemand so etwas tun kann. Warum hat man ihm bloß die Hand abgehackt?«

Simon zuckte die Schultern. »Was weißt du über ihn?«, fragte er zurück.

»Er ist einige Jahre älter als ich, Ende dreißig, vielleicht hat er seinen Vierzigsten schon gefeiert. Seine Familie lebt in Berlin, aber sie wollten mit ihm demnächst nach Frankfurt ziehen. Eigentlich stammt er aus dieser Gegend, seine Frau auch. Wenn ich es richtig im Kopf habe, wollte gerade sie immer nach Frankfurt zurück.«

»Kennst du sie?«

»Karola Roth? Nur flüchtig.« Clara dachte nach. »Sie haben sehr früh geheiratet, weil ein Kind unterwegs war.«

»Wie viele Kinder hatte er?«

»Zwei Söhne. Der erste muss so um die achtzehn sein, der zweite kam relativ kurz danach. Ich weiß gar nicht, ob Nicholas beim ersten Kind schon Assistent an der Uni war. Ich glaube, er hat da noch studiert.«

»Auch nicht leicht, so ohne Kohle«, warf Simon ein.

»Ohne Kohle? Nicholas?« Clara lächelte flüchtig. »Da irrst du dich. Nicholas kommt aus einem richtig reichen Stall. Sein Vater hatte ein eigenes Unternehmen, irgendwas mit Autoteilen. Anfangs war es kaum mehr als eine Werkstatt, aber am Ende hatten sie mehr als zweihundertfünfzig Filialen in ganz Deutschland. Ich glaube, er wollte, dass einer seiner Söhne das Geschäft übernimmt, Nicholas oder sein Bruder, aber die haben sich gesträubt, wollten was anderes machen. Der Vater hat nur schwer verkraftet, dass Nicholas ausgerechnet Kunstgeschichte studiert hat, aber irgendwann hat er sich damit abgefunden. Am Ende hat er den Betrieb an einen Riesenkonzern verkauft, dem er bis dahin Konkurrenz gemacht hatte. Da ging's um zig Millionen, damals noch Mark. Auf jeden Fall reden wir von einem zweistelligen Millionenbetrag. Bald darauf ist er gestorben und hat alles den Söhnen vererbt.«

»Nicholas ist … war also wohlhabend.«

»Du meinst, das könnte ein Motiv sein?«

»Ich weiß nicht. Du hast einen Bruder erwähnt, kennst du den auch?«

»Alexander Roth? Nur flüchtig. Ich bin ihm ein-, zweimal begegnet, ich weiß gar nicht mehr, bei welchem Anlass. Vielleicht bei einer Geburtstagsparty. Er muss jünger sein als Nicholas, ja, ganz sicher ist er das, Nicholas hat immer gesagt, dass er der Stammhalter ist. Alexander hat den Vater genauso enttäuscht wie sein älterer Bruder. Kunstgeschichte interessierte auch ihn mehr als Autos. Er hat eine eigene Galerie, ich meine, sogar hier in Frankfurt. Müsstest du nicht eigentlich auf dem Präsidium sein? Hast du überhaupt Zeit, mit mir hier zu sitzen?«

»Ich bin nicht so gern dabei, wenn Hartmann sein Revier absteckt. Ich bin dann meistens der Erste, den er anpisst … 'Tschuldigung.«

»Schon gut.« Clara lächelte. »Er scheint ein ziemlicher Kotzbrocken zu sein.«

In dem Moment kam die Kellnerin und brachte das Essen. Bunter Salat mit Honig-Sesamhuhn und Wassermelone für Clara. Putenrollbraten mit Zucchini, Parmesan und Bratkartoffeln für Simon – beides Gerichte des täglich wechselnden Lunch-Specials.

Die ersten Bissen nahmen sie schweigend zu sich.

»Clara, ich will dir den Appetit nicht verderben«, begann Simon schließlich und tupfte sich mit der Serviette den Mund ab. »Aber du hast Nicholas Roth doch gestern getroffen. Man wird dich sicher noch mal dazu befragen, aber schon mal vorab: Ist dir irgendetwas aufgefallen? Hat er etwas Merkwürdiges gesagt? Irgendwas erwähnt, was er sonst noch vorhatte, wen er treffen wollte?«

»Nein«, sagte sie. »Er hat viel von seinem neuen Job erzählt. Wie er ihn bekommen hat, und wie sehr er sich darauf freut. Wir haben überlegt, ob es ein Projekt gibt, bei dem wir zusammenarbeiten könnten, irgendeine museumsübergreifende Ausstellung zum Beispiel.«

Sie sah Nicholas' gönnerhaftes Lächeln noch vor sich. Am charmantesten war er immer zu Leuten gewesen, denen er überlegen war und von denen er keine Konkurrenz zu befürchten hatte. Er der Direktor des Städels, sie die Leiterin des Museums für sakrale Kunst. Ein himmelhoher Unterschied, den man gar nicht erst erwähnen musste.

»Also gibt es nichts, was dir im Nachhinein sonderbar vorkommt?«

»Nein«, wiederholte sie, »nichts.«

Das Bild des Toten ging ihr durch den Kopf, wieder so schablonenhaft wie vorhin im Pfarrgemeindesaal, losgelöst von Raum und Zeit. Und irgendwie vertraut. Die fehlende linke Hand, die schwarzen Füße, die dunklen Flecken auf den Schulterblättern, wie abgerissene Flügel.

»Ja?«, fragte Simon.

»Wie bitte?«

»Du hast grad die Stirn gerunzelt, als würdest du über etwas Bestimmtes nachdenken.«

»Du bist ein guter Beobachter.«

»Das ist Teil meines Jobs.«

»Ich weiß.« Clara nahm einen Bissen Salat. »Aber nein, da war nichts, nichts von Bedeutung.«

Einige Stunden später ließ Clara ihre Handtasche auf den terrakottafarbenen Steinfußboden im Flur fallen, schlüpfte aus den braunen Schuhen und schob sie mit den Zehenspitzen achtlos zur Seite. Im Wohnzimmer sank sie augenblicklich auf die Couch. Zuerst legte sie sich auf den Bauch und vergrub den Kopf im Kissen, bis endlich das schmerzhafte Pochen, das am Nachmittag immer schlimmer geworden war, nachließ. Dann stand sie auf, um eine Kleinigkeit zu essen. Sie hatte Sushi gekauft, im Untergeschoss der Galeria Kaufhof an der Hauptwache, wo es ein Riesenangebot an vegetarischen Sorten gab – Clara mochte keinen rohen Fisch –, und jetzt aß sie, in der Küche stehend, rasch ein paar Bissen von den Tamago mit Ei und den Inari mit Tofu.

Sie war bis zum frühen Abend im Museum geblieben, obwohl sie ihr Büro nicht hatte betreten dürfen. Irgendwie wäre es ihr pietätlos erschienen, einfach zu gehen.

Ob man Nicholas' Frau Karola schon informiert hatte? Ob seine Söhne es schon wussten?

Sie konnte sich gar nicht mehr daran erinnern, wie die beiden hießen, vielleicht hatte Nicholas es ihr auch nie gesagt.

Clara aß die Sushi direkt aus der Plastikhülle, deckte sie aber bald mit Frischhaltefolie ab, denn schon die wenigen Bissen lagen ihr wie Steine im Magen.

Auf der Suche nach einem Magenbitter öffnete sie den Küchenschrank. Normalerweise hatte sie keinen Alkohol zu Hause, nahm nur hin und wieder aus dem Supermarkt ein kleines Fläschchen Underberg oder Fernet Branca mit.

Sie fand keinen Underberg, zu ihrem eigenen Erstaunen jedoch eine halb leere Wodkaflasche. Erst als sie sie öffnete und an die Lippen setzte, erinnerte sie sich, dass der Wodka von ihrer kleinen Einstandsparty stammte, in deren Verlauf Dora unbedingt einen Cosmopolitan hatte trinken wollen.

»Was ist denn das?«, hatte Eugen gefragt, ein entfernter Verwandter der von Haidhausens, der – von Dora einmal abgesehen – als Einziger der Familie bereit war, über Claras Scheidung hinaus mit ihr in Kontakt zu bleiben.

»Das ist der Cocktail, den sie in ›Sex and the City‹ immer getrunken haben«, hatte Clara erklärt.

»Gütiger Gott!«, hatte Eugen theatralisch ausgerufen. »Wann habt ihr denn zuletzt ferngesehen? ›Sex and the City‹, was für 'n Bullshit. Heute guckt man ›Girls‹.«

Clara hatte »Girls« noch nie gesehen, aber Dora nickte. »Ich hab in der *FAZ* unlängst einen Artikel über Lena Durham gelesen. Können wir trotzdem einen Cosmopolitan trinken?«

Clara war in den nahen Supermarkt gegangen und hatte eine Flasche Wodka sowie Zitronen- und Cranberry-Saft gekauft. Nur Cointreau gab es nicht.

»Macht nix«, hatte Dora gemeint. »Blöd nur, dass du keine Eiswürfel hast.«

Eugen hatte ihnen auf seinem Tablet eine Folge »Girls« vorgespielt. Das Bild hatte gerauscht.

Clara nahm drei Schlucke Wodka. Eigentlich waren es sechs, aber sie waren so winzig, dass sie im Grunde als drei durchgehen konnten. Danach nahm sie allein schon aus Trotz noch einen siebten und einen achten. Sie konnte trinken, so viel sie wollte, es gab niemanden, vor dem sie sich rechtfertigen musste, niemanden, nur …

Ob sie Katharina anrufen und sich bei ihr entschuldigen sollte? Ihr erklären, warum Mama sie nicht aus der Vorschule abgeholt hatte, obwohl Mama ohnehin so selten da war, nur jedes zweite Wochenende und in den Ferien?

Mama wohnte ja jetzt nicht mehr auf dem Schloss.

Ihr fiel keine Ausrede ein, mit der sie einer Fünfjährigen ihre Vergesslichkeit erklären konnte, ohne den Tod von Nicholas zu erwähnen.

Nicholas.

Der nackte, blutüberströmte Nicholas.

Mit der Wodkaflasche in der Hand ging sie zurück ins Wohnzimmer, der Raum drehte sich ein wenig, oder vielleicht war sie selbst es, die nicht gerade stehen konnte. Ihr Blick fiel auf das Bücherregal, auf die Bildbände im vierten Fach von oben. Michelangelo, Caravaggio, die Sixtinische Kapelle und …

Clara trank einen letzten Schluck, dann stellte sie die Flasche auf dem Boden ab. Das Bild vor ihren Augen zerstob in kleine Funken, als sie sich wieder aufrichtete. Als sie sich an die Wand lehnte, fiel ihr ein, woran Nicholas Roths Leichnam sie erinnerte.

6

Ralph Volkers zog die feuchte Wäsche aus der Trommel. Mist, er hätte sie schon viel früher aufhängen sollen. Jetzt würde er die Knitter nicht mehr rauskriegen, und aufs Bügeln hatte er keine Lust.

Das war der Vorteil der »Pension Mama«: Bevor er nach Frankfurt gezogen war, hatte seine Mutter selbstverständlich für ihn gewaschen und gebügelt. Und jeden Tag das Frühstück für ihn gemacht und abends für ihn gekocht. Wobei er Letzteres weniger vermisste, schon gar nicht die Grüne Soße. Essen konnte man sich auch vom Pizzaservice kommen lassen oder mikrowellenfertig einkaufen, aber die Hemden erinnerten ihn jedes Mal daran, dass er noch ziemlich arm war. Natürlich nicht gemessen an seinen Kommilitonen, die ihn bei jeder Gelegenheit anpumpten und ständig fragten, woher er so viel Geld habe, obwohl er doch neben dem Studium nicht jobbte.

Viel Geld, zum Totlachen! Nur weil man sich ’ne eigene Wohnung, ein paar teure Klamotten und regelmäßiges Ausgehen leisten konnte, war man doch noch nicht reich.

Reich war man, wenn man sich eine Haushälterin leisten konnte, die für einen die Wäsche machte.

Nadja war leider für so was nicht zu gebrauchen. Sie übernahm manchmal den Abwasch, putzte Bad und Klo und saugte Staub, aber bügeln konnte sie nicht.

Der Wäschekorb war voll, eines der Hemden sah rosa verfärbt aus, aber vielleicht sah man das nicht mehr, wenn der Stoff erst mal trocken war. Ralph schloss die Trommel mit einem lauten Knall und erhob sich, um den Korb mit nach oben zu nehmen.

Anfangs war er froh gewesen, diese Wohnung bekommen zu haben. Sie war luxuriöser als alles, was er bisher gekannt hatte – obwohl das natürlich nicht sehr viel war. Eigentlich nur sein Zimmer in der Wohnung seiner Mutter, ein kleines Loch, total altmodisch eingerichtet, fast die Hälfte des Raums wurde von einem Eichenschrank eingenommen. Seine Mutter legte die zusammengefaltete Wäsche immer in das mittlere Fach. Er deponierte sie später im obersten Fach, wohin seine Mutter nicht gelangte. Auch wenn sie alles für ihn machte – so viel Autonomie musste sein. Die eigene Wohnung schließlich auch.

»Du hast doch hier alles, was du brauchst«, hatte seine Mutter gesagt. Dass sie Angst vor der Einsamkeit hatte, gab sie nicht zu, auch wenn er es ihr ansah.

Manchmal verstand er, was sie meinte. Manchmal dachte er, bei ihr wäre das Leben entschieden einfacher gewesen.

Im grellen Licht des Aufzugs wirkte das Hemd noch röter. Seiner Mutter wäre das nicht passiert.

Er erreichte das Dachgeschoss und öffnete die Aufzugtür mit dem Rücken. Vor seiner Wohnung angekommen, stutzte er. Die Tür war nicht verschlossen, sondern nur angelehnt. Verwirrt runzelte er die Stirn, er konnte sich nicht erinnern, sie offen gelassen zu haben, als er in den Keller gegangen war.

Er stupste mit dem Fuß dagegen und stellte den Wäschekorb im Flur ab. Er hatte nicht direkt Angst, warf aber dennoch einen prüfenden Blick in Richtung Küche und Bad. Niemand war zu sehen, auch im Wohnschlafzimmer schien alles unverändert.

Ralph Volkers schloss die Wohnungstür hinter sich. So schlampig durfte er künftig nicht mehr sein, womöglich klaute ihm sonst noch jemand was aus der Wohnung. Jetzt, wo er auch etwas besaß, was sich zu klauen lohnte. Mit einem zufriedenen Grinsen dachte er an das Geld, das er erhalten hatte. Er sollte die Scheine schleunigst auf die Bank bringen – nicht dass ihm noch Zinsen verlorengingen. Aber zuvor musste er prüfen, welche Anlagemöglichkeit am vielversprechendsten war. Das würde er schön selber tun. Die Bankangestellten, diese Idioten, hatten entweder keine Ahnung, oder sie waren Betrüger, die ihn absichtlich aufs falsche Pferd setzen ließen.

Ralph Volkers schob den vollen Wäschekorb mit dem Fuß ins Wohnzimmer und ging dann ins Bad, um den aufklappbaren Wäscheständer zu holen.

Als er wieder ins Wohnzimmer kam, war irgendetwas anders. Er konnte nicht genau sagen, was es war, spürte aber, wie sich eine Gänsehaut über seine Arme ausbreitete, die Schultern erreichte, über den Rücken rieselte. Sein Körper reagierte auf eine Bedrohung, noch ehe sein Hirn überhaupt erfasst hatte, dass es sie gab.

»Blödsinn!«, sagte er laut und sah zum Fenster.

Das Licht hatte sich verändert, als sich eine Wolke vor die Sonne geschoben hatte, das war alles.

Kopfschüttelnd stellte er den Wäscheständer auf, bückte sich, um das erste zerknitterte Hemd aus dem Korb zu nehmen, zu glätten, aufzuhängen – und verharrte in dieser Stellung.

Unter seiner Schlafcouch, die nicht weit von ihm entfernt stand, sah er einen schwarzen Schatten. Der Schatten bewegte sich, rollte in seine Richtung, stand leichtfüßig auf.

Ein Schrei wollte sich aus seiner Kehle lösen, als er in den Lauf einer Pistole starrte, doch er brachte keinen Laut hervor.

»Was wollen Sie hier?«, flüsterte er stattdessen. Nervös zerknüllte er das nasse Hemd, während er auf eine Antwort wartete. Er bekam keine.

Seelenruhig stellte sein Gegenüber eine Ledertasche auf den gläsernen Schreibtisch, öffnete sie, zog einen Gegenstand hervor.

Ralph erkannte nicht gleich, was es war, oder vielmehr: Er erkannte es durchaus, konnte sich aber nicht vorstellen, was so ein Ding hier zu suchen hatte, wollte es auch gar nicht.

Metall blitzte auf.

»Was … was wollen Sie denn damit?«, entfuhr es ihm.

Während seine Stimme aufgebracht und panisch klang, sprach sein ungebetener Gast ganz ruhig zu ihm, hatte sogar ein freundliches Lächeln aufgesetzt. Die Worte lähmten Ralph, ließen sämtliche Luft aus seinen Lungen entweichen, als er heftig ausatmete.

»Ich fürchte, du wirst nicht lange genug leben, um das zu erfahren.«

7

»Hier ist also dein Büro.«

Simon sprang auf, als Clara eintrat, vielleicht aus Höflichkeit, vielleicht, um zu verbergen, dass er nichts getan, sondern nur den Kopf in die Hände gestützt hatte, um nachzudenken.

»Clara«, begrüßte er sie. »Hat Hartmann dich herbestellt, um dich noch mal zu befragen? Oder sollst du nur das Protokoll unterschreiben?«

Sie schüttelte den Kopf und blickte sich neugierig um. Der Raum war nicht größer als eine Abstellkammer und ebenso stickig. Der Verkehr der Adickesallee donnerte am Fenster vorbei. Der graue Teppichboden war mit Flecken und kleinen Löchern übersät, eine Staubschicht bedeckte das Fensterbrett, hinter dem Heizkörper begann sich die Raufasertapete von der Wand zu lösen.

»Nicht besonders luxuriös«, meinte Simon, der ihrem Blick gefolgt war. »Aber immerhin habe ich es ganz für mich allein.«

Auf seinem Schreibtisch lagen einige Papierstöße; Clara konnte aus der Entfernung nicht erkennen, was es genau war. Irgendwelche Akten, nahm sie an. Sie hatte Simon nur selten über seinen Beruf erzählen hören und wusste nicht, ob er eher Papierberge durchforstete oder mehr mit Menschen sprach. Meist redete Dora über ihren Lateinunterricht und wie schwierig die Schüler seien.

»Wenn du zu Hartmann willst«, sagte er, »musst du einen Stock höher. Ich sitze hier quasi im Exil.«

»Bereust du es, dass du dich hast versetzen lassen?«

»Ach wo!«, rief er eine Spur zu hastig. »Diese Fahrerei war der Horror. Ich habe Dora ja kaum noch gesehen.«

»Verstehe.«

»Und dass ich jetzt zu Hartmanns Team gehöre«, fuhr Simon gehetzt fort, »ist ja nur eine Zwischenlösung, nicht von Dauer. Die wussten nicht, wohin sie mich stecken sollten.« Er grinste. »Wenigstens bin ich nicht in der Besenkammer gelandet. Ich habe sogar ein eigenes Fenster, siehst du?«

Clara erwiderte sein spöttisches Grinsen. »Und Dora hätte sich nicht nach Wiesbaden versetzen lassen können?«, fragte sie.

Simons Lächeln schwand, und Clara tat es leid, ganz offenbar den Finger in eine Wunde gelegt zu haben.

»Ich bin übrigens nicht wegen Hartmann hier«, sagte sie schnell. »Er hat mich vorgestern schon befragt, aber er wollte mir nicht zuhören, als ich …« Sie stockte.

Eine Woche war mittlerweile seit dem Mord vergangen. Am ersten Tag danach – dem Freitag – hatte sie wie gelähmt in ihrem Büro gehockt, das die Spurensicherung mittlerweile freigegeben hatte. Sie hatte es kaum ertragen, auf die Stelle am Boden zu sehen, wo Nicholas gelegen hatte. Es waren keine Spuren von der grausigen Hinrichtung mehr zu sehen, Frau Zielińska hatte alles gründlich saubergemacht. Und doch hatte Clara das Gefühl, jederzeit könne Blut von unten durchsickern und eine zähe, rote Lache bilden. Noch vor Mittag war sie heimgegangen, und gleich am Montagmorgen hatte sie Handwerker damit beauftragt, einen neuen Linoleumboden zu verlegen. Sich den Antrag von Pfarrer Berger absegnen zu lassen verschob sie, genauso wie sie vorerst mit niemandem über das Gemälde redete, an das Nicholas' Leichnam sie erinnerte.

Sie wusste nicht genau, was sie davon abhielt. Der Wunsch, alles zu verdrängen? Dass Hartmann ein Idiot war und sie sich nicht als Hobbykriminalistin von ihm verspotten lassen wollte? Oder dass sie seit der Scheidung und Philips ständigen Vorwürfen, sie sei nicht ganz dicht, ihrer Intuition misstraute?

Erst am Dienstag, als Hartmann sie aufs Präsidium bestellt, diverse Fragen wiederholt und diesmal ihre Antworten protokolliert hatte – sowohl, was ihr Verhältnis zu Nicholas als auch, was ihr Alibi für den Mordabend betraf –, hatte sie ihm am Ende ihre Theorie mitgeteilt. Zumindest hatte sie es versucht, sie war aber nicht weit gekommen, weil er schon bei den ersten Worten eine entnervte Grimasse zog. Schließlich hatte er sie ganz abgewürgt. Er müsse noch ein halbes Dutzend anderer Leute befragen, die Nicholas Roth gekannt und ihn in letzter Zeit getroffen hätten, hatte er gemeint.

Erst heute, am Donnerstag, hatte sie sich dazu durchgerungen, erneut ins Präsidium zu fahren, um diesmal mit Simon zu sprechen. Den Weg in die Adickesallee fand sie nach der Irrfahrt am Dienstag leichter, und sie parkte gleich auf dem Besucherparkplatz, anstatt wie beim ersten Mal in der Zufahrt für die Polizeifahrzeuge herumzukurven. Und sie fragte am Haupteingang, wo sie hinmusste.

Hof 3, Trakt L.

»Als du *was* gesagt hast?«, fragte Simon.

»Wie bitte?«

»Du meintest gerade, Hartmann habe dir nicht zugehört.«

Clara griff nach ihrer Handtasche, öffnete den Reißverschluss und zog einen Bogen Papier heraus, der etwa so groß wie eine DIN-A4-Seite war, aber aus einem festeren, glänzenden Material bestand. Sie hatte ihn aus einem Bildband herausgetrennt, der so schwer war, dass sie ihn nicht mit sich herumschleppen wollte.

Wortlos reichte sie Simon das in der Mitte gefaltete Blatt.

Er schob die Akten ein wenig zur Seite und breitete es auf seinem Schreibtisch aus. »Was zum Teufel«, entfuhr es ihm.

»Es fällt dir also auch auf, oder?«, fragte sie.

»Du hast es Hartmann gezeigt, und er hat sich nicht dafür interessiert?«

»Nein, ich habe es ihm nicht gezeigt.« Clara zuckte die Schultern. »Ich wollte es, aber er war furchtbar beschäftigt, und dann kamen mir Zweifel. Ich war so durch den Wind. Egal jetzt: Es ist kein Zufall, oder?«

Simon studierte eingehend das Bild. »Von wem ist es?«

»Das Gemälde? Von Marco d'Oggiono, einem italienischen Maler der Renaissancezeit. Wenn ich es richtig im Kopf habe, war er Schüler von Leonardo da Vinci oder zumindest Mitarbeiter in dessen Mailänder Werkstatt. Der Titel des Gemäldes lautet: ›Die drei Erzengel triumphieren über Luzifer‹.«

»Und aus welchem Buch stammt diese Seite?«, fragte Simon.

»Aus einem Katalog der Pinacoteca di Brera. Das ist eine der großen Kunstgalerien in Mailand. Ich bin mit Philip einmal dort gewesen.«

Sie konnte sich noch an seinen Ärger erinnern, weil die Cafeteria des Museums geschlossen hatte. Und wie sie über den nackten Hintern der Napoleon-Statue im Innenhof gelacht hatten. Der Diktator war viel größer und muskulöser dargestellt, als es seinen tatsächlichen Körpermaßen entsprochen hätte.

»Das heißt, das Gemälde hängt in dieser Pinacoteca?«

»Tut das etwas zur Sache?«, fragte Clara verwirrt.

»Mailand.« Simon sinnierte kurz, begann dann in den Akten zu blättern, die auf seinem Schreibtisch lagen, überflog sie und schien auf das Gewünschte zu stoßen. »Da ist es ja!« Er deutete mit dem Finger auf eine bestimmte Zeile.

»Was meinst du?«, fragte Clara.

»Wir sprechen mit Hartmann. Jetzt sofort.«

Hauptkommissar Martin Hartmann sah sich das Bild sehr lange mit ausdruckslosem Gesicht an. Mehrmals schien er etwas sagen zu wollen, doch heraus kam immer nur ein unartikuliertes »Hmmmm«. Er trug heute anstelle der Lederjacke ein Jeanshemd, in dessen Achselhöhlen sich Schweißflecken gebildet hatten.

Sein Büro war größer als das von Simon, hatte einen Linoleumboden anstatt des grauen Teppichbodens, war aber mindestens ebenso stickig und – da es nach Süden lag – noch heißer.

Nach mehreren Regentagen brütete seit gestern die Sonne. Clara fühlte, wie auch ihr die Hitze in den Kopf stieg, nachdem sie und Simon auf dem Weg zu Hartmanns Büro nahezu gerannt waren. Ihr grauer Faltenrock mit dem schmalen, schwarzen Ledergürtel schien förmlich an ihren Hüften zu kleben; zumindest die hellblaue, kurzärmelige Seidenbluse, die sie darüber trug, war luftig.

»Was halten Sie davon?«, fragte Simon – die ersten Worte, die er an Hartmann richtete.

»Was ist das?«, fragte der Kommissar zurück. Er klang verdrießlich, aber das konnte auch an etwas anderem liegen als an ihrem Überfall.

Simon deutete auf Clara, sodass sie gezwungen war, zu einer Erklärung anzusetzen. »Das ist ein Gemälde von Marco d'Oggiono, einem Renaissance-Maler«, sagte sie. »Es heißt ›Die drei Erzengel triumphieren über Luzifer‹. Der Engel, der da drohend über Luzifer fliegt und sein Schwert hebt, ist Michael. Die anderen beiden sind Gabriel und Raphael. Das Gemälde greift den Mythos auf, wonach Luzifer sich anmaßend gegen Gott erhoben hat und dafür aus dem Paradies, also dem Himmel, verbannt wird. Die Erzengel sind so etwas wie die göttliche Armee, die den Willen des Allmächtigen umsetzt.« Clara zögerte kurz. »Schauen Sie auf Luzifer, auf seine Körperhaltung. Die linke Hand gräbt sich tief in die Erde, dorthin, wo die Unterwelt auf ihn wartet. An den Füßen hat er Teufelskrallen anstelle menschlicher Zehen. Und er hat Flügel, wenn auch keine hellen, prächtigen wie die Erzengel, sondern kurze, schwarze. Sie sehen aus, als hätten sie Feuer gefangen und wären verkohlt.«

Clara musterte Hartmanns Schreibtisch, der förmlich im Chaos versank. Am äußersten Rand stand eine Thermoskanne, aus der die Enden einiger Teebeutel hingen. Starken Kaffee trank er offenbar nur am frühen Morgen.

»Hmmmm«, machte der Polizist wieder.

»Der Täter hat meiner Ansicht nach ganz bewusst eine Ähnlichkeit zu diesem Gemälde herstellen wollen«, schaltete sich Simon ein. »Das Opfer lag nackt auf dem Bauch, wie Luzifer. Seine rechte Hand fehlte, der Stumpf war merkwürdig aufgestützt, genau wie auf dem Bild. Und die schwarzen

Füße, nun gut, da war es schwer, das Original zu kopieren, aber mit dem schwarzen Teer …«

»Das sehe ich selbst«, unterbrach Hartmann ihn schroff.

Simon ließ sich nicht beirren. »Dass der Täter eine Botschaft übermitteln will und nichts dem Zufall überlässt, haben wir schon vermutet. Aber jetzt, hiermit« – er deutete auf das Blatt – »haben wir einen Anhaltspunkt für sein Motiv.«

Simon klang sehr ruhig, fast gleichgültig, wie Clara fand. Manchmal hatte sie ihn auf ähnliche Weise mit Dora reden hören und sich gefragt, warum er sich immer so selbstbeherrscht gab, immer diesen etwas steifen Eindruck vermittelte.

»Was für ein Anhaltspunkt?«, fragte Hartmann. »Wenn es tatsächlich so ist, wie Sie vermuten, was sagt uns das über den Täter?«

»Ich würde meinen, zweierlei«, fuhr Simon fort und begann mit den Händen zu gestikulieren. »Er bezieht sich nicht auf ein berühmtes Gemälde, das alle Welt kennt. Marco d'Oggiono dürfte den kunstgeschichtlich interessierten und gebildeten Bildungsbürgern ein Begriff sein, nicht aber dem Durchschnittsmenschen. Die Botschaft des Täters ist nicht ohne weiteres erkennbar, vielleicht wären wir ohne Claras … ohne Frau Mohrs Hilfe nie darauf gekommen.«

»Wenn es denn stimmt«, warf Hartmann ein.

»Das heißt, der Täter denkt elitär, nahezu arrogant. Er stößt uns nicht mit der Nase auf seine Botschaft, er will, dass wir uns Mühe geben, sie zu verstehen. Und die Botschaft selbst: Nun, es ist sicher Absicht, dass Nicholas Roth in der Rolle des Luzifer gezeigt wurde, des gefallenen Engels. Satans. Das könnte bedeuten, dass der Täter sich in der Rolle des

Erzengels sieht, der den Willen Gottes ausführt. Er sieht sich sozusagen mitten im Kampf zwischen Gut und Böse, was vielleicht sogar auf eine religiös motivierte Tat schließen lässt.«

Clara räusperte sich und nutzte die Pause, um einzuwerfen: »Wobei die Sache etwas komplexer ist. Der Kampf der Erzengel gegen Satan …«

Hartmann winkte ab. »Keine Mutmaßungen, bitte. Wir halten in einer halben Stunde eine Dienstbesprechung ab. Die anderen Kollegen sollen sich das auch anhören und ihren Senf dazu geben.«

Clara nahm wahr, wie Simon hörbar ausatmete. »Da ist noch etwas«, sagte er.

Hartmann griff nach seiner Thermoskanne und schenkte ein grünliches Gebräu in eine gebrauchte Tasse. Augenblicklich roch es im ganzen Raum nach Pfefferminze.

»Das Gemälde befindet sich in der Pinacoteca di … wie heißt sie noch mal, Clara?«

»Pinacoteca di Brera.«

»Richtig. In Mailand, Italien. Sie haben doch sämtliche Termine überprüfen lassen, die Nicholas Roth am Tag seines Todes wahrgenommen hat. Alle Einträge in seinem Kalender waren nachvollziehbar, nur einer nicht. Um dreizehn Uhr stand da das Wort *Ital*.«

»Weiß ich«, knurrte Hartmann.

»Wir sind bisher davon ausgegangen, dass er bei einem Italiener zum Mittagessen verabredet war. Aber es könnte doch sein, dass es da einen Zusammenhing gibt, dass er sich mit Italienern getroffen hat«, erklärte Simon. »Wir sollten alle Optionen durchgehen. Vielleicht hat sich der Täter an dem Gemälde orientiert, weil es einen symbolischen Wert für ihn hat. Vielleicht geht es aber auch gar nicht um das Motiv des Gemäldes. Nicholas Roth war Museumsdirektor, ein künftiger Museumsdirektor, man sollte überprüfen, ob er Kontakt zu der Pinacoteca in Mailand hatte.«

Hartmann schlürfte seinen Tee, nickte aber immerhin. »War das alles?«, fragte er.

Ehe Simon etwas sagen konnte, klingelte das Telefon. Hartmann ließ es dreimal läuten, ehe er dranging und sich mit einem knappen Gruß meldete.

Während er dem Anrufer zuhörte, wurde seine Miene noch verdrießlicher, dann ging ein Ruck durch seinen Körper. Sein Bauch stieß an der Tischkante an und brachte die halbleere Teetasse zum Vibrieren; ein kleiner, grünlicher Tropfen spritzte hoch. Den Hörer noch in der Hand sprang er auf.

Obwohl es in dem Raum so stickig und heiß war, fröstelte Clara unwillkürlich.

Hartmann legte auf, griff nach seiner Lederjacke, die über seinem Schreibtischstuhl hing, und stürmte zur Tür. Erst dort schien ihm wieder einzufallen, dass er nicht alleine war.

»Fabiani«, bellte er und vergaß in der Eile, das i am Ende des Namens langzuziehen. »Kommen Sie mit!«

»Wohin?«, fragte Simon.

»Bückner will nicht, dass Sie hier Löcher in die Luft starren«, sagte er verdrossen. »Na, dann bitte. Beweisen Sie doch mal, was Sie draufhaben. Wir haben einen zweiten Toten.«

8

Die Freundin des Toten saß an dem schmalen Küchentisch und heulte. Sie trug goldene Kreolen, ein goldenes T-Shirt und einen Jeansrock über dreiviertellangen, transparenten Leggins. Mehrmals nestelte sie unsicher an ihrem breiten Gürtel.

Sie hatte sich sofort einverstanden erklärt, sämtliche Fragen zu beantworten, doch beim Reden schluchzte sie, stockte nach jedem Wort und rang hörbar nach Atem. Nach fast jeder Antwort fügte sie hinzu, dass sie das nicht verstehe, dass das nicht wahr sein könne, dass Ralph nie auch nur einer Fliege etwas zuleide getan habe, und wer nur so etwas Schreckliches tun könne.

Mit dem Kinn deutete sie dabei in Richtung Wohnschlafzimmer, wo sie vor knapp einer Stunde den Toten gefunden hatte. Sie hatte die Wohnungstür mit ihrem Zweitschlüssel geöffnet.

»Wohnen Sie mit ihm zusammen?«, hörte Simon Mike Hoff fragen, während er selbst den Toten betrachtete.

»Nee, noch nicht«, schluchzte die Freundin. »Die Wohnung ist zu klein für zwei, sagt Ralph immer.«

Die Wohnung hatte etwas mehr als dreißig Quadratmeter und befand sich im Dachgeschoss eines Mehrfamilienhauses im vornehmen Holzhausenviertel. Der Vorraum im Eingangsbereich war mit Fliesen ausgelegt, Wohnschlafzimmer und Küche mit Parkett. Für einen Studenten war es erstaunlich aufgeräumt: Bis auf einen Wäscheständer und einen Wäschekorb, aus dem feuchte Hemden, Unterhosen und Socken quollen, war keine herumliegende Kleidung zu sehen, keine halb leeren Pizzakartons, keine offenen CDs. Alles war fein säuberlich in die weißen Schränke geordnet, ebenso wie sämtliche Skripte und Bücher zentimetergenau auf dem Glasschreibtisch gestapelt waren. Der Computer hatte einen Flatscreen, daneben stand ein MacBook Air.

Nicht schlecht für einen Zweiundzwanzigjährigen, dachte Simon. Er ließ seinen Blick über die Wände schweifen; das einzige Bild, das dort hing, war ein Schwarz-Weiß-Foto von New York, auf dem vor allem die Wall Street hervorstach.

Kein einziger warmer Farbton, dachte Simon, kein Vorhang, keine Polster.

Die Bettwäsche war hellgrau – und lag völlig zerknüllt auf der Schlafcouch.

Hartmann war Simons Blick gefolgt.

»Er hat das Bett nicht gemacht«, stellte Simon fest, »obwohl die restliche Wohnung penibel aufgeräumt ist. Kann natürlich sein, dass er eben erst aufgestanden ist. Und die Wäsche hat er wohl gerade aufhängen wollen, als der Täter ihn überraschte.«

Da es keine Spuren eines gewaltsamen Einbruchs gab, musste der Mörder geklingelt haben. »Und Ralph Volkers hat ihn gekannt und einfach geöffnet«, überlegte Simon laut.

»Er ist anders zugerichtet worden als das erste Opfer«, stellte Hartmann fest. »Der hier durfte seine Hand behalten.«

Simon trat näher und betrachtete den Toten eingehend. Wie immer kämpfte er mit leisem Unbehagen. Der Geruch, das Blut, der leere Blick – das war alles zu ertragen, leichter zumindest als die Absolutheit des Todes. Er unterdrückte ein Schaudern. Diese Haut, die jetzt so gelblich wächsern aussah, war vor Kurzem noch warm gewesen. Die Muskeln an Beinen, Rücken und Po zeugten von Ralph Volkers' Willen, seinen Körper zu stählen, doch all die Stunden im Fitnessstudio oder beim Joggen waren durch einen Schuss zunichte gemacht geworden. Einen Schuss in die Stirn. Obwohl auch diese Leiche nackt auf dem Bauch lag, konnte man das Einschussloch sehen, das einem dritten Auge glich. Ein Blutstropfen war von der Stirn über die Schläfe auf den Boden gelaufen und dort eingetrocknet. Volkers' schwarze Haare waren voll und dicht – und würden doch nie mehr gekämmt, gewaschen, geföhnt werden.

»Wieder ein Kopfschuss«, stellte Simon fest. »Aber er wurde nicht gefoltert, zumindest sieht man nicht das geringste Anzeichen dafür. Nicholas Roth wollte der Täter absichtlich Schmerzen zufügen, dem hier offenbar nicht. Von der Schusswunde her zu schließen, muss der Täter ihn im Stehen oder im Sitzen erschossen haben. Was bedeutet, dass alles sehr schnell ging, er nicht zu fliehen versucht hat. Und dass Volkers schon tot war, als er entkleidet und auf den Bauch gelegt wurde.« Simon machte eine Pause, blickte dann auf das auffälligste Detail, mit dem der Tote geradezu dekoriert worden war, und auf das Zeichen, das der Täter an dessen Hals und Hinterkopf hinterlassen hatte.

Eine Kette war um den Leib gewickelt, als habe man ihn fesseln wollen. Und jemand war mit einem schweren, verschmutzten Schuh auf Volkers' Kopf getreten und hatte einen dunklen Abdruck darauf hinterlassen.

»Ich bin überzeugt, dass es derselbe Mörder ist«, sagte Simon.

Hartmann rümpfte die Nase, obwohl er während der Autofahrt selbst diesen Schluss gezogen hatte. Beide Opfer waren nackt und in einer Position gefunden worden, die ihre Erniedrigung und ihre Ohnmacht deutlich machen sollte. Erst jetzt schien dem Kommissar wieder einzufallen, dass er Simon nicht ausstehen konnte und seine Arbeit für nutzlos hielt.

»Was mich viel mehr interessiert, ist, ob es eine Verbindung zwischen Volkers und Nicholas Roth gibt«, knurrte er, um laut in die Küche zu rufen: »Hast du schon danach gefragt, Mike?«

Mike Hoff war als einer der Ersten am Tatort eingetroffen. Er zuckte mit den Schultern und kramte in seiner Hosentasche nach einem Taschentuch, nachdem die Freundin des Mordopfers in einen neuerlichen Heulkrampf ausgebrochen war. Die junge Frau, die nach Simons Schätzung nicht älter als zwanzig sein konnte, griff nach dem zerknitterten Taschentuch, das Mike ihr reichte, und rieb sich damit die Augen. Als sie die Hand wieder senkte, war ihre schwarze Wimperntusche völlig verschmiert.

»Frau Kern«, setzte Mike an.

»Nennen Sie mich Nadja«, schniefte sie. »Kein Mensch sagt Frau Kern zu mir.«

Mike räusperte sich, unterließ es dann aber, den Namen auszusprechen. »Ralph Volkers hat Betriebswirtschaftslehre studiert. Die Wohnung hier ist nicht gerade die übliche Studentenbude. Wie hat er denn sein Studium finanziert?«

Simon sah, dass Hartmann die Stirn runzelte, aber er griff nicht ein.

»Ralph hatte Geld«, stellte Nadja Kern fest.

»Woher?«

»Was weiß denn ich?« Ihr Tonfall klang erstmals nicht verzweifelt, sondern aggressiv. »Er hatte es eben. Da fragt man doch nicht.«

»Von seinen Eltern?«

Nadja zuckte die Schultern. »Weiß nicht«, murmelte sie erschöpft. »Nein, ich glaube nicht«, fügte sie hinzu. »Seine Eltern waren geschieden, er hat seinen Vater kaum gesehen, höchstens mal zu Weihnachten. Seine Mutter war Frührentnerin.«

»Hatte er ein Stipendium?«

»Nee, brauchte er nicht. Er hatte doch Geld.«

»Und Sie wissen wirklich nicht, woher?«, insistierte Mike etwas hilflos.

»Wie oft soll ich es denn noch sagen? Ich habe keine Ahnung!«

Simons Blick löste sich vom Leichnam und richtete sich auf das Mädchen in der Küche. Ralph Volkers war muskulös, groß und sicher ein gut aussehender Mann gewesen. Ob er sie geliebt hatte? Oder ob sie einfach nur das leicht zu habende Mädchen gewesen war, mit dem er sich die Zeit vertrieb, bis sich was Besseres fand?

Hartmann trat in die Küche. »Sagt Ihnen der Name Nicholas Roth etwas?«

»Wie bitte?«

»Nicholas Roth. Haben Sie den Namen schon mal gehört?«

Nadja schüttelte den Kopf. »Nein, nie. Ist das ein Freund von Ralph? Einer von der Uni? Ralph erzählt mir nicht so viel. Interessiert mich auch nicht besonders – sein Studium, meine ich.«

»Nicholas Roth arbeitete an einem Berliner Museum. War Ralph Volkers manchmal in Berlin?«

Nadja zuckte die Schultern. »Keine Ahnung. Er hat mir nie erzählt, wo er hinfährt, wenn er …«

»Wenn er was?«

»Er war manchmal nicht in Frankfurt.«

»Und Sie haben ihn nie gefragt, wo er gewesen ist?«

»Ralph wollte nicht, dass man ihn ausquetscht. Woher er das Geld hat und so.«

»Das heißt, Sie haben ihn doch gefragt, woher er das Geld hatte, um seinen Lebensstil zu finanzieren, er wollte es Ihnen nur nicht sagen.«

»Wie bitte?«

»Eben haben Sie noch behauptet, Sie hätten ihn nie gefragt.«

Nadja rieb sich die Schläfen. »Scheiße, ich kann das nicht«, murmelte sie. »Ich kann nicht vernünftig reden, während er …« Sie deutete in Richtung Wohnzimmer.

»Hatte Ralph Volkers irgendetwas mit dem Städelmuseum zu tun?«, fragte Hartmann unbarmherzig weiter.

»Welchem Museum?«

»Dem Städel. Hier in Frankfurt, das kennen Sie doch, oder?«

Nadja machte einen verwirrten Gesichtsausdruck. »Ich geh nicht so gern in Museen. Ist mir zu langweilig.«

»Verstehe.«

»Kann ich ins Bad?«, fragte Nadja. »Mein Make-up ist hinüber.« Sie stand auf.

»Tut mir leid«, Hartmann schüttelte den Kopf, »nicht, solange die Kollegen von der Spurensicherung in der Wohnung sind.«

»Ist gut«, meinte Nadja. »Dann kann ich aber gehen, oder?« Sie wartete die Antwort nicht ab, sondern huschte ohne einen weiteren Blick ins Wohnschlafzimmer hinaus.

»Sie müssen uns noch Ihre Adresse geben«, rief Hartmann ihr hinterher. »Wir werden Sie später noch einmal befragen.«

Simon ging im Wohnzimmer auf und ab und umrundete den Toten ein weiteres Mal.

Ein angesehener Museumsdirektor und ein Student der Betriebswirtschaftslehre. Was hat das zu bedeuten, überlegte er. Was treibt den Mörder an?

Clara lief mit dem Telefon am Ohr in der Wohnung auf und ab. Sie versuchte, ihre Stimme möglichst ruhig und besonnen klingen zu lassen, weder in diesen ängstlichen Piepston zu verfallen, als wäre sie eine lästige Bittstellerin, noch unkontrolliert ihrem Ärger Luft zu machen, der sich in den letzten zwanzig Minuten in ihr aufgebaut hatte, begleitet von einem Gefühl der Hilflosigkeit und Ohnmacht.

Ebenso lange versuchte sie mittlerweile, Philip dazu zu bewegen, Katharina ans Telefon zu holen, was dieser hartnäckig verweigerte. Er hatte den geschäftsmäßigen Tonfall drauf, den er als Anwalt benutzte, um seine Klienten auf Spur zu bringen.

»Ich sehe darin keinen Sinn«, erklärte er wiederholt.

»Es ist mir egal, ob du einen Sinn darin siehst. Ich möchte jetzt bitte meine Tochter sprechen, die ich seit eineinhalb Wochen nicht gesehen habe.«

»Was ganz allein deine Schuld ist«, gab er zurück.

Clara wusste nicht, auf welche Schuld er anspielte – dass sie sich scheinbar grundlos von ihm getrennt und auch ihr Kind im Stich gelassen hatte, oder dass sie in der letzten Woche vergessen hatte, Katharina von der Vorschule abzuholen.

Clara atmete tief durch und rammte ihre Ferse schmerzhaft in den Boden. »Philip«, erklärte sie fest, »ich will nicht mit dir streiten, ich will nur nicht, dass meine Tochter … unsere Tochter das Gefühl bekommt, ich würde sie vernachlässigen.« Zu spät erkannte sie, dass sie ihm damit nur neue Munition lieferte.

»Das hättest du dir vielleicht früher überlegen sollen«, gab er bissig zurück.

Jetzt konnte sie sich nicht länger beherrschen. »Werd' endlich erwachsen, Philip!«, zischte sie in die Sprechmuschel. »Du hast ja ein Recht darauf, sauer auf mich zu sein, okay. Aber trag das nicht auf Katharinas Rücken aus! Ich weiß, dass ich Fehler gemacht habe, aber das hast du auch. Ich will sie da nicht reinziehen, verstehst du das nicht?«

»Denkst du etwa, ich will das? Denkst du, mir macht es Spaß …«

Es läutete an der Wohnungstür, schrill und eindringlich. Clara zuckte zusammen. Philip musste es auch gehört haben, denn er hörte auf zu reden.

»Warte einen Moment«, murmelte sie und eilte in die Diele.

»Offenbar kriegst du Besuch«, stellte Philip, nun wieder ganz geschäftsmännisch, fest. »Dann hast du ja keine Zeit, mit deiner Tochter zu telefonieren.«

Ehe Clara widersprechen konnte, legte er auf. Ungläubig

lauschte sie auf das nervige Tuten, während die Türglocke ein zweites Mal schrillte.

Erleichtert stellte sie wenige Minuten später fest, dass es Simon war, der zu Fuß in den vierten Stock gelaufen kam. Kein Zeuge Jehovas und kein Vertreter irgendeiner Telefongesellschaft, der ihr einen neuen Vertrag aufschwätzen wollte.

»Ich hoffe, ich störe nicht«, sagte Simon, »aber ich müsste kurz mit dir sprechen.«.

»Natürlich nicht«, meinte Clara und hoffte, nicht entnervt zu klingen. »Komm rein.«

»Ich wollte dir nur schnell etwas zeigen, falls du einen Moment Zeit hast. Ein paar Fotos.«

»Vom Tatort?«, fragte sie angespannt. »Ist es derselbe Täter? Wer ist das Opfer?«

»Ein BWL-Student. Bis jetzt gibt es keine Verbindung zwischen ihm und Nicholas Roth. Aber ja, es scheint derselbe Täter zu sein. Diese Kette … der Fußabdruck … gibt es auch ein Gemälde mit diesem Motiv?«

Er reichte ihr sein Smartphone, mit dem er einige Fotos von der Leiche gemacht hatte. Sie erkannte sofort, worauf er hinauswollte.

9

»Hier ist es.« Clara schob den Laptop zu Simon hinüber und zeigte auf das Bild, das sie gefunden hatte, nachdem sie die Stichwörter »Gemälde«, »Kampf der Erzengel« und »Luzifer« gegoogelt und schließlich um das Suchwort »Kette« ergänzt hatte.

Die Glieder der schweren Eisenkette, mit der Ralph Volkers' Bauch mehrfach umwickelt gewesen war, hatten sich förmlich in das fahle Fleisch geschnitten, jedoch keine Blutergüsse hinterlassen, vermutlich, weil das Opfer zu diesem Zeitpunkt schon tot gewesen war. Zwischen den Schulterblättern und am Hals bis knapp unter dem Haaransatz war der bräunliche Abdruck eines Schuhs sichtbar gewesen.

»Hier ist es«, wiederholte Clara. »›Der Heilige Michael stürzt Luzifer‹ von Guido Reni: Luzifer liegt nackt auf dem Bauch, der blond gelockte, in himmlischem Blau gekleidete Erzengel hat ihn mit einer Kette gebunden und erhebt sich über ihn. Drohend schwingt er sein Schwert, und mit dem rechten Fuß steht er auf Luzifers Kopf, ja, drückt ihn regelrecht nieder.«

Simon starrte auf den Bildschirm und verglich das Gemälde mit den Fotos des Toten, die er auf seinem Smartphone gespeichert hatte. »Deswegen also der Fußabdruck. Hat Guido Reni etwas mit dem Maler des ersten Bildes zu tun? Wie hieß der noch gleich?«

»Die Wahl des Motivs verbindet sie«, meinte Clara schulterzuckend. »Sonst fallen mir nicht so viele Parallelen ein. Reni lebte später als d'Oggiono, im 17. Jahrhundert. Er war ein Zeitgenosse von Caravaggio, hatte aber einen ganz anderen Malstil.«

Sie saßen am Wohnzimmertisch, Clara hatte zwei Gläser Mineralwasser eingeschenkt.

»Was für ein Wahnsinn«, murmelte Simon mit Blick auf den Laptop.

»Du hast doch mal gesagt, die wenigsten Mörder seien wahnsinnig, ihr Handeln folge meist einer durchaus nachvollziehbaren Logik.«

»Was hier ja auch zutrifft. In beiden Fällen werden die Toten mit Luzifer, mit Satan gleichgesetzt. Er steht für das Böse, ist der Gegenspieler Gottes, oder?«

»Nicht unbedingt«, antwortete Clara. »Ich weiß natürlich, dass das immer wieder behauptet wird – Gott steht für das Gute und Satan für das Böse –, aber theologisch gesehen ist es Unsinn.« Sie machte eine Pause, wertete Simons angespanntes Schweigen jedoch als Aufforderung fortzufahren. »Das Christentum ist eine monotheistische Religion, es verkündet kein dualistisches Weltbild wie zum Beispiel der Manichäismus oder die Gnostiker. Bei diesen Glaubenssystemen gibt es neben dem guten Gott eine Art bösen Gegenspieler. Im Christentum – und auch im Judentum – ist das anders: Gott hat die Welt ›ex nihilo‹, also aus dem Nichts geschaffen. Satan befindet sich nicht außerhalb dieser Welt, sondern ist Teil der göttlichen Schöpfung. Der Prophet Jesaja lässt Gott selbst sogar einmal sagen: ›Ich schaffe Finsternis und Unheil.‹ Der Engel Satan wiederum ist in den biblischen Texten nicht von Anfang an der Bösewicht. Er ist ein Engel wie jeder andere auch, dem die Aufgabe zukommt, dem Menschen die Pläne Gottes kundzutun beziehungsweise diese Pläne auch umzusetzen. Diese Vorstellung von Satan ging damit einher, dass sich die Menschen Gott als immer transzendenter, immer weltentrückter vorstellten. Da brauchte man Zwischenwesen wie die Engel, die eine Verbindung herstellten. Satan war – wie auch seine ›Kollegen‹ – so etwas wie ein Bote.«

»Und welche Botengänge erledigte Satan?«, fragte Simon.

»Satan hatte etwa die Aufgabe, die Standhaftigkeit der Menschen zu prüfen. So wie bei Hiob zum Beispiel. Das war ein frommer Mann, der ein glückliches Leben führte. Satan ging also zu Gott und fragte ihn provozierend, ob Hiob auch noch fromm wäre, wenn das Glück ausbliebe.«

»Das klingt aber schon ein wenig aufrührerisch.«

»Ja, trotzdem ist Satan in dieser Geschichte nicht der Gegenspieler Gottes. Gott selbst erlaubt ihm, Hiob auf die Probe zu stellen, indem er ihm alles nimmt – die Familie, die Viehherden, sämtlichen Besitz. Am Ende wird es so sein, dass Hiob dennoch an seinem Glauben festhält. Satan hat also verloren, aber er hat Gott nicht zuwidergehandelt.«

»Und warum wird er dann eines Tages von den Erzengeln besiegt?«

»Ähnlich wie bei Adam und Eva, die im Paradies verbotenerweise vom Baum der Erkenntnis naschen, gibt es auch bei den Engeln so etwas wie einen Sündenfall. Satan oder – wie er in anderen Texten genannt wird – Luzifer, der Lichtträger, ist mit seiner Rolle nicht zufrieden und startet daraufhin eine große Revolte gegen Gott, obwohl er ihm, das dürfen wir nicht vergessen, seine Existenz verdankt. Woraufhin Gott seine getreuen Engel, wie zum Beispiel den Erzengel Michael, ausschickt, Satan zu besiegen und in die Hölle zu verbannen. Erst damit ist eine Art Zweiteilung besiegelt: in Gut und Böse, Himmel und Hölle. Wobei darüber in der Bibel selbst kaum berichtet wird, sondern in den apokryphen Schriften, den sogenannten ›geheimen‹ Schriften der Bibel, die zur gleichen Zeit wie diese entstanden, aber nicht in den Kanon der Heiligen Schriften aufgenommen wurden.«

Simon hatte interessiert zugehört, blickte nun aber äußerst skeptisch auf. »Die Frage ist, ob der Mörder sich mit diesen Details und Hintergründen auskennt. Oder ob er sich – warum auch immer – einfach an den Gemälden orientieren wollte, egal, was es mit deren Motiven auf sich hat.«

»Zumindest dürfte er sich ein wenig mit Kunstgeschichte befasst haben.«

»Weißt du zufällig, in welchem Museum sich das Gemälde von Guido Reni befindet?«

»Hoffst du immer noch, dass das eine Erklärung sein könnte? Dass das Gemälde etwas mit Nicholas' mysteriösem ›Ital.‹-Termin zu tun hat?«

»Jedes Detail kann wichtig sein.«

Clara hackte wieder auf die Tastatur ein. Der Laptop gab ein seltsam stöhnendes Geräusch von sich. Ihre Festplatte sei fast komplett voll, hatte ein IT-Fachmann ihr kürzlich auf ihre Nachfrage hin erklärt. Als sie sich anschließend auf die Suche nach großen Dateien gemacht hatte, stellte sie fest, dass es Fotos und Videofilme von Katharina waren. Tolle Mutter, würde Philip sagen. Einen Laptop voller Kinderbilder, aber ansonsten keine Zeit für die Tochter.

Clara schüttelte den Kopf, um den Gedanken zu vertreiben.

»Es befindet sich in keinem Museum«, sagte sie schließlich. »Es ist auch kein echtes Gemälde. Es wurde auf Seide gemalt – für eine Seitenkapelle der Kapuzinerkirche Santa Maria della Concezione in Rom.«

»Also auch in Italien«, murmelte Simon. »Weißt du zufällig, ob Nicholas Roth oft dort war?«

Clara schüttelte den Kopf. »Ich weiß nur, dass er sich auf deutsche und holländische Meister spezialisiert hatte. Ich kann mich nicht erinnern, je mit ihm über Marco d'Oggiono oder Guido Reni gesprochen zu haben.«

»Wir müssen trotzdem klären, ob es irgendeine Verbindung zu dem Mailänder Museum oder dieser römischen Kirche gibt«, sagte Simon. Er klang nicht so, als erwarte er sich viel davon. Hätten sich beide Gemälde in ein und demselben Museum befunden, wäre das ein viel stichhaltigerer Hinweis gewesen.

»Ich denke ständig darüber nach«, sagte Clara in die Stille hinein, die sich zwischen ihnen ausgebreitet hatte, während sie den Laptop herunterfuhr, »ob Nicholas bei unserem letzten Treffen irgendetwas zu mir gesagt hat, was uns weiterführen könnte. Wir sind ein wenig am Main entlang spaziert und danach in ein Café gegangen. Es war alles so harmlos. Die meiste Zeit hat er über die Schwierigkeiten geredet, die er in Berlin mit seinem Chef hatte und wie er beim Städel als Direktor ins Gespräch gekommen ist. Und er hat mir von seinen Plänen erzählt. Dass man nicht nur populäre Themen aufgreifen dürfe, um populär zu sein. Dass er auch gern mal auf Nischenthemen und unbekannte Maler setzen wolle, dafür allerdings die ganz große PR-Maschinerie anlaufen lassen würde. Das sei heute das A und O. Und in der Kunsthalle

Schirn – die wäre ja auch in seinen Verantwortungsbereich gefallen – wollte er ebenfalls das eine oder andere unkonventionelle Projekt starten.« Clara schüttelte den Kopf. »Ich verstehe es einfach nicht. Er war doch ein ganz normaler Mann, genau wie dieser junge Student. Was soll dann die Luzifer-Anspielung?«

»Keine Ahnung«, murmelte Simon. »Du versprichst mir, dass du mit niemandem darüber redest? Über das zweite Mordopfer, meine ich, und über die Parallelen. Hartmann will das vorerst unter Verschluss halten. Nicht dass die Presse davon Wind bekommt.«

Clara lächelte müde. »Von der Presse habe ich einstweilen genug.«

Gestern hatte sich Anne Lercher noch einmal bei ihr gemeldet, die Jungredakteurin mit den neonfarbenen Strümpfen. Sie hatte von ihr wissen wollen, ob es etwas Neues gebe, ob die Polizei schon nach ersten Verdächtigen fahndete. Dabei hatte sie in jeden zweiten Satz eine freundschaftliche Bemerkung eingeflochten, als wären sie schon seit Jahren die engsten und liebsten Kolleginnen und würden regelmäßig einen Cocktail zusammen trinken gehen.

Clara hatte einfach aufgelegt.

»Gehst du morgen hin?«, fragte Simon unwillkürlich.

Im ersten Moment wusste Clara nicht, was er meinte, doch dann fiel es ihr wieder ein. Richtig, die Beerdigung. Sie musste nachher noch ihr schwarzes Kostüm anprobieren, womöglich passte es gar nicht mehr. Das letzte Mal hatte sie es kurz nach Katharinas Geburt getragen, als irgendein Onkel von Philip gestorben war.

»Ich bin mir nicht sicher, ich denke schon«, sagte sie und

erhob sich. »Du solltest nach Hause gehen. Wahrscheinlich wartet Dora schon auf dich und will einen ruhigen Abend mit dir verbringen.«

»Will sie das?« Sein Tonfall klang scharf, doch als Clara sich überrascht zu ihm umdrehte, wich er ihrem Blick aus und starrte auf den Boden.

»Ja, warum denn nicht?«, fragte sie erstaunt. »Du hast dich doch extra versetzen lassen, damit ihr mehr Zeit miteinander verbringen könnt.«

»So haben wir uns das zumindest vorgestellt. Jeden zweiten Tag gemeinsam essen, anstatt nur einmal in der Woche, regelmäßig ins Kino und Theater, Ausflüge machen, shoppen gehen, mit Freunden treffen, einfach nur Spaß haben … und schon läuft alles wieder rund.« Er sprach leise, aber voller Zynismus.

»Habt ihr Probleme?«, rutschte es Clara heraus, dabei war sie gar nicht sicher, ob sie die Antwort überhaupt hören wollte.

Sie mochte Simon, seine stille, nachdenkliche, introvertierte Art entsprach ihr deutlich mehr als das schrille Auftreten von Dora. Aber Dora hatte sie viel mehr zu verdanken. Ihre Freundin mochte egozentrisch und schwierig sein, aber sie war auch loyal. Als alles in die Brüche gegangen war, war sie für Clara da gewesen, hatte ihr eine Wohnung beschafft, war mit ihr zu Ikea gefahren, hatte ihr schließlich – über einige Kontakte – sogar den Job vermittelt. Das war gar nicht so leicht gewesen. Das Bistum stellte ungern Geschiedene ein.

»Nein, nein«, sagte Simon schnell, als spürte er, wie unangenehm ihr das Thema war. »Es geht uns gut. Na ja, Dora ist wie üblich von der Arbeit frustriert. Und ich eben auch, wegen Hartmann und so, du weißt schon. Aber das gibt sich. Wir müssen uns eben an die neue Situation gewöhnen.«

»Ja, klar«, sagte Clara schnell, obwohl sie einen Verdacht hatte, woran die Ehe der beiden kranken könnte. Früher hatten sie ihre Probleme auf das Fehlen gemeinsamer Zeit schieben können. Und jetzt mussten sie sich wohl oder übel eingestehen, wie verschieden sie waren und dass sie sich manchmal einfach nur nervten, anstatt die Gesellschaft des anderen zu genießen.

Simon stand auf und ging schnell an Clara vorbei in die Diele, und obwohl sie erleichtert war, dass er nicht anfing, ihr von irgendwelchen Eheproblemen zu erzählen, ließ sie nicht locker. »Dafür musst du dich jetzt mit Hartmann und Konsorten herumschlagen. Ich meine, beim BKA in Wiesbaden hast du dich doch wohlgefühlt, oder? Hattest du dort nicht einen tollen Chef?«

»Ja, Kogler«, sagte Simon und lächelte wehmütig. »Er hat mich von Anfang an sehr gefördert. Und er war auch derjenige, der meine Eignung für die Operative Fallanalyse erkannt und dafür gesorgt hat, dass ich die entsprechenden Lehrgänge machen konnte. Nicht zuletzt hat er mir zu dem Praktikum in Kanada verholfen.«

»Du warst mal in Kanada?«

»Ja, bei der Royal Canadian Mounted Police. Das ist schon etliche Jahre her. Die haben ViCLAS entwickelt, ein spezielles Datenbanksystem, das bei der Erfassung von Serienstrafdaten dient. Es würde jetzt zu weit führen, das zu erklären, aber mittlerweile gibt es das System auch in Deutschland. Hier beim LKA sollte ich eigentlich die Kollegen von der OFA dabei unterstützen, es weiter auszubauen. Aber deren

Team ist im Moment komplett, weswegen ich erst mal Hartmann zugeteilt worden bin. Der wiederum behauptet, dass er mich auch nicht brauchen kann, obwohl … ach, egal. Die ganzen Hierarchien, die Eitelkeiten, die dahinter stecken, die Pfründe, auf denen die gehobenen Beamten mit breitem Arsch sitzen … davon will ich mir eigentlich nicht den Tag verderben lassen.« Simon brach ab und zuckte die Schultern.

»Du bereust, dass du nicht mehr in Wiesbaden bist«, stellte Clara fest.

»Tja.« Ein wehmütiges Lächeln trat auf seine Lippen. »Wenn ich mir wenigstens sicher sein könnte, dass Dora es nicht auch bereut …«

Clara überlegte, was sie ihm sagen könnte. »Ich kann mir vorstellen, dass es nicht immer leicht mit ihr ist. Sie ist so … dominant, so … emotional. Aber sie liebt dich sehr. Du darfst nicht vergessen, sie hat einiges in Kauf genommen, als sie dich geheiratet hat.«

»Du spielst auf deinen netten Schwiegervater an?«

»Ex-Schwiegervater. Er hat mich nie gemocht, auch wenn er das erst nach unserer Trennung gezeigt hat. Immerhin, der Fürstensohn darf Aschenputtel heiraten, wenn die Angetraute halbwegs hübsch ist und nicht schon tausend Affären hatte. Eine studierte Kunsthistorikerin passt ja auch gut in Adelskreise.«

»Aber die Prinzessin darf nicht den Stallknecht heiraten.«

»Du bist doch kein Stallknecht!«, rief Clara. »Du bist intelligent, feinfühlig, hast eine gute Ausbildung. Es gibt doch nicht viele … wie war noch mal die genaue Bezeichnung?«

»Fallanalytiker.«

»Nun, es gibt doch sicher nicht viele von deinem Kaliber.«

Simon verzog das Gesicht zu einem schiefen Grinsen. »Sag das mal den Kollegen von der OFA. Oder Hartmann, der hält unsere Methoden für völlig überflüssig.«

»Wenn er erst mal eine Zeitlang mit dir zusammengearbeitet hat …«

»Keine so schöne Aussicht. Aber es wird mir wohl nichts anderes übrig bleiben.« Simon runzelte die Stirn. »Es gibt noch viele Luzifer-Gemälde, oder? Na, hoffen wir mal, dass der Mörder sich nicht berufen fühlt, noch mehr davon nachzustellen.«

10

Clara ging von ihrer Wohnung im Ostend aus zu Fuß zur Konstablerwache und fuhr mit der Buslinie 36 zum Südfriedhof. An der Haltestelle blieb sie eine Weile stehen und zupfte ihr schwarzes Kostüm zurecht, obwohl es zu ihrem eigenen Erstaunen noch tadellos saß. Dass es mit der relativ langen Jacke auch noch halbwegs modern war, bezweifelte sie hingegen. Der Todesanzeige in der *FAZ* hatte sie entnommen, dass Nicholas hier beerdigt wurde, offenbar in dem Familiengrab, in dem auch sein Vater ruhte.

Ob Karola, Nicholas' Frau, wie geplant nach Frankfurt umziehen würde? Oder ob sie mit den beiden Söhnen lieber in Berlin bliebe?

Clara überquerte die Straße und ging zögerlich auf das Friedhofstor zu. Mit jedem Schritt graute ihr mehr. Sie hoffte, dass möglichst viele Menschen da waren, Kollegen aus Berlin und zukünftige Mitarbeiter aus dem Städel, sodass sie im Kreis der Trauergäste nicht auffiel.

Bis jetzt hatte sie sich eingeredet, aus Pietät gegenüber Nicholas hier zu sein, aber die Wahrheit war wohl, dass sie ein anderes Bild von ihm in Erinnerung behalten wollte als das, wie er bäuchlings nackt auf dem Boden lag – und seien es die Kieswege oder der farblos-graue Himmel, der schwer über dem Friedhof hing.

Sie wollte gerade die Aufbahrungshalle ansteuern, wo die

Trauerfeier stattfinden sollte, als sie in der Ferne ein Grüppchen Menschen um ein offenes Grab stehen sah. Clara warf einen Blick auf die Uhr. Halb zwei. Entweder war in der Traueranzeige eine falsche Uhrzeit angegeben gewesen, oder sie hatte sich verlesen. Im Grunde war es ihr gar nicht so unrecht, verspätet dazuzustoßen.

Sie verfluchte ihre hohen Absätze, als sie auf das offene Grab zuging. Melancholische Musik und die getragene, etwas heisere Stimme eines Priesters drangen ihr entgegen. Clara beschleunigte ihren Schritt und versuchte zugleich, möglichst leise aufzutreten. Als sie beim Grab ankam, war sie nassgeschwitzt, obwohl der graue Himmel die Sonne verschluckte.

Etwa dreißig Leute hatten sich um das Grab versammelt, nicht alle von ihnen schwarz gekleidet. Jene, die nur aus Höflichkeit, nicht aus persönlicher Betroffenheit gekommen waren, trugen graue oder dunkelblaue Kostüme und Anzüge. An ihren Uniformen erkannte Clara ein paar Kripobeamte, die sich unauffällig im Hintergrund hielten, die Versammelten jedoch genau im Auge behielten. In irgendeinem Krimi hatte sie mal gelesen, dass Mörder gerne zum Begräbnis ihrer Opfer kamen. Vielleicht gab es aber auch einen anderen Grund für die Anwesenheit der Polizisten: Nicholas' Familie könnte sich bedroht fühlen, solange der Täter nicht gefasst war.

Wobei fraglich war, ob sie überhaupt wussten, dass es bereits ein zweites Mordopfer gab.

Clara trat näher und verlagerte sämtliches Gewicht auf die Zehenspitzen, sodass ihre Absätze kein Geräusch verursachten.

Als sie sich in den Kreis der Anwesenden einreihte, sah sie, dass der Sarg bereits hinuntergelassen worden war. Die nächsten Angehörigen hatten Blumen und eine Schaufel Erde ins Grab geworfen; nun nahm die restliche Trauergemeinde Abschied vom Toten, um danach der Witwe und den Söhnen ihr Beileid auszusprechen. Clara konnte das Gesicht von Karola Roth nicht erkennen – sie wurde von mehreren Personen verdeckt –, erblickte jedoch die beiden jungen Männer, die rechts und links von ihr standen. Der eine hielt den Blick gesenkt und starrte auch dann zu Boden, wenn er jemandem die Hand reichte. Der andere drehte ständig den Kopf hin und her, als wäre sein Hemdkragen zu eng.

Erst jetzt nahm Clara den großgewachsenen, dunklen Mann wahr, der einige Schritte von Karola Roth entfernt stand und zu ihr, Clara, herüberschaute. Zuerst dachte sie, es sei Zufall, doch dann verzogen sich seine Lippen zu einem flüchtigen Lächeln, und er nickte ihr zu.

Clara erwiderte das Nicken, obwohl sie im ersten Moment nicht wusste, wo sie den Mann schon einmal gesehen hatte. Doch als sie ihn genauer musterte, bemerkte sie seine Ähnlichkeit mit Nicholas. Er war etwas kleiner und schmalschultriger; sein Haar war nicht glänzend schwarz wie das von Nicholas, sondern von einem matten Braunton, doch die Gesichtszüge der beiden glichen sich fast wie ein Ei dem anderen: die gleichen graublauen Augen, die einen Hauch zu eng beieinander standen, die wuchtigen Augenbrauen, die längliche, schmale Nase, die Lippen, die wie die Augen etwas zu schmal, jedoch schön geschwungen waren.

Ich kann mich nicht erinnern, wie sich diese Lippen anfühlen, dachte Clara, und spürte, wie ihre Kehle eng wurde und ein Schluchzen in ihr hochstieg. Sicher hatte sie Nicholas geküsst in jenen zwei Nächten, die ihre Affäre gedauert hatte – obwohl es eigentlich keine Nächte gewesen waren, sondern nur Stunden.

Sie hatten sich in einem kleinen, armseligen Hotel im Bahnhofsviertel getroffen – das einzige Hotel im Zentrum der Stadt, in dem es während der IAA, der Internationalen Automobil-Ausstellung, so kurzfristig noch ein freies Zimmer gab. Die Vorhänge waren so kurz, dass sie kaum über das Fenster reichten, und die Heizung im Bad war ausgefallen.

Als sie anschließend duschten – nacheinander, nicht miteinander –, hatte sie entsetzlich gefroren. Auch an die kratzenden Handtücher konnte sie sich erinnern und den etwas verschämten Kuss, den Nicholas ihr auf die Schulter gehaucht hatte, seine weniger schuldbewusste als vielmehr geschäftsmännische Stimme, als er erklärte, er müsse jetzt heim zu Karola, während auf sie ja Philip warte.

Philip, über den sie sich vorhin noch so bitter beklagt hatte. Dass er manchmal so kalt sei. Dass sie das Gefühl habe, er erwarte von ihr nichts anderes als zu funktionieren.

Nicholas' Bruder Alexander blickte immer noch freundlich zu Clara herüber. Sie erinnerte sich, dass er eine Galerie besaß, wusste aber nicht mehr genau, ob er auch in Frankfurt wohnte. Neben ihm stand eine Frau mit einem birnenförmigen, schwarzen Hut, der so tief in die Stirn geschoben war, dass Clara ihren Gesichtsausdruck nicht lesen konnte. Wahrscheinlich Alexanders Frau, falls er überhaupt verheiratet war.

Clara konnte wieder freier atmen und schluckte die aufsteigenden Tränen hinunter. Mittlerweile war sie in der Schlange, die sich vor dem Grab gebildet hatte, so weit vorgerückt, dass sie einen Blick auf den Sarg erhaschte – weiß lackiert und glänzend, so wie ihr Nicholas einmal seine Wohnungseinrichtung beschrieben hatte.

»Nüchterne, klare Linien, nur nicht zu viel Schnickschnack und Farbe.«

Clara trat nach vorne und ergriff das Schäufelchen für die Erde. Scharf stieg ihr der Geruch von Lilien in die Nase und kitzelte sie, doch sie schaffte es, ein Niesen genauso zu unterdrücken wie vorher die Tränen. Dann fielen die Erdklumpen schon auf den Sarg.

Zögernd näherte Clara sich anschließend Karola, deren Gesicht sie jetzt erstmals sehen konnte. Die Witwe war kleiner, als Clara sie von der Zeit an der Uni in Erinnerung hatte, aber vielleicht lag das daran, dass sie heute nicht hektisch durch die Gänge lief, sondern mit gekrümmtem Rücken zwischen ihren großen, schlaksigen Söhnen stand, die Nicholas beide um Längen überragt haben mussten.

»Mein Beileid«, sagte Clara schnell und wusste nicht recht, ob sie erst Karola die Hand geben sollte oder dem Sohn, der links von ihr stand. Der Junge nahm ihr die Entscheidung ab, indem er ihr seine Hand einfach entgegenstreckte, wobei er sie genauso wenig anblickte wie alle anderen Trauergäste zuvor. Das tat auch Karola anfangs nicht. Erst als Clara nunmehr auch ihre Hand schüttelte, hob sie langsam das Gesicht, das unter einem schwarzen Spitzenschleier verborgen war. Sie musterte Clara aus farblosen, rotgeweinten Augen, die ihr leblos vorkamen, wie tot.

»Wer sind Sie?«, fragte Karola Roth.

Clara schluckte. »Ich … ich bin Clara Mohr. Ich kannte Nicholas von der Uni. Das Museum, wo man ihn gefunden hat … es … es untersteht meiner Leitung.«

Karola nickte, und Clara wollte sich schon abwenden.

»Hure«, sagte Nicholas' Frau da plötzlich, sehr bedächtig, irgendwie geistesabwesend.

Clara zuckte zusammen, dachte, sie hätte sich verhört.

Doch Karolas Augen bohrten sich unerbittlich in ihr Gesicht. »Hure«, wiederholte sie. »Sie haben es doch auch mit ihm getrieben.«

Clara fühlte, wie ihr das Blut ins Gesicht schoss – und sie war nicht die Einzige. Der Sohn, dem der Hemdkragen zu eng war, begann nervös mit den Füßen zu scharren. Der andere hob erstmals den Kopf. »Mama!«, sagte er gequält.

»Was haben Sie hier verloren?«, zischte Karola Roth, und ihre Stimme klang auf einmal lebendig. »Was bilden Sie sich ein, hierherzukommen?«

»Ich …«, stammelte Clara mit trockenem Mund.

Eilige Schritte knirschten auf dem Kies. Alexander Roth kam herbeigeeilt und legte seiner Schwägerin die Hände auf die Schultern. »Karola, es ist jetzt nicht der richtige Zeitpunkt …«

»Lass mich in Ruhe!« Unwirsch schüttelte sie die Hände ihres Schwagers ab. »Du bist doch genauso einer. Dir kann doch auch keine widerstehen. Die arme Ilsa tut mir so leid! Sie hat mir immer schon leid getan!« Kleine Speicheltröpfchen flogen von ihrem Mund weg. Clara duckte sich unwillkürlich.

»Trotzdem«, versuchte Alexander, sie zu beschwichtigen. »Lass doch gut sein. Er ist noch nicht mal unter der Erde.«

»Mama!«, murmelte der eine Sohn wieder flehentlich.

Sein Tonfall schien Karola zu beruhigen. Sie straffte die Schultern, presste die Lippen zusammen und wandte sich dem nächsten Kondolierenden zu.

»Komm«, hörte Clara Alexander leise sagen. Wie erstarrt war sie stehen geblieben, nun fühlte sie, wie seine warmen Hände, die eben noch auf Karolas Schultern gelegen hatten, ihren Arm umfassten. Er zog sie sanft mit sich. »Komm«, wiederholte er. »Es ist besser, wenn wir gehen.«

In dem engen, dunklen Flur stolperte Simon fast über einen Pappkarton. Er hatte die Wohnungstür angelehnt vorgefunden, mehrmals geklopft und gerufen, jedoch keine Antwort erhalten. Schließlich hatte er beschlossen einzutreten.

Die Wohnung befand sich in der Nähe der Bockenheimer Warte und war ein kleines, finsteres Loch im Souterrain. Ihr Bewohner Carsten Lorst hatte keinen Versuch unternommen, sie etwas lichter und freundlicher zu gestalten. Die Jalousien waren halb heruntergelassen, die grauen Vorhänge bis auf einen kleinen Spalt zugezogen. Den meisten Raum nahm ein langer Tisch ein, der Simon an einen Tapeziertisch erinnerte, hier allerdings zweckentfremdet worden war. Ein Computer und zwei Notebooks standen darauf, außerdem zwei zusätzliche Tastaturen, mobile Festplatten, eine Webcam, diverse CDs und eine Unmenge von Kabeln. Im Dämmer der Wohnung blinkten Simon von den vielen Geräten Lichter wie die grünen Augen einer Katze an.

Er war von der Diele in den Wohnraum getreten, mit dem Rücken zur Tür. Zu spät bemerkte er, wie sich ihm jemand von hinten näherte.

»Was wollen Sie?«, schnaubte eine Stimme unwirsch.

Simon zuckte zusammen. Eine Hand hatte sich auf seine Schulter gelegt, er fühlte sich wie ein ertappter Einbrecher.

»Entschuldigung, ich hätte nicht einfach hereinkommen dürfen. Aber die Tür war angelehnt.«

»Was wollen Sie?«, fragte der Mann wieder. Er hielt einen Pizzakarton in der rechten Hand, den er nun nachlässig aufs Sofa schleuderte.

Simon ließ unauffällig den Blick über sein Gegenüber wandern, um zu sehen, mit wem er es zu tun hatte: verwaschene graue Jeans, ebenfalls graues, etwas zu kurzes T-Shirt, behaarter Bauchansatz. Der Rest des Körpers wirkte eher leptosom: schmale Schultern, extrem dünne Arme, ein langer Hals, an dem der Adamsapfel hervortrat, und ein Kopf, der kaum breiter war als der Hals. Wenn er nicht lange Haare gehabt hätte, die ihm strähnig bis zu den Schultern reichten, hätte der Mann wie ein Wurm ausgesehen.

»Sind Sie Carsten Lorst?«, fragte Simon.

»Und wer sind Sie?«, gab der andere misslaunig zurück, ohne die Frage zu beantworten.

»Simon Fabiani. Landeskriminalamt. Ich komme wegen …«

»Ralph«, unterbrach ihn Lorst, und der stumpfsinnige Ausdruck in seinem Gesicht lichtete sich etwas. Er nickte bedächtig, aber nicht sonderlich kummervoll. »Hab davon gehört.«

»Wir befragen alle Personen, die Ralph Volkers gekannt haben.«

Lorst zog die Nase hoch und warf einen Blick auf den Pizzakarton, als wollte er sagen, dass er jetzt eigentlich vorgehabt hatte zu essen. »Da sind Sie bei mir aber an der falschen Adresse«, meinte er unwillig.

»Sie haben immerhin schon von seinem Tod erfahren.«

Lorst zuckte die Schultern, schwieg. Dann bückte er sich,

um seine ebenfalls grau verwaschenen Turnschuhe aufzuschnüren. Die Socken, die zum Vorschein kamen, waren löchrig. Säuerlicher Geruch stieg auf.

»Nadja Kern, seine Freundin, hat ausgesagt, Sie seien ein guter Bekannter von Ralph Volkers gewesen«, stellte Simon fest.

Lorst richtete sich wieder auf, seine Lippen verzerrten sich zur Andeutung eines Grinsens. »Komisch, dass Sie sie seine Freundin nennen. Für Ralph war das bloß die Schlampe, mit der er vögelt.«

»Wenn er Ihnen das anvertraut hat, müssen Sie sich doch gut gekannt haben.«

»Von wegen«, brummte er. »Das hätte er jedem erzählt. Und mein Freund war er ganz sicher nicht. Gebraucht hat er mich eben.«

»Wofür?«

Wieder zuckte Lorst die Schultern. Er zögerte. »Das habe ich mich manchmal auch gefragt. Er war sehr ehrgeizig und hat am liebsten alles selber gemacht. Hören Sie, warum befragen Sie nicht seine Familie? Von 'nem Vater hat er nie gesprochen, aber gehen Sie doch zu seiner Mutter.«

»Ein Kollege spricht mit der Mutter«, erklärte Simon.

Mike Hoff war diese Aufgabe zugefallen, während Hartmann von ihm verlangt hatte, Carsten Lorst aufzusuchen. Obwohl er mit Zeugenbefragungen nicht so vertraut war, hatte Simon nicht gezögert, diese Aufgabe zu akzeptieren. Nicht dass er damit viel gewinnen konnte. Erledigte er einen Job, der eigentlich nicht in seinen Kompetenzbereich fiel, war er das Weichei, das alles mit sich machen ließ. Zog er klare Grenzen, war er das unkollegiale Arschloch, das andere für sich schuften ließ. Und doch: Falls Hartmann damit testen wollte, ob er sich ins Team einfügte, würde er ihm keinen Grund geben, sich bei Bückner über Simons mangelnde Kooperationsbereitschaft zu beschweren.

»Mach ich«, hatte er erklärt.

»Sie haben ja auch gute Arbeit geleistet, bei der Sache mit den Bildchen«, hatte Hartmann gesagt, und Simon hatte nicht recht heraushören können, ob Respekt oder doch eher Zynismus aus seiner Stimme klang. »Nur nützt uns das alles nichts, solange wir nicht wissen, welche Verbindung es zwischen Nicholas Roth und Ralph Volkers gab. So lange bleibt alles reine Spekulation, oder sehen Sie das anders? Also müssen wir noch mal das Leben der beiden umgraben, und im Fall von Ralph Volkers bietet sich dieser Carsten Lorst an. Nadja Kern hat ihn erwähnt. Und in Volkers' Kalender befindet sich sogar ein Eintrag mit seinem Namen.«

Simon sah Carsten Lorst jetzt nachdenklich an. »Sie haben mir immer noch nicht gesagt, wofür Volkers Sie gebraucht hat?«

»Verschiedenes.« Lorst ließ sich auf die Couch fallen. Er schob die Pizzaschachtel zur Seite, zog die Beine an und verharrte in dieser embryonalen Haltung.

Simon musterte das Chaos auf dem Schreibtisch, die vielen Computer, Kabel und CDs. Carsten Lorsts fahler Gesichtsfarbe nach zu urteilen sah der junge Mann nicht oft das Sonnenlicht, sondern hockte Tag und Nacht an diesem lang gezogenen Tisch.

»Sie sind Computerexperte«, stellte Simon fest.

Carsten Lorst schwieg. »Ja«, sagte er nach einer Weile knapp.

Vielleicht sollte ich nur Fragen stellen, die man mit Ja oder Nein beantworten kann, überlegte Simon. »Und Sie haben Ralph Volkers bei technischen Dingen geholfen?«

»Ja.«

»Ihm die Programme auf dem Laptop installiert, das Internet eingerichtet, und wenn es mal Probleme gab, wenn ein Programm nicht funktionierte oder der Computer abstürzte, dann haben Sie ihm auch geholfen.«

»Ja«, sagte Lorst wieder und fügte sogar hinzu: »Ralph hatte da keinen Durchblick. Das war nicht seins.«

»Hat er mit Ihnen darüber gesprochen, woran er gearbeitet hat? Oder können Sie sich an einzelne Dateien erinnern?«

Lorst sah ihn skeptisch an. »Auf so was achte ich nicht.«

»Ist Ihnen zufällig mal aufgefallen, dass er sich mit Kunst beschäftigt hat?«

»Kunst?« Lorst lachte schrill. »Was meinen Sie damit? Mangas?«

Nein, dachte Simon. Guido Reni. »Und wo haben Sie sich getroffen, wenn er Ihnen zum Beispiel seinen Laptop brachte?«, fragte er. »Ist er hierher in Ihre Wohnung gekommen?«

Carsten Lorst dachte eine Weile nach und machte dabei ein angestrengtes Gesicht, als würde sein Hirn rattern wie eine veraltete Festplatte.

»Nein«, sagte er schließlich. »Nicht oft. Er war nicht gern bei mir. ›Scheißbude‹ hat er meine Wohnung genannt.«

Simon musste sich ein Lächeln verkneifen.

»Und wo haben Sie sich dann getroffen? In einem Café? In der Uni-Mensa? Studieren Sie auch?«

Carsten Lorst zuckte die Schultern, als wüsste er das nicht so genau. Wahrscheinlich war er für irgendeine Studienrichtung eingeschrieben, ohne jemals einen Hörsaal zu betreten oder Prüfungen abzulegen.

»Ralph hat mich ab und an zum Essen eingeladen«, meinte er nach einer Weile. »Wir waren manchmal in einer Pizzeria in der Nähe seiner Wohnung. Die haben noch anständige Preise, hat er gesagt. Er hat mich immer eingeladen.«

»Aber er legte Wert auf billige Pizzas.«

»Nicht billig. Preisgünstig. Das Preis-Leistungs-Verhältnis musste bei ihm stimmen. Er war kein Schnorrer oder so, von wegen Geiz ist geil. Er wollte nur was Anständiges kriegen für sein Geld. Man muss klug wirtschaften, sagte er, nur so wird man reich und bleibt auch reich.«

Carsten Lorst sprach so unbeteiligt, als interessiere ihn Reichtum nicht, Hauptsache, er hatte genügend Technik um sich herum, mit der er sich die Zeit vertreiben konnte.

»Und war es …«, setzte Simon an, hielt dann jedoch inne. Lorsts letzte Worte gingen ihm durch den Kopf. Und plötzlich fiel ihm auf, dass sie einen wichtigen Hinweis enthielten.

11

Sie gingen in ein kleines Café in der Nähe des Friedhofs. Die großen Buchstaben mit dem Namen des Cafés leuchteten ihnen schon von Weitem in verschiedenen Farben entgegen.

Die Hutträgerin, bei der es sich tatsächlich um Alexander Roths Frau handelte, war ihnen einige zögernde Schritte gefolgt, ehe Alexander sich zu ihr umgedreht und ihr etwas zugeraunt hatte. Als er Claras neugierigen Blick spürte, fasste er seine Frau am Arm. »Ilsa, das ist Clara Mohr, eine ehemalige Kollegin von Nicholas.«

»Angenehm«, hatte Clara gesagt und hatte Alexanders Frau die Hand entgegengestreckt.

Ilsa Roths mechanisch wirkender Händedruck war lasch, und ihre Augen blickten so starr, als wäre Clara gar nicht vorhanden. Sie sahen glasig aus, vielleicht trauerte sie ernsthaft um ihren Schwager.

»Wolltest du dich vor dem Trauermahl nicht noch ein wenig hinlegen?«, fragte Alexander seine Frau. Er warf einen Blick auf die Uhr. »Wir haben noch zwei, drei Stunden Zeit. Ich glaube, Karola und die Jungs brauchen auch ein wenig Zeit für sich. Nimm ruhig den Wagen. Ich komme mit dem Taxi nach.« Clara rechnete fest damit, dass Ilsa widersprechen würde und sich in dieser Situation nicht von ihrem Mann trennen wollte – schon gar nicht, damit dieser mit einer fremden Frau fortging –, doch zu ihrer Überraschung drehte sich Ilsa Roth wortlos um und ging seltsam steif, wie ein ferngesteuerter Roboter, davon.

Clara war peinlich berührt. »Du musst nicht mit mir kommen«, stammelte sie. Sie wusste eigentlich gar nicht, ob sie mit Alexander tatsächlich per Du war.

»Mach dir keine Gedanken. Ich bin heilfroh, hier endlich wegzukommen. Das … das alles ist mir ziemlich an die Nieren gegangen. Ich muss mal kurz den Kopf freikriegen, sonst stehe ich hinterher das Essen nicht durch.« Alexander lockerte seine dunkle Krawatte, und sobald sie das Café betreten hatten, löste er sie ganz vom Hals.

Sie bestellten zwei Cappuccini und wurden doch tatsächlich gefragt, ob mit Sahne oder Milchschaum.

»Milchschaum«, sagte Clara. Alexander verdrehte nur entnervt die Augen.

Als die Kellnerin weg war, breitete sich Schweigen zwischen ihnen aus. Clara spielte verlegen mit einem Knopf an ihrem schwarzen Kostüm; er saß locker, sie musste aufpassen, dass sie ihn nicht verlor.

»Es tut mir leid«, begann sie, um etwas hilflos hinzuzufügen: »Karola, meine ich.«

»Sie glaubt, sämtliche Frauen auf dieser Welt hätten mit Nicholas geschlafen. Sie hat diesbezüglich einen richtigen Verfolgungswahn.« Alexanders Stimme klang sehr barsch, und Clara wusste nicht, ob sie zugeben sollte, dass Karola in ihrem Fall richtig lag.

»Jedenfalls«, fügte er hinzu, »tut es mir auch für dich leid. Ich verstehe gar nicht, warum sie sich so aufregt. Nicholas hat ihr ein gutes Leben geboten.« Er machte eine wegwerfende

Handbewegung, als wäre die Promiskuität ihres Mannes nur für eine äußerst zickige Frau ein Problem.

Clara fragte sich unwillkürlich, wie Ilsa das sah. Wenn sie Karolas Worten trauen konnte, stand Alexander seinem Bruder in Sachen Untreue in nichts nach.

Die Cappuccini kamen, und Alexander rührte so lange in seinem, bis er die Schokostreusel im Milchschaum versenkt hatte. »Ich habe immer befürchtet, dass irgendwann so etwas passiert.«

»Was? Dass Karola ausrastet und eine andere Frau als Hure beschimpft?«

»Nimm das bitte nicht persönlich. Und nein – das meinte ich nicht. Ich meinte Nicholas' Ende, dass man ihn … du weißt schon.« Er seufzte. »Dass man ihn umgebracht hat. Erschossen.«

Clara hob fragend den Blick. »Du hast so etwas befürchtet? Wie kamst du denn darauf? Er war doch ein friedlicher Mensch. Natürlich sehr karrierebewusst und manchmal ein bisschen egoistisch, aber …«

Alexander kaute unruhig auf seiner Unterlippe. »Es kann sein, dass du nicht alles über Nicholas weißt«, presste er schließlich hervor.

»Natürlich weiß ich nicht alles. Ich habe höchstens alle paar Monate mit ihm telefoniert. Ich dachte, wir könnten uns öfter treffen, jetzt, wo er nach Frankfurt umziehen wollte. Aber vorher habe ich ihn selten gesehen. Trotzdem kenne ich ihn gut genug …«

»Vergessen wir's«, fiel Alexander ihr ins Wort.

»Nein«, erwiderte sie energisch. »Worauf spielst du an? Warum hast du erwartet, dass so etwas passiert? Nun sag schon!«

Alexander kramte umständlich in seiner schwarzen Jacke nach einer Zigarettenpackung. »Es stört dich doch nicht, wenn ich rauche?«

Sie schüttelte den Kopf, obwohl es sie sehr wohl störte. Die Kellnerin hob misstrauisch den Blick, schritt aber nicht ein, als Alexander eine Gauloise anzuzünden versuchte. Die Flamme seines Feuerzeugs war klein, er versuchte es mehrmals vergeblich. »Scheißding«, knurrte er, lächelte aber dabei und zog eine Packung Streichhölzer aus der Tasche.

»Also«, insistierte Clara, nachdem er den ersten Zug gemacht hatte, »was hast du sagen wollen?«

Alexander winkte der Kellnerin. »Bringen Sie mir eine Untertasse?«, fragte er freundlich lächelnd. »Ich will nicht, dass das Tischtuch Asche abbekommt.«

Die Kellnerin runzelte irritiert die Stirn.

Jetzt verbiete ihm schon zu rauchen!, dachte Clara.

Doch die Kellnerin drehte sich schweigend um und kam kurz darauf mit einer Untertasse zurück, die einen dünnen Riss aufwies und am Rand angeschlagen war.

»Vielen Dank.« Alexander lächelte breit und blies Clara den Rauch ins Gesicht.

»Eigentlich darf man hier nicht rauchen«, murmelte sie.

»Ach, die können froh sein, wenn sie überhaupt Gäste haben. In diese Ecke verirrt sich doch kaum jemand.«

Clara schob den kleinen Teller etwas zur Seite. »Was wolltest du mir denn nun über Nicholas erzählen?«

»Heißt es nicht, dass man über Tote nichts Schlechtes sagen soll?«, fragte er zurück.

»Wenn es irgendetwas mit seiner Ermordung zu tun hat, dann …«

»Nicholas hatte Geldsorgen«, unterbrach Alexander sie, nahm einen weiteren tiefen Zug von seiner Zigarette und trank dann den Cappuccino so gierig, als wäre es ein kaltes Bier an einem heißen Tag.

»Aber euer Vater war doch so reich!«

Ein neuerlicher Zug an der Zigarette. »Fehlspekulationen«, sagte Alexander schlicht. »Mehr als nur eine. Aktien, Immobilien, Staatsanleihen. Der Alte war ein richtiger Zocker, aber am Ende ist es ihm noch nicht mal gelungen, den Fiskus reinzulegen. Horrende Steuernachzahlungen. Ein Glück, dass überhaupt noch etwas da war außer Schulden, als es ans Erben ging.«

»Das wusste ich nicht.« Clara starrte auf ihre Hände und kam sich plötzlich so fehl am Platze vor. Sie hatte doch nur zu Nicholas' Beerdigung gehen wollen, um mit den Ereignissen abzuschließen, es zumindest zu versuchen. Und jetzt saß sie hier mit seinem Bruder, dem sie vorher höchstens zweimal begegnet war, und er vertraute ihr Dinge an, die sie nichts angingen. Nicholas hätte das niemals getan – einfach so drauflos reden. Nicholas war immer diskret gewesen. »Das hier«, hatte er gesagt, als sie sich in dem schäbigen Hotelzimmer voneinander verabschiedet hatten, »das hier bleibt unter uns, ja?«

Es hatte nicht wie eine Frage geklungen, eher wie ein Befehl.

Clara war in ihre Unterhose geschlüpft, ohne das Handtuch von ihrem Körper zu nehmen. »Natürlich«, hatte sie gesagt. »Philip darf nichts davon erfahren.«

Und dann hatte sie es ihm doch gesagt, später, als sich ihre Beziehungskrise immer mehr zugespitzt hatte.

»Das mit seinen Geldsorgen wusste so gut wie niemand«, fuhr Alexander fort. »Nicholas wollte auch nicht, dass irgendjemand davon erfuhr. Er wollte seinen Lebensstil aufrechterhalten, Villa am Wannsee, Stadtwohnung in Charlottenburg, und am besten Vergleichbares hier in Frankfurt. Er hatte vor, sich eine Eigentumswohnung am Osthafen zu kaufen, du weißt schon, direkt am Main. Und Karola und die Jungs sollten etwas außerhalb leben, in Kronberg vielleicht. Zwei Wohnsitze retten die Ehe, hat er mal zu mir gesagt. Von wegen! Der brauchte nur einen ruhigen Ort zum Vögeln … Sorry, dass ich mich so drastisch ausdrücke.« Alexander schnippte die Asche auf die kaputte Untertasse.

»Und was hat das damit zu tun, dass er ermordet wurde?« Dass man ihm die Hand abgehackt hat?, fügte Clara im Stillen hinzu. Dass man ihm eine Kugel in den Kopf gejagt hat? Dass man ihn entkleidet hat? Dass man ihm die Rolle des Luzifer zugewiesen hat?

»Ich hätte gerne noch einen Cappuccino«, rief Alexander der Kellnerin zu und schob die leere Tasse weit von sich. »Nicholas hatte da was am Laufen«, fuhr er mit gesenktem Blick fort, »irgend so ein krummes Geschäft. Ich weiß nicht, wie tief er da reingerutscht ist. Vor einem halben Jahr nannte er mir mal Summen, die viel zu hoch waren, um mir vormachen zu können, dass da alles mit rechten Dingen zuging.«

»Was für ein Geschäft? Nicholas war doch kein Geschäftsmann.«

Alexander trank den zweiten Cappuccino so gierig wie den ersten. »Das führt jetzt zu weit.«

»Nein«, sagte Clara entschieden. »Das kannst du nicht einfach so verschweigen. Das musst du aussagen. Das könnte der Polizei helfen.«

Alexander schüttelte vehement den Kopf. »Du verstehst

das vielleicht nicht, Clara. Aber in unserer Familie geht der gute Ruf über alles. Wenn der Mord wirklich *damit* zu tun hat, ist es für mich ehrlich gesagt zweitrangig, ob der Täter damit durchkommt oder nicht. Hauptsache, die Familie erfährt nichts davon, Karola hat so schon genug Probleme. Und falls ich völlig daneben liegen sollte, nutzt meine Aussage auch nichts, sondern kostet nur Zeit und hält die Kripo von den eigentlichen Ermittlungen ab.«

Clara schüttelte langsam den Kopf. Ihr fiel ein, dass Simon sie gebeten hatte, mit niemandem über den Mord an Ralph Volkers zu reden. Sie rang mit sich.

»Du musst eine Aussage machen«, wiederholte sie.

»Clara …«

»Nein, du musst! Es … es hat einen zweiten Mord gegeben. Alles deutet auf denselben Täter hin. Es gab da Parallelen am Tatort. Alexander«, beschwor sie ihn eindringlich, »Alexander, es könnten noch weitere Menschen …«

Alexander ließ die Zigarette in seine halb leere Tasse fallen. »Mein Gott«, murmelte er, und es klang weniger entsetzt als resigniert und müde.

Wieder stand die Thermoskanne gefährlich nah an Hartmanns Schreibtischkante, und wieder hingen Teebeutel darin. Simon war sich nicht sicher, ob es dieselben waren wie gestern. Er traute dem Kommissar, der einmal mehr an einer trockenen Brezel herumkaute, durchaus zu, Teebeutel öfter als einmal zu verwenden.

Heute war es nicht so miefig in dem Raum, denn Hartmann hatte das Fenster geöffnet, allerdings drang nun Verkehrslärm herein.

»Sie haben sich getroffen«, sagte Simon beim Eintreten und versuchte, möglichst stoisch zu klingen.

»Wer?«, fragte Hartmann und blickte kaum von seinem Schreibtisch auf.

»Nicholas Roth und Ralph Volkers. An dem Tag, als Roth ermordet wurde. In einer Pizzeria im Holzhausenviertel, Volkers' Stammlokal sozusagen. Der Besitzer konnte sich noch ganz genau erinnern – er hat sie nach dem Essen auf einen Espresso eingeladen. Das bedeutet der Eintrag ›Ital.‹ in Roths Kalender. Er hat sich nicht *mit* Italienern getroffen, sondern *beim* Italiener.«

»Das dachte ich doch von Anfang an. Und haben *Sie* mir nicht einzureden versucht, dass das Ganze mit einem Gemälde zu tun hat, das irgendwo in Italien rumhängt?« Endlich hob Hartmann den Kopf.

»Das war eine Vermutung«, sagte Simon schnell.

»Eine falsche Vermutung«, stellte Hartmann fest.

»Aber das hier, das ist keine Vermutung: Volkers und Roth haben sich definitiv in der Pizzeria del Sole getroffen. Der Wirt hat Nicholas Roth gleich erkannt, als ich ihm ein Foto von ihm unter die Nase gehalten habe. Er konnte mir sogar noch die Abrechnung zeigen, Roth hat mit Kreditkarte bezahlt. Wir haben's also schwarz auf weiß. Außerdem hat sich der Wirt, er heißt übrigens Giovanni Erbi, am nächsten Morgen mit Volkers über Roth unterhalten. Volkers hat einen Kaffee bei ihm getrunken.«

»Ich dachte, es ist eine Pizzeria, kein Café«, warf Hartmann ein.

Simon ballte unwillkürlich die Hände zu Fäusten. »Ist doch egal, was es ist«, brach es aus ihm heraus. »Ob Pizzeria oder

Lokal oder Kneipe, was spielt das denn für eine Rolle? Die haben halt auch noch so 'ne Art Bar.«

Hartmann grinste flüchtig. Simons Ausbruch schien ihn zu amüsieren.

Na toll, dachte Simon und lockerte seine Fäuste wieder. Muss man bei euch erst schreien, um ernst genommen zu werden? »Volkers soll gesagt haben, Nicholas sei sein künftiger Chef. Bei dem würde er in einigen Wochen ein Praktikum machen.«

»Etwa im Städel-Museum?«, fragte Hartmann und klang erstmals wirklich neugierig.

»Davon wusste Giovanni Erbi nichts. Er wusste nicht mal, was Volkers genau studierte, geschweige denn, wo dieser andere Mann arbeitete. Ich glaube auch nicht, dass es da tatsächlich um ein Praktikum ging. Seit wann trifft sich der künftige Direktor des Städels privat mit einem Praktikanten, begibt sich obendrein in dessen Wohngegend und lädt ihn dann auch noch zum Mittagessen ein?«

»Das müssen wir mit dem Städel klären«, warf Hartmann ein.

Simon konnte sich ein Triumphgefühl nicht verkneifen. »Hab ich schon«, erklärte er. »Ich habe auf dem Weg hierher dort angerufen. Die Personalabteilung wusste nichts von einem Praktikum. Es gibt keine Bewerbung, keinen Anstellungsvertrag, keine Terminvergabe. Der Name Ralph Volkers ist dort nirgendwo registriert.«

»Hm«, machte Hartmann. »Das muss nichts heißen. Vielleicht kannten sich die beiden von früher, und Roth hat ihm ohne Rücksprache mit dem Museum das Praktikum zugesagt. Das kann er doch als künftiger Direktor.«

Klar doch!, schimpfte Simon innerlich. Hörst du mir überhaupt zu? »Giovanni Erbi hat außerdem behauptet, dass Volkers Roth irgendwelche Unterlagen gegeben hat.«

»Könnte ein Lebenslauf gewesen sein. Oder Zeugnisse«, schlug Hartmann vor.

»Das konnte er nicht erkennen, aber wenn Sie mich fragen …«

Hartmann winkte ab. »Die beiden kannten sich, das ist doch schon mal ein Anfang. Mit allem Weiteren warten wir auf die Kollegen.«

»Wann halten wir die nächste Besprechung ab?«

Hartmann warf einen Blick auf die Uhr. »Heute nicht mehr. Es ist Freitagnachmittag …«

»Wir haben zwei Morde!«

»Sie können so viele Überstunden machen, wie Sie wollen, Fabiani. Ich stehe Ihnen da ganz sicher nicht im Weg.« Hartmann wedelte ungeduldig mit der Hand und stieß dabei fast die Thermoskanne um.

Simon dachte gar nicht daran zu gehen und öffnete schon den Mund, als ihn ein Klopfen an der Tür unterbrach.

Clara trat ein, noch ehe Hartmann Herein! gerufen hatte. Sie sah blass aus in ihrem schwarzen Kostüm, auch wenn die Farbe gut zu ihren blonden Haaren passte, die sie im Nacken zu einem dünnen Zopf geflochten hatte. Nach ihr betrat ein Mann den Raum, der Simon irgendwie bekannt vorkam.

Hartmann machte einen Gesichtsausdruck, als habe ihm der gerade noch gefehlt.

»Das ist Alexander Roth, der Bruder von Nicholas«, setzte Clara grußlos an. »Er möchte eine Aussage machen.«

Sie blickte von Hartmann zu Simon, lächelte flüchtig und

nickte Alexander aufmunternd zu. Der presste unruhig die Lippen aufeinander.

»Das haben Sie doch schon«, knurrte Hartmann unwillig.

»Ich habe nicht alles gesagt«, brachte Alexander Roth kleinlaut vor. »Mein Bruder … Ich glaube, mein Bruder steckte ziemlich tief in einer Sache drin, die nicht ganz sauber war.« Er zögerte. »So was wie illegaler Kunsthandel«, fügte er schließlich hinzu.

12

Clara sah unauffällig auf die Uhr. Schon drei. Eigentlich hatte sie gleich nach der Beerdigung wieder ins Museum fahren wollen. Auf ihrem Schreibtisch waren ein paar Sachen liegen geblieben: Es gab die Anfrage eines französischen Museums, ob sie eines ihrer mittelalterlichen Kruzifixe für eine Wanderausstellung verleihen könnten. Außerdem musste Clara noch den Abschlussbericht zu einem Heiligengemälde schreiben, das in einem Pfarrhaus entdeckt und fälschlicherweise für einen echten Ferdinand Becker gehalten worden war – ein Heiligenmaler des 19. Jahrhunderts.

Alexander hatte Platz genommen und war wieder ins Stammeln geraten. Dass es ihm schrecklich leid tue, das sagen zu müssen. Dass er den Namen seines Bruders nicht beschmutzen wolle.

15.02 Uhr. Sie musste auch noch Philip anrufen und klären, wie sie morgen, Samstag, die Übergabe organisieren würden. Katharina sollte das Wochenende bei ihr verbringen, aber es war noch nicht abgesprochen, ob Clara sie im Schloss abholen oder Philip sie zu ihr in die Wohnung bringen würde. Clara graute vor dem Gespräch.

»Können Sie mal zum Punkt kommen?«, fragte Hartmann. »Was genau heißt das?«

Claras Blick begegnete flüchtig dem von Simon. Auch er wirkte genervt, doch schien das weniger mit Alexanders Gestammel zu tun zu haben als mit der Art, wie Hartmann vorging.

»Ich möchte noch mal bekräftigen, dass ich das alles nur mache … Ich meine, mein Bruder ist tot, da sollte man Pietät wahren, aber wenn es nun eben ein zweites Opfer gibt …«

»Großartig!«, zischte Hartmann. »Wer hat geplaudert?« Er warf Simon einen erbosten Blick zu. Clara zuckte an dessen Stelle zusammen.

»Es gab vor einigen Jahren einen Fall, der damals durch die Medien gegangen ist«, begann Alexander. »Ist Ihnen die ›intellektuelle Weißkragenmafia‹ ein Begriff?«

Als alle schwiegen, fuhr er fort – nicht länger stammelnd, sondern sehr schnell, als wollte er es hinter sich bringen: »Der russische Kunstmarkt setzt jährlich rund eins Komma fünf Milliarden Dollar um. Deswegen hat sich die internationale Kunstmafia anscheinend auf Russland spezialisiert. Im Jahr 2004 kam erstmals ein Fälscherskandal ans Licht, aber das war wohl nur die Spitze des Eisbergs. Die Ermittlungen kamen erst richtig ins Rollen, als Fälschungen in der Sammlung von Präsident Putin auftauchten.«

»Was für Fälschungen?«, fragte Hartmann, und sein etwas verwirrter Gesichtsausdruck zeigte, dass er sich noch nicht entschieden hatte, ob ihn das Gesagte interessierte oder nicht.

»Fälschungen von Gemälden«, gab Alexander zurück und rieb nervös seine Fingerspitzen aneinander. Seine Nägel waren sehr gepflegt, wenn auch, wie bei Rauchern von filterlosen Zigaretten üblich, leicht gelblich verfärbt. »Vor allem von russischen Künstlern, denn russische Sammler lieben es patriotisch. In den letzten fünf Jahren haben sich die Preise für Werke von Malern wie Iwan Aiwasowski, Iwan Schischkin, Ilja Repin oder Kasimir Malewitsch vervielfacht. Das brachte die Mafia auf die Idee, dass man mit Kunst noch mehr Kohle machen kann als mit Drogen. Die Vorgehensweise ist simpel: Mittelsmänner erwerben auf Auktionen in Europa Bilder nicht so renommierter westlicher Künstler, lassen sie umgestalten und dann als russische Meisterwerke für ein Vielfaches verkaufen. So haben sie das auch 2004 – in besagtem Fall – mit einem Schischkin-Gemälde gemacht. Eigentlich stammte das Bild von dem Holländer Marinus Koekkoek. Doch es wurde nach Russland geschmuggelt, wo ein Fälscher vier Personen und ein Lamm von der Leinwand entfernte und den Namenszug Koekkoek durch Schischkin ersetzte. Und die Tretjakow-Galerie – *der* Museumstempel für russische Kunst – hat das Gemälde für echt erklärt. Es lässt sich nicht nachweisen, ob das ein Irrtum war oder ob die Gutachter am Betrug beteiligt waren. In jedem Fall ist so etwas wohl hundertfach geschehen.« Alexander Roths Hände wurden immer unruhiger.

»Und es überrascht niemanden, wenn plötzlich bisher unbekannte Gemälde berühmter Künstler auftauchen?«, warf Hartmann skeptisch ein.

»Nein«, antwortete Alexander, »überhaupt nicht. In Russland ist das an der Tagesordnung. Während der Sowjetzeit wurden viele Gemälde versteckt, außer Landes gebracht oder vom Staat konfisziert. Und in den russischen Museen fand seit Stalin keine grundlegende Inventarisierung mehr statt.«

»Und was hat das alles mit Nicholas Roth zu tun?«, warf Hartmann ungeduldig ein.

Alexander zog unbehaglich die Schultern hoch. »Seit diesem ersten großen Skandal wurde das Thema Fälschungen zunehmend öffentlich diskutiert. Wahrscheinlich ist jeder zweite dieser neureichen russischen Millionäre zum Opfer geworden, wie gesagt auch Präsident Putin. Zugeben würde das natürlich niemand, aber es wird in diesem Bereich verstärkt ermittelt. Die russischen Behörden arbeiten intensiv mit Interpol zusammen. Nicht wenige an dem Geschäft Beteiligte haben mittlerweile umgesattelt.«

»Und worauf?«

Alexander ließ die Schultern wieder sinken. »Es kommt zwar seltener vor – wie gesagt, die meisten Russen lieben russische Künstler –, aber es gibt auf dem Markt offenbar ein Segment, das sich für europäische Kunst interessiert, vor allem für französische und italienische Malerei. Und hier geht man nun ähnlich vor: Gefälschte Gemälde werden als echt ausgewiesen, wofür man zum einen professionelle Fälscher braucht und zum anderen …« Alexander sah vielsagend in die Runde.

»Ich nehme an, man braucht darüber hinaus vor allem einen Gutachter, der die Echtheit des Gemäldes bestätigt«, warf Simon ein.

»So ist es«, stimmte Alexander zu. »Einen anerkannten, glaubwürdigen Kunstexperten mit tadellosem Ruf, am besten den Mitarbeiter eines renommierten Museums, nicht irgendeiner zwielichtigen Institution.«

»Sie wollen also sagen, dass Nicholas mit der russischen Kunstmafia unter einer Decke steckte, um sich ein hübsches Nebeneinkommen zu erwirtschaften?«, fragte Hartmann.

Alexander warf Clara einen fragenden Blick zu, als bräuchte er ihre Erlaubnis, um seinen Bruder zu verraten.

Sie nickte ihm auffordernd zu. Etwas wirrer als jetzt hatte er ihr schon auf dem Weg hierher von Nicholas' unheilvollen Geschäften erzählt.

»Nicholas hat solche Expertisen erstellt«, sagte Alexander schließlich mit rauer Stimme. »Seitenlange Abhandlungen über das Gemälde, den Künstler, die Hintergründe zur Entstehung des Bildes. Inklusive chemischer Analysen und so. Klang alles echt, war aber bis ins letzte Detail erlogen.«

»Und Sie wussten die ganze Zeit darüber Bescheid?«, fragte Hartmann.

»Nein, ich meine, hören Sie, das sind alles reine Vermutungen.«

»Gerade klang das aber nicht so. Für mich hörte es sich an, als wären Sie ganz genau im Bilde gewesen. Und hätten es nicht für nötig gehalten, Ihren Bruder anzuzeigen.«

»Wir sind eine Familie!«, begehrte Alexander auf. »Was hätte ich denn tun sollen?«

Sein schroffer Tonfall, der den unsicheren, schuldbewussten Ton jäh ablöste, erinnerte Clara an Nicholas. Auch der hatte – ungeachtet seines weltmännischen Charmes – zu cholerischen Ausbrüchen geneigt, nur, dass sie bei ihm länger gedauert hatten. Alexander hingegen duckte sich sogleich wieder und murmelte kleinlaut: »Es tut mir leid. Ich habe Nicholas mehrmals gesagt, er soll die Finger davon lassen. Und er hat's mir auch versprochen. Nur deswegen dachte ich, man sollte die Sache auf sich beruhen lassen. Aber jetzt …«

»Kennen Sie Ralph Volkers?«

»Wen?«

»Ralph Volkers. Ein zweiundzwanzigjähriger BWL-Student. Das zweite Mordopfer.«

»Nein«, erwiderte Alexander rasch. »Den Namen habe ich noch nie gehört. Ganz sicher nicht.«

»Wie viele Leute brauchte man für dieses ... Geschäft?«, fragte Hartmann. »Abgesehen von den Mittelsmännern aus dem Osten natürlich. Kann es sein, dass Nicholas seine Gutachten nicht persönlich übergeben hat, sondern eine Art Boten brauchte, der die Drecksarbeit machte und vom Kuchen mitnaschte?«

»Sie meinen, das könnte Ralph Volkers gewesen sein?«, fragte Simon.

»Nein, die Heilige Maria Magdalena«, höhnte Hartmann.

»Die Engelbilder«, warf Clara schüchtern ein und räusperte sich. »Ich meine, die Gemälde mit dem Motiv des Erzengels, der Luzifer besiegt, vielleicht könnten die noch mehr Erklärungen liefern.«

»Welche Bilder?«, fragte Alexander verwirrt.

»Nämlich?«, brummte Hartmann.

»Sie hat recht«, stellte Simon fest, als Clara nur die Schultern zuckte. »Vielleicht hat Nicholas Roth Gutachten zu genau diesen Gemälden oder anderen Engelsmotiven erstellt.«

»Möglich«, meinte Clara. »Aber vielleicht sagt uns das Motiv noch mehr: Sie haben von Botendiensten gesprochen, die Ralph Volkers übernommen haben könnte. Engel sind nach jüdisch-christlichem Verständnis solche Boten. Sie führen den Befehl Gottes aus.«

Hartmann stützte seine Ellbogen auf den Schreibtisch und legte das Kinn in die Hände. Sinnierend saß er eine Weile da.

»Haben Sie einen Namen?«, fragte er schließlich, an Alexander gewandt. »Irgendeinen Namen von den Typen, mit denen Ihr Bruder zu tun hatte?«

Alexander zuckte die Schultern.

Verstohlen sah Clara wieder auf die Uhr. Es war jetzt 15.25 Uhr. Ich muss noch einkaufen gehen, dachte sie. Katharina möchte vielleicht Nudelsuppe essen. Sie bereitete sie immer mit Brühwürfel zu, das ging am schnellsten, und dann gab sie Tiefkühlerbsen und ein bisschen Tiefkühlschnittlauch dazu, wegen der Vitamine. »Muss ich das Grüne auch essen?«, fragte Katharina meistens. »Im Schloss muss ich nie das Grüne essen.«

»Einmal«, erklärte Alexander jetzt, »hat Nicholas einen Namen erwähnt. Er hatte gerade einen Anruf bekommen. Wir waren in Berlin zu Besuch, meine Frau und ich, wir saßen alle im Speisezimmer, als er ans Handy ging und mit einem gewissen Danilo sprach. Karola, Nicholas' Frau, war verärgert darüber, dass er während des Essens telefonierte. An den Namen kann ich mich darum so gut erinnern, weil sie hinterher fragte: ›Woher kennst du Leute, die Danilo heißen?‹ Karola gehört zu den Menschen, die denken, dass Namen alles über ihre Träger sagen, und ein Danilo hat da von Anfang an verloren. Das klingt in ihren Ohren zu fremd, zu billig.«

»Schön«, murmelte Hartmann, »dann lasst uns deutschlandweit nach einem Danilo suchen. Ist ja nicht weiter schwierig. Sicher gibt's nur ein paar Tausend Männer mit dem Vornamen.«

»Kann sein, dass dieser Danilo von Frankfurt aus anrief. Unser Vermögensverwalter hat hier sein Büro. Ich bin mir nicht sicher, aber ich nahm damals an, dass er es war, der den Kontakt zwischen Danilo und Nicholas hergestellt hat.«

»Dann sollten wir uns Ihren Vermögensverwalter vorknöpfen«, brummte Hartmann.

»Anders könnte es noch schneller gehen«, warf Simon entschlossen ein. »Wir haben schließlich Nicholas Roths Smartphone. Vielleicht kriegen wir so Danilos Telefonnummer.«

Hartmann rümpfte die Nase.

»Kann ich jetzt gehen, oder brauchen Sie mich noch?«, fragte Alexander.

Simon saß mit leicht angezogenen Beinen neben Mike Hoff im Auto. Im Fußraum des Beifahrersitzes lagen überall Brösel von Erdnusschips. Offenbar war eine Tüte geplatzt, und Simon wollte vermeiden, hineinzutreten.

Die ersten fünfzehn Minuten der Fahrt verliefen schweigend. Mike gab vor, ganz auf den Berufsverkehr konzentriert zu sein, und umklammerte mit beiden Händen das Lenkrad. Erst als sie die Mainzer Landstraße erreicht hatten, begann er zu reden. »Das ist zu einfach«, sagte er.

»Was?«, fragte Simon verwirrt.

»Dass wir ihn so schnell ausfindig gemacht haben. Das kommt mir komisch vor. Viel zu einfach.«

Simon wusste nicht, ob er geschmeichelt oder genervt sein sollte, dass Mike erstmals das Wort an ihn richtete. So ähnlich hatte er sich vorhin gefühlt, als Hartmann ihn aufgefordert hatte, Mike zu begleiten. Das konnte eine Degradierung bedeuten, aber auch ein »Willkommen im Team«.

»Tja«, setzte er an, »Danilos Telefonnummer stand immerhin nicht in Nicholas Roths Adressbuch …«

»Aber in dem von Ralph Volkers. Und das ist es, was mir so komisch vorkommt. Dass Volkers mit Roth irgendein krummes Ding abzieht, aber nicht daran denkt, die Spuren zu verwischen! So was macht man doch nicht.«

»Dass man die Telefonnummer von jemandem hat, macht einen noch nicht verdächtig. Und wer hätte schon Gelegenheit gehabt, Volkers' Adressverzeichnis gründlich zu studieren, zumindest, solange er noch gelebt hat? Und er wird wohl kaum damit gerechnet haben, dass man ihn eines Tages erschießt und seine persönlichen Gegenstände bei der Polizei landen.«

»Trotzdem, ich mag eher diese kniffligen Puzzlespiele. Wo man lange nachdenken muss, bis man kapiert, welches Teil zu welchem gehört. Nicht so was: Peng, Bruder sagt aus, peng, wir haben so was wie ein Tatmotiv, peng, schon ist der Verdächtige da, und das innerhalb von einer Stunde. Nee, nee, so läuft das nicht. So läuft das nie.«

Simon zuckte die Schultern. Total irrational, dachte er, aber er wollte im ersten kollegialen Gespräch, das er mit Mike führte, nicht gleich anecken. Außerdem wechselte der gerade das Thema.

»Warum arbeitest du eigentlich noch?«, fragte er unvermittelt.

»Wieso, es ist noch nicht mal fünf, warum sollte ich …«

»Nein, das meinte ich nicht. Ich will wissen, warum du überhaupt so einen Job machst. Du hast doch 'ne reiche Frau.«

Großartig, dachte Simon. Er hatte gehofft, dass sich Doras Herkunft an seinem neuen Arbeitsort noch nicht herumgesprochen hatte.

»Meine Frau ist nicht reich«, entgegnete er. »Sie kommt aus einer Adelsfamilie, das stimmt, aber die haben nicht allzu viel Kohle. Einen tollen Stammbaum und ein ansehnliches Schloss, ja, aber allein die Instandhaltungskosten verschlingen Unsummen. Der Bruder meiner Frau, der mal Haupterbe sein wird, arbeitet als Anwalt. Vom Gut allein könnte er nicht leben.«

Mike verzog skeptisch den Mund. »Ach, komm. Ihr habt doch 'ne tolle Villa in Sachsenhausen.«

Simon starrte auf die Erdnusschips zu seinen Füßen. »Die hat meine Frau von irgendeiner Großtante geerbt. Aber Dora ist auch berufstätig. Sie unterrichtet Latein an einem Gymnasium.«

Mike gab einen Laut von sich, der entfernt an ein Lachen erinnerte. »Passt doch«, sagte er grinsend. »Sie beschäftigt sich mit 'ner toten Sprache, du mit toten Menschen.«

Simon war erleichtert, dass sie ihr Ziel fast erreicht hatten. Der Gurt schnürte sich in seine Brust, als Mike ruckartig bremste.

»Müsste hier irgendwo in der Nähe sein«, meinte er und sah sich um.

Sie hatten das Gallusviertel verlassen und Alt-Nied erreicht. Laut Stadtplan befand sich die gesuchte Adresse in der Nähe der Oeserstraße. Sie kamen an einer Pizzeria mit matten Scheiben und einem zerrissenen rot-weißen Vorhang vorbei, an Häusern, von denen der Putz bröckelte, und einem Straßenimbiss, an dem Brathähnchen verkauft wurden. Obwohl die Fenster geschlossen waren, konnte Simon das billige Bratfett förmlich riechen.

Mike fuhr an, bremste wieder. »Da haben wir's doch.« Er nannte den Namen der gesuchten Straße und schüttelte den Kopf. »Nee, das ist mir alles zu einfach.«

»Was für ein Pech, dass wir die Adresse so schnell gefunden haben«, murmelte Simon.

Mike tat so, als hätte er die Bemerkung nicht gehört. »Ein

Fitnessstudio«, stellte er mit Blick auf die gesuchte Hausnummer fest.

In neongelben Buchstaben wurde die Mitgliedschaft beworben. Toller monatlicher Preis, stand da zu lesen – jedoch nicht, wie hoch der Betrag war.

Mike drückte seine Nase an die Glasscheibe, nachdem er ausgestiegen war und das Auto abgesperrt hatte. »Tatsächlich 'ne Muckibude«, bestätigte er.

»Vielleicht gibt's obendrüber Privatwohnungen«, sagte Simon.

»Kann sein. Oder dieser Danilo ist einfach nur Roths Personal Trainer.«

»Nicholas Roth wird doch nicht von Berlin nach Frankfurt-Nied fahren, um seine Muckis zu trainieren.«

»Könnte sich ja auch um eine Kette handeln und …« Mike hielt inne, als sich die Tür öffnete. Ein junger Mann trat heraus, mit Sporttasche über der Schulter und blinkenden Laufschuhen, aber käsigen und ziemlich schlaffen Armen. Er sah nicht so aus, als würde er schon lange hier trainieren.

»Gibt's hier einen Danilo Taranow?«, fragte Mike.

»Keine Ahnung«, sagte der Käsige. »Fragen Sie doch mal drinnen nach.«

An der Theke saß eine gelangweilte solariumsgebräunte Frau mit einem Pferdeschwanz, der von einem pinkfarbenen Gummiband festgehalten wurde. Sie blätterte in einer Illustrierten und sah erst auf, als Mike und Simon unmittelbar vor ihr standen.

»Fitnessdrink gefällig?«, fragte sie und blickte auf die Uhr. »Ist schon nach fünf. Also gelten jetzt Happy-Hour-Preise. Ich kann Gerstenkraftsaft empfehlen. Mit Honig und Minze.«

»Nein, danke«, wehrte Mike ab und wiederholte seine Frage nach Danilo Taranow.

Die solariumsgebräunte Frau versenkte sich prompt wieder in die Illustrierte. »Da müssen Sie wahrscheinlich ’nen Stock höher, da sind die Wohnungen. Aber wer dort alles wohnt, weiß ich nicht.«

Mike ging wortlos, Simon bedankte sich noch mal.

Das Treppenhaus, das nach oben führte, war unverputzt. Der Boden klebte von einer undefinierbaren braunen Masse. In den Ecken der Fenster hingen Spinnweben.

»Kommt mir alles komisch vor«, murrte Mike.

Halt einfach mal die Klappe, dachte Simon.

Im zweiten Stock gab es mehrere Wohnungstüren; vor kaum einer lag eine Fußmatte. Die Wohnungen mussten klein sein, höchstens aus zwei Zimmern, wenn überhaupt, bestehen, um alle auf einem Stockwerk Platz zu finden. Namensschilder waren entweder nicht vorhanden oder verblasst.

»Sieh mal«, meinte Simon. »Könnte das Taranow heißen?«

Lustlos trat Mike zu ihm. »Könnte«, meinte er.

Sie läuteten. Einmal, zweimal, nichts geschah.

»Na, toll«, murrte Mike.

Komm schon, dachte Simon. Wahrscheinlich wärst du noch frustrierter, wenn der Typ sofort geöffnet hätte. Laut fragte er nur: »Und jetzt?«

Schlurfende Schritte ertönten von unten. »Hallo?«, rief eine dünne, heisere Stimme. »Zu wem wollen Sie?«

»Danilo Taranow. Wir sind von der Kriminalpolizei.« Mike zog seinen Ausweis aus der Jacke und hielt ihn weit von sich, wie eine Trophäe. Die schlurfenden Schritte und die dünne Stimme gehörten zu einem älteren Mann mit Stock, der schwer atmend die letzten Stufen hochstieg und die beiden Männer misstrauisch beäugte. Er trug eine dicke Jacke, aber seine Füße steckten in graukarierten Pantoffeln.

»Den habe ich seit drei Tagen nicht gesehen«, stellte er mit beleidigtem Unterton fest und klopfte mehrmals mit der Spitze seines Stocks auf den Steinfußboden. Der Laut hallte von den Wänden wider.

»Und das ist ungewöhnlich?«

»Vom Rest« – der Alte deutete mit dem Stock auf die Wohnungstüren – »kriege ich gar nix mit. Aber mit dem Taranow rede ich dann und wann. Ich bin der Hausmeister.«

»Haben Sie einen Zweitschlüssel für die Wohnung? Wir sind von der Kripo Frankfurt.«

Simon kam es vor wie eine Ewigkeit, bis der Mann sich entschieden hatte, ihnen zu helfen. Bis er die Treppe runtergeschlurft war, um den Schlüssel zu holen. Bis er wieder zurückkam, diesmal mit noch lauterem Geschnaufe.

Der Mann probierte mehrere Schlüssel aus, ehe er den richtigen fand. Simon sah, wie Mike die Augen verdrehte. Der Hausmeister öffnete die Tür nur einen Spalt breit, dann wich er zurück.

»Ich hoffe, das ist in Ordnung«, sagte er.

Mike antwortete nicht, sondern stieß die Tür auf und trat ein, wobei er fast über einen schwarzen Plastiksack fiel, aus dem Müll quoll. Eine leere Konservendose rollte über die Türschwelle bis in den Hausflur und blieb beim Treppengeländer liegen. Eine gräuliche Flüssigkeit tropfte aus dem Sack und verbreitete einen üblen Gestank. Der Fleck war bei Weitem nicht der einzige: Der Boden war völlig verklebt, gelblich, rötlich und bräunlich, Brösel knirschten, wenn man drauftrat.

Doch es war nicht der Geruch des Mülls, der Mike zurückschrecken und angewidert das Gesicht verziehen ließ, sobald er die Wohnung betreten hatte. »Mannomann«, stieß er zwischen zusammengepressten Zähnen hervor.

Simon ging an ihm vorbei und nahm nun ebenfalls den schrecklichen Gestank wahr, der in der schummrigen Wohnung herrschte.

Er legte eine Hand vor den Mund. Kaum ein Fleckchen des Wohnzimmerbodens war nicht mit Unrat übersät: leere Bierdosen, alte Zeitungen, gebrauchte Unterwäsche lagen hier wild durcheinander, und mittendrin …

»Na, super«, murmelte Mike. »Und ich wollte mich heute mit meinen Kumpels zum Bowling treffen.«

Mike ist genauso faul wie Hartmann, ging es Simon durch den Kopf. Er war erstaunt, dass er in einem Augenblick wie diesem an etwas so Banales denken konnte.

13

Kurz vor seinem Tod hatte Danilo Taranow an seine Mutter gedacht.

Das hatte er nicht oft getan. Wann immer er das Bild ihres zerknitterten Gesichts heraufbeschwor, das von dünnen, weißen Spinnwebhaaren umrahmt wurde, musste er an den beißenden Uringeruch denken. Zwar stank nicht sie danach, sondern die anderen fünf Alten, mit denen sie sich ein Zimmer teilte. Sie war die Einzige, die keine Windel trug. Doch das, behauptete seine Schwester Irina, würde nicht mehr lange auf sich warten lassen.

Irina behauptete auch, Mamotschka sei todunglücklich, vor allem, weil ihr Sohn sie so gut wie nie im Altenheim besuche. Das stimmte, er konnte sich höchstens zweimal im Jahr aufraffen, nach Balaschicha zu fahren, einem Vorort von Moskau. Allerdings hatte er dann auch nicht das Gefühl, dass die Alte ihn überhaupt erkannte.

Sie klammerte sich zwar mit ihren fleckigen Fingern an ihn und jammerte, dass er sie nie verlassen dürfe, aber sie nannte ihn Juri.

Danilo hatte keine Ahnung, wer Juri war. Sein Vater ganz sicher nicht. Und seine Mutter machte auch nicht den Eindruck, als hätte sie in ihrem Leben viel gefickt. Frauen wie ihr machte das keinen Spaß. Diesen Juri aber hatte sie wohl geliebt.

»Verlass mich nicht! Bleib bei mir! Wir wollen wieder Karussell fahren.«

Und dann sprach sie von einem weißen Elefanten und einem schwarzen Pferd und einem Schneetiger, wie es sie nur in Sibirien gab.

»Gib mir Tschäk-Tschäk, ich will mehr Tschäk-Tschäk haben.«

Danilo hasste dieses süße Zeugs. Er bog die dünnen, aber kräftigen Finger zurück, bis es knackte und die Alte vor Schmerz aufschrie, nach seinem Hemd griff, daran zerrte, ihn an den Haaren packte und sie ihm büschelweise ausriss.

»Du blöde Kuh, lass mich endlich los!«

Es wirkte, wenn er schrie. Vielleicht war Juri nicht ihre Jugendliebe gewesen, sondern ein Lehrer oder Pfaffe. Konnte ja trotzdem sein, dass sie miteinander gevögelt hatten.

»Wie geht es Mamotschka«, fragte Irina, als er das Zimmer verließ. Sie wartete draußen im Gang unter dem blinkenden Schein einer Neonlampe, an der unverputzten Wand hing eine dämliche Ikone. Dort roch es nicht nach Pisse, sondern nach Scheiße. Immer stand irgendwo ein Wagen mit dreckiger Bettwäsche herum.

»Warum gehst du nicht zu ihr rein?«, fragte Danilo.

»Ich bin dauernd hier, ich will auch mal einen Nachmittag frei haben«, gab Irina schmollend zurück.

»Warum bist du dann überhaupt mitgekommen?«

Irina zuckte die Schultern. Sie klebte an ihm wie eine Klette. Und wenn sie ihm mal keine Vorwürfe machte, weil er sich nicht um Mamotschka kümmerte, überschüttete sie ihn mit Fragen. Wie ist es in Deutschland, hast du eine Freundin, wie sind die deutschen Frauen, was tragen sie denn, sind sie alle reich, bist du reich?

Er hatte genug Geld, dass Mamotschka nur mit fünf anderen Siechen das Zimmer teilen musste und nicht mit zwölf. Das gab es in dem Heim in Balaschicha nämlich auch. Beim letzten Mal war er an so einem Zimmer vorbeigegangen, die Alten hatten nicht einmal in anständigen Betten gelegen, sondern in Gitterbetten, wie Babys.

Aber so verhielten sie sich ja auch – wie greinende, unwillige, schlecht gelaunte Babys. Danilo hasste Babys. Und noch mehr hasste er alte Menschen.

Nach dem letzten Besuch im Pflegeheim hatte er drei Zigaretten geraucht. Dann hatte er in halb Moskau nach einem Karussell mit einem weißen Elefanten, einem schwarzen Pferd und einem Schneetiger gesucht. Er hatte nur eins mit einem weißen Elefanten gefunden, und der war völlig ramponiert. Ein Stoßzahn fehlte, und Danilo trat so lange gegen den anderen, bis er ebenfalls abbrach. Scheißding. Als er dem Elefanten auch das Gesicht eingetreten hatte, machte er ein Foto, um es Mamotschka beim nächsten Besuch zu zeigen.

Da siehst du mal, wie vergänglich alles im Leben ist. Einer Jugendliebe nachzuheulen, wie sinnlos! Da hättest du dich besser mehr um Irina und mich gekümmert!

Doch noch während es klickte, wusste er, dass er sie nie wieder besuchen würde. Jetzt, da ihm aufgegangen war, dass ihr Borschtsch das einzig Warme war, was ihre Kinder je von ihr bekommen hatten. Dass ihr Herz einem Typen gehört hatte, der jetzt entweder auch in irgendeinem Heim im Bett rumlag und von seiner Jugend träumte – oder schon unter der Erde war. Ob sie für Juri auch Borschtsch gekocht hatte?

Nichts, was er hier in Deutschland zu essen kriegte, kam

dem Borschtsch gleich, wie ihn seine Mutter zubereitet hatte, mit Rindfleisch, Roter Bete und einem Löffel Sauerrahm. Schon gar nicht diese Brühe aus den Dosen. Wobei die Dosen natürlich sehr praktisch waren. Er hortete sie. An Tagen, an denen es besser war, das Haus nicht zu verlassen, hatte er immer genug zu essen.

Am besten, hatte sein Boss ihm erklärt, gewöhnen sich die Nachbarn erst gar nicht an dein Gesicht. Wahrscheinlich hatte er das auch den anderen Bewohnern des Hauses eingebläut, die in einer noch beschisseneren Situation waren als er. Er hatte immerhin einen deutschen Pass und musste nicht damit rechnen, als Illegaler aufzufliegen. Er würde auch nicht ewig in Deutschland bleiben, nur ein paar Jahre, bis er genug auf die Seite gelegt hatte, um ein gutes Leben in Moskau führen zu können. Besser als das seiner Schwester Irina. Besser als das seiner Mutter. Er wollte nie in einem nach Urin stinkenden Sechsbettzimmer liegen und darauf warten, gewickelt zu werden.

Die jungen russischen Schlampen, die er sich manchmal kommen ließ, hatten keine Ahnung, wie man Borschtsch richtig zubereitete. Denen musste man sogar das Ficken beibringen. Vielleicht gab es auch andere, aber die lernte er gar nicht erst kennen. Er hockte ja die meiste Zeit hier, wartete auf einen Anruf, einen neuen Befehl. Aber irgendwann, in einigen Jahren, würde er sich eine Frau suchen, die wie seine Mutter kochen konnte, aber nicht von weißen Elefanten fantasierte.

Es klingelte, Danilo fuhr zusammen. Schnell warf er die leer gelöffelte Dose in den Müllsack. Er sah zur Tür. Der Boss rief ihn an, kam aber nie persönlich vorbei. Und sonst wussten ja nicht viele, wo er lebte – und die würden gewiss nicht hier auftauchen, oder?

Er spähte durch das Guckloch, im selben Moment läutete es ein zweites Mal. Die Gestalt, die er erblickte, sah nicht besonders furchterregend aus. Nicht so wie Andrej zum Beispiel, der Leibwächter vom Boss. Andrej war mindestens zwei Meter groß, und seine Arme waren so lang wie die eines Affen. Manche nannten ihn darum Orang Utan.

Danilo öffnete die Tür, um den ungebetenen Gast abzuwimmeln.

»Was ist?«, fragte er unwillig.

»Ich möchte mit Ihnen sprechen, kann ich reinkommen?«

»Warum?«, fragte er.

»Es gibt Schwierigkeiten.«

»Schickt Sie der Boss?«

»Ja. Ich habe eine Nachricht für Sie.« Die Miene seines Gegenübers blieb ausdruckslos, er trat von der Tür zurück. Im Wohnzimmer blieb sein Gast stehen und blickte sich um. Er hatte nicht aufgeräumt, aber warum sollte er auch?

»Also«, bellte er, um es so schnell wie möglich hinter sich zu bringen. »Was will der Boss?«

»Er will, dass ich Ihnen das hier gebe.«

Danilo wartete, sah, wie die Hand in der Tasche kramte.

Die Hand trug schwarze Lederhandschuhe.

Ein Kribbeln breitete sich aus, zuerst in seinem Magen, dann stieg es höher. »Nun machen Sie schon!«, sagte er.

»Nur Geduld. Ich glaube nicht, dass Sie es eilig haben.«

Danilo schüttelte den Kopf, wandte sich leicht ab und ließ die Hand kurz aus den Augen. Als er sich wieder umdrehte, erstarrte er, hob abwehrend die Hände. »Nein!«, schrie er, »nein!«

Er floh, versuchte es zumindest. Er kam drei Schritte weit, dann explodierte eine rote Wolke um seinen Kopf.

In seinem Mund schmeckte es säuerlich. Fast ein wenig wie Mamotschkas Borschtsch. Manchmal hatte sie nur vergammeltes Fleisch bekommen, faulige Rüben und sauren Rahm. Sie hatte viel Salz dazu getan, damit man es nicht schmeckte. Danilo hatte es immer geschmeckt, aber gesagt hatte er es nie.

»Wie lecker«, hatte er Mamotschka gelobt. »Du bist die Beste.«

14

Es war halb sechs, als Clara endlich nach Hause kam. Weil sie mit dem Auto zum Polizeipräsidium in der Adickesallee gefahren war, nutzte sie die Gelegenheit, ein paar größere Einkäufe im völlig überfüllten Supermarkt zu machen. Etwas kopflos fuhr sie mit dem Einkaufswagen durch die Regalreihen und überlegte, was sie in den nächsten Tagen für Katharina kochen könnte, kam aber nicht über die bereits geplante Nudelsuppe hinaus. Was aß Katharina eigentlich gerne? Und warum wusste sie das nicht?

Vor einem Monat hatte Philip behauptet, Katharina möge Pfirsiche. Clara hatte welche gekauft und in kleine Stücke geschnitten, woraufhin Katharina einen Schreikrampf bekommen hatte.

»Ich mag keine Pfirsiche! Ich hasse Pfirsiche!«

»Aber was isst du denn gerne?«, hatte Clara gefragt, hin und her gerissen zwischen Schuldgefühlen und Wut.

»Melonen, ich mag Melonen.«

Bei Katharinas nächstem Wochenendbesuch hatte Clara Melonen besorgt. Es waren die falschen, nämlich Wassermelonen, nicht die gewünschten Zuckermelonen. Und von den Zuckermelonen mochte ihre kleine Tochter nur die orangefarbenen, nicht die grünen.

Clara war noch hilfloser gewesen – und noch wütender. Im Schloss erlaubte sich Katharina solche Mätzchen sicher nicht.

Philip würde sich nicht davon beeindrucken lassen und erst recht nicht Gisela von Haidhausen, Claras Exschwiegermutter.

Clara legte sicherheitshalber eine Zuckermelone in den Einkaufswagen. Und Pfirsiche. Und Äpfel, Birnen, Pflaumen und Weintrauben. Später nahm sie einen Großteil des Obstes wieder heraus und entschied sich für eine Tafel Kinderschokolade.

Zwischendurch ein wenig Süßes, das hatte noch keinem Kind geschadet. Vorausgesetzt, dass nach dem Essen genascht wurde, nicht davor. Das Essen, richtig.

Clara packte ein Pfund Spaghetti und Tiefkühlpizza ein. Den Gemüsestand umfuhr sie weiträumig.

Als sie in ihrer Wohnung ankam, war die weiße Bluse, die sie unter dem schwarzen Kostüm trug, schweißnass. Sie verstaute die Pizza im Tiefkühlfach, ließ die übrigen Einkäufe aber in den Tüten auf dem Küchenboden liegen, um erst einmal zu duschen. Nur mit einem Handtuch um den Körper geschlungen, machte sie sich etwas zu essen: zwei Scheiben Vollkorntoast mit Putenschinken, dazu ein paar Bissen vom fertig gekauften Kartoffelsalat und hinterher ein Heidelbeerjoghurt. Passt alles nicht zusammen, dachte sie, aber was soll's.

Sie wollte sich gerade bücken, um die Einkaufstüten aufzuheben und sie endlich auszupacken, als ihr Handy klingelte. Erschrocken fuhr sie zusammen. Die letzten Stunden hatte sie in einer Art Vakuum verbracht, nur auf Alltägliches konzentriert. Gedanken an Nicholas' Tod hatten da keinen Platz gehabt.

»Ja?«, fragte sie.

»Ein Schwert«, setzte Simon grußlos an. »Was hat das Symbol des Schwertes zu bedeuten?«

Clara trocknete sich ihre noch nassen Schultern ab. »Was meinst du?«, fragte sie verwirrt.

»Es … es gibt einen weiteren Toten«, sagte Simon.

Obwohl es in der Wohnung mindestens so schwül und drückend war wie draußen, überlief Clara ein kalter Schauer. »Dieser Russe?«

»Ja, und er ist …« Simon brach ab.

»In welchem Zustand habt ihr ihn gefunden?«, fragte sie.

Sie hörte Simon schwer atmen. »Einzelheiten erspare ich dir lieber. Es ist diesmal noch blutiger als bei den anderen beiden. Diese Luzifer-Geschichte scheint wieder eine Rolle zu spielen. Er war nackt, lag allerdings nicht auf dem Bauch, sondern auf dem Rücken. Und in seiner Nähe haben wir ein Schwert gefunden.«

»Ein Schwert?«

»So ein altes. Sieht aus, als stammte es aus Opas Schatzkiste aus dem Ersten Weltkrieg. Vielleicht ist es auch ein Säbel. Das Ding scheint nicht sonderlich scharf zu sein, aber es hat gereicht.«

Clara konnte nahezu das Grauen fühlen, das Simon bei Danilo Taranows Anblick befallen hatte.

»Soll ich nach einem entsprechenden Gemälde suchen?«, fragte sie schnell.

»Genau deswegen rufe ich an. Ich komme hier so schnell nicht weg. Aber ich bin sicher, dass der Mörder das Schwert am Tatort nicht einfach vergessen hat.«

Clara rief Simon kaum zwanzig Minuten später zurück. Sie

hatte keine Zeit gefunden, sich etwas anzuziehen, sondern nur fieberhaft auf die Tastatur ihres Laptops eingehackt. Das Handtuch hatte sich dabei gelöst, und als sie Simon anrief, saß sie nackt auf dem Sofa. Obwohl er sie nicht sehen konnte, fühlte sich das irgendwie intim an, zu intim, sodass sie – den Hörer ans Ohr gepresst – ins Schlafzimmer ging, um ihren Bademantel zu holen.

»Hör mal«, sagte sie. »Es gibt sehr viele Engelgemälde, auf denen ein Schwert zu sehen ist. An welchem genau sich der Täter orientiert hat, kann ich nicht sagen. Aber alles scheint wieder ins Schema zu passen.«

»Inwiefern?«

»Du hast doch gesagt, der Körper des Toten sei mit vielen kleinen Wunden übersät – so findet man Luzifer tatsächlich auf vielen Gemälden zugerichtet, als Zeichen, wie hart der Kampf war, den er ausgefochten hat und bei dem er am Ende unterlegen ist. Merkwürdig ist allerdings, dass das Schwert kein Attribut von Luzifer, sondern des Erzengels Michael ist. Auf sämtlichen Gemälden, die Michaels Kampf gegen Luzifer zeigen, hat er ein Schwert in den Händen, um den Bösen damit in Schach zu halten und ihn in die Unterwelt zu zwingen. Das gilt übrigens auch für die Gemälde von Marco d'Oggiono und Guido Reni.«

Eine Weile blieb es still am anderen Ende der Leitung. »Das ist wirklich merkwürdig«, sagte Simon schließlich. »Bisher hat der Täter den Toten immer eindeutig als Luzifer zugerichtet. Das Schwert lag übrigens einige Schritte vom Toten entfernt. Wenn es nicht Luzifers Waffe war, sondern die des Erzengels – was macht sie dann da? Warum lässt der Erzengel etwas, was ihm gehört, beim Besiegten zurück?«

»Keine Ahnung«, meinte Clara. »Vielleicht, um die Absolutheit seines Sieges zu betonen?«

»Vielleicht ist es auch ein Zeichen dafür, dass dies sein letzter Mord war. Vorausgesetzt, es handelt sich nicht um einen psychotischen Mörder, also einen, der aus Lust tötet und irgendwann nicht mehr damit aufhören kann. Sondern um einen planvoll vorgehenden, der mit seinen Morden ein bestimmtes Ziel verfolgt. Ist das erreicht, hört er zu töten auf.«

»Ich werde noch einmal recherchieren, was es mit dem Schwert des Erzengels auf sich hat«, schlug Clara vor.

Simons Abschiedsfloskeln fielen knapp aus. Clara hörte eine Stimme im Hintergrund, die etwas zu Simon sagte, dann erklang nur mehr ein Tuten.

Eine Weile stand sie wie erstarrt mit dem Telefon in der Hand da. Was für ein Wahnsinn! Drei Tote innerhalb dieser kurzen Zeit! Nach Alexanders Zeugenaussage hatte sie gehofft, dass sich die Sache möglichst schnell aufklären lassen würde.

Benommen setzte sie sich aufs Sofa, außerstande, die Einkaufstüten auszupacken, in der Wohnung ein wenig sauber zu machen, das Bett für Katharina zu beziehen.

In was bist du da nur hineingeraten, Nicholas, dachte sie. Wer warst du überhaupt?

Sie fragte sich, ob sie einfach zu schlicht gestrickt war, um Menschen zu durchschauen, oder ob sie es schlichtweg nicht wollte, lieber auf Distanz zu anderen blieb. Philip hatte ihr das immer vorgeworfen, und Dora war einmal etwas Ähnliches herausgerutscht: Clara ziehe sich am liebsten in ihr Schneckenhaus zurück und schere sich nicht um die Welt um sie herum.

Warum sollte ich auch, dachte Clara, wenn auf dieser Welt Menschen herumlaufen, die nach außen hin den sittsamen Bürger mimen und insgeheim derart von Geldgier getrieben sind, dass sie jegliche Moral über Bord werfen? Und wenn es Mörder gibt, die …

Sie wollte den Gedanken nicht zu Ende denken und beugte sich stattdessen vor, um den Laptop auszuschalten.

In diesem Augenblick läutete ihr Handy erneut. Sie griff hastig danach, überzeugt, dass es noch einmal Simon war, der weitere Informationen brauchte.

»Simon?«, sagte sie, ohne auf die eingehende Nummer zu achten.

Doch es war nicht Simon.

Clara war überrascht, wer sich am anderen Ende der Leitung meldete.

»Hartmann ist in zwanzig Minuten hier«, verkündete Mike.

Simon nickte wortlos. Er stand in der Diele von Danilo Taranows Wohnung, nicht weit von einer fast leeren Dose entfernt, die aus dem Müllsack gerollt war und mittlerweile die Fliegen angezogen hatte. Sie umschwirrten sie ebenso wie die verschimmelten Teller in der Spüle und die Bierdosen im Wohnzimmer. Auch den Toten hatten die kleinen schwarzen Tierchen für sich entdeckt.

Simon fühlte Übelkeit in sich aufsteigen, als er sah, wie sie über den dicklichen weißen Hals krabbelten, über das aufgeblähte Kinn, wie sie in der Blutlache rund um Danilos Kopf badeten.

Anders als die bisherigen Opfer, die von einem gezielten Schuss aus unmittelbarer Nähe getroffen worden waren, hatte Danilo Taranow offenbar noch zu fliehen versucht. Die Kugel hatte ihn aus einiger Entfernung getroffen und ihm dabei das Gesicht zerfetzt. Vom Kinn abgesehen, das nur ein paar Blutspritzer abbekommen hatte, waren seine Züge eine Fleischmasse, die sich mittlerweile fast schwarz verfärbt hatte. Eines der Augen schien auf den ersten Blick relativ unversehrt zu sein, allerdings saß es nicht mehr in der Höhle, sondern hing über dem Stumpf, der einst die Nase gewesen war. Doch nicht nur das Gesicht ertrank in Blut, auch der restliche Körper war schwarz verkrustet.

Simon schüttelte den Kopf. Dem Gestank nach zu urteilen, war Danilo Taranow seit etwa zwei Tagen tot. Er lag auf der Seite, die Beine etwas angezogen. Unter dichten, dunklen Schamhaaren konnte man sein Geschlecht erkennen, das wie ein runzliger, blau verfärbter Wurm aussah. An sämtlichen Gliedern und am Rumpf waren dem Opfer kleine Stiche zugefügt worden – der Größe nach nicht mit dem Schwert, sondern mit einer kleineren Waffe –, die zwar nicht sonderlich tief gingen, aber kaum einen Zentimeter Haut aussparten. Dass sie nicht so heftig geblutet hatten wie das Gesicht, ließ darauf schließen, dass der Mörder erst nach dem Tod ans Werk gegangen war.

Keine Folter, dachte Simon. Bislang hatte nur Nicholas leiden müssen, dem die Hand bei lebendigem Leib abgehackt worden war. Die anderen beiden Opfer waren zweckmäßig ermordet worden, nicht aus Lust am Quälen.

Mike hatte sich vorhin über den Toten gebeugt, um ihn genauer zu betrachten, ihn womöglich sogar umzudrehen. »Liegen lassen!«, hatte Simon ihn angeherrscht und sich still gefragt, wie ein Kripobeamter so dämlich sein konnte, den

Leichnam eines Mordopfers zu berühren, noch ehe die Spurensicherung da war.

Mike schien auch nichts dabei zu finden, das Wohnzimmer unter die Lupe zu nehmen. Ein Stapel Zeitschriften zog ihn besonders an. Er nahm das oberste Heft und hielt es mit einem pubertären Lachen hoch.

»Ein russisches Pornoheft!«, rief er triumphierend.

Simon warf nur einen kurzen Seitenblick auf das Heft und nahm die grellpinken kyrillischen Buchstaben und eine dralle Blondine wahr, deren Brüste sich mit denen von Dolly Buster messen konnten. Die gespreizten Beine gaben den Blick auf kahl rasierte, bläulich glänzende Schamlippen preis.

Mike blätterte mit unverhohlener Neugier in der Zeitschrift. »Was hat er hier wohl den ganzen Tag gemacht? Gefressen und gewichst?«

»Legen Sie die lieber wieder zurück«, meinte Simon.

Mike zuckte nur die Schultern und ließ sich nicht beirren.

Das Surren der schwarzen Fleischfliegen wurde immer lauter, der Gestank immer durchdringender.

»Brauchen Sie mich noch?«

Simon zuckte zusammen. Er hatte gar nicht bemerkt, dass der Alte, der ihnen aufgesperrt hatte, die ganze Zeit über im Flur stehen geblieben war.

Sein resignierter Gesichtsausdruck hatte sich nicht verändert. Der Anblick eines Toten mit zerschossenem Gesicht, der nackt und blutverkrustet auf dem Boden lag, schien ihn nicht sonderlich zu erschüttern, obwohl er hin und wieder mit dem Mann geplaudert hatte.

»Sie können gern in Ihre Wohnung gehen«, meinte Simon. »Wir werden Sie später befragen.«

Der Hausmeister räusperte sich lautstark, als wollte er gleich auf den Boden spucken. »Brauchen Sie noch den Wohnungsschlüssel?«, fragte er, ehe er sich zum Gehen wandte.

»Ja, lassen Sie ihn bitte hier.«

Der Alte humpelte die Treppe hinunter, während Mike genug von der russischen Pornozeitschrift hatte und sie zurück auf den Stoß legte.

»Taranow stand auf fette Weiber«, erstattete er ungefragt Auskunft.

Simon ging nicht darauf ein.

»Mannomann!«, rief Mike ungeduldig. »Wo bleibt denn Hartmann? Wahrscheinlich hat er so einen Hals, weil ihm der Typ hier das Wochenende ruiniert.«

Simon sparte sich den Hinweis, dass der verkorkste Feierabend auch Mikes erster Gedanke gewesen war, als sie den Toten gefunden hatten.

»Hartmann beschwert sich über jede Überstunde«, lästerte Mike. »Dabei hat er sicher Besoldungsstufe A 11 oder A 12. Da liege ich ja noch weit drunter. Und Sie?«

»Wie bitte?« Simon war in Gedanken gewesen, hatte sich Claras Worte ins Gedächtnis gerufen. *Alles scheint wieder ins Schema zu passen.*

Zumindest fast alles.

»Ich habe gefragt, in welcher Gehaltsstufe Sie sind.«

Simon zögerte. Wenn er mehr verdiente als Mike, wäre ihm dessen Neid sicher. Verdiente er aber weniger, hätte er wohl endgültig das Image als Loser weg.

»Kommen Sie schon, Sie können es doch ruhig sagen.«

»Nein«, erklärte Simon fest. »Über Geld spreche ich nicht.«

»Klar.« Mikes Lachen klang auf einmal bitter. »Sie haben es

ja auch! Sie bräuchten gar nicht zu arbeiten, bei der reichen Frau, die Sie haben.«

»Ich habe Ihnen doch schon gesagt, dass meine Frau nicht reich ist«, gab Simon genervt zurück und setzte rasch hinzu: »Ob er ihn wohl gekannt hat?«

»Hä?«

»Ich überlege, ob Danilo Taranow seinen Mörder gekannt hat, weil er ihn doch offenbar in die Wohnung gelassen hat.«

»Kann ich mir gut vorstellen«, rief Mike aus. »Wahrscheinlich haben die alle unter einer Decke gesteckt. Mein Tipp: Der Mörder war an dieser illegalen Geschichte mit den Gutachten beteiligt, wollte aber irgendwann nicht mehr nur ein Stück davon, sondern den ganzen Kuchen. Und dann hat er alle Konkurrenten aus dem Weg geräumt.«

Simon zuckte die Schultern, fragte sich nur kurz, warum Mike so zufrieden klang und sich gar nicht mehr beklagte, dass alles so glatt lief.

»Man schießt einem Menschen aus Geldgier eine Kugel in den Kopf«, meinte er. »Aber man macht sich nicht die Mühe, ihn so zuzurichten.«

»Wenn's die Russenmafia war, dann ist's vielleicht irgendein geheimes Zeichen für den Rest der Brut. So eine Art Warnung.«

Simon verscheuchte eine der schwarzen Fliegen, die nun auch um seinen Kopf zu kreisen begannen. »Das Schwert«, sinnierte er. »Warum kommt jetzt ein Schwert ins Spiel? Klar, zunächst scheint es logisch. Beim ersten Mord wird Luzifer in die Hölle gestoßen, beim zweiten wird er obendrein gefesselt, und jetzt – da der Erzengel ihn unter Kontrolle hat – sticht er zu. Aber warum verzichtet er danach auf seine Waffe? Es ist ja nicht so, als hätte er nur seinen Schuh vergessen, nachdem er auf Ralph Volkers' Gesicht getreten ist und dort einen Abdruck hinterlassen hat.«

»Der Täter sieht sich ja auch als Erzengel, nicht als Aschenputtel«, sagte Mike grinsend.

Simon zuckte die Schultern. Ehe er etwas hinzufügen konnte, ertönten im Treppenhaus Schritte.

»Pizzaservice!«, rief Hartmann sarkastisch. »Hat jemand 'ne Bestellung aufgegeben?«

15

Clara lehnte an der Theke, die die modern eingerichtete Küche vom Wohnzimmer trennte, während Alexander Rotwein einschenkte. Unauffällig ließ sie den Blick durch den Raum schweifen. Alles wirkte sehr minimalistisch, die meisten Möbel waren weiß. Nur die eine Wand, an der sich auch ein großer Flachbildfernseher befand, war rot gestrichen. Beim Besitzer einer eigenen Galerie hätte Clara mehr Kunst erwartet, doch es gab nur ein einziges Bild, eine Symphonie aus mehreren Rottönen, aber ohne erkennbare Form. Der Rahmen war, wohl als gewollter Stilbruch, aus verschnörkeltem Gold. Auch im Treppenaufgang des Einfamilienhauses waren ihr keine weiteren Gemälde aufgefallen.

Alexander folgte Claras Blick, als er ihr das Rotweinglas reichte. »Das hier kann nicht mit Nicholas' Prachtvilla in Berlin mithalten«, meinte er mit einem entschuldigenden Grinsen.

»Dort war ich nie«, sagte Clara und nippte an dem Glas. Erst als sie getrunken hatte, fiel ihr auf, dass sie gar nicht angestoßen hatten, aber vielleicht wollte Alexander das auch gar nicht. Gierig trank er selbst gleich das halbe Glas leer.

»Da hast du was verpasst«, meinte er, um einige Minuten lang zu schwärmen – von den hohen Räumen, den Stuckdecken, den vielen Antiquitäten. »Das meiste hat Karola ausgesucht«, fügte er hinzu. »Nicholas mag zwar der Profi sein, aber sie hat den besseren Geschmack. Oder einfach mehr Zeit, sich mit solchen Dingen zu beschäftigen.«

»Das wusste ich nicht.«

»Da kann das hier nicht mithalten«, wiederholte Alexander.

Clara zuckte die Schultern. Sie fand, dass es ein großes, lichtes Haus war, zugegebenermaßen nicht in Frankfurts exklusivster Gegend, sondern im Norden von Hausen, fast an Praunheim grenzend, aber sehr ruhig gelegen, nicht weit vom Niddapark entfernt. Kein Verkehrslärm drang durch die gekippten Fenster, nur dann und wann das Geräusch eines vorbeifliegenden Flugzeugs. Aber in Frankfurt gab es ja kaum eine Gegend, die vom Fluglärm verschont blieb.

»Nicholas war mir immer einen Schritt voraus«, sagte Alexander und trank wieder einen großen Schluck Wein, einen Montepulciano aus dem Jahr '96. »Vielleicht, weil er der Ältere war. Er musste sich gegen unseren Vater durchsetzen, der ihn unbedingt im Betrieb haben wollte. Aber Nicholas hat sich standhaft gewehrt, da gab es richtige Kämpfe. Ich musste später nur mehr in seine Fußstapfen treten – obwohl die natürlich immer ein wenig zu groß waren.« Er sagte das weder neidisch noch bedauernd, sondern mit einem leichten Grinsen.

Clara zuckte wieder die Schultern. Sie wusste immer noch nicht, warum Alexander sie eingeladen hatte, zu ihm zu kommen. Und warum sie zugestimmt hatte. Dass er sie angerufen hatte, konnte sie noch nachvollziehen – schließlich wollte er auf dem Laufenden bleiben, was die Ermittlungen gegen Danilo betrafen. Obwohl sie nicht sicher war, ob Hartmann das auch so sehen würde, fand sie, dass Alexander ein Recht hatte, die Neuigkeiten zu erfahren, und hatte ihm von dem neuerlichen Mordfall berichtet, was er mit einem entsetzten »O mein Gott!« quittiert hatte. Dann war es in der Leitung eine Weile still geblieben. Und schließlich hatte er gefragt, ob sie nicht auf ein Glas Wein bei ihm vorbeikommen wolle. Der Leichenschmaus sei vorbei, und er halte es nur schwer allein zu Hause aus, fortgehen wolle er allerdings auch nicht.

In jeder anderen Situation hätte Clara abgelehnt – sie verbrachte die meisten Abende allein in ihrer Wohnung, und das war ihr durchaus recht so –, doch nach dem aufwühlenden Telefonat mit Simon war es eine willkommene Abwechslung, zu Alexander zu fahren. Auch wenn sie ihn kaum kannte. Oder gerade weil es so war.

»Wo ist eigentlich deine Frau?«, fragte sie.

»Ilsa?«, fragte er zurück. »Ich glaube, sie kümmert sich um Karola. Die ist mit den beiden Jungs bei Freunden untergekommen.« Clara wunderte sich, dass er es nicht wusste, bohrte aber nicht nach, sondern nickte nur. Wieder nahm sie einen Schluck Wein. Sein Glas war inzwischen leer, und er starrte sie forschend an.

»Was ist?«

»Warum fragst du nicht?«

»Was soll ich fragen? Warum Nicholas …«

»Nein«, unterbrach er sie. »Warum ich nicht weiß, wo Ilsa ist.«

»Also: Warum weißt du es nicht?«

Er machte eine längere Pause. »Ilsa und ich haben uns getrennt«, sagte er schließlich. »Schon vor einigen Monaten, aber noch wohnen wir beide in diesem Haus. Sie im Erdgeschoss, ich hier oben.«

»Oh«, entfuhr es Clara.

»Bist du verheiratet?«, fragte er unwillkürlich.

»Geschieden«, sagte sie schnell. »Ich habe eine fünfjährige Tochter. Sie lebt großenteils bei meinem Exmann. Ich … ich habe nur ein Besuchsrecht.«

»Dann verstehst du ja, wie es mir geht. Wir haben keine Kinder, da ist es natürlich immer etwas anderes, aber so eine Trennung … Braucht alles seine Zeit.«

Er fragte nicht, ob sie hungrig sei, sondern öffnete den Kühlschrank, um ein Glas mit eingelegten Oliven herauszuholen und auf einem kleinen Teller anzurichten. Es waren sowohl schwarze als auch grüne, die von Öl troffen und in denen anstelle des Kerns kleine Stückchen Schafskäse steckten. Er legte zwei Zahnstocher dazu.

»Ich bin damals sofort ausgezogen«, murmelte sie. Oder nein, dachte sie im Stillen. Philip hat mich sofort rausgeschmissen.

»Ich werde verrückt hier, ich halte es nicht mehr aus«, war es aus ihr herausgeplatzt, nach einer jener Panikattacken, die sie hinter einem Hustenanfall versteckte. Er hatte ihr ein Glas Wasser gereicht, doch anstatt es zu trinken, hatte sie es ihm ins Gesicht geschüttet. Und als sie seine erschrockene Miene sah, hatte sie nur gelacht, hysterisch gelacht.

»Fühlt sich mies an, wenn eine Ehe scheitert«, sinnierte Alexander.

»Warum hat es bei euch nicht geklappt?«

»Willst du das wirklich wissen?«

Sie rang nach Worten, schließlich entschied sie, ehrlich zu sein. »Wahrscheinlich nicht. Wahrscheinlich suche ich nur nach einer Möglichkeit, nicht über mich zu reden.«

»Wäre das denn so schlimm?«

Clara starrte auf ihre Hände. »Du hast gar nicht nachgefragt, warum Katharina nicht bei mir lebt. Die meisten tun das. Oder sie schweigen. Empört sind sie alle. Wie kann man nur so eine Rabenmutter sein.«

»Hast du auch das Gefühl, dass du eine bist?«

Clara dachte an die Schokolade, an die Tiefkühlpizza, die Melone. Ich lasse mich von Katharina ja genauso tyrannisieren wie früher von Philip … Laut sagte sie nur: »Bei Philip und ihren Großeltern hat sie es besser. Mir ging's nach der Trennung nicht so gut, und auf dem Schloss, da wächst sie einfach in geordneteren Verhältnissen auf.«

Alexander kommentierte nicht, dass sie von einem Schloss sprach. Nachdenklich starrte er auf das leere Weinglas und begann schließlich, mit dem Stiel zu spielen. Seine Finger waren fettig. Anstatt den Zahnstocher zu benutzen, hatte er sich die Oliven direkt in den Mund gestopft.

»Ilsa ist medikamentensüchtig«, stieß er plötzlich hervor. »Ich weiß, ich sollte das nicht sagen, sie selbst würde das weit von sich weisen. Aber du hast sie doch gesehen bei der Beerdigung.«

Als Clara an die kurze Begegnung dachte, erschien nicht Ilsas Gesicht vor ihr, sondern nur deren schwarzer Hut. Clara hatte nicht das Gefühl gehabt, dass die Frau sie überhaupt wahrgenommen hatte. Sie hatte ja auch kein Wort gesagt, sich vielmehr nach den Anweisungen ihres Mannes gerichtet – wie ein Roboter, nicht wie ein Mensch.

»Sie wirft ständig irgendwelche Pillen ein, angeblich Antidepressiva, aber ich glaube nicht, dass sie wirklich depressiv ist, ich glaube, sie hat sich einfach nur daran gewöhnt.«

»Aber dann muss doch vorher irgendwas nicht in Ordnung gewesen sein.«

Clara dachte an Karolas Bemerkung bei der Beerdigung: dass Alexander, was andere Frauen anbelangte, Nicholas sehr ähnlich sei. Wenn das stimmte, hatte Ilsa es vielleicht einfach nicht mehr ausgehalten, die Betrogene zu sein.

»Tja«, meinte Alexander lapidar. »Manche Menschen sind mit ihrem Leben zufrieden, andere sind es nicht. Und das ist nicht unbedingt abhängig davon, welches Leben man führt. Auch ein vermeintlich tolles, beneidenswertes Leben muss nicht unbedingt erfüllend sein.«

»Da hast du recht«, sagte Clara und dachte daran, wie unerträglich es gerade in den letzten Jahren ihrer Ehe für sie gewesen war, als man ihr ständig einzureden versucht hatte, wie glücklich sie eigentlich sein müsste.

»Warum habt ihr keine Kinder?«, fragte sie.

Alexander stellte sein Weinglas mit einem leisen Klirren ab und leckte sich die öligen Finger. »Hat sich irgendwie nicht ergeben«, murmelte er. »Ich weiß, das ist ein blöder Spruch. Man wartet ja auch nicht darauf, ob sich die Ausbildung oder die Karriere einfach so ergibt. Man setzt sich Ziele, kämpft darum, sie zu erreichen. Bei mir war das zumindest immer so. Nur, was Kinder anbelangt … Ich glaube, ich wäre ein lausiger Vater.«

»Na ja«, sagte Clara trocken, »solange man seine Kinder nicht mit Tiefkühlpizza und Schokolade vollstopft, damit sie keine Probleme machen …«

Er lächelte. »Stimmt auch wieder. Möchtest du noch Wein?«

»Ich sollte gehen«, sagte sie zögernd, schob ihm dann aber doch das Weinglas zu. Er schenkte nach.

»In was ist Nicholas da nur hineingeraten?«, wechselte Alexander abrupt das Thema. »Noch ein Toter, ich kann es gar nicht fassen. Ich verstehe überhaupt nicht, wer so etwas tun kann. Ich hoffe, die Sache klärt sich bald auf. Wenn es die Russenmafia ist …« Er brachte den Satz nicht zu Ende.

»Ich frage mich, was dieses Luzifer-Motiv zu bedeuten hat«, murmelte Clara.

»Steht das eigentlich in der Bibel? Ich meine, dass Luzifer aus dem Himmel geworfen wurde?«

»Nur indirekt. Die Stelle im Buch Jesaja, die später entsprechend ausgelegt wurde, bezieht sich eigentlich auf den König von Babylon.«

Alexander schenkte sich Wein nach, trank wieder, lachte nervös. »Ich rede über Ilsas Tablettensucht und saufe selbst wie ein Loch …«

Clara sagte nichts, setzte nur das Glas an die Lippen und trank es in einem Zug leer. Ihre Wangen glühten, ihr Kopf war benommen, sie stützte sich an der Theke ab.

Alexanders Grinsen wurde noch breiter. »Wollen wir uns nicht lieber aufs Sofa setzen?«

»Scheißstau!«, knurrte Hartmann, als er die Wohnung von Danilo Taranow betrat. »Da ist so 'ne riesige Baustelle auf der Mainzer.«

»Echt jetzt?«, fragte Mike. »Haben wir vorhin gar nicht bemerkt.«

Hartmann rümpfte die Nase. »Was stinkt hier eigentlich so?«

»Kannst 'ne Wette drauf abgeben«, meinte Mike grinsend. »Entweder der Tote oder das verschimmelte Zeug, das er in den letzten Tagen gefressen hat. Ich tippe auf Letzteres, und du?«

Hartmann zuckte wortlos die Schultern.

»Und was meinst du, Simon?«, fragte Mike.

Auch Simon schwieg. Hartmann wandte sich ihm zu und musterte ihn von oben bis unten, als müsste er sich erst mühsam in Erinnerung rufen, wen er vor sich hatte.

»Sie sind noch hier, Fabiani?«

»Selbstverständlich«, erwiderte Simon knapp, und ehe Hartmann eine verächtliche Bemerkung hinzufügen konnte, erklärte er, was er mit Claras Hilfe herausgefunden hatte: dass das vom Täter zurückgelassene Schwert eine erneute Anspielung auf das Engel-Luzifer-Motiv war, dass sich allerdings das Tatmuster insofern verändert hatte, als nun nicht mehr nur der Zustand der Leiche diesen Rückschluss zuließ, sondern außerdem ein Gegenstand, der eigentlich zum Erzengel gehörte.

»Eins muss man ihm lassen«, knurrte Hartmann, als Simon fertig war. »Der Typ arbeitet schnell.«

Kurz dachte Simon, er sei damit gemeint gewesen, ehe ihm aufging, dass Hartmann vom Mörder sprach.

»So, wie's hier stinkt, ist der doch mindestens zwei Tage tot«, fügte Hartmann hinzu. »Drei Tote innerhalb einer Woche, sauber!«

»Sollen wir die Kollegen von der Internationalen Zusammenarbeit einschalten?«, erkundigte sich Mike.

»Warum? Weil Danilo Taranow kein Deutscher war?«

»Nein, wegen dieser Sache mit der Russenmafia.«

Hartmann runzelte die Stirn, und Simon konnte sich ein schadenfrohes Grinsen nicht verkneifen. Jetzt würde der Hauptkommissar mit einer weiteren ungeliebten Abteilung kooperieren müssen. Hartmann verkniff sich jedoch jede abfällige Bemerkung und rief lediglich den Kollegen von der Spurensicherung zu, ob sie irgendetwas gefunden hätten.

Einer der Männer in den orangefarbenen Overalls schüttelte den Kopf. »Wird aber noch Stunden dauern, bis wir den ganzen Dreck hier durchwühlt haben.«

»Schöne Scheiße«, knurrte Hartmann.

»Sollen wir uns in der Zwischenzeit die Nachbarn vornehmen?«, schlug Mike diensteifrig vor. »Ich rede gern noch mal mit der Solariumsmaus von unten.«

Simon erinnerte sich vage daran, dass Mike Clara als Museumsmaus bezeichnet hatte. »Dann läute ich das erste Stockwerk ab«, bot er an.

»Was? Und ich soll in dem Gestank hier oben bleiben?«, fragte Hartmann.

»Dann machen Sie eben den ersten Stock, und ich bleibe in dieser Etage«, sagte Simon gereizt. Er wartete Hartmanns Zustimmung gar nicht erst ab, sondern ging einfach den Gang entlang zu einer der Wohnungstüren, die sie vorhin nach Danilo Taranows Namen abgesucht hatten. Eine Fußmatte lag davor, so durchgewetzt, dass man den darauf abgebildeten Garfield kaum mehr erkennen konnte. Simon war nicht sonderlich überrascht, dass niemand auf sein Klingeln reagierte.

Die letzte Tür. Diesmal gab es zwar ein Türschild, aber es war halb heruntergerissen, sodass sich der Name nicht entziffern ließ. Wieder keine Reaktion.

Vielleicht war es sinnvoller, sich gleich mit der Hausverwaltung in Verbindung zu setzen. Simon legte prüfend ein Ohr an die Tür, konnte aber nichts hören – nur die Stimmen von Hartmann und Mike aus den unteren Etagen.

Ich muss Dora anrufen, ging es Simon durch den Kopf.

Sie gingen regelmäßig gemeinsam essen, weil Dora nur selten kochte, aber am Freitag fiel es zum Auftakt des Wochenendes immer etwas feiner aus. Mindestens Maingau-Stuben-Niveau. Manchmal auch Surf & Turf oder das New Brick.

Simon zögerte.

Was sie davon habe, würde sie nörgelnd fragen, dass er von Wiesbaden nach Frankfurt gewechselt sei, wenn er jetzt sogar noch weniger Zeit habe als früher. Gemeinsame Abende – das sei doch Sinn und Zweck der Versetzung gewesen.

Und er würde eine Weile mit sich kämpfen, am Ende würde er aber nur »Tut mir wahnsinnig leid!« sagen anstatt zu erwidern, was ihm wirklich auf der Zunge lag: dass sie doch insgeheim froh sei, wenn er erst spätabends heimkomme. Dass sie beide nicht wegen der wenigen gemeinsamen Zeit Probleme miteinander hätten, sondern dass ihnen das vielmehr geholfen habe, die vorhandenen Probleme zu vertuschen. Und dass etwas schieflief, ganz gewaltig schieflief, wenn er die Aussicht, an einem Tatort festzuhängen, erfreulicher fand als die auf ein Abendessen mit seiner Frau.

Simon wandte sich gerade von der verschlossenen Wohnungstür ab, als er einen triumphierenden Aufschrei hörte. Einer der Kollegen von der Kriminaltechnik, dessen Namen er nicht kannte, weil man sie einander nie vorgestellt hatte, kam aus Taranows Wohnung gelaufen. Er blickte sich suchend um, doch als er Hartmann nicht entdeckte, zögerte er nicht, Simon das Blatt unter die Nase zu halten, das er gefunden hatte. Er wedelte so aufgeregt damit, dass Simon nicht entziffern konnte, was darauf stand. Das Einzige, was ihm auffiel, war, dass das Blatt Papier erstaunlich sauber und glatt aussah.

»Hat hier irgendjemand was von Russenmafia gesagt?«, rief der Kollege. »Von wegen! Schaut mir nach 'nem ganz anderen Verdächtigen aus! So schnell kann's gehen!«

Simon gelang es, nach dem Blatt zu greifen und es zu lesen. Ihm entfuhr ein überraschter Ausruf.

Ächzend kam Hartmann hochgelaufen und warf nun ebenfalls einen Blick auf das Fundstück.

»Na, sieh mal einer an«, murmelte er, ausnahmsweise nicht missmutig, sondern genauso überrascht wie Simon.

16

Alexander schenkte Clara mittlerweile zum dritten Mal nach. Sie wollte protestieren, immerhin hatte sie vorhin halbherzig angekündigt, bald zu gehen, doch sie schwieg und schlüpfte stattdessen aus den Schuhen, um bequemer auf der Couch sitzen zu können. Anfangs machte sie sich noch ein wenig steif, die blütenreine weiße Couch schien direkt aus dem Möbelhaus zu kommen. Doch Alexander hatte es sich längst gemütlich gemacht, sogar mit Rotweinglas in der Hand, und schließlich lehnte auch sie sich zurück.

»Ich verstehe das nicht«, sagte Alexander, »ich kann es einfach nicht verstehen. Das, was Nicholas getan hat, war nicht in Ordnung, aber es sind doch keine Menschen zu Schaden gekommen. Na ja, sie wurden betrogen, aber es gab keine Toten. Warum hat der Mörder ihn und die anderen Opfer dann in der Gestalt von Luzifer dargestellt, von Satan?«

»Vielleicht«, überlegte Clara, »vielleicht geht es ihm gar nicht darum, uns seine Sicht auf die Opfer zu vermitteln. Vielleicht sieht er sich selber einfach in der Rolle des Erzengels, der für Recht und Ordnung sorgt.«

»Ich dachte immer, Engel seien dazu da, Menschen zu beschützen, und nicht, sie zu töten.«

»Das stimmt so nicht«, widersprach Clara. »Diese Schutzengel aus dem Barock oder der Esoterik, das hat nichts mit den Engeln im ursprünglichen Sinn zu tun. Verspielte, putzige Kinder, ätherische Himmelsgeschöpfe, die die Flügel über uns breiten – dieser Kitsch kam erst viel später. In der Bibel und auch in den nachbiblischen Texten steht etwas ganz anderes.«

»Nämlich?«, fragte Alexander und klang ehrlich interessiert.

»Engel sind die Boten, die Legionäre Gottes«, sagte Clara, »weder wunderbar noch schön noch gut, sondern eher Befehlsempfänger, die über viel weniger Facetten verfügen als die Menschen.«

»Aber Luzifer ist doch ein gefallener Engel, und darunter stellt man sich doch keinen reinen Befehlsempfänger vor. Eher einen Rebellen, oder?«

»Schon, aber er ist eine ziemlich eindimensionale Figur. Engel, heißt es, kennen nicht so vielfältige Gefühle wie wir Menschen. Sie können sie nur in ihrer radikalsten Form erleben, entweder als Liebe oder als Hass, dazwischen gibt es nichts. Deswegen können sie sich nur entweder für oder gegen Gott entscheiden – und dabei bleibt es dann, während selbst der sündigste Mensch die Möglichkeit zur Umkehr hat.«

»Du kennst dich gut aus.«

»Ich habe Theologie studiert.«

»Sicher warst du 'ne Einser-Studentin.« Alexander lächelte ein wenig verlegen. »Ich ja nicht, ich hatte immer schlechtere Noten als Nicholas. Und ich habe viel länger für mein Studium gebraucht. Ich darf gar nicht zugeben, wie viele Semester ich mich auf der Uni rumgequält habe.« Sein Lächeln wurde schmerzlich.

Während er gesprochen hatte, war er kaum merklich näher

gerückt. Nur mehr eine Handbreit trennte ihre Körper voneinander, sie konnte seinen fast spüren. Clara zog unauffällig die Beine an und rückte ein Stückchen von ihm ab. Ein leises Quietschen ertönte, als ihre Ferse über das glatte Leder rutschte.

Ich sollte gehen, dachte sie wieder. Ich sollte jetzt wirklich gehen.

Doch dann dachte sie an ihre leere Wohnung, die Einkäufe, die immer noch in Plastiktüten auf dem Boden standen, das feuchte Handtuch, das sie einfach hatte fallen lassen.

Das Obst, ich hätte wenigstens das Obst auspacken sollen. Wobei Katharina ohnehin nichts davon essen würde.

»Dieser Mangel an Gefühlen«, fuhr sie hastig fort, »war die Ursache für den Fall Luzifers. In der Bibel ist darüber kaum etwas zu lesen, aber es gibt eine apokryphe Schrift, ›Das Leben Adams und Evas‹. Darin erkennt Luzifer, dass die Menschen die, nun ja, interessanteren Geschöpfe sind, dass sie aufgrund ihres Facettenreichtums Gott viel näher stehen, ihm ähnlicher sind. Und darüber ist er so verbittert, dass er …« Sie brach ab, ihr Handy klingelte. Hastig stand sie auf. »Entschuldige mich einen Augenblick.«

Sie erwartete, dass es Philip war, und trat schnell in den Flur. Auch hier war alles in sterilem Weiß gehalten, das Treppengeländer, der Kleiderständer, an dem mehrere Jacken hingen, das Schuhregal. Zwei Schirme standen, sorgfältig in ihre Schutzhüllen gepackt, in einem Schirmständer, ein Schuhlöffel hing an einem Haken. Nichts verriet die Präsenz einer Frau in diesem Haus, aber Alexander hatte ihr ja vorhin erzählt, dass er und Ilsa die Wohnräume säuberlich getrennt hatten, dass er oben lebe und sie unten.

»Hallo?« Clara hielt die Hand schützend vor das Telefon, sodass der Anrufer sie trotz ihrer leisen Stimme gut verstehen konnte.

Es war nicht Philip.

»Clara, wo bist du?«, fragte Simon grußlos. »Ich versuche dich die ganze Zeit auf deiner Festnetznummer zu erreichen. Ich muss dich etwas fragen zu Alexander Roth. Du hast erzählt, dass er eine eigene Galerie besitzt, nicht wahr? Das bedeutet, dass er auch Kunstgeschichte studiert hat, oder?«

Was für eine merkwürdige Frage. »Ich bin gerade bei ihm. Er hat mich eingeladen und …«

»Du bist *wo*?«, unterbrach er sie hektisch.

»Bei Alexander Roth. Ich dachte …«

Längeres Schweigen am anderen Ende, sie dachte schon, die Verbindung wäre abgerissen, aber mit einem plötzlichen Rauschen kam auch Simons Stimme wieder zurück. »Du musst sofort weg von dort!« Er schrie geradezu.

»Aber was ist denn?«

»Verlass sofort sein Haus!«, wiederholte Simon eindringlich, und dann erzählte er ihr, warum.

»Was ist denn los?«

Clara zuckte zusammen, als sie Alexanders Stimme ganz dicht hinter sich hörte. Unbemerkt hatte er das Wohnzimmer verlassen und war ihr gefolgt. Ob er absichtlich geschlichen war, um sie zu belauschen? Ob er alles mitbekommen hatte?

Fieberhaft versuchte sich Clara zu erinnern, was sie eben zu Simon gesagt hatte, und ob Alexander daraus etwas ableiten könnte.

Allerdings lächelte er freundlich und wirkte weder neugierig noch misstrauisch. Gerade das machte es so unglaublich, was sie eben erfahren hatte.

»Ist was passiert?«, fragte er besorgt. »Du bist ja ganz blass?«

»Meine Tochter«, setzte sie planlos an, brachte den Satz aber nicht zu Ende. Ihre Stimme zitterte zu sehr.

»Was ist denn passiert?«

»Ich … ich muss weg!«, stieß sie hervor.

»Ja, natürlich«, sagte er schnell, ohne nachzubohren. »Aber bist du sicher, dass du noch Auto fahren kannst? Es waren fast drei Gläser Wein. Soll ich dir vielleicht ein Taxi bestellen?«

Dass er sich um sie sorgte und gleichzeitig so ahnungslos zu sein schien, ließ sie zögern. Eben noch hatte alles in ihr auf Flucht gedrängt, aber nun fiel es ihr schwer, ihn einfach so zurückzulassen.

Es kann nicht sein, dachte sie. Nein, es kann einfach nicht sein. Nicht Alexander.

»Du bist ja völlig durch den Wind, kann ich dir irgendwie helfen?« Seine Stimme klang weich, warm, er war ganz nah an sie herangetreten, sie konnte seinen Atem fühlen. Eine Erinnerung an Nicholas stieg in ihr hoch, von der sie gar nicht mehr gewusst hatte, dass sie irgendwo in den Tiefen ihres Gedächtnisses schlummerte.

Das billige Hotel … die zu kurzen Vorhänge … die kaputte Heizung. Sie hatte peinlich berührt auf den Boden gestarrt, während er alle Mängel schonungslos aufgezählt hatte.

»In der Minibar gibt's wahrscheinlich nur Rattengift«, hatte er gescherzt.

Endlich hatte sie hochblicken können. »Die haben hier doch nicht mal eine Minibar.«

Und dann hatten sie gelacht, lange und laut und beinahe hysterisch. Er war nach unten gegangen, hatte Wein gekauft, den grässlichsten Wein, den sie je getrunken hatte, und sie hatten wieder gelacht und den schlechten Geschmack mit Ingwerschokolade vertrieben, und dann hatte sich Nicholas zu ihr gebeugt, nicht, um sie zu küssen, sondern einfach, um sie zu umarmen, und als sie seinen Geruch einsog, etwas säuerlich nach Wein, war er ihr nicht mehr grässlich erschienen, sondern gut.

Sie hatten sich nicht geküsst, als sie sich auszogen. Seine Lippen waren über ihren Körper gewandert, hatten sie gekitzelt, sie geleckt, nur ihren Mund hatte er ausgespart. Wahrscheinlich klebe ich überall von der Ingwerschokolade, hatte sie gedacht. Hoffentlich werden die Bettlaken nicht schmutzig.

»Clara, was hast du denn?«, riss Alexander sie aus ihren Gedanken.

Es kann nicht sein, dachte sie wieder, es kann einfach nicht sein.

»Soll ich dich irgendwohin fahren?«, fragte er. »Ich meine, ich habe auch getrunken, aber wenn deiner Tochter etwas passiert ist, dann solltest du keineswegs …«

Die Handtasche. Sie hatte noch ihre Handtasche im Wohnzimmer. Mit dem Autoschlüssel.

Simon würde sagen, dass der nicht so wichtig sei.

Hau ab, hau endlich ab!

In der Erinnerung klang Simons Stimme wie die von Philip. Genau genommen hatte Simon auch nicht »Hau ab!« gesagt, sondern »Verlass sofort das Haus«.

Clara sah Alexander in die Augen.

Hau ab, du doofe Kuh! Willst du die Heldin spielen?

»Es ging gar nicht um deine Tochter«, stellte Alexander leise fest.

»Alexander …«

»Es war die Polizei, oder? Bitte, du musst mich nicht schonen.« Clara unterdrückte ein hysterisches Auflachen, umso mehr, als er fortfuhr: »Gibt es Neuigkeiten? Weiß man schon, wer …« Er versteifte sich etwas, wohl eher aus Neugierde als aus Argwohn. »Gibt es einen Verdächtigen?«

Sie zuckte die Schultern. »Ich bin mir nicht sicher.«

»Wenn sie den Täter so schnell erwischt haben … das wäre doch großartig!«

Sie wich seinem Blick aus und starrte auf den Boden. Er war weiß gefliest, aber warm. Fußbodenheizung, ging es ihr durch den Kopf, und auch, dass sie ihre Schuhe wieder anziehen musste. Sie konnte so doch nicht einfach nach draußen laufen.

Hau ab! Hau sofort ab! Scheiß auf die Schuhe! Wieso musst du immer alles so kompliziert machen?

»Clara, wer ist es denn?«

»Ich habe nichts Näheres erfahren.«

»Aber warum hat man dich dann angerufen?«, rief Alexander erschrocken. Ob mit Absicht oder nicht – er stellte sich ihr in den Weg.

Dumme Kuh, du dumme Kuh!

»Meine Handtasche … Meine Handtasche ist noch im Wohnzimmer.«

Er rührte sich nicht vom Fleck.

»Holst du sie bitte?«, fragte Clara.

Immer noch keine Reaktion. Sie presste ihre Lippen aufeinander, kämpfte um ein Lächeln.

»Aber natürlich hole ich deine Handtasche«, sagte er.

Er ging in Richtung Wohnzimmer, blieb aber im Türrahmen stehen. »Die Polizei wird gleich hier sein, oder?«, fragte er gedehnt. »Der Verdächtige bin ich.«

Clara schaute zur Tür. Fünf Schritte. Sie wäre eher dort als er, vorausgesetzt, die Tür war offen. Oder hatte er eben abgesperrt? Sie wusste es nicht mehr. Der Wein in ihrem Mund schmeckte nicht mehr säuerlich, sondern bitter.

Rattengift …

»Du hast aber keine Angst vor mir, oder?« Alexander war blass, doch das Lächeln wirkte echt.

»Natürlich nicht!« Sie war eine schlechte Lügnerin.

»Was haben sie gegen mich in der Hand?«, fragte er. Er lächelte immer noch, aber die Stimme war die eines Fremden.

Clara wich zurück.

Von einem Schuldschein hatte Simon geredet. Davon, dass er auf Nicholas Roth ausgestellt war und akribisch festhielt, in welchem Modus Alexander ihm einen Betrag in Höhe von mehreren Hunderttausend Euro zurückzahlen musste. Anscheinend hatte der ältere Bruder dem jüngeren Geld geliehen – für was auch immer. Ein Grund, ihn zu töten?

»Bitte, schau mich nicht so an! Ich tue dir doch nichts, glaub mir. Ich hole deine Handtasche, und dann gehst du am besten.«

Alexander drehte sich um. Sie könnte ihm nachgehen, die Schuhe unter dem Sofa hervorziehen, nach draußen laufen und sie sich dort erst anziehen.

Hau ab! Hau sofort ab!

Sie hörte ein Geräusch, Autoreifen auf Asphalt, eine Tür, die zugeschlagen wurde, Hundegekläff. Das Fenster in der

Diele war schmal und relativ weit oben. Sie stellte sich auf die Zehenspitzen, um hinauszusehen. Die Straße war leer.

»Hier ist deine Handtasche!«

Die Stimme von Alexander schien aus weiter Ferne zu kommen. Ganz nah hingegen war der schwarze Schatten, der auf ihr Gesicht zusauste. Sie wollte sich ducken, aufschreien, doch es war zu spät. Sie spürte die Wucht des Schlags, der sie am Hinterkopf traf. Wie sie auf dem steril weißen, aber warmen Fliesenboden aufprallte. Wie etwas Warmes in ihren Nacken floss. Sie riss die Augen auf, um zu sehen, womit sie niedergeschlagen worden war … und von wem.

Alexander war doch eben noch im Wohnzimmer gewesen!

Das Bild vor ihren Augen zerstob in tausend Funken. Das Einzige, was sie jetzt noch sah, war Schwärze.

17

Clara spürte eine Hand an ihrem Gesicht. Instinktiv verkrampfte sie sich. Nicht zuschlagen, dachte sie, bitte nicht noch mal zuschlagen.

Sie fühlte keinen Schmerz am Hinterkopf, nur ein schreckliches Gefühl von Taubheit, das ihren ganzen Körper lähmte. Selbst das Atmen fiel ihr schwer.

Die Hand, die sie betastete, schien ihr nicht wehtun zu wollen. Clara entspannte sich ein wenig, nahm wahr, wie eine Stimme in ihr Dunkel drang.

»Clara! Hörst du mich?«

Die Stimme klang sanft, eine zweite, die hinzukam, genervt. »Ruft doch einen Krankenwagen. Möchte wirklich wissen, was sie hier verloren hat. So blöd kann man doch nicht sein, dass man zu 'nem Verdächtigen …«

»Er ist Nicholas Roths Bruder!« Die sanfte Stimme klang jetzt gereizt. »Sie konnte doch nicht ahnen, dass …«

Clara schlug die Augen auf. Die Decke über ihr schien sich zu drehen, die beiden Köpfe, die über sie gebeugt waren, auch. Sie wandte den Kopf zur Seite, sah den Schirmständer. Es war nur noch ein Schirm da.

Mit einem Schirm erschlagen, na toll. Darüber würde sogar Katharina lachen.

Sie versuchte sich aufzurichten, wurde aber sogleich von einem stechenden Schmerz bestraft.

»Bleib liegen!«

Simons Gesicht war ganz nah vor ihrem. Sie spürte seinen Atem, sah, dass er nicht so glatt rasiert war, wie es von Weitem immer den Anschein hatte. Hartmann stand hinter ihm, sein Kinn war gräulich und schlaff.

»Vielleicht können wir uns den Krankenwagen sparen«, knurrte der Hauptkommissar und trat aus ihrem Blickfeld.

Mit Simons Hilfe setzte sich Clara auf. Der Schmerz wanderte vom Kopf über den Nacken bis zu ihrem Rücken. Ihre Fingerspitzen waren immer noch taub, in ihrem Magen grummelte es.

Schritte, da waren noch mehr Schritte. Es mussten mehrere Polizeibeamte sein, die jetzt das Haus betraten, in die verschiedenen Räume strömten.

Simon zog Clara an den Händen hoch und führte sie zu dem weißen Sofa, auf dem sie vorhin mit Alexander gesessen hatte. Die zwei leeren Weingläser standen noch auf dem runden Glastisch, daneben der Teller mit den restlichen Oliven. Bei deren Anblick drehte sich Clara beinahe der Magen um.

»Wo ist Alexander?«, flüsterte sie.

»Fort«, sagte Simon schlicht.

»Abgehauen«, präzisierte Hartmann.

Wieder sah sie ihn von unten herauf an und nahm vor allem sein bläuliches Kinn wahr.

»Was ist hier passiert, Frau Mohr?«, fragte Hartmann barsch.

Clara rieb sich die Schläfen. »Wir haben geredet … ich habe versucht, aus dem Fenster zu sehen … und dann kam plötzlich dieser Schlag … er … er muss es gewesen sein. Ich dachte, er wäre noch im Wohnzimmer, aber …«

»Wahrscheinlich hat er mit der Faust zugeschlagen«, meinte Simon. Sie fühlte wieder seine Hand, diesmal jedoch nicht in ihrem Gesicht, sondern am Hinterkopf.

»Nicht!«, schrie sie auf.

Und es war nicht die Faust gewesen, sondern ein Regenschirm. Aber das sagte sie nicht laut. Sie hatte Angst, lachen zu müssen. Oder sich zu erbrechen. Oder beides.

Simons Hand zuckte zurück. »Hat er Verdacht geschöpft?«

Röte schoss Clara in die Wangen, die sich eben noch leblos angefühlt hatten.

»Ich kann es einfach nicht glauben«, meinte sie. »Ich meine … dass es Alexander gewesen sein soll. Das ist doch … absurd.« Sie hielt inne.

»Wie dämlich sind Sie eigentlich, Fabiani?«, herrschte Hartmann Simon an.

»Ich musste sie doch warnen.«

»Das hat noch ein Nachspiel, das verspreche ich Ihnen.«

Simon ging nicht darauf ein. »Alexander hatte Geldprobleme«, erklärte er an Clara gewandt. »Das haben wir in der Zwischenzeit von seiner Bank erfahren. Deswegen dieser Schuldschein, den wir bei Danilo Taranow gefunden haben. Fast eine halbe Million Euro. Wir müssen noch herausfinden, wozu Alexander das Geld gebraucht hat. Ich nehme mal an, dass seine Galerie nicht sonderlich gut läuft. Oder er hat sich ähnlich wie sein Vater verspekuliert. Dessen Erbe war ja auch nicht so hoch, wie wir ursprünglich angenommen haben.«

»Moment«, warf Clara mit schwacher Stimme ein. »Warum ist der Schuldschein denn bei diesem Danilo Taranow aufgetaucht? Und welche Rolle spielte der Russe überhaupt bei der ganzen Sache?«

»Wir nehmen an, dass er so eine Art Mittelsmann war. Nicholas wurde bei diesen illegalen Geschäften mit den Kunstfälschungen von Volkers vertreten – und die Kunstmafia von Taranow. So gab es keine direkte Verbindung.«

»Wenn es keine Verbindung gab, warum war dann der Schuldschein bei Taranow?«

»Gute Frage. Meine These ist, dass Nicholas irgendwann mal mehr Geld bekommen hat, als ihm eigentlich zustand. Vielleicht konnte ein Gemälde, für das er ein Echtheitszertifikat ausgestellt hatte, doch nicht so teuer wie erhofft verkauft werden. Und weil er das Geld schon ausgegeben hatte, erklärte er, man könne es sich bei seinem Bruder holen. Ist aber wie gesagt nur eine Vermutung. Wir können zum jetzigen Zeitpunkt auch noch nicht ausschließen, dass Alexander womöglich selbst in irgendeiner Form an dem Handel mit den Fälschungen beteiligt war.«

Clara bewegte langsam den Kopf. Die Schmerzen blieben, aber zumindest drehte sich nicht mehr alles um sie.

»Soll ich dir ein Glas Wasser holen?«, fragte Simon.

»Das ist doch verrückt«, sagte sie und schüttelte den Kopf. »Angenommen, Alexander hat Nicholas getötet, damit er seine Schulden nicht begleichen musste. Und angenommen, damit war es noch nicht getan, weil sowohl Volkers als auch Taranow davon wussten und nach Nicholas' Tod nun selbst das Geld von ihm verlangten – was ein Motiv wäre, auch die beiden umzubringen. Warum hätte Alexander dann so dumm sein sollen, die Polizei überhaupt erst auf Taranows Spur zu bringen? Wir wüssten von dieser ganzen Sache doch nichts, wenn er es nicht ausgesagt hätte! Warum hätte er Taranow töten und danach eine Verbindung zwischen dem jungen Russen und Nicholas herstellen sollen, auf die ohne seine Hilfe niemand gekommen wäre?«

»Vielleicht war das aber auch eine geniale Strategie«, sagte Simon. »Denn auf diese Weise konnte er den Verdacht erwecken, die Morde gingen auf das Konto der Russenmafia. Folglich hätten wir uns bei der Fahndung darauf konzentriert und Nicholas' privates Umfeld außer Acht gelassen.«

»Trotzdem«, wandte Clara ein, »wenn er alles so gut durchdacht hat, wie konnte ihm dann der Fehler passieren, dass ihr bei Taranow diesen Schuldschein findet? Wie könnte er den übersehen haben? Das wäre doch dilettantisch! Und mal ganz abgesehen davon: Warum hat er dann seine Opfer nicht einfach nur erschossen? Warum diese ganze Inszenierung mit den Engelsbildern? Warum hätte er sich die Arbeit machen sollen?«

»Womöglich auch, um uns auf eine falsche Fährte zu locken. Diese Sache mit Luzifer sollte uns davon ablenken, dass hinter den Morden ein ganz banales Motiv steckt – das liebe Geld.«

Clara dachte an Alexander, ihr Gespräch auf der Couch, die freundschaftliche, nahezu vertrauliche Atmosphäre. Sie hatte nicht das Gefühl gehabt, dass er nur eine Rolle gespielt hatte. »Ich kann es nicht glauben«, murmelte sie. »Ich kann es einfach nicht glauben.«

Simon gab keine Antwort, dafür schaltete sich Hartmann wieder ein. »Aber eins können Sie schon glauben, Frau Mohr«, meinte er lapidar. »Wenn einer wegrennt, hat er meistens einen guten Grund dafür. Besonders, wenn er vorher noch eine Frau niederschlägt. Nach Aussage des Rechtsmediziners hat übrigens auch Nicholas Roth zunächst einen Schlag auf den Hinterkopf bekommen.«

Clara schwieg betreten. Aber wahrscheinlich nicht mit einem Regenschirm, ging es ihr durch den Kopf.

»Ich bringe dir jetzt ein Glas Wasser«, sagte Simon.

»Hör endlich mit dem verdammten Wasser auf!«, entfuhr es Clara. Simon sah sie betreten an, sie kniff die Lippen zusammen. »Tut mir leid, ich wollte nicht …«

»He, Chef!«, rief Mike aus dem Nebenraum. Clara hatte ihn bis dahin noch gar nicht gesehen. »Wir haben hier was gefunden. Klare Sache, würde ich sagen.«

Clara wollte vom Sofa aufstehen, aber Simon hielt sie zurück.

»Bleib sitzen«, sagte er. »Du solltest dich noch ein wenig ausruhen.«

Sie murmelte etwas Unverständliches, schien sich aber zu fügen.

Simon konnte verstehen, dass sie unruhig war. Ihre skeptischen Fragen hatten auch seine eigenen Zweifel verstärkt. Er gab es nur ungern zu, aber es ging ihm jetzt so ähnlich wie zuvor Mike: Alles schien zu schnell zu gehen, zu glatt zu laufen.

Wenn Alexander die Zeit gehabt hatte, seine Opfer kunstvoll auszustellen – ganz abgesehen davon, dass man sehr wütend sein musste, um einen Leichnam so zu verunstalten –, warum hatte er dann Danilos Sachen nicht durchwühlt? Die Frage stellte er sich jetzt auch.

Allerdings: Ein Unschuldiger hätte Clara nicht einfach so niedergeschlagen.

Als sie sie reglos auf dem Boden liegend gefunden hatten, hatte er für einen kurzen Augenblick das Schlimmste befürchtet: dass Alexander Roth sie womöglich nicht nur niedergeschlagen, sondern auf sie geschossen hatte. Doch als er neben ihrer reglosen Gestalt niedergekniet war, hatte er festgestellt, dass sie nicht blutete und ruhig atmete.

»Hast recht, Mike. Ist ziemlich offensichtlich«, hörte er Hartmann jetzt sagen.

Der Hauptkommissar stand neben einem der wenigen Kollegen, die Simon namentlich kannte: Luis Landorff, ebenso groß gewachsen wie hager, mit einem farblosen Gesicht und einem extrem langen Hals. Er war Simon immer korrekt begegnet, wohl weniger aus Sympathie, sondern weil das grundsätzlich seine Art war.

Landorff stand vor Alexander Roths Schreibtisch, einem Designermodell aus Glas und Metall. Er hatte den Inhalt der obersten Lade auf die Tischplatte gekippt.

»Wir müssen den Kerl kriegen«, brummte Hartmann. »So schnell wie möglich.«

Mehrere DIN-A4-Seiten lagen auf der Schreibtischplatte, und die Motive, die sie zeigten, kamen Simon sehr bekannt vor. Auf dem einen Blatt war das Gemälde von Marco d'Oggiono, das Luzifers Unterwerfung zeigte, abgebildet – Vorbild für den Mord an Nicholas. Auf dem zweiten sah man den Erzengel Michael, wie er von Guido Reni dargestellt worden war: den Fuß auf dem Kopf Luzifers, der in Ketten lag. Daran hatte sich der Täter beim Mord an Ralph Volkers orientiert. Und auf einem dritten Bild, dessen Maler Simon nicht kannte, hatte der Erzengel dem Teufel bereits etliche Stichwunden zugefügt – so wie Taranows Leichnam sie aufgewiesen hatte. Außerdem standen auf einem Blatt Papier mehrere Adressen und Uhrzeiten. Offenbar hatte Alexander seine Opfer genau beobachtet und festgehalten, wann sie sich wo aufhielten. Nur aus dem Grund hatte er wohl auch gewusst, dass sich sein Bruder Nicholas an besagtem Abend im Museum aufhielt.

»Was für ein Idiot«, murmelte Mike.

»Der hat sich wahrscheinlich absolut sicher gefühlt«, sagte Hartmann. »Ist ja auch 'ne kluge Taktik: Kommt kleinmütig aufs Revier gekrochen und betreibt Nestbeschmutzung, unfreiwillig natürlich, von Schuldgefühlen geplagt, gerade, dass er nicht geheult hat. Von wegen: Bruder und Russenmafia und so ...«

»Und umso dämlicher, dann so zu patzen und den Schuldschein bei Taranow zu übersehen«, ergänzte Mike.

Simon starrte auf die Bilder, keine sonderlich farbenkräftigen Kopien. »Aber warum diese Luzifer-Geschichte?«, rätselte er laut, und stellte damit dieselbe Frage, die Clara eben an ihn gerichtet hatte.

»Warum wohl?«, meinte Hartmann. »Diese ganze Nummer mit den Bildern – das deutet doch auf irgendwas Großes, Geheimnisvolles hin. Und in Wahrheit ist's ganz simpel ...«

Simon zuckte die Schultern.

»Wir brauchen Sie jetzt nicht mehr, Fabiani«, erklärte Hartmann, ehe Simon etwas einwenden konnte. »Frau Mohr ist doch Ihre Bekannte, oder? Ich frage mich immer noch, was sie hier verloren hatte. Das wird sie uns auch genau erklären müssen, aber es hat Zeit, bis ihr der Schädel nicht mehr brummt. Bringen Sie sie heim, ja?«

Auch eine Möglichkeit, mich loszuwerden.

Genau genommen hatte er hier tatsächlich nichts mehr verloren. Die Spurensicherung würde das Haus auf den Kopf stellen, die Kollegen würden Alexander Roths Familie befragen, und die Fahndung nach ihm lief wahrscheinlich schon auf Hochtouren.

»Mach ich«, sagte er. Obwohl ihn das Ergebnis ihrer Ermittlungen nicht befriedigte, war er erleichtert, Hartmann fürs Erste zu entkommen.

Die Autofahrt verlief schweigend. Clara und Simon waren beide in Gedanken über die zurückliegenden Ereignisse versunken.

Erst als sie bei der Stadtvilla angekommen waren, in der Dora und Simon wohnten, fragte Simon besorgt: »Soll ich dich nicht lieber doch zum Arzt bringen?«

Clara verdrehte die Augen. »Es geht mir gut. Es war doch nur ein Schlag!«

»Der dich für einige Minuten außer Gefecht gesetzt hat. Es könnte eine leichte Gehirnerschütterung sein, damit ist nicht zu spaßen.«

Clara löste ihren Gurt. »Mir ist nicht schwindlig, und ich kann auf einem Fuß stehen. Zufrieden?«

»Wann hast du denn ausprobiert, ob du auf einem Fuß stehen kannst?«

Sie gab keine Antwort, sondern stieg aus. Dass sie Simons Einladung angenommen hatte, mit zu ihnen nach Hause zu kommen und hier die Nacht quasi unter Beobachtung zu verbringen, war Entgegenkommen genug. Vorhin, als sie Hausen verlassen hatten, hatte sie es noch für eine gute Idee gehalten. Doch jetzt fühlte sie sich nicht umsorgt, sondern bevormundet und sehnte sich nach ihrer Wohnung.

Die kalte Nachtluft belebte sie. Sie hatte das Gefühl dafür verloren, wie spät es war, aber bevor sie einen Blick auf ihre Armbanduhr werfen konnte, um es zu erfahren, hörte sie Dora schimpfen.

»Zehn Uhr abends!« Simons Frau stand in der offenen Tür, es war nicht mehr von ihr zu sehen als ein schwarzer Umriss.

»Du hättest mir wenigstens Bescheid sagen können, dass es später wird. Dann wäre ich eben ins Kino gegangen oder so. Eine halbe Minute wirst du doch wohl erübrigen können, um …« Dora brach ab, als sie Clara erblickte.

Obwohl Clara den Gesichtsausdruck ihrer Exschwägerin nicht erkennen konnte, war sie sicher, dass er nicht sonderlich erfreut aussah.

»Ich erklär's dir später. Das ist eine längere Geschichte«, sagte Simon knapp, und Clara entging der entnervte Unterton nicht. »Clara wird heute bei uns schlafen.« Er hatte die Haustür erreicht, und nach kurzem Zögern ließ Dora ihn vorbei.

Hilflos blieb Clara im Freien stehen. Sie konnte die Spannung zwischen den beiden förmlich spüren, obwohl sie den Grund dieses Streits nicht recht verstand. Klar, Dora war frustriert, weil Simon sie hatte warten lassen. Doch warum entschuldigte er sich nicht einfach dafür? Und warum bestand sie nicht auf einer Erklärung? Warum schlichen sie um den heißen Brei herum?

Clara konnte sich des Eindrucks nicht erwehren, in ein Scheinscharmützel geraten zu sein, doch anstatt die Fronten zu entschärfen und die Erklärung abzugeben, die Simon Dora schuldig geblieben war, sagte sie kein Wort. Erst recht nicht, als Dora sie barsch fragte, ob sie nicht endlich reinkommen wolle, und danach grußlos im Wohnzimmer verschwand, anstatt die Freundin mit zwei Küsschen auf die Wangen zu begrüßen, wie sie es sonst immer tat.

Langsam folgte Clara Simon ins Haus und ließ ihre Handtasche auf den Boden plumpsen. Sie hatte eigentlich gar nichts dabei, um hier zu schlafen, keine Zahnbürste, keine Nachtcreme, keinen Schlafanzug. Vor allem hatte sie keine Lust, sich in diese komplizierte Beziehung einzumischen.

»Willst du etwas essen?«, fragte Simon. »Oder einen Tee?«

Dora stand an ihrem Schreibtisch im Wohnzimmer und ordnete demonstrativ einen Stapel Schulhefte. Vielleicht war sie bis eben damit beschäftigt gewesen, Lateinklausuren zu korrigieren – oder sie wollte vermeiden, Simon anzusehen, der sich auf die Wohnzimmercouch gesetzt hatte.

»Nein«, sagte Clara schnell, »ich brauche nichts.« In ihrem Mund schmeckte es immer noch säuerlich vom Wein.

»Ich mache dir das Bett im Gästezimmer«, erklärte Simon, sprang auf und war schon auf dem Weg nach oben.

Mit einem lauten Knall schlug Dora den Heftstapel auf den Tisch. »Ja, glaubst du, Clara kann nicht selber ein Bett beziehen?«

Simon ging einfach weiter, als hätte er sie nicht gehört.

Clara ließ sich aufs Sofa sinken und starrte verlegen vor sich auf den Boden. Sie konnte Doras stechenden Blick nahezu körperlich spüren, obwohl er nicht auf sie gerichtet war, sondern auf die Treppe, über die Simon verschwunden war.

»Na, vielen Dank auch, dass ihr mir erklärt, was hier los ist«, zischte Dora.

»Es ist nicht Simons Schuld«, setzte Clara verspätet zu einer Erklärung an. »Ich bin da in eine Situation geraten, die …«

Aber Dora hörte ihr gar nicht richtig zu. »So ist er. Immer

zieht er sein Ding durch. Aber wenn ich mich darüber aufrege, dann bin ich die Egoistin. Seit seiner Versetzung gibt er mir das Gefühl, dass ich an allem schuld bin. Was kann ich denn für seine Scheißkollegen? Wenn er wenigstens mit mir darüber sprechen würde! Aber immer diese Leidensmiene, immer dieser Frust, diese verkappten Vorwürfe! Ja, ja, ich hab's schon verstanden. Weil er für mich dieses gewaltige Opfer gebracht hat, darf er jetzt machen, was er will. Zu spät kommen, nicht anrufen …«

»Es war ein langer Tag«, sagte Clara leise.

»Genau das meine ich!«, begehrte Dora auf. »Dass jetzt ich so dastehe, als wäre ich auf Streit aus, als würde ich seinen anstrengenden Job nicht verstehen! Ich verstehe das sehr wohl – oder habe ich mich etwa darüber aufgeregt, dass Simon dich hierher eingeladen hat?«

Zum ersten Mal wagte es Clara, Doras Blick zu erwidern. »Was redest du denn da?«, fragte sie ärgerlich. »Glaubst du, ich kreuze einfach so bei euch auf? Ich bin da in diese brenzlige Situation geraten, und wenn du mir erst einmal richtig zuhören würdest …«

»Ach, jetzt bin ich diejenige, die nicht zuhören kann? Simon ist doch derjenige, der nichts sagt!« Dora presste die Lippen zusammen.

In Augenblicken wie diesen war sie Philip so ähnlich, obwohl sie immer abstritt, irgendetwas mit ihrem Bruder gemein zu haben. Auch Philip konnte so sein – herrisch, befehlend, unbedacht kränkend in einem Augenblick, um dann, bei leisem Gegenwind, selber den Beleidigten zu spielen, den Unverstandenen. Austeilen, aber nichts einstecken können, hatte Clara das einmal genannt.

Sie wandte sich ab, schloss die Augen, war plötzlich zu müde, um ärgerlich zu sein. »Ich verstehe schon«, sagte sie knapp. »Ich störe hier nur.«

»Unsinn!«, presste Dora hervor. »Wer hat dich denn aufgenommen, als du Philip verlassen hast? Wer war denn für dich da, als dich die restliche Familie geschnitten hat?«

Clara stand auf. Schwindel stieg in ihr hoch – und Übelkeit. »Okay«, sagte sie. »Wenn ich eine Zumutung bin, dann kann ich gehen.«

»Jetzt spiel hier nicht auch noch das arme Opfer und mach mir ein schlechtes Gewissen!«, fuhr Dora sie an. »Du kriegst immer alles in den falschen Hals! Mit Philip ist das ja auch so gewesen!«

Clara fühlte, wie sich Kälte in ihr ausbreitete. »Ach ja? Du hast immer gesagt, du verstehst mich und dass es niemand auf Dauer mit deinem Bruder aushält. Und jetzt bin plötzlich ich schuld an unserer Trennung?«

»Ich gebe überhaupt niemandem die Schuld. Zum Scheitern einer Ehe gehören immer zwei.«

»Schön. Dann solltest du vielleicht versuchen, an deiner Ehe zu arbeiten.«

»Willst du mir jetzt Ratschläge erteilen? Als Expertin?«

Clara verschränkte instinktiv die Arme vor der Brust. »Ich ruf mir jetzt ein Taxi«, sagte sie kalt.

»Na, großartig!«, rief Dora. »Dann geh doch! Darin bist du ja ganz toll – einfach zu gehen und den anderen das Gefühl zu vermitteln, sie hätten alles falsch gemacht.«

»Kann es nicht sein, dass auch jemand wie du mal was falsch macht?«

»Hast du dich eigentlich mit Simon abgesprochen?«, gab

Dora unwirsch zurück. »Dir mit ihm 'ne Strategie zurechtgelegt, wie ich mal wieder als die Böse dastehe?«

Clara umklammerte ihre Handtasche. »Das ist mir jetzt zu blöd. Und das muss ich mir auch nicht antun. Nicht heute Abend. Nicht nach dem, was geschehen ist. Du hast ja keine Ahnung.« Sie wandte sich ab.

»Was ist denn los?« Simon stand auf der obersten Stufe und sah verwirrt zwischen den beiden Frauen hin und her.

Clara entging nicht, dass Dora leicht zusammenzuckte, als hätte sie etwas zu verbergen. »Clara möchte doch lieber nach Hause fahren«, sagte sie rasch.

Simons Blick weitete sich ungläubig.

»So ist es«, sagte Clara knapp. Grußlos ging sie nach draußen, um erst dort nach ihrem Handy zu kramen und den Taxidienst anzurufen. Kurz rechnete sie damit, dass Simon nachkommen würde, um ihr anzubieten, sie nach Hause zu fahren. Doch was immer Dora zu ihm gesagt hatte – die Tür, die Clara hinter sich ins Schloss hatte fallen lassen, blieb zu.

Fröstelnd starrte sie in den schwarzen, sternenlosen Himmel. Auf der gegenüberliegenden Straßenseite zog eine Gruppe johlender Jugendlicher vorbei und prostete ihr mit Bierflaschen zu. Ein älterer Mann führte einen Mops Gassi und starrte sie misstrauisch an. Als nach zehn Minuten das Taxi kam, fror sie, aber das Schwindelgefühl hatte nachgelassen.

Clara setzte sich auf die Rückbank, das Radio lief mit voller Lautstärke. Rihanna. Oder Beyoncé. Oder irgendeine Sängerin, die sie nicht kannte.

»Können Sie das bitte abdrehen?«, fragte sie leise, nachdem sie ihre Adresse genannt hatte.

Der Taxifahrer fuhr los, machte aber keine Anstalten, das Radio auszuschalten.

»Drehen Sie das ab!«, schrie Clara.

Ihre Stimme war lauter als die von Rihanna oder Beyoncé oder irgendeiner anderen Sängerin, die sie nicht kannte.

Der Taxifahrer drückte auf eine Taste. »Ist ja gut.« Er verzog das Gesicht, als hätte er Kopfschmerzen.

Clara fühlte nichts mehr.

18

Das Läuten der Türglocke riss Clara aus dem Schlaf. Sie wusste nicht, um welche Uhrzeit sie endlich eingeschlafen war, nachdem sie sich stundenlang herumgewälzt hatte, erschöpft und aufgedreht zugleich. Jetzt blendete sie die Sonne, aber es gelang den grellen Strahlen nicht, ihre Lebensgeister zu wecken. Ihr Körper fühlte sich wie gelähmt an. Selbst die Augen zu öffnen bedeutete eine ungeheure Kraftanstrengung.

Wieder schrillte die Türglocke, irgendwie klang es genervt.

Clara setzte sich auf und bemerkte, dass ihre linke Hand eingeschlafen war. Ihre Finger begannen zu kribbeln, als sie halb blind zur Tür wankte. Erst in der Diele gelang es ihr, die Lider so weit zu öffnen, dass sie einen kurzen Blick in den Spiegel werfen konnte. Ihre Augen waren verquollen und rot, ihre Haare standen nach allen Seiten ab. Sie war gestern nicht mehr in ihren Schlafanzug geschlüpft, sondern hatte einfach nur ihren schwarzen Rock ausgezogen; selbst die Nylonstrümpfe hatte sie angelassen. Ihre Füße fühlten sich verschwitzt an.

Es läutete zum dritten Mal.

»Ja doch!«, rief Clara kraftlos und öffnete die Tür.

Das Licht, das aus dem hellen Treppenhaus in ihre düstere Diele schwappte, traf sie wie ein Schlag ins Gesicht.

»Das glaub ich ja jetzt nicht!«

Clara hatte das Gefühl, dass sich alles um sie drehte, umso mehr, als eine wütende Stimme auf sie einzuhacken begann.

»Hast du völlig den Verstand verloren? Kannst du nicht rechtzeitig aufstehen, wenn du weißt, dass ich Katharina bringe?«

»Philip …«

»Wie siehst du überhaupt aus? Willst du dich *so* um unser Kind kümmern!«

Clara hielt sich an der Türklinke fest. Schmerzen krochen vom Nacken hoch bis zu ihren Schläfen. »Philip …«, begann sie wieder.

Währenddessen drängte sich Katharina an ihr vorbei. Sie war adrett gekleidet, mit einem dieser rosaroten Spitzenkleidchen, die Clara hasste und die ihre Schwiegermutter Gisela von Haidhausen umso mehr liebte. Gisela hatte die Haare der Kleinen zu zwei kunstvollen Zöpfen geflochten. Katharina betrachtete sich damit gerne im Spiegel, klagte aber ständig, die Haare würden fürchterlich ziepen.

»Mama, gehen wir heute zu der toten Frau?«, plapperte sie aufgeregt.

Clara starrte ihre Tochter verwirrt an, versuchte sich zu sammeln. Sie hatte verschlafen, weil sie gestern Abend vergessen hatte, den Wecker zu stellen. Hatte sie mit Philip überhaupt die »Übergabe« vereinbart? Sie konnte sich nicht daran erinnern, aber das war ihre Schuld, nicht Philips.

»Es … es tut mir leid«, stammelte sie und fuhr sich hastig mit den Fingern durch die Haare. Sie fühlten sich klebrig an.

»Dass du dich nicht schämst«, sagte Philip eisig. »Du kriegst sie alle zwei Wochen und bist nicht mal dann in der Lage …« Er schüttelte den Kopf und schnüffelte misstrauisch. »Hast du etwa getrunken?«

»Ich ...«

»Mama, können wir zu der toten Frau gehen?« Katharina tat so, als hätte sie die wütenden Worte ihres Vaters nicht gehört, aber als Clara ihren Blick suchte, merkte sie, dass ihre Tochter an ihr vorbeischaute.

Jetzt fiel ihr endlich ein, wen Katharina mit der toten Frau meinte. Eine der Attraktionen des Museums für sakrale Kunst waren die Reste eines Grabes aus der Merowingerzeit. Bei Ausgrabungsarbeiten war man auf die letzte Ruhestätte einer jungen Frau gestoßen, und sämtliche Grabbeigaben, wie Ringe und Kämme, Krüge und Fibeln, selbst eine Schere, waren fast vollständig erhalten gewesen. Ebenso wie die Schweineknochen und Lachswirbel, die man der Verstorbenen als letzte Wegzehrung ins Totenreich mitgegeben hatte.

Als Clara ihre Tochter vor einigen Wochen kurz ins Museum mitgenommen hatte, um Unterlagen zu holen, hatte Katharina die Vitrine entdeckt und aufgeregt gefragt, wer das sei. Nach kurzem Zögern hatte Clara es ihr in Ruhe erklärt – irgendeine pädagogische Stimme im Kopf, der zufolge man auch mit kleinen Kindern über Themen wie Tod und Endlichkeit sprechen sollte.

Katharina war nicht erschreckt, sondern fasziniert gewesen. Philip hingegen hatte später wütend gefragt, ob sie Katharina demnächst auch auf den Friedhof schleppen wolle. Es gebe ja kaum einen passenderen Ort für eine Fünfjährige, besser als jeder Spielplatz.

»Mama, können wir zu der toten Frau gehen?«, fragte Katharina wieder.

Andere Kinder wollen in den Zoo, meine Tochter will zu einem Merowingergrab, ging es Clara durch den Kopf.

»Willst du dir nicht wenigstens etwas anziehen?«, schnaubte Philip ungehalten.

Clara war von der Tür zurückgetreten, aber Philip blieb auf der Schwelle stehen, als wäre ihre Wohnung Feindesland. Sie konnte sich nicht erinnern, dass er sie jemals betreten hätte.

»Philip, tut mir leid, dass ich verschlafen habe, aber gestern …«

»Na, großartig! Du führst ja ein freies Singleleben, da kann man schließlich so lange schlafen, wie man will, nicht wahr? Nur blöd, wenn man da jedes zweite Wochenende ein Kind aufgedrückt kriegt.«

»Philip, bitte nicht jetzt!« Sie deutete mit dem Kinn auf Katharina, die ins Wohnzimmer gelaufen war und dort auf der Couch herumhüpfte. Die Federn quietschten.

»Was soll das heißen: nicht jetzt? Wann passt es dir denn zufällig, dich mal um deine Tochter zu kümmern? Oder hast du keinen Bock mehr auf sie? Glaub mir, Clara, wir können das ganz schnell regeln. Verzichte auf das Besuchsrecht, und du brauchst uns nicht mehr zu sehen.«

»Hör jetzt auf«, fiel Clara ihm schwach ins Wort. Es genügte nicht mehr, dass sie sich nur an der Türklinke festhielt. Kraftlos sank sie auf das Schuhregal und stützte ihren Kopf in die Hände. Sie wusste, dass sie sich zusammenreißen sollte, um sich vor Philip keine Blöße zu geben – und auch, weil jederzeit jemand durchs Treppenhaus kommen konnte und es unsagbar peinlich war, vor aller Welt zu streiten.

Doch so sehr sie sich um Fassung bemühte, sie spürte, wie die Nachwirkungen des gestrigen Tages, der Stress, die Erschöpfung und die Schuldgefühle, sie übermannten. Tränen stiegen in ihre ohnehin schon geschwollenen Augen, brannten darin, begannen schließlich, über ihre Wangen zu laufen. Clara spürte Philips Blick auf sich, doch das machte alles nur noch schlimmer. Sie konnte das Schluchzen nicht unterdrücken, das in ihrer Kehle hochstieg, und kaum war dieser schrecklich röhrende Ton in der Diele verklungen, fühlte sie, wie ihr ganzer Körper zu zittern begann.

»Kannst du dich nicht wenigstens ein bisschen zusammenreißen?« Philip klang nicht mehr nur ärgerlich, sondern auch hilflos. Sie kannte diesen Tonfall von den vielen Krisen, die ihre Ehe durchgemacht hatte, vor allem im letzten Jahr.

Du solltest zum Arzt gehen, das ist ja nicht normal, diese Erschöpfung, diese Panikattacken, lass dir irgendwas Homöopathisches verschreiben, probier's mit Akupunktur, TCM. Das kann doch nicht wahr sein, dass es keine Hilfe gibt.

Eine Weile hatte sie irgendwelche Globuli genommen, die man langsam unter der Zunge zergehen lassen musste. Doch sie hatte sie weggeworfen, als Katharina etliche davon geschluckt hatte, während sie mit ihrer Stoffäffin Käthe Arzt gespielt hatte. Sobald Clara sich von Philip getrennt hatte, hatte sie sie sowieso nicht mehr gebraucht. Nicht dass sie sich seitdem nicht manchmal einsam, verzweifelt, überfordert fühlte. Aber es war nicht mehr diese Ohnmacht dabei, dieses alles überlagernde Gefühl von Lähmung, Erschöpfung, Nicht-atmen-Können.

»Was hast du denn?«, fragte Philip.

Clara hob abwehrend die Hand. »Ich schaffe das heute nicht«, war das Einzige, was sie hervorbrachte.

Philip seufzte, ebenso verunsichert wie genervt. »Die Couch ist keine Spielwiese!«, rief er streng ins Wohnzimmer, wo Katharina zunehmend wild herumsprang und ebenso laut wie schief das Weihnachtslied »Süßer die Glocken nie klingen« anstimmte. »Komm, Katharina, wir gehen. Mama ist krank«, fügte er hinzu.

Katharina hörte nicht.

»Jetzt komm endlich!«, rief Philip. »Du kannst mit Oma Domino spielen.«

»Aber ich will zu der toten Frau«, beharrte Katharina. Sie hatte aufgehört zu springen und war zurück in die Diele gekommen.

Clara sah sie kaum, sie war tränenblind, auch wenn das Zittern, das ihren Körper erfasst hatte, langsam abebbte. »Wir schauen uns die tote Frau nächste Woche an«, murmelte sie, während sie Katharina an sich zog, kurz das Gesicht in deren Haaren vergrub, ihr über den Rücken streichelte. »Ich verspreche es.« Sie war sich nicht sicher, aber sie hatte den Eindruck, dass Katharina sich unmerklich versteifte. Verunsichert ließ sie sie los.

»Mach keine Versprechen, die du nicht halten kannst«, meinte Philip giftig, streckte den Arm nach Katharina aus und zog sie nach draußen.

Clara wusste nicht, wie lange sie auf dem Schuhregal gesessen hatte, die Beine angezogen, den Kopf auf die Knie gelegt. Wahrscheinlich eine halbe Stunde, in der sie nicht an Philip oder Katharina gedacht hatte, sondern nur an eine Tasse Kaffee. Danach würde sie sich besser fühlen, wieder klar denken können.

Aber als sie schließlich aufstand, füllte sie kein Pulver in den Filter, sondern stopfte die Einkaufstüte mitsamt dem Obst in den Mülleimer. Das Obst war noch frisch, doch sie drückte den Sack immer tiefer in den Eimer. Danach hatte sie das Gefühl, wieder selbst über ihr Leben zu bestimmen.

Vielleicht könnte sie zumindest den morgigen Tag mit Katharina verbringen.

Damals, nach der Geburt, hatte sie sich das auch immer gesagt: Morgen wird es besser, morgen stehe ich auf und gehe mit ihr im Schlosspark spazieren, morgen bin ich glücklich, weil ich nicht nur die Frau eines reichen Adeligen bin, sondern auch die Mutter eines zuckersüßen Babys.

Philip hatte die Fotos des Neugeborenen für die Presse freigegeben – »eine absolut einmalige Sache«. Später würde man sie ohnehin nicht mehr erkennen, so sei zumindest die größte Neugierde befriedigt. Irgendein Blatt zahlte fünfzigtausend Euro. Clara hatte nie gefragt, was er mit dem Geld gemacht hatte.

»Was willst du eigentlich?«, hatte Philip damals gefragt, wenn sie starr vor der brüllenden Katharina hockte, anstatt sie auf den Arm zu nehmen und zu trösten.

»Ich will, dass andere nichts von mir wollen.« Mehr war ihr nicht eingefallen, weder im Gespräch mit der Hebamme noch mit der Osteopathin oder dem Psychiater, zu denen Philip sie schleppte. Als eine postnatale Depression bei Clara diagnostiziert wurde, war er zufrieden. So etwas verging doch irgendwann wieder, oder? Zumal sie sich von dem Moment an um ihr Baby zu kümmern begann und in den Alltag als Mutter eines Säuglings fand. Bis zu dem Zeitpunkt, da sie – nach seinen Worten – einen Rückfall erlitt, sprachen sie nicht mehr darüber, obwohl Clara schon damals ahnte, dass sie nicht an Depressionen litt, sondern an ihm. Und dass sie weder Hebamme noch Osteopathin noch Psychiater brauchte, sondern einen Anwalt.

Ihr Handy klingelte. In ihrem Hinterkopf fing der Schmerz wieder an zu pochen. »Clara Mohr?«, meldete sie sich zaghaft.

»Ich bin's. Ich wollte nur fragen, wie es dir geht?« Simons Stimme klang leise, sanft, fürsorglich. So hatte Philip nie mit ihr gesprochen.

Neue Tränen stiegen ihr in die Augen, und mit einem lauten Knall schloss sie den Deckel des Mülleimers. »Alles in Ordnung«, log sie. »Die Kopfschmerzen sind fast weg.«

»Wirklich? Du hörst dich so …«

Einen Moment lang war sie versucht, ihm zu erzählen, was vorgefallen war, doch dann sagte sie nur wieder, es gehe ihr gut.

»Kann ich dir irgendwie helfen?«, fragte Simon.

Sie antwortete nicht darauf, sondern fragte stattdessen zurück: »Gibt es irgendwas Neues? Ich meine, von Alexander Roth. Hat man ihn schon gefasst?«

Simon zögerte. »Nein«, sagte er schließlich. »Nein, es wird nach ihm gefahndet, aber bislang haben wir keine Spur von ihm.«

Und so sollte es während der ganzen nächsten Woche bleiben.

19

Genüsslich streckte sich Augustin Johanson auf dem King-Size-Bett im Frankfurter Hof aus. Er hatte sich nicht einmal die Schuhe ausgezogen, ehe er sich aufs Bett hatte fallen lassen. Der Stoff der braunen, mit beigen Schnörkeln gemusterten Tagesdecke fühlte sich weich an.

Ja, dachte er, so muss ein Hotelzimmer sein.

Jahrelang hatte er auf seinen Reisen in billigen Hotels geschlafen, meistens Drei-Sterne-Unterkünften. Nur wenn er viel Glück hatte und es bei HRS oder Booking.com Sonderangebote gab, auch mal in einem Vier-Sterne-Hotel. Aber das war selten gewesen, sein Preislimit lag bei sechzig Euro pro Nacht. Es war immer das Gleiche: Fenster, die auf eine Hauptstraße hinausgingen, durchgelegene Matratzen, ekelhafter Kaffee am Morgen. Und was er am meisten gehasst hatte: dass es oft keine anständigen Verdunkelungsvorhänge oder Jalousien gab und man frühzeitig vom Morgenlicht geweckt wurde.

Aber damit war es jetzt vorbei, dachte er und wälzte sich vom Rücken auf den Bauch. Nie wieder schlechte Hotels. Nie wieder Geldmangel.

Kurz hatte er überlegt, sich in der Villa Kennedy in Sachsenhausen ein Zimmer zu nehmen. Manch einer meinte, das Fünf-Sterne-Hotel würde über kurz oder lang dem Frankfurter Hof den Rang ablaufen. Prominente wie Robbie Williams oder Bruce Willis stiegen bereits dort ab. Allerdings war die Lage ungünstig, schließlich hatte er morgen noch einiges in der Innenstadt vor.

Augustin Johanson stand vom Bett auf und begann sich nun doch auszukleiden. Erst hatte er überlegt, sich ein teures Menü im Restaurant Français zu gönnen, dann aber entschieden, in seiner Deluxe Junior Suite zu bleiben und sie zu genießen. Vor zehn Minuten hatte er eine Bestellung beim Zimmerservice aufgegeben: Elsässer Gänseleber und Perlhuhn mit Spargel, dazu natürlich eine Flasche Champagner. Ab heute würde er nie wieder knausern müssen.

Schade, dass Sylvia das nicht wusste. Sylvia hatte ihn vor vier Jahren verlassen, nicht des Geldes wegen, das hätte sie nie zugegeben, sondern weil er zu wenig Zeit mit ihr verbrachte, sich ständig in seinem Hamsterrad abstrampelte. Er glaubte allerdings nicht, dass das ihr eigentliches Problem gewesen war. Wenn er jährlich 'ne Million gescheffelt hätte, hätte sie gut und gerne auf seine Anwesenheit verzichten können. Frauen wie Sylvia verziehen den Mangel an Aufmerksamkeit, wenn der Trostpreis schicke Klamotten, Designerschuhe und teure Städtereisen waren.

Ob er Sylvia zu verstehen geben sollte, dass sich die Dinge geändert hatten? Wollte er sie überhaupt noch? Würde er jetzt nicht vielleicht was Besseres finden? Sylvias Dekolleté war ziemlich verblüht, obwohl ihr die Sommersprossen auf der Nase etwas Mädchenhaftes verliehen.

Sylvia. Das letzte Mal, dass er mit ihr telefoniert hatte, hatte sie erzählt, sie sei jetzt mit einem Architekten zusammen. Später hatte er den Namen gegoogelt und herausgefunden, dass der Typ kein Architekt war, sondern nur technischer

Zeichner. Was für eine Angeberin! Er hatte sich ein Bier aufgemacht und sich halb tot gelacht, doch dann hatte er sich daran erinnert, wie er einmal mit Sylvia durch Paris geschlendert war, wie sie auf einer Bank auf dem Montmartre gesessen und Bier getrunken hatten. »Rotwein kann hier ja jeder«, hatten sie gesagt und einander verschwörerisch zugezwinkert.

Auf einmal war ihm nicht mehr zum Lachen zumute gewesen, er hatte das Bier in der Spüle ausgegossen, hatte die vielen Kalkflecken gesehen und versucht, sie mit bloßen Fingern wegzubekommen. Er hatte wieder an Sylvia gedacht, an ihren Architekten, der nur technischer Zeichner war, und angefangen zu weinen.

In dem Waschbecken hier gab es keine Kalkflecken.

Ein Bad, dachte er, ein richtig schönes Vollbad wäre etwas Feines. Er beschloss, nicht auf den Zimmerservice zu warten, sondern lehnte die Tür an. Dann muss ich wenigstens kein Trinkgeld geben, schoss es ihm durch den Kopf. Er musste grinsen, weil er für einen Moment lang nicht daran gedacht hatte, dass er künftig auch beim Trinkgeld nicht mehr würde sparen müssen. Obwohl, er hatte nicht vor, verschwenderisch zu werden. Für unnütze Dinge würde er das Geld, das eigentlich Nicholas Roth gehörte, das der nun aber ja nicht mehr für sich beanspruchen konnte, nicht ausgeben.

Schön, wenn andere die Drecksarbeit für einen machen, dachte er. Er hätte nie gegen Nicholas gearbeitet, aber jetzt, da er weg war, war es auch nicht sonderlich schade um ihn. Zumal, wenn man bedachte, dass er ihn nicht sonderlich üppig bezahlt hatte.

»Ich gebe meinen Namen her«, pflegte Nicholas zu sagen.

»Du musst nur ein Konto eröffnen und die Finanzen verwalten.«

Als ob ihn das retten würde, wenn alles aufflöge!

Nun, jetzt wurde er mehr als großzügig für seinen Teil des Jobs entlohnt. Jetzt ging es nicht mehr darum, die »Finanzen zu verwalten«, sondern die ganze Kohle für sich zu behalten.

Augustin Johanson ging nur mit Unterhose und T-Shirt bekleidet ins Bad. Was für ein gnädiges Licht. Er sah hier gar nicht so fett aus wie unter den sonst üblichen billigen Neonröhren, sondern einfach nur gutgenährt. Er drehte das Wasser auf, verschloss den Abfluss und gab duftendes Schaumöl in die Wanne. Sanddorn, stand auf dem Spender.

Herrlich, keine von diesen Duschen mit schlecht schließender Glastür oder diesen ekelhaften Plastikvorhängen, die an der Haut kleben blieben, sobald man sie berührte.

Einige Minuten später streckte er sich wohlig in der Badewanne aus, schloss die Augen und überlegte, in welchem Hotel er als Nächstes absteigen würde. In Paris gab es so einen teuren Schuppen in der Nähe der Place des Vosges, ein echter Insider-Tipp. So fantasielos, ins Ritz zu gehen, war er nicht. Essen gehen konnte er wiederum …

Ein Klopfen an der Zimmertür riss ihn aus seinen Gedanken. »Kommen Sie rein!«, rief er durch die geschlossene Badezimmertür. »Stellen Sie das Essen einfach ab!«

Er hörte Schritte, dann nichts mehr, nicht einmal das Klappern von Geschirr. Na bitte, geht doch, es war gar nicht notwendig, Trinkgeld zu geben.

Johanson ließ sich noch tiefer in die Wanne sinken und tauchte mit dem Kopf unter.

Als er auftauchte, traf ihn ein kalter Luftschwall. Irritiert strich er sich die nassen Haare aus dem Gesicht und rieb sich den Schaum aus den brennenden Augen.

Als er sich zur Seite drehte, um nachzusehen, woher der Lufthauch stammte, zuckte er zusammen. Die Badezimmertür stand sperrangelweit offen.

»Hallo?«, rief er.

Keine Antwort, nicht einmal Schritte.

Wahrscheinlich hatte er die Tür nicht anständig zugemacht, und als das Zimmermädchen die Suite verlassen hatte, hatte der Luftzug vom Gang die Tür aufgestoßen. Nun gut, er hatte ohnehin keine Lust mehr zu baden, sondern wollte lieber etwas essen.

Schwerfällig erhob er sich und achtete darauf, nicht auszurutschen. Er rubbelte sich mit einem Badetuch, das wunderbar flauschig war, den Oberkörper ab und schlang es dann um seine Taille. Als er in den Schlafraum kam, bemerkte er, dass er eine feuchte Spur hinter sich herzog, weil sein Haar tropfte. Er wollte zurückgehen, um ein zweites Handtuch zu holen, doch in dem Augenblick stutzte er.

Wieder traf ihn Kälte, doch diesmal war es kein Luftzug, eher schien sich ein klammes Tuch um ihn zu legen: Seine Zimmertür war geschlossen, aber weit und breit sah er kein Tablett mit Essen, auch keinen Champagner.

Sämtliche Härchen auf seinen Armen richteten sich auf. Da war jemand im Zimmer, er fühlte es, auch wenn er niemanden sah, als er den Blick durch den Raum schweifen ließ.

So ein Blödsinn, schalt er sich, es war nur ein Zimmermädchen, das die angelehnte Tür bemerkt und sie geschlossen hatte. Doofe Pute. Der Zimmerservice würde bald kommen, am besten, er erkundigte sich mal, wie lange es noch dauerte.

Er griff zum Telefon und spürte, wie das Handtuch von seinen nackten Hüften glitt – nun, auch egal. Ehe er die Nummer der Rezeption gewählt hatte, traf ihn wieder ein kalter Luftzug.

»Was zum Teufel …«, entfuhr es ihm.

Ein Schatten fiel auf ihn. In der Balkontür stand jemand, hatte vielleicht schon die ganze Zeit dort gestanden.

Johansons erste Regung war, sich nach dem Handtuch zu bücken, seine Blöße zu verbergen.

»Das können Sie sich sparen«, sprach die Gestalt verächtlich.

Johanson fühlte, wie sein Mund ganz trocken wurde. »Was … was wollen Sie hier?«

Die Gestalt trat näher, etwas Dunkles in der erhobenen Hand. Johanson blickte in die Mündung einer Pistole.

»Das hier«, lautete die schlichte Antwort.

Johanson hob abwehrend die Hand, war jedoch wie gelähmt, als die Pistole seinem Gesicht immer näher kam.

Warum ausgerechnet jetzt?, war sein letzter Gedanke. Endlich habe ich Geld und muss nie wieder in so einer Bruchbude ohne anständige Vorhänge schlafen. Und die Entenleber habe ich auch noch nicht probiert …

20

Im Frankfurter Hof war Clara zuletzt mit Philip gewesen, genauer gesagt in dem japanischen Restaurant gleich nebenan. Als sie an diesem Morgen gegen halb acht an der U-Bahn-Station Willy-Brandt-Platz ausstieg und auf das Luxushotel zuging, erinnerte sie sich an den Abend.

»Das Thunfisch-Sashimi schmeckt köstlich«, hatte Philip gesagt.

Clara beschränkte sich stets auf die vegetarischen Sorten. »Ich mag ja keinen rohen Fisch.«

»Ich weiß. Dir ist nicht mal das Beste gut genug.«

»Ich sage nicht, dass das Sashimi nicht gut ist, ich sage, dass es mir nicht schmeckt.«

»Typisch«, sagte er, und sie wusste, was er dachte: ein Märchenprinz, ein Märchenschloss, eine süße Tochter – und trotzdem immer unzufrieden.

Zum Nachtisch gab es Grüner-Tee-Eis. Clara hatte eigentlich noch Hunger und war neugierig, wie es schmeckte. Sie führte den Löffel bereits zum Mund. Philip starrte sie an, sie wusste nicht, ob spöttisch, misstrauisch oder feindselig. Auf jeden Fall ließ sie den Löffel fallen, ohne vom Eis gekostet zu haben. Philips weinrote Krawatte bekam einen Spritzer ab.

»Das mag ich auch nicht«, murmelte sie trotzig. Diesmal sagte er nicht »Typisch!«, sondern verzog nur entnervt das

Gesicht und ging zur Toilette, um sich die Krawatte zu säubern. Sein eigenes Eis schmolz unangerührt im Glas.

»Du bist wie ein kleines Kind«, sagte er, als er zurückkam. »Immer nur darauf aus, mich zu provozieren. Kannst du dich nicht einfach mal entspannen und einen schönen Abend genießen?«

»Was macht denn diesen Abend schön? Grüner-Tee-Eis?«

»Ja, klar«, sagte Philip gereizt. »Jetzt wirfst du mir mal wieder vor, dass wir in einen teuren Schuppen gehen statt in eine billige Kneipe.«

Eigentlich warf sie ihm gar nichts vor. Nur sich selbst, weil sie mitgegangen war, ihm den Anschein von Normalität gegeben hatte, anstatt endlich klipp und klar zu sagen: Ich will das alles nicht mehr – dein Geld, deinen Namen, die Prominenz an deiner Seite. Und vor allem will ich dich nicht mehr.

Clara nickte einem der livrierten Pagen zu, der rasch die Tür öffnete, und verbarg ein Gähnen hinter der Hand. Nach Simons Anruf vorhin hatte sie sich zwar schnell geduscht, frisiert, geschminkt und mit Bedacht ihre Kleidung gewählt – einen dunkelgrauen Hosenanzug mit mintgrüner Bluse –, aber auf einen Kaffee hatte sie verzichtet. Jetzt bereute sie es, obwohl ihr selbst ausreichend Koffein das Grauen wahrscheinlich nicht genommen hätte.

Nicholas war von der Putzfrau des Museums gefunden worden, dieser Augustin Johanson von einem Zimmermädchen.

Ob sie den Namen schon mal gehört habe, hatte Simon am Telefon von ihr wissen wollen, ob Nicholas oder Alexander ihn erwähnt hätten, aber sie musste verneinen.

»Sein Auto hat ein Berliner Kennzeichen, laut Pass war er allerdings Däne«, hatte Simon berichtet und sie dann gebeten, zum Tatort zu kommen. Es sei wieder ein erstaunlicher Gegenstand bei der Leiche gefunden worden – vielleicht könne sie ihnen bei der Deutung weiterhelfen.

»Wohin wollen Sie?«, fragte der Rezeptionist in schneidendem Tonfall, noch ehe Clara die Empfangstheke erreicht hatte. »Sind Sie von der Presse?«

Clara sah, dass er hektisch von einem Fuß auf den anderen trat und um die Nase herum ziemlich blass war. Beim Personal hatte sich also schon herumgesprochen, dass im Hotel ein Mord verübt worden war.

»Simon Fabiani hat mich herbestellt«, erklärte sie. »Er gehört zum Ermittlungsteam.«

Der Rezeptionist wirkte erleichtert. »Dritter Stock, Zimmer dreihundertsiebzehn«, sagte er, schüttelte dabei aber den Kopf, als widerrufe er die Information gleich wieder.

»Ich war die ganze Nacht hier«, fügte er hinzu, als Clara sich schon zum Gehen wandte. Der schneidende Tonfall war aus seiner Stimme gewichen. Er schien besorgt zu sein, dass er womöglich etwas falsch gemacht hatte und man ihn dafür rügen würde. »Ich habe nichts Auffälliges wahrgenommen, rein gar nichts«, fuhr er fort. Diesmal schüttelte er nicht den Kopf. »Absolut nichts«, bekräftigte er noch einmal. »Es kommen so viele Leute hier vorbei. Nicht nur Hotelgäste. Viele besuchen einfach nur unsere Bar. Aber dass darunter ein Mörder …« Er brach ab.

Clara zuckte bedauernd die Schultern. »Ich gehe jetzt hoch«, sagte sie.

»Es war eine ganz normale Nachtschicht«, rief der Rezeptionist ihr hinterher.

Sie mied den Aufzug und ging zu Fuß hoch, wobei sie sich

fragte, ob wohl auch diese Tat auf Alexanders Rechnung ging. Während der letzten Tage hatte sie sich bemüht, ihn aus ihren Gedanken zu vertreiben, auch wenn sie es beängstigend fand, dass er nach wie vor auf freiem Fuß war. Andererseits konnte sie immer noch nicht recht fassen, dass er seinen Bruder und die beiden anderen Männer ermordet haben sollte.

Und jetzt das. Er konnte doch nicht so dreist sein, einfach in den Frankfurter Hof zu spazieren.

Dass dieser Mordfall mit den anderen zu tun hatte, war Simon zufolge eindeutig. Wieder Kopfschuss, hatte er erklärt, und wieder ein Opfer, das bäuchlings auf dem Boden lag.

Je näher Clara dem dritten Stock kam, desto zögerlicher fielen ihre Schritte aus. Ihr wurde flau im Magen, und sie stützte sich unwillkürlich auf das Geländer.

Ein Zimmermädchen huschte an ihr vorbei, fast lautlos, ihre Schuhe verursachten auf dem weichen Teppichboden keinerlei Geräusch. Ob der Mörder sich auf diese Weise angeschlichen hatte? Oder ob das Opfer ihn gekannt und sorglos in sein Zimmer gelassen hatte, so wie Danilo Taranow den Täter in seine Wohnung?

Clara sah schon von Weitem das Gewimmel an der offenen Zimmertür. Sie erkannte die Beamten der Spurensicherung an ihren orangefarbenen Overalls, die sie an die Kleidung von Astronauten erinnerten. Einer von ihnen strahlte wie ein Kind bei der Ostereiersuche. Ein anderer wirkte gelangweilt und überdrüssig wie ein Straßenkehrer, der den Unrat anderer beseitigen muss.

Hartmann stand mit dem Rücken zu ihr, Simon jedoch sah sie sofort und winkte sie heran. Noch ehe sie ihn erreichte, fuhr Hartmann herum und musterte sie irritiert.

»Sie kann uns vielleicht erklären, was es zu bedeuten hat …«, setzte Simon an, verstummte jedoch, als ein Arzt das Zimmer verließ und einige Worte an Hartmann richtete.

»Todeszeitpunkt vor zwölf Stunden, also gestern Abend«, stellte Hartmann fest, als der Arzt gegangen war. »Warum hat man ihn so früh am Morgen entdeckt?«

»Er hatte den Wecker auf halb sieben gestellt«, erklärte Simon, der offenbar früher am Tatort eingetroffen war. »Das Geräusch hat den Zimmernachbarn wahnsinnig gemacht, und er hat die Rezeption informiert.« Simon wandte sich an Clara. »Schau dir das bitte einmal an«, forderte er sie auf, und zu ihrem Erstaunen hatte Hartmann keine Einwände.

Clara wappnete sich gegen den Anblick des nackten Leichnams, doch ob es daran lag, dass sie den Mann – anders als Nicholas – nicht gekannt hatte, oder ob sie einfach besser darauf vorbereitet war, das Entsetzen blieb aus. Der Tote lag mit einem Laken bedeckt zwischen dem King-Size-Bett und dem Fernsehtisch am Boden. Der Teppich war in einem hellen Gelb gehalten und noch weicher als der auf dem Gang. Ein paar Tropfen Blut waren rund um den Kopf in das Gewebe gesickert.

»Das ist seltsam«, murmelte Clara und deutete auf die rechte Hand des Toten, die einen Gegenstand umklammert hielt.

»Das ist nicht seltsam, das ist krank! Und das ist es schon die ganze Zeit«, knurrte Hartmann. »Die Toten ständig als Luzifer zu verkleiden. Können Sie mir erklären, was es mit dieser Waage auf sich hat?«

Auf den ersten Blick sah der Leichnam wie ein Schlafender aus. Die Schultern, die aus dem Laken hervorschauten, waren ebenso fleischig wie der Nacken. Die Innenfläche der einen Hand zeigte nach oben. Die andere hielt eine Waage – ein sehr altes Modell aus einem bronzenen Material, mit zwei Schalen und einer Kette, die an manchen Stellen schwarz geworden war. Das Gerät sah aus, als stammte es von einem Flohmarkt.

»Die Waage ist bekanntlich ein Attribut von Justitia«, sagte Clara nachdenklich. »Mit verbundenen Augen wägt sie die Taten des Delinquenten ab. Im christlichen Kontext wird auch der Erzengel Michael häufig als Justitia dargestellt, weil ihm die Bedeutung des Seelenwägers am Tag des Weltgerichts zukommt.«

»Ist es richtig, dass dann die guten und die schlechten Taten des Menschen auf die beiden Waagschalen gelegt werden?«, fragte Simon.

»So stellt man es sich in der christlichen Tradition zumindest vor. Gott sitzt auf dem Thron seiner Herrlichkeit, und zu ihm kommen die Menschen, über deren Leben gerichtet wird. Im Matthäus-Evangelium heißt es dazu, dass Gott die Menschen wie Schafe und Böcke voneinander trennt: Die Gerechten, bei denen die guten Taten überwiegen, kommen in den Himmel, die Bösen in die Hölle.«

»Und welche Rolle spielt Luzifer dabei?«

Claras Blick schweifte durch die Suite. Ein kleiner, noch verschlossener Koffer stand auf der Gepäckablage. Augustin Johanson hatte offenbar nicht die Zeit gefunden, ihn auszupacken.

»Luzifer kämpft natürlich um so viele Seelen wie nur möglich«, erklärte sie. »Darum versucht er, die Schale mit den bösen Taten zu beschweren. Er bringt also alle Sünden ins Spiel, die der Mensch begangen hat.«

»Das heißt, die Waage hier passt durchaus zum Luzifer-Motiv«, meinte Simon.

Hartmann schnaufte ungeduldig.

»Merkwürdig nur, dass der Tote sie hält«, sagte Clara. »Ich kann mich nicht an ein Bildmotiv erinnern, das Luzifer mit so einer Waage zeigt. Sie ist, wie gesagt, ein Attribut des Erzengels Michael.«

»Genau wie das Schwert, das man bei Taranow gefunden hat«, murmelte Simon.

»Ja, und?«, schnaubte Hartmann. »Alexander Roth geht's wahrscheinlich nicht um solchen Kleinkram, sondern ums große Ganze. Dann hat er sich eben ausgedacht, dass Luzifer dem Engel die Waage entreißt oder so.«

»Das glaube ich nicht«, sagte Simon. »Alexander Roth, so er denn überhaupt der Mörder ist, hat bislang absolut planmäßig gehandelt. Ich kann mir nicht vorstellen, dass er irgendein Detail dem Zufall überlässt. Auch dass der Tote diesmal nicht nackt daliegt, sondern zugedeckt wurde, muss etwas bedeuten.« Simon wandte sich wieder an Clara. »Danilo Taranow hat das Schwert nicht in der Hand gehalten. Es lag ein Stück von ihm entfernt auf dem Boden, so als hätte der Engel es liegen gelassen, nachdem er Luzifer damit bezwungen hatte.«

»Das Schwert muss übrigens nicht zwangsläufig auf den Erzengel Michael anspielen«, sagte Clara. »Es kann auch als Symbol für den Kampf gelten, den jeder Einzelne über seine inneren Dämonen zu führen hat. Manchmal ist auch der Heilige Georg, der Drachenbezwinger, mit Schwert dargestellt. Damit besiegt er den Drachen, der Satan verkörpert.«

»Fällt dir ein Gemälde ein, das zu diesem Mord hier passt?«, fragte Simon.

Clara dachte nach. Ein Klopfen an der Tür ließ sie zusammenzucken, doch es war nur ein Hotelpage, der schüchtern verkündete, die Geschäftsführung schicke ihn. »Ich soll fragen, ob jemand ein Frühstück wünscht.«

»Das nenne ich doch mal zuvorkommend und kooperativ!«, rief Hartmann zufrieden und bestellte zwei Spiegeleier.

Mike, der hinzugetreten war, grinste. »Für mich einen doppelten Espresso. Warum kann man Tote nicht immer im Frankfurter Hof finden?«

»Spontan fällt mir kein Gemälde ein, aber ich denke weiter darüber nach. Habt ihr sonst noch etwas über den Toten herausgefunden?«, fragte Clara leise an Simon gerichtet.

»Wie gesagt, er war Däne, lebte aber in Berlin und arbeitete dort für die Staatlichen Museen. Es ist also gut möglich, dass er Nicholas Roth gekannt hat. In seinem Museumsausweis steht, dass er Inventarisator war. Du weißt sicher besser als ich, welche Tätigkeiten damit verbunden sind.«

»Das ist ein klassischer Museumsjob. In manchen Museen wird die Funktion auch als Katalogchef oder Registrator bezeichnet. Das ist derjenige, der über sämtliche Ausstellungsgegenstände des Museums genau Buch führt; mittlerweile gibt es dafür hervorragende Computerprogramme. Für gewöhnlich hat der Inventarisator eine geisteswissenschaftliche oder kunsthistorische Ausbildung und irgendeine Zusatzausbildung über Datenbanken.«

Clara bemerkte, dass Hartmann Simon anstarrte. Ungeduld stand in seiner Miene, vielleicht wartete er aber auch bloß hungrig auf die Spiegeleier.

Clara war sich plötzlich sicher, lange Zeit kein Spiegelei mehr essen zu können.

»Schaut mal her«, schaltete sich Mike ein. »Die Spusi hat das hier gefunden.«

Er hielt einen Terminkalender hoch. Augustin Johanson hatte augenscheinlich nicht viel von Technik gehalten, sondern sich lieber auf Papier und Bleistift verlassen. Der Kalender war mit hellem Leder eingebunden.

»Und?«, fragte Hartmann. »Steht irgendwas Interessantes drin? Namen? Adressen? Mit wem er sich hier in Frankfurt getroffen hat?«

»Beim gestrigen Datum steht nur eine Zahl.« Mike hielt ihnen den geöffneten Kalender entgegen.

Hartmann schaute als Erster hinein, schnaubte aber nur. Als Simon die Zahl sah, blickte er Clara fragend an. Neugierig trat sie näher und warf einen Blick in den Kalender.

Unwillkürlich fröstelte sie.

21

Brotkrumen klebten in Hartmanns Mundwinkeln. Zu den Spiegeleiern waren mehrere Scheiben Toast serviert worden. Gerade tauchte er eine ziemlich verbrannte Ecke ins Eigelb und spülte mit schwarzem Kaffee nach. Er fuhr sich mit der Stoffserviette über den Mund, ohne alle Krumen zu erwischen, und leckte sich genüsslich die Finger ab. Etwas Eigelb hing an seinem Kinn. Clara fiel es schwer, ihren Blick davon zu lösen.

Sie war den Polizisten in das freie Zimmer nebenan gefolgt, das ihnen vom Hotel als eine Art Besprechungsraum zur Verfügung gestellt worden war.

»616. Das hat nichts zu bedeuten, oder?«, stieß Mike hervor, als Hartmann nach Beendigung seines Frühstücks weiter schwieg. »Ich meine, 666 ist die Zahl des Teufels, aber 616 …«

»Wir müssen unbedingt die Fahndung nach Alexander Roth intensivieren«, meinte Hartmann.

»Das haben wir doch bereits«, schaltete sich Simon ein. »Ich frage mich nur, ob wir wirklich nach dem Richtigen suchen.«

Hartmann verzog angespannt den Mund und zerknüllte die Serviette in der rechten Hand.

»Wenn es Alexander Roth war, dann ist das Motiv offenbar finanzieller Art«, fuhr Simon fort. »Warum sollte er sich da die Mühe machen, den Toten wieder so auszustellen? Bei den ersten Mordfällen hat er uns damit vielleicht ablenken wollen. Aber nun, da er selbst bereits der Tat verdächtigt wird …«

Hartmann wischte sich ein zweites Mal mit der Serviette über den Mund, und diesmal erwischte er die Eigelbspuren am Kinn. »Vielleicht will er uns einfach nur verarschen«, sagte er.

»Die Zahl in Johansons Kalender hat aber nicht der Täter geschrieben«, warf Mike ein, »sondern das Opfer selbst. Gleiche Schrift. Gleicher Bleistift.«

»616«, murmelte Hartmann, ohne Clara anzusehen. »Nun, Fabiani, fragen Sie doch mal unsere Expertin.«

Clara räusperte sich, ehe Simon etwas sagen konnte. »Ich denke, die Zahl im Kalender des Opfers hat durchaus eine Bedeutung. Lassen Sie mich Ihnen das erklären. Es wurde ja bereits gesagt, dass 666 sehr oft als Chiffre für den Teufel benutzt wird. Erwähnt wird diese Zahl in einem Kapitel der Apokalypse, also der Offenbarung des Johannes, dem letzten biblischen Buch. Darin wird von der sogenannten Zahl des Tieres gesprochen, die für das Böse steht und mit 666 gleichgesetzt wird. Das klingt sehr mysteriös, liegt aber daran, dass die Offenbarung des Johannes so etwas wie Untergrundliteratur ist, in der die Namen von Orten und Personen gerne verfremdet werden. Nur Eingeweihte können sie verstehen. Wenn in der Offenbarung von Babylon gesprochen wird, ist eigentlich Rom gemeint. Und dass hier eine Zahl genannt wird, könnte auf die weit verbreitete Praxis verweisen, Buchstabenkombinationen in Form von Zahlen darzustellen. Womöglich ist damit Kaiser Nero gemeint, einer der ersten Christenverfolger, denn durch Addition der Zahlenwerte der hebräischen Schreibweise für Kaiser Nero erhält man die Summe 666. Aber in der Tradition hat sich das verselbstständigt, und es wurden Berechnungen angestellt, wonach auch der Wahlspruch bestimmter Päpste diesen Zahlenwert ergibt. Oder eben auch der Name Luzifer. Er wird so berechnet, dass …«

Eine Weile hatte Hartmann mit reglosem Gesicht gelauscht, nun knallte er die benutzte Serviette auf den Tisch und stand abrupt auf. »Das ist mir jetzt zu hoch«, knurrte er. »Dieses ganze theologische Geschwafel.«

»Auf jeden Fall ist der Täter auch hier vom ursprünglichen Tatmuster leicht abgewichen«, sagte Simon. »Bei den ersten beiden Morden wurde der Tote eindeutig als Luzifer zugerichtet – vom Erzengel keine Spur. Beim dritten Mord liegt das Schwert, die Waffe des Engels, in der Nähe des Leichnams. Und jetzt hält der Tote eine Waage in den Händen, ebenfalls ein Attribut des Erzengels. Das könnte dafür sprechen, dass Alexander einen Komplizen hatte.«

»Es war aber offenbar immer dieselbe Tatwaffe«, unterbrach Hartmann. »Und das spricht dafür, dass ein und dieselbe Person alle vier Morde begangen hat.«

»Dieser Komplize könnte die Morde begangen und sie Alexander Roth in die Schuhe geschoben haben, um ihn elegant loszuwerden.«

»Was nicht erklärt, warum Roth abgehauen ist«, knurrte Hartmann. »Ich will alles über Augustin Johanson wissen. Wie und mit wem hat er gelebt, was hat er gemacht? Einer von uns fährt nach Berlin. Am besten du, Luis.«

Mike schien erleichtert zu sein. »Und ich nehme mir Alexanders Familie noch mal vor. Mit Ilsa und Karola Roth haben wir schon ausführlich gesprochen, aber Nicholas' Söhne wären noch mal fällig. Sind ja schließlich keine kleinen Kinder mehr.«

Hartmann nickte zustimmend. »Das wär's dann vorerst.« Er wandte sich zur Tür.

»Lassen Sie mich doch noch ausreden.« Clara ärgerte sich, dass ihre Stimme so flehentlich klang.

Hartmann blieb stehen, drehte sich aber nicht zu ihr um.

»Was die Zahl 666 anbelangt«, nahm Clara den Faden wieder auf, »so erregten Bibelwissenschaftler vor einigen Jahren kurzzeitig großes Aufsehen, weil sie behaupteten, die Zahl sei in der Tradition bislang falsch wiedergegeben worden. Sie hatten ein aus dem dritten Jahrhundert stammendes griechisches Fragment entziffert. Darin geht es um besagtes Zitat aus der Apokalypse. Doch die Zahl, die dort steht, ist nicht die 666 …« Clara schwieg vielsagend.

Hartmann sah sie jetzt an, wirkte aber eher genervt als verblüfft.

»Sondern die 616«, beendete Simon an ihrer Stelle den Satz.

Auf dem Weg vom Frankfurter Hof ins Museum legte Clara einen Zwischenstopp im Café »Dichtung und Wahrheit« ein. Ihr Appetit auf ein Frühstück ging zwar gegen Null, aber sie wusste, dass sie mit nüchternem Magen bald schlapp machen würde. Also bestellte sie einen Milchkaffee und ein Putensandwich und kaute lustlos darauf herum, während sie in der Frankfurter Rundschau blätterte.

Hartmann hatte sie mit knappen Worten weggeschickt und offen gelassen, ob er mit ihren Ausführungen etwas anfangen konnte und ihnen irgendwie nachgehen würde oder ob er sie für kompletten Unsinn hielt. Ihr war es durchaus recht gewesen, aus dem Frankfurter Hof zu entkommen, doch auch wenn sie damit den Tatort hinter sich ließ – das Unbehagen ließ sich nicht so leicht abschütteln. Es begleitete sie bis zum Museum, das sie etwa eine halbe Stunde darauf betrat.

»Sie sind spät«, sagte Frau Ried und starrte sie neugierig an. »Ist irgendwas passiert?«

»Nein, ich habe nur verschlafen«, erwiderte Clara schnell.

Frau Ried sah sie verwundert an. »Die Handwerker haben übrigens abgesagt, angeblich ist ihnen was dazwischengekommen. Sie bitten um Ihren Rückruf, um einen neuen Termin zu vereinbaren. Eine Unverschämtheit, wirklich! Aber so ist das ja heutzutage oft.«

Richtig, in Claras Büro sollte ein neuer Boden verlegt werden.

»Und Pfarrer Berger hat vorhin angerufen, er braucht die Halbjahresbilanz der Besucherzahlen.«

Clara nickte, ehe sie in ihr Büro floh und die Tür hinter sich schloss. Sie ließ sich schwer auf ihren Schreibtischstuhl fallen und blieb eine Weile so sitzen, bis sie sich aufraffen konnte, die Post, die sie in den letzten Tagen liegen gelassen hatte, zu öffnen. Irgendeine Einladung für ein Jubiläum der Diözese war dabei, die Telefonrechnung, ein sehr wirr formuliertes und obendrein handschriftlich verfasstes Schreiben eines Pfarrers aus der Rhön, der mit seinem Gemeinderat einen Betriebsausflug nach Frankfurt plante und wissen wollte, ob er eine Gratis-Führung bekommen könne. »Schließlich stehen wir doch alle im Dienste Christi.«

Clara verdrehte die Augen und legte den Brief zur Seite,

anstatt ihn zu beantworten. Wenn der Mann wenigstens eine E-Mail-Adresse angegeben hätte.

Als sie nach dem nächsten Brief griff, fiel ihr ein Zettel mit dem Menüplan der städtischen Mensa ins Auge, der auf ihrem Schreibtisch lag.

Gänsekeule mit Rotkohl. Kartoffelpuffer mit Apfelmus.

Frau Ried ging dort gerne essen und drängte Clara oft mitzukommen: »Die haben ein ganz tolles Salatbüffett! Sie können auch Salat mit Putenbruststreifen bekommen.«

Ich mag keinen Salat mit Putenbruststreifen. Ich mag kein Thunfisch-Sashimi. »Das Beste ist dir nicht gut genug. Du verhältst dich wie ein kleines Kind …«

So viele Monate waren seit ihrer Scheidung vergangen, dennoch war da immer noch diese diebische Schadenfreude, wenn sie etwas ablehnte oder zurückwies. Als ob es den Koch der Kantine juckte, was sie gerne aß.

Clara ließ den Speiseplan direkt in den Papierkorb segeln und fuhr dann den Computer hoch. Sie hatte ihren Abschlussbericht über das vermeintliche Gemälde von Ferdinand Becker fertiggestellt, wollte ihn eigentlich noch einmal überfliegen und dann abschicken, doch anstatt ihren ohnehin überschaubaren Aufgaben nachzugehen, öffnete sie spontan den Internet-Explorer und begann zu googeln.

Nach einer Stunde hatte sie mehrere Seiten ausgedruckt und außerdem einige Lexika vor sich liegen – das LTHK, das Lexikon für Theologie und Kirche, und die TRE, die Theologische Realenzyklopädie.

Sie hatte nach Bildmotiven gesucht, die Luzifer mit einer Waage zeigten, war aber nicht fündig geworden. Sowohl auf dem Porträt des Erzengels Michael von Bernadino Zenale, einem italienischen Renaissance-Maler, als auch auf einem Bild von Pellegrino da San Daniele wurde der Erzengel als Seelenwäger dargestellt. Gleiches galt für die Motive des Höllensturzes, wie sie der Schweizer Maler Hans Leu aufgegriffen hatte. Oder Peter Paul Rubens.

Schließlich suchte Clara keine Bilder mehr, sondern vertiefte ihre Recherchen über Luzifer. Sie las die biblischen Texte, die die spätere Tradition speisten – so die Stelle aus dem alttestamentlichen Buch Jesaja, in der vom Hochmut des Königs von Babylon und seiner bitteren Bestrafung berichtet wurde. Wie ein »Morgenstern« fällt er dort vom Himmel, ein Begriff, der in späteren Bibelübersetzungen mit »Phosphorus« – Träger des Lichts – oder eben »Luzifer« wiedergegeben wurde.

Clara starrte nachdenklich vor sich hin und holte sich dann aus der Kaffeeküche eine Apfelschorle.

Hochmut, überlegte sie, nachdem sie ein paar weitere Texte gelesen hatte. Nicht nur im Buch Jesaja, sondern in vielen anderen Legenden, die sich mit Luzifer befassten, war von dessen Hochmut die Rede. Wegen dieses Hochmuts weigerte er sich standhaft, sich vor Adam, dem ersten Menschen, zu verneigen, obwohl Gott das von ihm verlangt hatte. In einer der apokryphen Schriften fragt Luzifer gar: »Weshalb soll ich mich vor jemandem verneigen, der aus Lehm erschaffen ist, während ich aus Feuer und Licht erschaffen wurde? Licht ist erhabener als Lehm!«

Gott verbannte Luzifer daraufhin aus dem Paradies, erfüllte ihm aber eine letzte Bitte: Luzifer durfte fortan jede menschliche Seele bis zum Jüngsten Tag verführen, sodass ihm jeder, der sich als wankelmütig erwies, ins ewige Feuer folgen musste.

Hochmut, Verführung zum Bösen … Clara rieb sich den verspannten Nacken. Repräsentierten die Toten vielleicht gar nicht das Böse selbst, sondern waren vielmehr diejenigen, die von Luzifer verführt worden waren?

Es war ein strenger Gott, der Luzifer bestrafte, einer, der nichts durchgehen ließ. Derselbe Gott, der Adam und Eva aus dem Paradies verjagte. Und der die Schlange, nachdem sie die beiden ersten Menschen verführt hatte, vom Baum der Erkenntnis zu essen, dazu verdammte, künftig im Staub zu kriechen.

Ein grausamer Gott, ein rachsüchtiger Gott. Rache …

Clara zuckte zusammen, als das Telefon läutete. Sie hob ab, doch am anderen Ende der Leitung blieb es still. »Hallo?«, fragte sie.

»Ich bin's.«

Clara schluckte. »Mit dir habe ich nicht gerechnet.«

»Ach, ich dachte, ich melde mich mal«, meinte Dora übertrieben freundlich, als hätte es weder den Streit Ende letzter Woche noch die anschließende Funkstille gegeben.

»Schön«, sagte Clara. »Ich arbeite gerade.«

Dora ging nicht darauf ein. »Stell dir vor, Eugen ist in der Stadt. Er hat ein paar Aufführungen im Sommer, auf irgend so einer Freiluftbühne. Ich glaube, eine Shakespeare-Collage, aber sehr modern und satirisch angelegt. Da könnten wir doch gemeinsam hingehen, oder?«

Typisch, dachte Clara. Dora hatte die Angewohnheit, über Konflikte hinwegzugehen, als hätte es sie nie gegeben.

Eugen von Haidhausen war das schwarze Schaf der Familie – ein Status, den er mit jedem zweiten Satz betonte. Seiner Ansicht nach spielte weder Dora in seiner Liga, die

»aus reinem Trotz« einen Polizisten geheiratet hatte – so sah das zumindest ihre Mutter –, noch Clara mit ihrer Scheidung. Genau genommen war eine Scheidung zwar schlimmer als eine zwielichtige Existenz als Schauspieler, Kabarettist und Musiker – Eugen konnte sich nicht entscheiden, auf welches der Standbeine er setzen sollte, erfolgreich war er in keinem –, aber Clara war immerhin nur eine Dazugeheiratete, kein echtes, blaublütiges Familienmitglied.

»Ach, Eugen!«, sagte Clara. »Wie geht's ihm denn?«

»Er hat gerade eine CD herausgebracht. Natürlich nicht bei einer richtigen Plattenfirma, sondern eine selbst gebrannte. Die verkauft er jetzt nach seinen Auftritten.« Dora prahlte gern mit ihrem »Paria-Dasein«, doch wenn sie über Eugen sprach, klang ihre Stimme belustigt bis verächtlich.

»Sims mir doch mal die Termine für seine Auftritte«, sagte Clara. »Ich gehe gern mit dir hin.«

»Eigentlich mag ich diese Freiluftspektakel gar nicht«, meinte Dora. »Die unbequemen Bierbänke, die vielen Mücken, aber wenn du unbedingt willst.«

Clara unterdrückte ein Seufzen. Es wurde still in der Leitung. »Wollen wir uns auf einen Kaffee treffen?«, schlug sie schließlich vor.

»Vielleicht«, gab Dora zurück. »Wobei ich im Moment viel zu tun habe. Ich gebe am Wochenende eine große Einladung. Da kommen jede Menge Leute, auch Kollegen aus der Schule. Vielleicht schaust du auch vorbei und …«

»Ich glaube nicht«, sagte Clara. »Ich kenne doch niemanden.«

»Du wirst auch niemanden kennenlernen, wenn du dich ständig in deinem Schneckenhaus verkriechst. So kann das doch nicht weitergehen, du verlierst ja noch ganz den Anschluss!«

Anschluss an was?, wollte Clara fragen, unterließ es aber. »Ich brauche keine große Gesellschaft, damit es mir gut geht«, sagte sie stattdessen trotzig.

»Bist du sicher?«, fragte Dora zweifelnd. »Also, ich habe nicht den Eindruck, dass es dir gut geht.«

»Echt jetzt?«, fragte Clara gedehnt. »Aber stimmt schon. An dem Tag, als mich Alexander Roth niedergeschlagen hat, ging es mir wirklich nicht gut.«

Dora räusperte sich nervös. »Die Sache mit Philip hast du doch jetzt überwunden. Es wird Zeit, dass du dich neu orientierst, mal überlegst, was du aus deinem Leben machen willst. Du darfst nicht immer nur darauf warten, dass was passiert. Du musst selber aktiv werden.«

»Ich finde, ich bin aktiv genug. Ich habe einen Beruf, ich habe Katharina …«

»Aber doch nur alle zwei Wochen!«

»Was willst du mir damit sagen?«, entfuhr es Clara gereizt. »Dass ich eine schlechte Mutter bin? Ist es das? Dann befindest du dich in bester Gesellschaft.«

Dora zischte etwas Unverständliches, ehe sie gemäßigter hinzufügte: »Das habe ich nicht sagen wollen. Du legst aber auch jedes Wort auf die Goldwaage! Vielleicht … vielleicht brauchst du einfach einen neuen Partner.«

»Glaub mir, ich habe von Männern die Schnauze voll«, sagte Clara mürrisch.

»Trotzdem, ich will ja nur …«, setzte Dora an.

Kümmere du dich mal lieber um deine eigene Beziehung, hätte Clara am liebsten gesagt, aber sie verkniff es sich. »Ich muss jetzt Schluss machen«, sagte sie unvermittelt. »Ich habe ein Gespräch auf der anderen Leitung.«

»Natürlich«, rief Dora. »Und ich habe noch Schularbeiten zu verbessern und einen Vokabeltest für morgen vorzubereiten.« Sie beeilte sich, als Erste aufzulegen.

Clara knallte den Hörer aufs Telefon und stand so hastig von ihrem Schreibtischstuhl auf, dass eines der Lexika auf den Boden fiel. Anstatt sich zu bücken, lief sie zur Toilette. Sie wusch ihre Hände mit kaltem Wasser und trocknete sie mit dem rauen, grünlichen Papier ab. Dabei schaute sie in den Spiegel, der voller Schlieren war und ihr Gesicht leicht verzerrte. Es war ihr fremd, vor allem die Augen schienen riesig zu sein. Ärger stand darin, aber auch Anspannung. Die gleiche Anspannung, die ihre Hände unmerklich zittern ließ.

Bis jetzt hatte sie es sich nicht eingestanden, aber ihre Nerven waren zum Zerreißen gespannt. Der ganz normale Alltag erschien ihr wie eine viel zu große Bühne, auf die sie versehentlich geraten war, während sich das Eigentliche ganz woanders abspielte.

Aber was war das Eigentliche? Die vier Morde? Die Suche nach dem Täter? Letztlich war das doch Hartmanns oder Simons Aufgabe. Wenn man ihre Hilfe brauchte, würde sie die natürlich gewähren, aber …

Doras Worte kamen ihr in den Sinn. *Du darfst nicht immer nur darauf warten, dass was passiert. Du musst selber aktiv werden.*

Aktiv bei der Partnersuche, nicht bei der Mördersuche, hatte Dora gemeint.

Und dennoch, als Clara zurück in ihr Büro ging, fühlte sie sich plötzlich wie eingepfercht. Sie musste etwas tun. Sie musste raus an die frische Luft. Und sie musste mit irgendjemandem reden, nicht mit Dora, nicht mit Simon, aber mit einem Menschen, der von den Mordfällen wusste und der Nicholas ebenso gekannt hatte wie Alexander. Der ihr entweder bestätigen konnte, dass er tatsächlich fähig war, solche abscheulichen Morde zu begehen, oder der ihre Zweifel teilen würde.

Sie griff nach ihrer Jacke. »Ich muss noch mal weg«, sagte sie zu Marlene Ried, als sie an der Kasse vorbeikam.

»Wohin denn? Haben Sie die Handwerker angerufen?« Frau Ried war gerade dabei, Kleingeld zu zählen. Sie hatte Ein-, Fünf- und Zehn-Cent-Stücke zu kleinen Türmchen gestapelt.

»Klar, sogar zweimal. Aber sie hatten gerade Mittagspause. Kümmern Sie sich bitte darum.«

»Aber ich habe doch in einer halben Stunde Dienstschluss!«

Clara erreichte den Ausgang. »Wissen Sie was? Machen Sie am besten jetzt gleich Schluss. Das haben Sie sich verdient.«

Der Fünf-Cent-Turm bebte. Clara beugte sich vor und stieß ihn um.

»Entschuldigung, das wollte ich nicht«, murmelte sie, ehe sie nach draußen stürmte.

22

Sie hatte das Haus anders in Erinnerung, vielleicht weil sie beim ersten Mal in der abendlichen Dämmerung eingetroffen, dann gleich von Alexander hereingebeten und in den ersten Stock geführt worden war. Nun blieb Clara auf dem Bürgersteig stehen, musterte die Fassade und suchte nach einem Zeichen, dass jemand zu Hause war. Sämtliche Vorhänge waren zugezogen, nur ein Fenster – offenbar das Küchenfenster – war gekippt.

Sie schloss ihr Auto ab. Umständlich verstaute sie den Schlüssel in der Handtasche, wobei sie auf ein angebissenes Twix stieß. Sie biss davon ab, obwohl die Schokolade bereits von einem grauen Schleier überzogen war. Das Karamell blieb an ihren Zähnen kleben und sie verschluckte sich an den Kekskrümeln, unterdrückte aber ein Husten.

Sie stopfte den restlichen Schokoriegel zurück in ihre Handtasche. Wieder starrte sie zum Haus, wieder nahm sie keine Bewegung hinter den Gardinen wahr. Langsam ging sie die drei Stufen hoch, die zur Haustür führten, und klingelte. Einmal, dann ein zweites Mal. Mit dem Klang kehrten die Erinnerungen zurück: an Alexander, an das steril eingerichtete Wohnzimmer, den Rotwein und die öligen Oliven mit Schafskäse, den Regenschirm, die weißen Fliesen im Vorzimmer, auf die sie gekracht war …

Der Schlag hatte keine sichtbaren Spuren hinterlassen,

doch als sie ein drittes Mal vergeblich läutete, machte sich ein Stechen in ihrem Hinterkopf bemerkbar.

Ilsa Roth war nicht zu Hause. Oder nicht in der Verfassung, Besuch zu empfangen, vielleicht wieder einmal vollgestopft mit Medikamenten.

Clara trat von der Tür zurück, kramte etwas unentschlossen in ihrer Handtasche nach dem Autoschlüssel und sah auf einmal, dass neben dem Haus ein kleines Tor in den Garten führte. Es stand offen und quietschte leicht, als der Wind es bewegte.

»Hallo?«, rief sie.

Als keine Antwort kam, betrat sie den Garten und folgte einem schmalen Rasenstreifen um die Ecke des Hauses bis zu einer großen Wiese. Ein Sonnenschirm stand dort, zusammengebunden, aber ohne Schutzhülle und voller Flecken vom letzten Regen. Daneben lag ein Klappstuhl auf dem Rasen, der auch nicht aussah, als würde er oft benutzt. Der Garten wirkte schattig. Nicht nur, dass er nach Norden lag, er war obendrein von einer dichten Thujenhecke umgeben, zwar sorgfältig beschnitten, aber so hoch, dass wohl nicht einmal ein sehr großer Mann darüberblicken konnte.

Clara nahm in der hintersten Ecke des Gartens eine Regung wahr. Ilsa Roth stand über ein kleines Blumenbeet gebeugt, in dem ein paar kümmerliche Stiefmütterchen wuchsen. Sie hatte eine Schaufel in der Hand, zögerte jedoch, in der Erde zu graben, als wüsste sie nicht, wie sie anfangen sollte.

Alexanders Frau wirkte größer und stattlicher, als Clara sie in Erinnerung hatte. Bei der Beerdigung war sie ihr wie ein schwarzer Schatten erschienen, doch jetzt war sie auffallend grell gekleidet; sie trug ein gelbes, etwas altmodisches Kleid und darüber eine grobe, giftgrüne Schürze. Auf dem Friedhof waren ihre Haare unter einem Hut verborgen gewesen, nun sah Clara einen formlosen, mausgrauen Kurzhaarschnitt mit ein paar ausgewachsenen bräunlichen Strähnen, der wohl vor allem dem Zweck diente, praktisch und pflegeleicht zu sein.

Noch ehe Clara sich bemerkbar machen konnte, fuhr Ilsa herum und hob unwillkürlich die Schaufel. »Was wollen Sie hier? Wer sind Sie überhaupt?« Ihre Stimme klang unerwartet fest und klar, und auch ihr Blick war nicht verschleiert und abwesend, sondern geradezu bohrend.

Clara wich instinktiv zurück. »Entschuldigung, ich wollte Sie nicht erschrecken … und schon gar nicht einfach ihr Grundstück betreten«, stammelte sie verlegen.

»Aber Sie haben es getan.«

»Ich bin Clara Mohr, vielleicht erinnern Sie sich. Ich war bei der Beerdigung Ihres Schwagers.«

Augenblicklich änderte sich Ilsas Gesichtsausdruck. Ihr Blick wurde starr, wie betäubt, und die Züge gefroren zu einer Maske. Eben noch hatte Clara das Gefühl gehabt, einer tatkräftigen, wenngleich übellaunigen Frau gegenüberzustehen, nun wirkte sie wieder so schlafwandlerisch, fast roboterhaft wie bei ihrer ersten Begegnung. Kraftlos ließ Ilsa die Schaufel auf die Erde fallen. »Ich erinnere mich«, sagte sie langsam. »Ich erinnere mich gut.«

»Ich habe mir überlegt … ich dachte …«, setzte Clara an, um schließlich entschlossen hinzuzufügen: »Ich möchte mit Ihnen über Alexander sprechen.«

»Ich erinnere mich auch an das, was Karola zu Ihnen gesagt hat«, sagte Ilsa, ohne auf Claras Bemerkung einzugehen.

Sie machte eine Pause, kurz blitzte es in ihren dunklen Augen. »Das war geschmacklos«, fügte sie hinzu. »Äußerst geschmacklos.«

So giftig, wie sie klang, meinte sie wahrscheinlich, dass es geschmacklos von Clara gewesen war, zu Nicholas' Beerdigung zu kommen, nicht, dass Karola sie als Hure beschimpft hatte. Unwillkürlich verkrampfte sich Clara innerlich.

»Sie wollen also mit mir über Alexander sprechen«, sagte Ilsa Roth jetzt wieder nuschelnd und stieg achtlos über die Schaufel hinweg. Sie war immerhin höflich genug, auf den Klappstuhl zu weisen, der neben dem zusammengefalteten Sonnenschirm lag, machte aber keine Anstalten, ihn aufzuklappen.

Clara blieb steif stehen, weil sie nicht wusste, wo Ilsa Roth Platz nehmen würde, wenn sie sich setzte, und begnügte sich damit, die Arme vor der Brust zu verschränken.

»Es tut mir leid«, sagte sie unbeholfen. »Ich meine, dass ich unangekündigt bei Ihnen aufkreuze. Und vor allem tut mir das leid, was mit Alexander passiert ist. Ich kann mir immer noch nicht vorstellen, dass er …« Sie brach ab und fuhr nervös mit der Zungenspitze über ihre obere Zahnreihe. Verdammtes Karamell.

Ilsa nickte und wirkte einen Moment lang ehrlich betroffen, sogar kummervoll. Sie hielt ihren Blick starr auf den Boden gerichtet, ohne etwas zu sagen.

»Können Sie sich erklären, was geschehen ist?«, fragte Clara.

Als Ilsa den Blick wieder hob, war der Ausdruck in ihren Augen ausdruckslos und gleichzeitig eiskalt. »Hat Alexander Sie auch gevögelt?«, fragte sie zurück.

»Bitte?«, entfuhr es Clara.

»Sie waren doch mit Nicholas im Bett«, stellte Ilsa fest. Ihre Zunge schien beim Reden an den Zähnen anzustoßen, aber ihre Stimme klang nüchtern. »Alexander hat gerne die abgelegten Frauen von Nicholas gevögelt. Zugleich hasste er es, immer nur der Zweite zu sein.« Nachdenklich zuckte sie die Schultern und löste sich dann aus der starren Haltung. Sie beugte sich vor, um den Stuhl aufzustellen, doch als er klemmte, warf sie ihn wütend auf den Boden zurück. »Scheißding«, brach es aus ihr hervor. Sie griff nach dem Sonnenschirm, zog ihn aus der Verankerung und warf ihn ebenfalls auf die Wiese.

Alles in Clara drängte zur Flucht, aber ehe sie sich aus der Erstarrung lösen konnte, begann Ilsa plötzlich zu reden, schnell, lange, in verbittertem Ton. Die Aggressionen gegen den Sonnenschirm schienen eine noch viel tiefer liegende Wut heraufbeschworen zu haben.

»Alexander hat immer in Nicholas' Schatten gestanden. Oder glauben Sie, er hat jemals irgendetwas von sich aus gemacht? Nicholas hat sich gegen den Alten aufgelehnt, also hat auch Alexander sich geweigert, das Familienunternehmen weiterzuführen. Nicholas hat Kunstgeschichte studiert, also ist auch Alexander nichts Besseres eingefallen. Nicholas wollte Museumsdirektor werden, also wollte Alexander das auch. Nur, dass er es eben nicht geworden ist. Wär 'ne Nummer zu groß für ihn, wie so vieles. Zu seiner Galerie ist er auch nur gekommen, weil der Alte sie ihm gekauft hat. Aber glauben Sie bloß nicht, er wollte seinem Sohn helfen. Peinlich wär's ihm gewesen, wenn Alexander sich als der Totalversager herausgestellt hätte, für den ihn alle gehalten haben. Auch Nicholas. Vor allem Nicholas. Der hat sich immer über Alexander lustig gemacht und ihn vor allen Leuten vorgeführt. Selbst bei einem harmlosen Grillnachmittag hat er es geschafft, dass Alexander am Ende blöd dastand, weil er das Feuer nicht richtig anbekam oder die Steaks verbrennen ließ.« Ilsas Mundwinkel zuckten verächtlich.

»Glauben Sie, Alexander hat seinen Bruder gehasst? So sehr, dass er ihn …«

»Was? Sprechen Sie es ruhig aus!«

Clara schwieg unbehaglich.

»Dass er ihn umgebracht und ihm die Hand abgehackt hat, meinen Sie? Ich hätte es ihm jedenfalls nicht zugetraut, er kann ja noch nicht mal eine Weihnachtsgans richtig ausnehmen.« Wieder zuckten Ilsas Mundwinkel, als wäre sie den Tränen nahe, doch stattdessen brach sie in schallendes Gelächter aus. »Die Erniedrigungen und den Spott hätte er vielleicht noch ertragen, aber der Neid hat Alexander langsam von innen zerfressen. Er hat Nicholas nicht nur nachgeahmt, weil ihm nichts anderes eingefallen ist oder er zu bequem war. Nein, es war die Konkurrenz. Er hat immer gehofft, seinen älteren Bruder irgendwann doch noch zu übertrumpfen. Er war absolut besessen von dem Gedanken.«

»Ich hatte nicht den Eindruck …«

»Ja, klar, die Masche beherrscht er perfekt. Sich klein machen, augenzwinkernd zugeben, dass Nicholas der Klügere, der Erfolgreichere, der Attraktivere ist. Er kokettiert mit dem Loser-Image, und alle fallen darauf rein: der kleine Bruder eben, der Gemütliche, der karrieremäßig nicht so viel draufhat, aber nicht, weil er nicht kann, sondern weil er nicht will.«

Alexanders Gesicht stieg plötzlich vor Clara auf, seine leicht verlegene, unterwürfige Miene, das freundliche Lächeln, das nicht so selbstbewusst wirkte wie das von Nicholas, aber gerade deswegen wärmer, persönlicher.

Sie löste ihre Arme von der Brust. »Sie glauben also, dass es stimmt«, stellte sie fest. »Dass Alexander seinen Bruder umgebracht hat.«

»Der Neid hat ihn vergiftet«, bekräftigte Ilsa. »Und wissen Sie, worum er Nicholas am meisten beneidet hat? Dass er nicht so besessen war wie er selbst, dass er niemandem nacheifern musste, dass ihm alles so leicht von der Hand ging. Nicholas war lockerer, charmanter. Natürlich auch eiskalt und stur, aber nie frustriert, so wie Alexander.«

Und wie du selbst, dachte Clara.

Je länger Ilsas Tirade dauerte, desto unbehaglicher fühlte sie sich. Nicht nur, dass die Worte nicht für sie bestimmt schienen, sie vielmehr nur zufällig daneben stand, während sich Ilsas Verbitterung eruptionsartig entlud. Sie hatte auch auf nichts weniger Lust, als in die Untiefen einer verkorksten Beziehung zu schauen. Sie machte einen Schritt in Richtung Gartentor, doch Ilsa hörte nicht auf zu reden.

»Nicholas' Leben war vielseitiger, bunter. Er hatte seinen Beruf, er hatte Karola, dazu einen Haufen Geliebte, und er hatte die beiden Söhne. Ich glaube, er war sogar noch nicht mal ein schlechter Vater.« Unvermittelt trat Ilsa mit dem Fuß gegen den Klappstuhl, der ein quietschendes Geräusch von sich gab. Sie wich zurück, schien leicht zu wanken.

Warum bist du nicht einfach abgehauen, wenn Alexander so unmöglich war, dachte Clara. Warum hast du angefangen, Tabletten einzuwerfen, um ihn zu ertragen? »Haben Sie eine Ahnung, wo er sich verstecken könnte?«, fragte sie stattdessen.

»Ach, zur Hölle mit ihm!«, schnaubte Ilsa und trat nun auch gegen den Sonnenschirm.

Clara ertrug den Anblick der Frau nicht länger. Sie flüchtete durchs Gartentor auf den Gehsteig, von wo aus sie einen Blick zurück über die Schulter warf. Sie wollte Ilsa noch einmal höflich zunicken, doch die hatte sich schon abgewandt und ging über die Rasenfläche in Richtung Haus. Clara schüttelte sich wie ein nasser Hund. Bloß weg von hier!

Dennoch ging sie nur zögernd zu ihrem Auto, stieg ein, blieb reglos sitzen, ohne den Motor anzulassen. Ilsa kennt ihn nun mal besser als ich … Sie trat auf die Kupplung, drehte den Schlüssel aber immer noch nicht um.

Vier Morde, und das alles nur aus Neid auf seinen großen Bruder? Vielleicht war dieser Neid ja ein nachvollziehbares Motiv, um Nicholas zu töten … aber warum die anderen drei?

Um Nicholas' Machenschaften aufzudecken und seinen Namen zu beflecken, hätte Alexander nicht morden müssen. Und für den Fall, dass er Nicholas' Part bei diesen illegalen Geschäften hatte übernehmen wollen, wäre es erst recht widersinnig gewesen, seine drei »Partner« aus dem Weg zu räumen.

Nachdenklich startete Clara den Wagen, legte den Rückwärtsgang ein und löste die Handbremse. Doch anstatt Gas zu geben, nahm sie den Fuß von der Kupplung, sodass der Wagen einen Satz nach hinten machte.

Alexander, von Neid zerfressen … Clara umklammerte das Lenkrad, schüttelte den Kopf. Eine Weile blieb sie reglos sitzen, doch als der Wind das Gartentor zuschlug, löste sie sich aus ihrer Erstarrung und schaltete den Motor wieder aus.

Der Wind frischte auf.

»Frau Roth?«, rief Clara, während sie an dem kleinen Tor stehen blieb und um die Hausecke in den Garten spähte.

Totenstille. Ilsa hatte den Klappstuhl und den Schirm weggeräumt. »Frau Roth?«, rief Clara erneut.

Es war eine dumme Idee zurückzukommen. Falls sie sich irrte, und erst recht, falls sie richtig lag. Sie griff an ihre Schulter und merkte, dass sie die Handtasche vergessen hatte, in der sich ihr Telefon befand. Sie überlegte, zurück zum Auto zu gehen, um es zu holen, aber ein lautes Quietschen ließ sie zusammenzucken.

Sie folgte dem Geräusch, ging an der Rückseite des Hauses entlang, sah das Blumenbeet am Ende des Gartens. Ehe sie das Haus ganz umrundet hatte, erreichte sie die Garage. Das Tor stand sperrangelweit offen.

Clara schaute hinein und stellte fest, dass die Garage – ganz anders als das steril wirkende Haus – im Chaos versank.

Rasenmäher, Heckenschere, Schneeschaufel und alle möglichen anderen Gartengeräte standen so dicht beieinander, dass man unmöglich eins hervorholen konnte, ohne alle anderen umzuwerfen. Ein ausgebeulter Gummihandschuh mit Spuren von Erde lag achtlos auf dem Boden. Mehrere Kabel und Drähte wanden sich wie dünne Schlangen zwischen dem Auto und den unverputzten Wänden. Wenn man ins Auto stieg, würde man sich darin verheddern.

Clara betrat die Garage. Sie entdeckte zwar weder Klappstuhl noch Sonnenschirm, dafür aber Sägen, Zangen und anderes Werkzeug, das in einem schiefen Wandregal lag. Nichts davon sah aus, als wäre es kürzlich gebraucht worden, alles war mit hauchdünnen Spinnweben überzogen, das Metall an manchen Stellen ebenso verrostet wie das Gitter des Gartengrills.

Clara wollte sich schon umdrehen und die Garage wieder verlassen, als ihr Blick an einer Holzkiste hängen blieb, die neben einem leeren Ölkanister stand. Etwas Rotes ragte daraus hervor. Clara trat näher, beugte sich hinunter und erkannte, dass es ein Stück Stoff war.

Ohne nachzudenken stieß sie die Kiste mit der Fußspitze auf und taumelte mit einem Aufschrei zurück. Der Laut war noch nicht verklungen, als er von einem viel durchdringenderen Geräusch übertönt wurde: Krachend fiel das Garagentor zu, dann war sie allein im Dunkeln.

23

Simon saß an seinem Schreibtisch im Präsidium und gab fieberhaft Begriffe in die Suchmaske ein. Während der Besprechung vorhin waren die Kollegen damit beauftragt worden, mehr über Johansons Leben in Erfahrung zu bringen, sämtliche Familienmitglieder und Freunde zu verhören und mit dem Personal des Frankfurter Hofs zu sprechen. Ihm hatte Hartmann ausnahmsweise eine Aufgabe zugewiesen, die seiner Ausbildung entsprach: Er sollte VICLAS, das Datenbanksystem, das der Erfassung von Serienstrafdaten diente und an dessen Aufbau er früher beim BKA mitgearbeitet hatte, nach ähnlichen Mordfällen durchsuchen. Obwohl Alexander Roth der Hauptverdächtige blieb, schadete es nicht, das Tatmuster mit dem ähnlicher Verbrechen im In- und Ausland abzugleichen.

Bislang war Simon nur auf ein paar Ritualmorde durchgeknallter Satanisten gestoßen, bei denen sich die Täter selbst mit Luzifer identifiziert hatten. Außerdem hatte ein Sektenführer mehreren Frauen Dämonen austreiben wollen, so wie Jesus es bei Maria Magdalena getan hatte, und sie dabei grausamen Prozeduren unterzogen. Simon starrte auf das Foto einer Frau, die das nicht überlebt hatte: Dornen gruben sich in ihre Stirn, ihre Arme waren mit Blutergüssen übersät, aber ihre Lippen waren zu einem Lächeln verzogen. Oder zu einem stummen Schrei. Oder beidem.

Simon rieb sich die Schläfen und wollte eben gezielt nach Morden suchen, bei denen die Zahlen 666 oder 616 eine Rolle gespielt hatten, als er vom Läuten des Telefons unterbrochen wurde.

»Hallo?«, fragte er ungeduldig.

»Hallo?«, klang es zurück. Danach folgte ein längeres Rauschen.

Simon presste den Hörer dichter ans Ohr. »Wer ist da?«, fragte er nach einer Weile.

Als Antwort kamen ein paar unverständliche Laute.

»Wer sind Sie?«

Die Person am anderen Ende sagte so etwas wie: »Nicht sagen.« Es war eine hohe Frauenstimme mit starkem Akzent.

»Was soll ich nicht sagen?«, fragte Simon und versuchte, beruhigend zu klingen.

»Nicht sagen«, wiederholte die Stimme verängstigt. »Ich nicht sagen können, wer bin ich.«

Simon lauschte angestrengt. »Warum wollen Sie mit mir sprechen?«, fragte er absichtlich leise, damit die Frau nicht auflegte.

»Habe Nummer von Hausmeister«, erwiderte sie. Von welchem Hausmeister, wollte Simon fragen, aber da fuhr sie bereits fort: »Ich Sie gesehen habe. Vor meiner Tür. Nicht aufmachen konnte.«

Simon dachte nach. »Wann war das?«, fragte er.

»Habe gehört, dass Mann tot. Habe gekannt Mann. War unfreundlich, aber nicht böse.«

»Sie meinen Danilo Taranow, oder? Sie wohnen in diesem Haus. Ich habe versucht, die Nachbarn zu befragen, aber niemand hat geöffnet.« Vage erinnerte er sich an die Fußmatte mit dem verblichenen Garfield. Sein Pulsschlag beschleunigte sich. »Hören Sie«, sagte er mit weiterhin gedämpfter Stimme, »Sie müssen keine Angst haben. Ich werde Sie nicht in Schwierigkeiten bringen.«

Er hörte die Frau schwer atmen; zwischendurch erklang ein hohes, hilfloses Seufzen.

»Sie müssen keine Angst haben«, wiederholte Simon. »Aber warum rufen Sie mich an?«

»Ich … ich will nicht …«

»Soll ich zu Ihnen kommen?«

»Nein!« Das war das erste Wort, das laut und deutlich ausgesprochen wurde.

»Legen Sie nicht auf«, beeilte Simon sich zu sagen. »Wenn Sie mich vor Ihrer Tür gesehen haben – kann es sein, dass Sie dann auch gesehen haben, wer zu Danilo Taranow gekommen ist? An dem Tag, an dem er gestorben ist?«

Der hektische Atem der Anruferin beruhigte sich. »Ich immer Angst«, sagte sie. »Ich immer an Guckloch von Tür. Schauen, wer kommt.«

Simon versuchte, vom Klang ihrer Stimme auf ihr Gesicht zu schließen. Das Bild einer schmächtigen Frau kam ihm in den Sinn, mit einer Flut von schwarzen Haaren, hinter denen sie ihr blasses Gesicht versteckte. Aber vielleicht irrte er sich auch, und sie war blond, stark geschminkt und mollig.

»Wen haben Sie gesehen?«, fragte Simon. »Wen haben Sie an diesem Tag zu Taranow kommen sehen?«

»Versprechen, dass nix sagen?«

Simon zog unbehaglich die Schultern hoch. Keine Ahnung, wie er Hartmann eine Zeugin verkaufen sollte, die anonym bleiben wollte. Er traute ihm zu, sofort sämtliche Wohnungen in dem Haus stürmen zu lassen.

»Versprechen?«, fragte die Frau wieder.

Kurz war sein Mitleid mit der Anruferin größer als die Neugierde, was sie im Treppenhaus beobachtet hatte, doch dann siegte die Vernunft. »Ich verspreche es Ihnen«, sagte er. »Sie müssen keine Angst haben.«

Stockend und teilweise unverständlich berichtete sie. Mehrmals fragte Simon nach, jedes Mal konnte sie seine Zweifel ausräumen. Nachdem er das Telefonat beendet hatte, verließ er eilig sein Büro.

Der Knall, mit dem das Garagentor zugefallen war, verhallte, danach war es still. Clara hörte ihren eigenen Atem, hektisch und rau, war sich aber mit der Zeit nicht mehr sicher, ob es wirklich ihrer war oder der einer anderen Person.

Sie konnte einen Blick spüren, der auf ihr ruhte, doch sie nahm keine Regung wahr. Als sich ihre Augen an die Dunkelheit gewöhnt hatten, erkannte sie einige der Gartengeräte, nur dass sie in der Schwärze Tieren glichen, die sie belauerten und auf den Angriff warteten.

Clara schluckte, dann sagte sie in das trübe Grau: »Alexander war neidisch … so wie Luzifer. Nicht die Ermordeten repräsentieren Luzifer, sondern Alexander. Er ist das wahre Opfer, er wird in die Hölle gestoßen.«

Der Atem ging schneller, ein Schatten bewegte sich, kam auf Clara zu. Erst jetzt erkannte sie, dass es eine Verbindungstür zwischen der Garage und dem Haus gab. Ilsas Schritte waren nicht unsicher, so wie vorhin, als sie ihr entgegengetreten war, sondern wirkten entschlossen. Die Hand, mit der sie die Pistole hielt und auf Clara zielte, zitterte ebenso wenig wie ihre Stimme.

»Warum sind Sie nicht einfach gegangen? Warum mussten Sie unbedingt zurückkommen?« Ilsa schüttelte den Kopf. »Haben Sie den Verstand verloren?«

Nein, dachte Clara, aber du anscheinend. Und dann: Ich muss die Frau irgendwie in Schach halten.

»Alexander ist Luzifer«, wiederholte sie. »Er ist das eigentliche Opfer, derjenige, der in den Staub getreten werden soll, der die Hölle verdient hat. Mit Nicholas und seinen illegalen Geschäften hat das Ganze nichts zu tun.«

»Warum sind Sie zurückgekommen?«, fragte Ilsa wieder.

Claras Blick fiel auf die Holzkiste mit dem blutigen Kleidungsstück. Ilsa Roth hatte es getragen, als sie sich mit einem der Toten abmühte, und es nun verschwinden lassen wollen. Das Blumenbeet mit den Stiefmütterchen, dachte Clara. Vielleicht wollte sie die Kiste dort hinten, am Ende des Gartens, vergraben.

»Sie haben mir das Stichwort geliefert«, sagte Clara. »Neid. Luzifer hat sich nicht nur aus Hochmut gegen Gott aufgelehnt, sondern weil er neidisch auf die Menschen war. Diese sündigen Geschöpfe hatte Gott als sein Ebenbild erschaffen und er schien sie mehr zu lieben als seine treuen, pflichtbewussten Engel. Er verlieh ihnen den freien Willen. Und seinem eigenen Sohn gab er die Gestalt eines Menschen, nicht die eines Engels. Ja, Luzifer war voller Neid, voller Verbitterung.«

Wort reihte sich an Wort. Je länger sie sprach, desto leichter war es, die Panik zu unterdrücken. Clara war fest davon überzeugt, dass Ilsa nicht schießen würde, solange sie redete.

»Warum haben Sie sich überhaupt eingemischt?«, fragte Ilsa jetzt. »Was haben Sie hier verloren?«

Clara antwortete nicht darauf. »Sie haben getötet und den Verdacht auf Alexander gelenkt, um ihn für seinen Neid zu bestrafen. So wie die Erzengel Luzifer im Auftrag Gottes für seinen Neid bestraft haben und er aus dem Himmelreich verbannt wurde.«

Ilsa trat, die Pistole fest umklammernd, näher an Clara heran und umrundete sie einmal, ohne den Blick von ihr zu nehmen. Unwillkürlich spähte Clara in die Richtung, aus der die andere gekommen war, die Tür, die ins Haus führte. Ihre einzige Fluchtmöglichkeit.

»Kennen Sie Lactanz?«, fragte Ilsa abrupt.

»Lucius Lactantius? Den Kirchenvater aus dem dritten Jahrhundert?«

»Ja, einen der Autoren, die das junge Christentum verteidigt haben. Wissen Sie, was er über Luzifer geschrieben hat?«

Clara schüttelte den Kopf.

»Ich bin die Tochter eines Pastors«, sagte Ilsa. »Als Jugendliche war Lactanz Pflichtlektüre für uns Kinder. Es gibt da eine Stelle in den sieben Büchern seiner ›Göttlichen Unterweisungen‹, da steht, Luzifer sei der jüngere Bruder von Jesus Christus. Christus existierte in der Vorstellung Gottes ja schon von Anbeginn der Zeit, nicht erst, als er von Maria geboren wurde. Und Luzifer eben auch.« Ilsas Stimme klang blechern, als sie rezitierte: »Bevor Gott die Welt erschuf, zeugte Gott ein Wesen wie sich selbst, erfüllt von gleichen Tugenden wie der Vater. Und später machte er einen anderen, doch in ihm wurde das Zeichen des göttlichen Ursprungs ausgelöscht, denn er wurde besudelt vom Gift der Eifersucht und hat deshalb das Gute in das Böse gewandelt. Er war neidisch auf seinen älteren Bruder, der mit dem Vater verbunden blieb, ihm immer seine Bewunderung bekräftigte. Dieses Wesen, das vom Guten kam, aber zum Bösen wurde, ist der Teufel.« Ilsa machte eine kurze Pause, dann deutete sie mit der Waffe auf die Verbindungstür zum Haus. »Los!«, befahl sie. »Verschränken Sie die Hände hinter dem Kopf und gehen Sie. Vorwärts!«

Clara stand wie erstarrt da, dann folgte sie dem Befehl, ging aber so langsam wie nur irgend möglich. »Und darum haben Sie all diese Menschen ermordet?«, fragte sie.

»Um keinen von ihnen ist es schade«, fiel Ilsa ihr scharf ins Wort. »Wer waren sie denn schon? Eitle Egomanen, geldgierig und skrupellos, Verbrecher, Gauner! Im Grunde genommen nur kleine Würmchen, aber gerade darum so widerlich.«

»Aber Ihnen haben sie nichts getan.«

»Na und? Sie waren nützlich. Und im Grunde war ich ja freundlich zu ihnen. Bei Nicholas, nun ja, es hat durchaus Spaß gemacht, ihn ein bisschen zu quälen. Aber die anderen hatten einen schnellen Tod.«

Ein bisschen zu quälen! Clara verkniff es sich, den Kopf zu schütteln. »Sie sind hinter Nicholas' illegale Geschäfte gekommen …«

»War nicht mal schwer«, sagte Ilsa schnell. »Karola hat mich darauf angesprochen. Nicht dass sie von der russischen Mafia wusste. Aber sie hat Nicholas mehrmals bei heimlichen Telefonaten erwischt und dachte, er hätte eine Affäre. Die hatte er zwar am laufenden Band, aber diesmal befürchtete sie, es könnte etwas Ernstes sein. Bei einem Besuch habe ich ein bisschen geschnüffelt. Nicholas war so selbstherrlich! Er hat sich keine große Mühe gemacht, die Spuren zu verwischen. Ich musste nur eins und eins zusammenzählen, dann hatte ich genug Hinweise. Karola habe ich später Entwarnung gegeben.«

»Aber später haben Sie die Sache für Ihre Zwecke genutzt. Es schien Ihnen ein Leichtes zu sein, die Spuren so zu lenken, dass es aussah, als wäre auch Alexander an den Machenschaften beteiligt und hätte ein klares Mordmotiv …«

»Alexander musste bestraft werden.«

»Wenn Sie ihn für seinen Neid bestrafen wollten, warum haben Sie ihn dann nicht einfach erschossen und seinen Leichnam als Luzifer ausgestellt?«, fragte Clara.

»Das wäre dann doch zu einfach gewesen, nicht wahr? Ich glaube nicht daran, dass man nach dem Tod in den Himmel oder in die Hölle kommt – auch wenn mein Vater davon überzeugt war, dieser bornierte Frömmler. Nein, nach dem Tod ist es aus, da kommt das große Nichts. Himmel und Hölle sind hier auf Erden, und Alexander soll die Hölle kennenlernen. So, wie ich sie an seiner Seite kennengelernt habe.«

»Sie wollten ihm Morde in die Schuhe schieben, die er nicht begangen hat«, stellte Clara fest, und die Panik begann wieder an ihrer Stimme zu nagen.

»Im Gefängnis hat man kein schönes Leben, nicht wahr? Vor allem nicht, wenn man so ein verwöhntes Bürschchen ist, mit großem Haus, tollem Auto, Designerklamotten. Stattdessen wird man zusammengepfercht mit dem übrigen Sondermüll der Menschheit. Übler Fraß, keine Hoffnung auf Besserung. Das größte Glück, wenn keiner von einem verlangt, die Seife aufzuheben.« Ilsas Tonfall klang triumphierend.

»Trotzdem, die Ausstellung der Leichname, die Gemälde, Luzifer … Warum haben Sie sich diese Mühe gemacht? Alexander hat doch auch so begriffen, dass Sie dahinter stecken und ihn bestrafen wollen?«

Ilsa lachte rau. »Klar hat er es begriffen. Alexander hält sich ja für wahnsinnig klug, für ach so gebildet. Keine Gelegenheit vergeht, ohne dass er den Kunsthistoriker raushängen lässt. Die Leute stehen auf so was – ein paar kluge Bemerkungen zu da Vinci oder Caravaggio. Die Bildungselite unter sich, Sie verstehen.«

»Und da wollten Sie ihm beweisen, dass Sie mindestens genauso viel wissen wie er?«

Ilsa sah Clara vorwurfsvoll an. »Unsinn!«, schnaubte sie. »Mein Vater hat viel Schwachsinn behauptet, das können Sie mir glauben. Aber in einem hatte er recht: wahre Kunst entsteht nicht als Selbstzweck, wahre Kunst hat eine Botschaft. Und dieser Botschaft dient sie – nicht dem Geldverdienen oder der Selbstdarstellung.« Ilsa redete so schnell, dass sie sich verschluckte – was es nicht gerade leichter machte, ihr zu folgen.

»Verstehe«, sagte Clara. »Sie glauben zwar nicht an eine jenseitige Welt, an Himmel und Hölle nach dem Tod. Aber Sie glauben an Gott. An eine Ordnung, die er geschaffen hat. Eine Ordnung, die in der Kunst abgebildet wird. Und die Sie wiederherstellen müssen, wenn sich jemand an ihr vergreift.«

Ilsas Augen glänzten. »Alexander hat Kunst bloß verkauft, er war nie selbst ein Künstler!«

»Aber Sie sehen sich als Künstlerin.«

»Sie können nicht leugnen, dass die Morde ganz große

Kunst waren. Dass alles ein genialer Plan war. Dass ich nicht einfach blind vor Wut vorgegangen bin, sondern durchdacht und präzise. Alexander hätte mir das nie zugetraut, und das ist am Ende mein größter Triumph über ihn.«

Clara schüttelte den Kopf. »Wie können Sie ihn derart hassen?«

»Sie wissen ja gar nicht, was er mir angetan hat mit seinem verdammten Neid auf Nicholas. Wie er mich erniedrigt hat, wenn sein Bruder sich mal wieder einen Scherz auf seine Kosten erlaubt hatte. Wie er mich aus schlechter Laune und Langeweile heraus fertiggemacht hat.«

»Frau Roth, bitte …«

»Gehen Sie weiter!«

Clara trat über die Schwelle der Verbindungstür und erreichte den Flur, von dem aus man in den ersten Stock gelangte. Ilsa deutete mit dem Kinn auf eine Tür, die vermutlich ins Wohnzimmer führte.

Claras Hand war schweißnass, als sie die Klinke hinunterdrückte. Zeit schinden, dachte sie, obwohl sie wusste, dass von keiner Seite Hilfe zu erwarten war. Ich muss Zeit schinden …

»Erzählen Sie mir mehr«, forderte sie Ilsa auf. »Erzählen Sie mir, wie Sie unter Alexander zu leiden hatten.«

Du Idiot!, ging es Simon einmal mehr durch den Kopf, als er einparkte. Während der Fahrt hatte er das Lenkrad so fest umklammert, dass seine Handflächen nun gerötet waren. Wie kurzsichtig von ihnen, davon auszugehen, Danilo Taranow müsse den Täter persönlich gekannt haben, weil er ihm offenbar freiwillig die Tür geöffnet hatte! Warum waren sie nicht auf die Idee gekommen, dass etwas anderes dahintersteckte: dass der Täter schlichtweg harmlos wirkte.

Eine Frau.

Die anonyme Zeugin hatte eine Frau gesehen.

Eine Frau, die in enger Verbindung zu Alexander Roth stehen musste, um die verdächtigen Gemäldekopien bei ihm deponiert haben zu können – womit sich der Kreis der Verdächtigen radikal eingrenzen ließ. Auf Ilsa Roth, vielleicht noch Karola Roth.

Als Simon sein Büro verlassen hatte, war er noch fest entschlossen gewesen, sofort mit Hartmann zu sprechen. Erst als er im Aufzug stand, wurde ihm klar, dass er ihm den Triumph nicht gönnte, die Mordfälle selbst aufzuklären.

Wenn Simon dieser Überraschungscoup gelang, würde Hartmann ihn künftig ernst nehmen müssen, ob es ihm gefiel oder nicht – wobei gerade die Aussicht, dass es ihm nicht gefiel, berauschend war.

Pures Adrenalin schien durch Simons Adern zu fließen, als er die Handbremse anzog, ausstieg und die Autotür möglichst lautlos ins Schloss fallen ließ. Irgendwie gelang es ihm, den leisen Zweifel in Schach zu halten, dass er wenigstens Mike Hoff hätte mitnehmen sollen. Dass so ein überstürzter Alleingang nicht zu ihm passte. Schon auf der Polizeischule hatte ihn das Kriegsgebaren seiner künftigen Kollegen angewidert, diese Sehnsucht nach der Straße, nach der direkten Begegnung mit dem Feind. Da war er lieber der Stubenhocker gewesen, umso mehr, als ihn der BKA-Abteilungsleiter Kogler in der Überzeugung bestärkt hatte, die wichtigste Waffe eines Polizisten sei nicht seine Knarre, sondern sein Köpfchen.

Jetzt trug er so eine Knarre. Wie ein Fremdkörper hing

sie an seiner Hüfte, während er langsam zum Haus ging, die Hand ausstreckte, die Klingel bereits berührte, doch im letzten Moment zurückzuckte, ohne zu läuten.

Beim Aussteigen hatte sein Blick etwas gestreift, ohne dass er es bewusst wahrgenommen hatte, doch jetzt drehte er sich um und erschrak.

Verdammt! Was machte Claras Auto hier?

Es stand nicht weit von seinem entfernt. Eigentlich interessierte er sich nicht für Autos und merkte sich auch nicht, wer welche Marke fuhr, aber dieser blaue Mazda 323 hatte früher Dora gehört. Sie hatte ihn Clara nach deren Scheidung überlassen und sich selbst einen neuen Wagen gekauft. In diesem Fahrzeug hatten er und Dora nach ihrem ersten Date gesessen und geplaudert, auch nach dem zweiten, als sie sich zum ersten Mal geküsst hatten.

Opium. Damals hatte Dora ein Parfüm namens »Opium« getragen. Er war sich nicht sicher gewesen, ob er den Geruch mochte oder nicht, genauso wenig, wie er sich hatte entscheiden können, ob er sich wirklich Hals über Kopf in diese Frau verliebt hatte oder ob ihn ihre laute, selbstbewusste Art abstieß. Er hatte sich lebendig wie nie gefühlt. Und überfordert wie nie. Nach dem Kuss hatte auch seine Jacke nach Opium gerochen, und auf seinen Lippen hatte ihr Lippenstift geklebt. Sie hatte ihn mit einem Taschentuch abgewischt. »Und jetzt fahren wir zu mir«, hatte sie gesagt, das Taschentuch zerknüllt und aus dem Fenster geworfen.

Verdammt, was macht Clara denn hier?, durchfuhr es ihn erneut.

Anstatt zu klingeln versuchte Simon nun, durch die Fenster zu spähen. In der Küche war niemand. Eine halb leere

Teetasse stand in der Spüle, der Teebeutel hing noch darin. An allen anderen Fenstern zur Straßenseite waren die Vorhänge zugezogen. Simon schlich weiter ums Haus herum, immer kurz davor, nach seinem Handy zu tasten und Verstärkung zu rufen.

Im Esszimmer zum Garten war ebenfalls niemand. Die schwarzen, mit Leder bezogenen Stühle schienen auf den Zentimeter genau rund um die blanke Glastischplatte angeordnet zu sein. Die Rosen in der Vase sahen halbwegs frisch aus, aber vielleicht waren sie auch aus Stoff. Der Raum wirkte jedenfalls nicht so, als wäre hier kürzlich noch gefeiert oder auch einfach nur gegessen und geredet worden.

Vorsichtig ging Simon weiter und spähte nun durch eins der Fenster zum Wintergarten. Er zuckte zurück, erstarrte.

Verdammt!

Jetzt konnte es ihm gar nicht schnell genug gehen, sein Handy hervorzuziehen und eine Nummer aufzurufen.

»Wer ist da?«, hörte er am anderen Ende der Leitung.

Simon ging unwillkürlich in die Hocke. »Ich brauche Verstärkung«, flüsterte er.

»Wer ist denn da?«

»Simon Fabiani. Ich bin hier beim Haus von Alexander und Ilsa Roth.« Stockend berichtete er, was er gerade gesehen hatte. »Machen Sie schnell!«, fügte er hinzu.

Er legte auf, atmete tief durch und kämpfte gegen den Drang an, einfach zurück zum Auto zu laufen und sich dort zu verschanzen.

Ich muss etwas tun, dachte er. Ich muss unbedingt etwas tun.

»Was hat er denn getan? Was hat Alexander so Schreckliches getan, das Sie ihm nicht verzeihen können?« Ihre eigene Stimme hörte sich fremd an. Clara konnte sich nicht erinnern, jemals so gesprochen zu haben, so abgehackt, wie eine künstliche Computerstimme.

Sie wusste gar nicht recht, was sie sagte, nur, dass sie weiterreden musste, immer weiterreden. Solange sie mit Ilsa sprach, würde die nicht abdrücken, und dann … Ja, was dann? Worauf hoffte sie eigentlich? Dass Ilsa irgendwann aufgab? Dass ihr jemand zu Hilfe kam?

Zwischendurch verlor sie beinahe die Hoffnung. Es war ja doch sinnlos. Diese Frau hatte vier Menschenleben auf dem Gewissen, Clara konnte nicht auf Mitleid zählen. Aber dann redete sie doch immer weiter.

»Frau Roth, Sie haben doch erreicht, was Sie wollten. Man verdächtigt Alexander. Sobald man ihn erwischt hat, wird man ihn verhaften und ins Gefängnis werfen, genau so, wie Sie es wollten. Nein«, berichtigte sie sich hastig, »so, wie er es verdient hat. Ich finde das richtig, ich würde niemanden vom Gegenteil zu überzeugen versuchen. Ich kenne Alexander nicht gut, aber ich finde ihn … unsympathisch. Ich kenne Männer wie ihn. Meiner war auch so.«

Ein hysterisches Lachen stieg in Clara hoch, als sie daran dachte, dass sie Philip betrogen hatte, nicht er sie, aber sie unterdrückte es und fuhr mit gepresster, jedoch lauter Stimme fort: »Glauben Sie, dass Philip mich wirklich geliebt hat? Nein, er hat mich nur gebraucht, um sich erhaben zu fühlen. Er hat genossen, dass es mir immer schlechter ging, er hat gerne diesen gequälten Dulder gespielt. ›Ich gebe dir doch alles, ich serviere dir ein Leben auf dem Silbertablett, und du schleuderst es mir ins Gesicht!‹ Philip hätte mich nie verlassen, genauso wenig wie Alexander Sie verlassen hätte. Die beiden sind viel zu arrogant, um sich eine derartige Blöße zu geben.« Clara suchte Ilsas Blick. »Ich verstehe Sie, wirklich, ich verstehe Sie. Ich kann so gut nachfühlen, was Sie durchgemacht haben. Frau Roth, ich werde Sie nicht verraten, ich werde …«

Die Augen der anderen begannen hektisch zu flackern. Kein Fünkchen Verstand blitzte mehr darin auf, nur blanker Irrsinn. »Sie haben mich gefragt, was ich ihm nicht verzeihen kann«, sagte sie, ohne auf Claras Worte einzugehen. »Das kann ich Ihnen sagen. Er hat mein Kind getötet.«

Clara war verwundert. »Ich dachte, Sie hätten keine Kinder.« Fieberhaft dachte sie nach und erinnerte sich an das, was Alexander ihr erzählt hatte. Kinder hätten sich einfach nicht ergeben.

»Ja«, flüsterte Ilsa. »Wir haben keine Kinder. Auch die hat er seinem krankhaften Neid auf Nicholas geopfert.«

Was das eine mit dem anderen zu tun hatte, wollte Clara fragen, doch sie schwieg, starrte Ilsa nur an. Als Ilsa sich an die Rückenlehne der weißen Couch lehnte – fast die gleiche wie oben im ersten Stock –, nahm Clara den dahinter liegenden Wintergarten wahr. Und dass eines der Fenster darin geöffnet war. Ein Fluchtweg, vorausgesetzt, sie kam irgendwie an Ilsa vorbei.

Wenn Ilsa sich auf die Couch setzte, wenn Clara sich etwas näher an sie heranwagte, versuchte, ihr die Pistole aus der Hand zu treten …

Aber Ilsa setzte sich nicht. »Ich war einmal schwanger von ihm, ganz am Anfang, als er mit dem Studium noch nicht fertig war. Da … da hat er mich zu einer Abtreibung gezwungen!« Sie lachte bitter. »Nicholas und Karola waren auch nicht verheiratet, als Karola zum ersten Mal schwanger wurde. Der alte Roth hat sich furchtbar darüber aufgeregt. Ein Kind zu machen, wenn es nicht passt, so was passiert Proleten, meinte er, die mit dem Schwanz denken, aber doch keinem, der auch nur ein bisschen Grips in der Birne hat. Wenigstens einmal wollte Alexander Nicholas etwas voraushaben.«

Clara sah angestrengt zu dem offenen Fenster hinüber. »Wieso wollte Alexander denn später, als sie verheiratet waren, kein Kind?«, fragte sie geistesabwesend. »Gegen ehelichen Nachwuchs hätte sein Vater doch sicher nichts einzuwenden gehabt.«

»Warum wohl?«, schrie Ilsa gereizt. »Weil ich es mir wünschte! Und weil es ihm gefiel, dass ich nicht bekam, was ich wollte, genau wie er. Er hat mich damals in die Klinik begleitet, die ganze Zeit hat er meine Hand gehalten. Jeden Wunsch hat er mir in den Wochen danach von den Augen abgelesen. Er hat mir belgische Schokolade geschenkt, die so teuer wie ein ganzes Essen war. Ich hasse Schokolade. Ich habe sie ins Klo gespült. Aber die Stücke waren so klein, sie sind einfach nicht untergegangen, ich war kurz davor, sie wieder rauszufischen. Aber dann habe ich kochendes Wasser nachgespült, das hat gewirkt. Ich … ich glaube, die Schokolade ist geschmolzen.« In ihren Augenwinkeln glänzte eine Träne.

Clara stockte der Atem. Ein Schatten. Sie hatte einen Schatten vor dem Wintergartenfenster gesehen. Irgendjemand stand da und versuchte hereinzuschauen. Jetzt stützte er seine Hand auf das Fensterbrett, offenbar um zu überprüfen, ob es seinem Gewicht standhielt.

»Warum haben Sie später keine Kinder mehr bekommen?«, fragte Clara hastig, um Ilsa abzulenken. »Als Sie verheiratet waren?«

Ilsa schwieg eine Weile nachdenklich, dann fuhr sie mit kreischender Stimme fort: »Es hat nicht mehr geklappt! Alexander hatte die Galerie, wir hatten dieses Haus, ich habe alles versucht, aber ich wurde einfach nicht mehr schwanger. Mein Frauenarzt kam mit so einem esoterischen Gewäsch. Von wegen, ich hätte meinem Körper das falsche Signal gegeben. Ich sollte zu einem Akupunkteur gehen. Bin ich auch. Zehn Nadeln hat mir der ins Ohr gejagt. Ich wusste gleich, dass es nichts hilft.«

Sie hielt inne, und Clara räusperte sich, um die Geräusche, die vom Wintergarten her kamen, zu übertönen. Der Schatten war Simon! Eben zog er sich auf dem Fensterbrett hoch und wuchtete ein Bein darüber. Sehr langsam, sehr vorsichtig, jedoch ohne ein Knirschen verhindern zu können. Claras Herz schlug bis zum Hals, doch sie war geistesgegenwärtig genug, sich noch einmal laut zu räuspern.

»Als ich vom Akupunkteur kam«, fuhr Ilsa fort, »hat Alexander gefragt, wie es war. Als ob ich beim Friseur gewesen wäre. Ich habe ihn angeschrien, dass er schuld ist. ›Wieso?‹, hat er gefragt. ›Du wirst doch nicht schwanger. Wir haben mein Sperma doch prüfen lassen. Das habe ich übrigens nur deinetwegen gemacht. Ich kann auch ohne Kinder glücklich sein.‹ Da habe ich mir vorgestellt, wie es wäre, die Nadeln in sein Gesicht zu stechen, noch besser in seinen Schwanz. Natürlich hatte ich keine Nadeln, ich habe nur mit Fäusten auf ihn eingeschlagen. Wissen Sie, was er gesagt hat?«

Clara zuckte die Schultern.

Ilsa schrie jetzt so laut, dass sie alle Geräusche übertönte. »›Arme Ilsa. Arme, arme Ilsa.‹ Er hat mir keine belgische Schokolade mehr gekauft. Ich hätte sie nicht mehr ins Klo versenkt, ich hätte sie ihm ins Gesicht gespuckt. Zur Taufe von Nicholas' zweitem Sohn habe ich belgische Schokolade mitgebracht. ›Soll das das Baby essen?‹, hat Nicholas spöttisch gefragt. ›Nein‹, sagte ich, ›euer Großer.‹ Alexander hat mich weggezogen und mir ins Ohr geflüstert: ›Aber da ist doch Alkohol drin. Friss sie selbst.‹ Als ob ich Alkoholikerin wäre!«

Simon stand nun im Wintergarten. Ihre Blicke trafen sich.

Clara kämpfte darum, sich ihre Erleichterung nicht anmerken zu lassen. Zögernd griff Simon nach seiner Waffe, zog sie aus dem Ledergurt, entsicherte sie. Er hielt sie wie einen Fremdkörper.

Erschieß sie doch!, dachte Clara panisch. Erschieß sie doch einfach!

Doch Simon drückte nicht ab, sondern schlich nur langsam näher. Unwillkürlich hielt Clara den Atem an.

»Ich glaube, einmal hat er eine seiner Huren geschwängert. Und genau wie mich zum Doktor geschleppt.« Ilsas Stimme klang kraftloser als zuvor.

»Aber jetzt bekommt er doch seine gerechte Strafe«, versuchte Clara ruhig zu sagen. Noch fünf Schritte, dann war Simon im Wohnzimmer. »Jetzt ist doch alles gut.«

Ilsa sah sie verständnislos an und schien langsam zu sich zu kommen. Beinahe befremdet blickte sie auf ihre Pistole. »Sie lügen!«, zischte sie ungehalten. »Wie Sie lügen!«

»Nein, ich lüge nicht, ich meine es ehrlich. Alexander hat verdient, was Sie ihm angetan haben. Sie hatten alles Recht der Welt, sich an ihm zu rächen. Und um Nicholas ist es auch nicht schade. Um niemanden ist es schade, weder um …«

Noch drei Schritte.

Nun schieß endlich! Clara entglitt die Kontrolle über ihre Gesichtszüge, und als sie sich wieder im Griff hatte, runzelte Ilsa bereits misstrauisch die Stirn. Sie drehte sich um, nicht abrupt oder gar panisch, sondern so schleichend langsam, als hätte sie auf einen heimlichen Angreifer nur gewartet. Sie erschrak nicht, als sie Simon sah, sondern richtete die Waffe ebenso kaltblütig auf sein Gesicht wie vorher auf das von Clara.

»Runter mit der Pistole!«, befahl sie. »Sonst erschieße ich Sie beide!«

»Ganz ruhig«, sagte Simon.

Clara hörte eine Uhr ticken, zum ersten Mal, dabei musste das Geräusch doch schon die ganze Zeit da gewesen sein. Ticktack, ticktack, ticktack, zum Wahnsinnigwerden.

Sie wusste nicht, wie viele Sekunden, vielleicht sogar Minuten verstrichen, in denen sich Ilsa und Simon anstarrten und keiner von ihnen die Waffe sinken ließ.

»Ganz ruhig«, sagte Simon wieder.

Merkst du nicht, dass sie verrückt ist, dachte Clara. Knall sie ab!

»Ich hab gesagt, Waffe runter!«, bellte Ilsa.

Simon gehorchte, doch während er im Zeitlupentempo die Hand sinken ließ, ging er langsam in Claras Richtung. Obwohl er noch mehrere Schritte von ihr entfernt war, meinte sie, die Wärme seines Körpers zu spüren, seinen unruhigen Atem.

Du Idiot, warum schießt du nicht?

»Machen Sie es nicht noch schlimmer«, sagte Simon gefasst.

Ilsa umklammerte ihre Pistole immer fester. »Maul halten! Und lassen Sie endlich …«

»Sie haben keine Chance, Ilsa«, unterbrach Simon sie. »Wir wissen, was Sie getan haben. Verstärkung ist unterwegs.«

»Maul halten!«

»Es bringt doch nichts, wenn Sie uns jetzt auch noch töten. Wir haben nichts mit Alexander zu tun. Wir haben auch nicht gewusst, was er Ihnen angetan hat. Ich bin unschuldig, und Clara ist es auch.«

»Hure!«, zischte Ilsa. »Du hast es doch mit Nicholas getrieben! Und Alexander hättest du auch gern gehabt! Ich habe euch letztens abends gesehen, wie ihr zusammen Wein gesoffen habt. Bei Tussis wie dir reichen ein paar schöne Worte, und sie machen die Beine breit.«

Eben noch hatte Ilsa die Waffe auf Simon gerichtet gehabt, nun nahm sie Clara wieder ins Visier. Clara spürte, wie Kälte an ihr hochkroch.

»Nicht!«, stammelte sie. »Tun Sie das nicht!«

Doch Ilsas rechter Zeigefinger lag auf dem Abzug. Langsam, Millimeter um Millimeter, bewegte er sich nach hinten. Und dann ertönte plötzlich ein ohrenbetäubender Knall.

24

Wie in Zeitlupe sank Ilsa Roth um. Weder Schmerz noch Schock breitete sich auf ihrem Gesicht aus, nur ein Ausdruck von Überraschung. Ihre Augen waren auf Simon gerichtet, als ihr die Pistole aus der Hand glitt, sie sich an die Schulter fasste, wo sie getroffen worden war, schließlich zusammensackte. Noch als sie auf dem Boden aufprallte, waren ihre Augen weit aufgerissen.

Simon war nicht weniger überrascht als sie. Verwundert starrte er auf seine Waffe, als hätte sich von selbst ein Schuss daraus gelöst. Doch die Pistole war kalt.

»Was sollte *das* denn?«, hörte er jemanden hinter sich fragen.

Wie in Zeitlupe sah er Martin Hartmann auf sich zukommen. Auch er war durch das Fenster im Wintergarten eingestiegen, gefolgt von Mike Hoff und einem anderen Beamten.

Der eine kniete neben Ilsa Roth, fühlte nach ihrem Puls, rief etwas. Simon konnte es nicht verstehen, er war wie taub, sah nur die Mundbewegungen.

Hartmanns Stimme vernahm er allerdings klar und deutlich. »Wie lange wollten Sie noch warten? Bis die Irre Sie erschossen hätte?«

Simon wollte sich rechtfertigen, doch sein Mund war wie ausgetrocknet.

»Die Drecksarbeit schön den Kollegen überlassen«, höhnte

Mike, aber sein Grinsen wirkte gutmütiger als der Gesichtsausdruck von Hartmann.

Erst jetzt ging Simon auf, dass es Mike gewesen war, der geschossen hatte, nicht Hartmann. Der Kollege hatte die Pistole schon wieder ins Holster gesteckt und stand mit den Händen in den Hosentaschen da, als warte er auf seinen nächsten Einsatz beim Bowling.

»Alles klar?«, fragte Hartmann unvermittelt.

Simon war erstaunt über die Fürsorglichkeit des Hauptkommissars, bis ihm aufging, dass die Frage nicht an ihn gerichtet war, sondern an Clara. Sie war neben ihm auf die Knie gesunken, zitterte am ganzen Leib und brachte kein Wort hervor.

Simon beugte sich zu ihr hinunter und versuchte ihr die Hände vom leichenblassen Gesicht zu ziehen, aber sie ließ es nicht zu. »Clara, geht's dir gut?«

Sie stammelte etwas von einer Garage, woraufhin Hartmann Mike ein Zeichen gab und sie gemeinsam das Wohnzimmer verließen.

Simon zuckte zusammen. Der Rettungswagen war vorgefahren, der Laut der Sirene hallte von sämtlichen Wänden.

»Clara«, stammelte er und versuchte sie sanft auf die Beine zu ziehen. Sie wehrte sich zwar nicht dagegen, schien sich auch ausreichend gefasst zu haben, um selbstständig zu gehen, machte sich aber schnell wieder los. Er war sich nicht sicher, ob sich tatsächlich leise Verachtung auf ihrem Gesicht ausbreitete.

»Warum hast du nicht einfach geschossen?«, fragte sie ein ums andere Mal. »Warum hast du nicht geschossen?«

Ein Versager, sie halten mich für einen Versager.

Simon konnte die Blicke spüren, zuerst die der Beamten, die im Haus der Roths eintrafen, später die der Kollegen auf dem Polizeipräsidium, wohin er Clara gebracht hatte. Hartmann hatte sie gefragt, ob sie sich imstande sehe, ihre Aussage gleich zu machen, und Clara hatte sich einverstanden erklärt. »Ich will es so schnell wie möglich hinter mich bringen.«

Die Autofahrt war schweigend verlaufen. Clara hatte völlig verkrampft neben ihm gesessen, die Beine übereinandergeschlagen, als wollte sie sie verknoten. Mehrmals hatte er zu einer Erklärung angesetzt. Er wollte ihr begreiflich machen, dass er nicht aus Feigheit gezögert hatte, sondern weil er sicher gewesen war, dass Ilsa nicht schießen würde – zumindest nicht sofort. Ihre Tirade gegen Clara bewies, dass sie ihr gegenüber nicht so kalt und skrupellos war wie gegenüber ihren anderen Opfern. Sie musste Clara erst entwerten, um den Mut zu sammeln, sie zu erschießen. Und es hätte auch nicht genügt, Clara zu beleidigen – Ilsa hätte sich von ihr provoziert und in die Enge getrieben fühlen müssen, um zum Äußersten zu gehen.

Ich war mir sicher, ich war mir wirklich sicher.

Doch er sagte nichts.

»Soll ich dich zu einem Arzt bringen? Damit du irgendwas zur Beruhigung kriegst?«

»Ich brauche nichts«, gab sie hastig zurück, ohne ihn anzusehen. Wieder wusste er nicht genau, ob er es richtig deutete, aber irgendwie klang ihre Stimme beleidigt. »Außerdem hat mir das der Notarzt schon angeboten.«

Simon blickte starr vor sich auf die Straße. Es war vier Uhr, noch floss der Verkehr. Der Himmel war bedeckt, in der Ferne erhob sich eine dunkle Wolkenwand.

»Und nachher«, fragte er vorsichtig, »wenn du deine Aussage gemacht hast?«

»Simon, ich brauche nichts!«, schrie Clara gereizt. »Und nein, du musst mir nicht noch einmal anbieten, bei euch zu übernachten. Ich komme gut allein zurecht. Es ist doch jetzt alles ausgestanden!«

Als sie im Polizeipräsidium eintrafen, schienen nicht nur die Kollegen Simon halb spöttisch, halb vorwurfsvoll anzuglotzen, sondern auch die Putzfrau und die Dame in der Kantine, bei der er einen Kaffee und ein Mineralwasser kaufte.

Beides war für Clara bestimmt. Er nahm es mit in Hartmanns Büro, wo dieser sich inzwischen die Ereignisse schildern ließ. Als Simon eintrat, sah er nicht einmal zu ihm herüber. Auch Clara ignorierte ihn, während er Kaffee und Mineralwasser vor sie hinstellte.

»Ilsa Roth«, fragte sie eben, »weiß man schon, ob sie überleben wird?«

»Ich denke, ja«, erwiderte Hartmann und lächelte freundlich. Mit einem anzüglichen und zugleich verächtlichen Seitenblick auf Simon fügte er hinzu: »Mike Hoff hat bewusst auf ihren Arm gezielt, er wollte schließlich keine lebensbedrohlichen Verletzungen verursachen.«

»Und Alexander?«, fragte Clara. »Was ist jetzt mit Alexander?«

»Der ist aus dem Schneider, würde ich mal sagen. Auch für den Fall, dass Ilsa Roth ihr Geständnis nicht wiederholen sollte, dürfte Ihre Zeugenaussage reichen. Und obendrein haben wir die blutbefleckten Kleidungsstücke. Ich bin sicher, dass das Blut von mindestens einem der Mordopfer stammt.«

»Brauchen Sie mich noch?«

»Nein, Sie können gerne gehen. Ich melde mich, wenn noch was anfällt.«

Simon trat vor und wollte Clara den Stuhl zurückziehen, doch er kam zu spät. Sie stand schon.

»Willst du nicht noch etwas trinken?«, fragte er.

»Nein, aber du kannst mir ein Taxi rufen.«

Er wollte ihr die Tür öffnen, doch auch dabei kam sie ihm zuvor. Ehe er nach der Klinke greifen konnte, hatte sie sie schon heruntergedrückt und war in den Flur getreten.

–

Stufe für Stufe stieg Clara die Treppen in den vierten Stock hinauf. Sie nahm selten den Lift, ein Ausgleich dafür, dass sie ansonsten keinen Sport machte. Heute schien es eine Ewigkeit zu dauern, und das lag nicht an ihren Einkäufen. Sie spürte die Plastiktüte kaum, schließlich befanden sich nur Eier, Molkeriegel und Bananen darin. Trotzdem blieb sie nach jedem Stockwerk kurz stehen und atmete tief ein. Nicht dass die abgestandene, leicht ranzig riechende Luft den Schwindel vertreiben konnte. Oder die Erinnerungen.

Wie sie in der finsteren Garage gestanden und das Gefühl gehabt hatte: Jetzt ist es aus. Wie Ilsas irrer Blick sich auf sie gerichtet hatte. Wie sie über Alexander hergezogen war.

Ein Bad, dachte Clara. Ich muss einfach ein heißes Bad nehmen, mir vielleicht eine Suppe kochen, einen Schluck Alkohol trinken. Irgendwo musste sie noch die Wodkaflasche haben, aus der sie am Tag von Nicholas' Ermordung zum letzten Mal getrunken hatte.

Noch zehn Stufen, noch fünf, fast da.

Clara hielt noch einmal inne. Ilsa, die die Pistole auf sie richtete. Simon, der einfach nicht schoss.

Natürlich, er hatte ihr leid getan. Wie sie ihn bloßgestellt hatten, Hartmann und auch dieser junge Kollege. Aber warum hatte er nicht geschossen? Sie hätte es getan. Wahrscheinlich mehr als einmal. Bis Ilsas Gesicht nur noch Brei gewesen wäre.

Clara klammerte sich an das Geländer, sie schämte sich für ihre Gedanken. Es war ja nicht so, dass Ilsa eine eiskalte Mörderin war. Verrückt war sie, krank.

Und doch, in Clara war so viel Abscheu, vor sich selbst und noch mehr vor Ilsa. Sie schüttelte sich, als klebte das, was sie erlebt hatte, wie Dreck an ihr, als würde es auf ihrer Haut verkrusten, sich nie mehr abwaschen lassen.

Sie bewältigte die letzten Stufen, hatte den vierten Stock erreicht, ging auf ihre Wohnungstür zu. Vielleicht sollte sie, statt Alkohol zu trinken, lieber nachschauen, ob sie in ihrer Hausapotheke noch Johanniskrautkapseln hatte. Irgendwann waren ihr die verschrieben worden, als natürliches Mittel gegen depressive Verstimmungen. Womöglich halfen sie auch jetzt, um für einige Stunden Schlaf zu finden. Wahrscheinlich hatte Simon recht gehabt, als er meinte, sie solle besser einen Arzt aufsuchen.

Sie kramte in ihrer Tasche nach dem Wohnungsschlüssel, fand ihn zuerst nicht, und als sie ihn schließlich herauszog, waren ihre Finger so schwach, dass er ihr entglitt und zu Boden fiel. Das klirrende Geräusch ließ sie zusammenfahren.

Erst nach einer Weile bückte sie sich, um den Schlüsselbund aufzuheben. Ihr Kopf schien wie in Watte gepackt, als sie wieder aufrecht stand, doch stärker als dieses Gefühl war ein Unbehagen, das plötzlich wie ein kalter Schauer über ihren Rücken kroch. Was hatte es ausgelöst – ein Geräusch, eine Bewegung?

Sie lauschte angestrengt. Im Treppenhaus war es still, und doch fühlte sie sich verfolgt, von Blicken, von Schatten.

Das sind die Nerven, schalt sie sich und versuchte, den Schlüssel ins Schloss zu stecken. Es gelang ihr nicht auf Anhieb, ihre Hand zitterte zu stark. Als sie den Schlüssel endlich umdrehen konnte, war sie erleichtert. In Sicherheit, gleich bin ich in Sicherheit, dachte sie.

Doch ehe sie die Tür öffnen konnte, spürte sie einen Luftzug im Nacken und nahm aus den Augenwinkeln eine Gestalt wahr, die sich ihr lautlos genähert hatte. Sie wollte entsetzt aufschreien, doch da legte sich eine Hand auf ihren Mund.

25

»Es tut mir leid, wenn ich dich erschreckt habe«, sagte Alexander nun schon zum dritten Mal. Nachdem sie die Wohnungstür aufgesperrt hatte, war er kleinlaut auf der Schwelle stehen geblieben. »Ich wollte doch nur verhindern, dass du das ganze Haus zusammenschreist.«

Clara zog ihre graue Jacke aus und hängte sie an die Garderobe. Sie war immer noch empört. Als sich die Hand von ihrem Mund gelöst hatte, sie sich mit schreckgeweiteten Augen umgedreht und erkannt hatte, wer da vor ihr stand, hätte sie am liebsten auf ihn eingeschlagen.

»Ach ja? Indem du mich überfällst wie ein Vergewaltiger?«, zischte sie. Immerhin half ihr die Wut, ihr unkontrolliertes Zittern im Zaum zu halten und die Beherrschung wiederzufinden.

»Es tut mir leid«, stammelte er erneut, »wirklich. Ich wollte nur …«

»Weiß die Polizei, dass du hier bist?«, unterbrach sie ihn. Sie konnte noch den Abdruck seiner Hand auf ihren Lippen spüren. »Wo bist du überhaupt die ganze Zeit gewesen?«

Er betrachtete ihre Fragen wohl als Einladung, in die Wohnung zu kommen, denn er trat vorsichtig, mit geducktem Kopf, über die Schwelle. Sie musterte ihn genauer. Er trug Jeans, ein blaukariertes Hemd und darüber ein dunkles Jackett. Über seinem Arm hing ein beigefarbener Cardigan. Wenn sie sich recht entsann, war das nicht die Kleidung, mit der er vor einer Woche aus seinem eigenen Haus geflohen war.

»Die Sachen habe ich von einem Freund«, erklärte er rasch, als er ihren prüfenden Blick bemerkte. »Bei dem bin ich auch untergetaucht, er ist grade auf einer Dienstreise in Madrid. Clara«, er zögerte kurz, »Clara, letzte Woche, als du plötzlich so komisch wurdest und als Ilsa dich …«

»Sie war es, die mich zusammengeschlagen hat, nicht wahr? Ich dachte schon, ich wäre bescheuert. Ich habe dich noch aus dem Wohnzimmer rufen gehört, und auf einmal …«

»Ich kam zu spät. Und dann ist Ilsa auch schon weggerannt.«

»Und du bist nicht auf die Idee gekommen, sie aufzuhalten, sondern hast dich stattdessen selbst aus dem Staub gemacht? Warum hast du nicht auf die Polizei gewartet?«

Und warum hast du dich nicht um mich gekümmert, setzte sie still hinzu.

Zum ersten Mal schaffte sie es, ihm in die Augen zu sehen, und obwohl es ihm offenbar schwer fiel, erwiderte er ihren Blick.

»In diesem Augenblick ist mir aufgegangen, dass Ilsa es sein könnte«, setzte er hilflos an. »Ich war völlig durch den Wind. Ehrlich gesagt kann ich mich gar nicht mehr erinnern, was genau passiert ist. Ich war wie ferngesteuert, es war alles plötzlich so offensichtlich. Ilsa war in der letzten Zeit so merkwürdig gewesen, gar nicht mehr richtig bei sich. Ich habe es immer auf die Tabletten geschoben, obwohl ich mir jetzt nicht mehr sicher bin, ob sie wirklich süchtig ist. Oder ob sie mir nicht nur etwas vorgemacht hat. Auf jeden Fall bin ich in Panik geraten.«

»Und hast zugelassen, dass sie einen weiteren Mord begeht!«, rief Clara. Sie hatte das Bedürfnis, auf ihn einzuschlagen, und tat es nur nicht, weil sie noch die Einkaufstüte in der Hand hatte.

Alexander ließ sich aufs Schuhregal sinken. Er merkte gar nicht, dass er auf die Spitzen ihrer altrosafarbenen Wildlederstiefel trat, die sie darunter geschoben hatte.

»Ich konnte nicht mehr klar denken, wirklich«, rechtfertigte er sich. »Als du dann dagelegen hast – du kannst dir nicht vorstellen, was für einen Schrecken mir das eingejagt hat.«

»Na, großartig! Und anstatt nachzuschauen, ob es mir gut geht, bist du lieber getürmt!«

»Wie gesagt«, murmelte er zerknirscht, »ich habe nicht darüber nachgedacht. Mir war sofort klar, dass Ilsa das alles gegen mich gerichtet haben musste. Und dass mir kein Mensch meine Unschuld glauben würde. Ich kann immer noch nicht fassen, dass sie zu so etwas fähig ist.«

Clara konnte Alexanders Zerknirschung förmlich spüren, sagte aber nichts, sondern blieb reglos vor ihm stehen. Die Zugluft ließ die Wohnungstür ins Schloss fallen.

Mehrmals fuhr er sich nervös durch die Haare. »Soll ich gehen?«, fragte er schließlich.

Sie nickte, aber als er aufstand und zögernd stehen blieb, sagte sie: »Du hast gesagt, Ilsa sei in letzter Zeit merkwürdig drauf gewesen. Aber es ging ihr schon lange dreckig – und dafür gab's einen guten Grund, nicht wahr?«

Auf Alexanders Gesicht breitete sich Unverständnis aus. »Was hat sie dir erzählt? Clara, du hast ihr doch nicht irgendetwas davon geglaubt? Das ist völlig absurd! Meine Exfrau leidet unter Wahnvorstellungen!«

»Und warum hast du nichts dagegen unternommen?«

»Weil mir viel zu spät bewusst wurde, wie schlimm es wirklich um sie steht. Bitte, Clara, du musst mir glauben, ich bin völlig fertig. Als ich im Radio gehört habe, was passiert ist, habe ich mich sofort der Polizei gestellt. Ich komme gerade aus dem Präsidium. Ich habe denen alles erzählt – dass ich die Wahrheit geahnt habe, dass ich völlig durchgedreht bin und warum ich mich versteckt habe.«

Clara fühlte, wie ihr Widerstand brach, nicht nur wegen seines jungenhaften Lächelns, sondern weil sie unendlich erschöpft war. Sie ließ die Plastiktüte fallen, es war ihr egal, ob die Eier zerbrachen, es war ihr egal, mit Alexander Roth allein zu sein.

»Ilsa hat das alles getan, um sich an dir zu rächen, Alexander. Auch wenn sie verrückt ist, sie hat ihre Gründe gehabt.«

»Sie hat sich da in etwas hineingesteigert.«

»Sie ist zutiefst verletzt. Du … du hast dich immer an Nicholas gemessen, anstatt dich um sie zu kümmern, hast deinen Frust an ihr abreagiert. Sogar zu einer Abtreibung hast du sie gezwungen!«

»Das hat sie gesagt?«

»Stimmt es etwa nicht?«

Alexander schien nachzudenken, schüttelte dann entschieden den Kopf. »Sie hatte eine Fehlgeburt. Und danach war sie unfruchtbar. Als festgestellt wurde, dass sie nie Kinder bekommen würde, da muss irgendetwas in ihrer Seele gekippt sein. Ich weiß auch nicht, wie man das sonst erklären soll. Und dann hat sie an allem nur noch mir die Schuld gegeben, meiner vermeintlichen Eifersucht auf Nicholas. Wie oft war die ein Thema zwischen uns! Sie hat sich da regelrecht reingesteigert. Natürlich war ich manchmal neidisch auf Nicholas, zeig mir mal Geschwister, die sich immer nur ganz toll liebhaben. Aber ganz sicher hat dieser Neid unsere Ehe nicht kaputt gemacht, das haben wir schon ganz allein geschafft.«

Die Müdigkeit übermannte Clara immer mehr, und sie hatte das dringende Bedürfnis, sich zu setzen. Zugleich konnte sie aber immer noch nicht lockerlassen. »Du hattest Schulden bei Nicholas«, stellte sie fest.

»Ja«, gab Alexander zerknirscht zu. »Meine Galerie lief eine Weile nicht so gut. Und ich habe denselben Fehler gemacht wie mein Vater und viel spekuliert. Ist alles schiefgegangen. Einmal habe ich sogar gespielt, um wieder an Geld zu kommen. Stattdessen habe ich alles verloren. Ich hätte wissen müssen, dass man Verwandte nicht um Geld anbettelt. Ich werde das wieder in Ordnung bringen, ich werde Karola und den Kindern jeden Euro zurückzahlen, den ich Nicholas schulde. Aber ich bin kein Verbrecher, Clara! Ich will nicht, dass du schlecht über mich denkst, darum bin ich auch direkt hierhergekommen. Um noch einmal mit dir zu reden.«

»Es kann dir doch egal sein, wie ich über dich denke«, entgegnete sie schroff.

»Hast du einen Schluck zu trinken?«, fragte er. »Mein Hals ist ganz trocken.«

Resigniert gab sie den Weg Richtung Wohnzimmer frei. »Du kannst ein Glas Leitungswasser haben«, meinte sie.

»Hast du vielleicht auch Wein?«, fragte er und lächelte wieder treuherzig.

Eine halbe Stunde später saßen sie auf ihrem Wohnzimmersofa. Da sie keinen Wein zu Hause hatte, war Alexander schnell zur nächsten Tankstelle gefahren und mit zwei Flaschen zurückgekommen.

Schweigend hatte Clara ihm die Tür geöffnet, aus der Küche den Korkenzieher geholt und ihm überreicht. Während er die Flasche entkorkte und einschenkte, überlegte sie, ob sie noch irgendetwas zu essen zu Hause hatte – mal abgesehen von Eiern, Bananen und Molkeriegeln oder der Pizza im Eisfach –, aber sie konnte sich nicht aufraffen nachzusehen.

Die Hitze stieg ihr ins Gesicht, als sie nur am Glas nippte.

Alexander trank so durstig wie an dem Abend vor einer Woche. »Ich weiß«, sagte er, »wie unschön es letztes Mal geendet hat. Aber können wir nicht einfach noch mal von vorne beginnen?«

Clara hielt das Gesicht von ihm abgewandt und starrte aus dem Fenster. Das letzte Tageslicht wurde zunehmend trüber, die Konturen der anfangs noch blassen Mondsichel schärfer. Schließlich stand Clara auf, um die Vorhänge zuzuziehen und das Licht anzuschalten.

Als sie zum Sofa zurückkehrte, merkte sie, dass ihre Anspannung ein wenig nachgelassen hatte, vielleicht, weil der Wein seine Wirkung tat, vielleicht aber auch, weil sie es allmählich nicht mehr als Zumutung empfand, dass Alexander hier war, sondern beinahe als tröstlich.

Er öffnete den Mund, und sie rechnete schon mit neuen Rechtfertigungen oder Erklärungen für Ilsas krankes Verhalten, doch stattdessen fragte er unvermittelt: »Du bist sehr einsam, nicht wahr?«

Sie blickte ihn überrascht an. »Ich habe mir das doch selber ausgesucht«, sagte sie rasch.

Er zuckte die Schultern, schien ihr nicht recht zu glauben, vielleicht, weil ihre Antwort viel zu plötzlich gekommen war. »Bereust du es?«, fragte er. »Du hattest einen Mann, ein Kind, und jetzt …«

»Jetzt habe ich meine Freiheit«, erklärte sie, und wieder klang es in ihren eigenen Ohren übereifrig. Etwas ruhiger fügte sie hinzu: »Und ich habe mein eigenes Leben. Ich muss nicht mehr die Rolle der jungen, glücklichen Gräfin spielen, die alles hat, was eine Frau sich nur wünschen kann: ein Schloss, einen Märchenprinzen. Ich lebe lieber meinen eigenen Albtraum, als den Traum anderer Menschen. Mir ist das alles über den Kopf gewachsen, und ich kann dir gar nicht sagen, wie erleichtert ich war, als ich ausgezogen bin. Traurig, verzweifelt, das schon, aber auch erleichtert.«

»Trotzdem bist du jetzt einsam«, unterbrach er sie.

»Nicht einsam, sondern allein«, widersprach sie mit Nachdruck. »Ich bin gern allein.«

Erinnerungen stiegen in ihr auf, von den ersten Tagen in dieser Wohnung, als sie auf einer Matratze am Boden geschlafen hatte, unter zwei Decken, weil die Gasheizung nicht richtig funktionierte. Das alte Laminat auf dem Küchenboden hatte Wellen geworfen, mehr als einmal war sie darüber gestolpert. Ihre Bücher hatte sie ebenso an den Wänden hochgestapelt wie ihre DVDs. Bei den meisten handelte es sich um Dokumentarfilme, die sie sich während ihres Studiums angesehen hatte: der junge Caravaggio, der Fall des byzantinischen Reichs, ein Reisebericht von der Amalfiküste. Als der Stapel irgendwann umfiel, hatte sie alle DVDs in eine Plastiktüte gepackt und in den Müll geworfen. Am Abend danach kaufte sie sich drei Actionfilme im Sonderangebot: »The

Day After Tomorrow«, »Mission Impossible III« und »Casino Royale«. Sie hatte noch keinen davon gesehen, aber jedes Mal, wenn ihr Blick darauf fiel – mittlerweile waren sie in einem Billy-Regal gestapelt –, musste sie grinsen.

»Ich nicht«, sagte Alexander und schenkte sich Wein nach. »Ich hasse es, allein zu sein. Nach der Trennung von Ilsa habe ich mich einfach nur beschissen gefühlt. Und die letzten Tage in der Wohnung von meinem Freund waren die Hölle.« Er grinste schwach. »Aber das ist es ja wohl auch, was Ilsa mir wünscht: die Hölle. Nur eine noch viel dauerhaftere. Eine, die ewig währt.« Er starrte vor sich hin.

Obwohl er so nüchtern darüber sprach, hatte Clara nicht den Eindruck, dass er die Ereignisse bereits verdaut hatte. So wie ja auch sie fürchtete, die ausgestandenen Todesängste könnten jeden Moment zurückkehren.

Sie sah ihn lange an. »Magst du eigentlich belgische Schokolade?«, fragte sie unvermittelt.

»Wie bitte?«

»Ob du belgische Schokolade magst.«

»Wenn du welche hast, gerne.«

»Ich habe keine. Ich habe eine ganze Packung ins Klo geworfen. Die Stücke wollten nicht untergehen, da habe ich mit kochend heißem Wasser nachgespült.«

Er verstand nicht, worauf sie anspielte, konnte sich wahrscheinlich gar nicht mehr an die belgische Schokolade erinnern, die er Ilsa geschenkt hatte, und wusste wirklich nicht, was die damit gemacht hatte. »Was meinst du?«, fragte er verwirrt.

»Warum bist du abgehauen, anstatt dich der Polizei zu stellen?«, gab sie leise zurück, ohne seine Frage zu beantworten.

»Warum hast du es so weit kommen lassen, dass sie noch jemanden töten konnte?«

»Hätte mir denn irgendeiner geglaubt?«, verteidigte er sich, um dann den Blick zu heben und Clara ins Gesicht zu sehen. »Hättest du mir geglaubt? Glaubst du mir jetzt? Ich kann mir gut vorstellen, dass Ilsa dir Horrorgeschichten über mich erzählt hat.«

Clara zögerte. »Ich habe nie wirklich glauben können, dass du der Mörder bist. Obwohl alles so offensichtlich schien. Ich meine, diese Kopien von den Gemälden in deiner Wohnung, dieser Schuldschein bei Taranow, der das Tatmotiv verriet, dann deine Flucht … Trotzdem, irgendwie passte das alles nicht zusammen.«

»Das ehrt dich«, murmelte er lächelnd. »Oder zeigt einfach nur, dass du mich magst.«

Irritiert runzelte sie die Stirn. »Ich habe nicht gesagt, dass ich dich mag. Ich kenne dich doch kaum.«

»Komm schon, bei allem, was wir gemeinsam durchgestanden haben.«

Er schien näher zu rücken, oder vielleicht wurde sie sich seiner Nähe auch erst jetzt bewusst. Unwillkürlich versteifte sie sich und wich vor ihm zurück.

Es entging ihm nicht, aber anstatt von ihr abzurücken, beugte er sich über sie. »Was ist?«, fragte er. »Hast du nicht das Bedürfnis, mal alles zu vergessen? Einfach abzuschalten? Dich fallen zu lassen?«

Sie konnte seinen Atem spüren. Langsam, ganz langsam hob er eine Hand und strich über ihre Wange. Noch konnte man das als freundschaftliche Geste deuten.

»Lass das«, setzte sie gequält an, obwohl ihr die Berührung

seltsamerweise nicht unangenehm war. Es ging alles viel zu schnell, aber seine Hand fühlte sich weich an, warm.

Er nahm die Hand wieder zurück, stützte seinen Kopf darauf ab und musterte sie von der Seite. »Es muss doch schon Ewigkeiten her sein, dass du mit einem Mann geschlafen hast. Und glaub mir, dass ich ständig Frauen hatte, hat sich Ilsa nur eingebildet. Es gab mal eine andere, aber das ging vorüber. Ich habe nie einen Sinn in einer offenen Ehe gesehen, wie man es so schön nennt.« Er blieb ruhig sitzen, hob dann die andere Hand, diesmal jedoch nicht, um Claras Gesicht zu streicheln, sondern um sie vorsichtig auf ihr Knie zu legen.

Clara sprang auf, als hätte er ihr einen Stromstoß versetzt. »Du denkst an Nicholas, nicht wahr?«, rief sie. »Du denkst, wenn er sie hatte, kann ich sie auch haben.«

Gekränkt presste Alexander die Lippen aufeinander. »Ich verstehe. Ilsa hat dir eingeredet, dass ich von Neid auf Nicholas zerfressen bin. Das hat sie mir auch immer vorgehalten. Wir haben sogar mal über Luzifer gesprochen, in irgendeiner Kirche in Verona. Tja«, er grinste zynisch, »andere Paare besuchen das Haus von Julia Capulet, und wir schauen uns ein Gemälde vom Teufel an … Ich habe damals einen Scherz gemacht: ›Schau ihn dir an! Er wollte sein wie Gott, und jetzt geht's vom Zehn-Meter-Brett mit Kopfsprung in die Unterwelt.‹ Ilsa hat das gar nicht komisch gefunden. ›Eigentlich müsstest du ihn verstehen‹, meinte sie. ›Er wollte sein wie Gott, und du willst sein wie Nicholas.‹ Dieses Gift in ihrer Stimme!« Alexander hatte sich aufgesetzt, griff nach der Weinflasche und trank direkt daraus.

Clara straffte sich. »Diese Sache haben wir übrigens nicht *gemeinsam* durchgestanden. Du hast mich im Flur eures

Hauses liegen gelassen. Vielleicht hat Ilsa übertrieben, vielleicht hat sie Wahnvorstellungen, aber du bist ganz offensichtlich ein egoistischer Mensch.«

Alexander zuckte nur mit den Schultern. »Ich glaube, Gottsein wird überbewertet«, murmelte er. »Ich meine, wie kommt man nur auf die Idee, dass irgendjemand wie Gott sein will, die Menschen, die Schlange im Paradies, Luzifer. Diese Mär, dass jeder von Gier getrieben wird, immer mehr haben will – das ist doch Unsinn. Schau dich doch an. Du hast alles gehabt. Und jetzt sitzt du in dieser miefigen Zwei-Zimmer-Wohnung und erklärst mir, dass du glücklich bist.«

»Ich habe nicht gesagt, dass ich glücklich bin. Aber wenn ich es nicht bin, dann ist es meine Schuld, nur meine. Und die Wohnung hat drei Zimmer.«

Er grinste schwach. »Ich glaube, Luzifer hat sich im Himmel nie so richtig wohlgefühlt. Was ihm sein Sturz eingebracht hat, war doch auch nicht schlecht, oder? Fortan konnte er die Menschen verführen. ›Better to reign in hell than serve in heaven.‹ Das habe ich irgendwo mal gelesen, und das gefällt mir.« Er grinste schief, ehe er zynisch hinzufügte: »Und da wundere ich mich noch, dass Ilsa den Teufel in mir gesehen hat …«

»John Milton«, sagte Clara leise. Sie stand immer noch vor dem Sofa. »Das Zitat ist von John Milton, es stammt aus seinem Gedicht ›Paradise Lost‹.«

»Und außerdem«, fuhr Alexander fort, »stimmt es nicht auch, dass Luzifer eines Tages die Fesseln abwirft, die die Erzengel ihm angelegt haben, und sich wieder aus der Unterwelt befreit?«

»Du meinst die Idee vom Tausendjährigen Reich?«

Verwundert sah Alexander sie an. »Dass man es *so* nennt, wusste ich nicht.«

»Heute wird das Tausendjährige Reich vor allem mit der Wahnvorstellung der Nazis in Verbindung gebracht«, erklärte Clara, »aber es ist ein biblisches Motiv. Die Vertreter dieser Lehre hießen Chiliasten. Sie gingen davon aus, dass es hier auf Erden bereits ein Paradies geben wird, wenn auch nicht für immer, sondern nur für tausend Jahre, und dass dann erst das Jüngste Gericht beginnt. In diesen tausend Jahren ist Luzifer in der Unterwelt gefangen. Die Menschen können in Frieden leben, unter der Führung des Gottesvolkes, der mittlerweile bekehrten Juden. Doch dann, nach Ablauf der Frist, wird dieses Friedensreich beendet und der Jüngste Tag eingeleitet. Luzifer wird aus der Unterwelt befreit, er wirft seine Fesseln ab – und rüstet sich zu seinem Endkampf mit Gott.«

Als sie verstummte, blickte Alexander sie treuherzig von unten an. »Nun setz dich doch wieder«, forderte er sie auf und fügte grinsend hinzu: »Ich verspreche dir, ich bin auch ganz brav. Ehrenwort.«

Sie zögerte, dann nahm sie wieder an seiner Seite Platz.

Clara fuhr hoch. In ihrem Mund schmeckte es bitter, in ihrem Kopf hämmerte ein unerträglicher Schmerz.

Was ist passiert? Wo bin ich überhaupt?

Sie versuchte sich aufzusetzen, und der Schmerz verstärkte sich noch. In ihren Händen begann es zu kribbeln. Erst jetzt, als sich ihre Augen an das trübe Licht gewöhnten, erkannte sie, dass sie nicht in ihrem Bett lag, sondern auf dem Sofa eingeschlafen war, gleich neben Alexander, der leise schnarchte.

Sie schluckte. Sie sehnte sich nach einem Schluck Wasser,

vor allem aber nach einer Aspirin. Als sie aufstand, ächzte sie unwillkürlich. Wie hatte sie nur derart viel trinken und obendrein an Alexanders Seite einschlafen können?

Sie konnte sich nicht mehr genau an das Ende des Gesprächs erinnern oder an den Zeitpunkt, da die Müdigkeit sie übermannt hatte, aber sie war sich sicher, niemals willentlich die Entscheidung getroffen zu haben, dass er auf dem Sofa schlafen durfte. Das musste sich ergeben haben, sie selber schließlich eingenickt sein, als sich die Anspannung des langen Tages gelöst und der Wein das Seinige dazu beigetragen hatte. Wahrscheinlich billiger Fusel.

Als sie in Richtung Badezimmer tappte, stieß sie an den Wandschrank im Flur. »Verdammt!«, entfuhr es ihr. Als ob die Kopfschmerzen nicht reichten.

Richtig, sie brauchte eine Aspirin. Sie tappte weiter, erreichte die Badezimmertür und machte Licht. Im Spiegel sah ihr Gesicht grünlich und verquollen aus, die Haare standen in alle Richtungen ab. Während sie in ihrem Toilettenbeutel nach einer Schmerztablette kramte, fiel ihr eine alte Armbanduhr in die Hände. Sie trug sie fast nie, Philip hatte sie ihr irgendwann mal geschenkt.

Schon kurz nach sieben, las sie entsetzt vom Ziffernblatt ab. Sie konnte es kaum fassen, dass sie nicht nur ein paar Stunden, sondern die ganze Nacht an Alexanders Seite zugebracht hatte. Sie musste ja wie eine Tote geschlafen haben!

Allmählich kehrten vage Erinnerungen zurück. Wie er über Ilsa gejammert hatte. Wie sie ihn dafür insgeheim verachtet hatte. Wie ihr der Gedanke gekommen war: Da habe ich lieber einen beleidigten Prinzen zum Ex als eine Mörderin.

Sie fand keine Tablette, zumindest nicht im Bad, vielleicht hatte sie noch eine in der Handtasche.

Leise öffnete sie die Tür, schaltete das Licht im Flur an und schlich auf Zehenspitzen in Richtung Diele, wo ihre Handtasche hing. Als sie am Wohnzimmer vorbeikam, warf sie einen Blick hinein und stellte fest, dass Alexander mit einer taubengrauen Decke aus ihrem Schlafzimmer zugedeckt war. Sie konnte sich nicht erinnern, sie ihm gebracht zu haben, und der Gedanke, dass er sie sich selbst geholt hatte, war ihr unangenehm. Ihr Blick fiel auf die zwei leeren Weinflaschen. Eine stand auf dem Glastisch, die andere auf dem Boden.

Ich werde doch keine ganze Flasche getrunken haben, dachte sie entsetzt, obwohl ihre Kopfschmerzen eine andere Sprache sprachen.

Sie hatte die Diele erreicht. Das schwache Morgenlicht, das durch das Wohnzimmerfenster strömte, war hier noch diffus. Sie griff nach ihrer Handtasche, bekam jedoch nur Alexanders Cardigan zu fassen, der daraufhin vom Haken rutschte. Sie bückte sich, um ihn aufzuheben, und hatte Angst, gleich umzukippen, weil ihr augenblicklich schwindlig wurde.

Und dann hörte sie es, dieses leise Geräusch, als würde eine Euromünze auf den Boden fallen. Sie kniete nieder und suchte mit den Fingern den Boden ab. Endlich fand sie das, was aus Alexanders Jackentasche gefallen war, und steckte es zurück. Sie stutzte. In der Tasche fühlte sie einen kleinen Zettel, der in der Mitte gefaltet war. Sie zog ihn heraus und ging ans Licht, um ihn zu lesen.

Als sie sah, was darauf stand, erschauderte sie. Ihre Kopfschmerzen schwanden, stattdessen breitete sich Kälte in ihrem ganzen Körper aus.

Auf dem Zettel standen zwei Zahlen. Die eine sagte ihr nichts, die andere kam ihr allerdings sehr bekannt vor.

Augustin Johanson, hämmerte es in ihrem Kopf. Augustin Johanson.

Und schlagartig wusste sie, warum der tote Däne eine Waage in Händen gehalten hatte, obwohl sie doch eigentlich kein Attribut Luzifers war, sondern des Erzengels Michael.

26

Schwester Agnes Wiedmann hatte eine unruhige Nacht hinter sich. Manchmal war es ab Mitternacht friedlich, dann konnte sie sich in die Kaffeeküche zurückziehen, Illustrierte lesen und eine heiße Schokolade trinken. Dazu gönnte sie sich ihre Lieblingskekse, auch wenn ihre Cousine Gerlinde behauptete, dass das reines Hüftgold sei, vor allem, wenn man sie nachts in sich hineinstopfe. Gerlinde sollte bloß still sein. Auch wenn sie mit der Dukan-Diät mal drei Kilo abgenommen hatte, trug sie doch noch immer Übergröße.

»In unserem Alter lohnt es sich nicht mehr, aufs Gewicht zu achten«, hatte Agnes einmal bitter bemerkt.

»Ich bitte dich, wir sind Mitte vierzig«, hatte Gerlinde widersprochen. »Das ist die beste Zeit im Leben einer Frau!«

Agnes wusste nicht, was ihre beste Zeit gewesen war und ob sie je eine gehabt hatte. Die letzten drei Jahre waren es auf jeden Fall nicht. So lange war sie nun schon geschieden. Ihr Mann hatte behauptet, keine Lust mehr auf Ehe zu haben, eine andere Frau sei nicht im Spiel. Von wegen! Sechs Monate später hatte es dann plötzlich doch eine andere gegeben. Er habe sie erst nach der Scheidung kennengelernt, beteuerte er. Was nicht sein konnte, denn da war die Neue schon im dritten Monat schwanger.

In dieser Nacht gab es weder Zeit für heiße Schokolade noch für Kekse. Die demente Frau Karlich aus Zimmer 121 war auf der Suche nach der Toilette gestürzt und hatte sich die Schulter gebrochen. Im Nebenzimmer hatte es einen Herzstillstand gegeben. Zwei Stunden hatte sich die Ärztin abgemüht, einen Fünfundachtzigjährigen wiederzubeleben. In den Morgenstunden schlug die Pumpe endlich wieder, aber wie es nach dem langen Sauerstoffmangel um das Gehirn stand, ließ sich nicht genau sagen, wahrscheinlich würde der Mann ein Pflegefall bleiben. Die Ärztin war stolz auf sich, doch Agnes dachte nur: Großartig, noch ein Windelscheißer.

Und dann gab es noch die hysterische Fünfundzwanzigjährige mit der Brustverkleinerung – von so einer zickigen Tussi erwartete man eigentlich, dass sie die Oberweite aufblasen ließ –, die ständig den Notruf drückte, weil sie vor Schmerzen nicht schlafen konnte. Schlaftabletten wollte sie allerdings keine nehmen, sie behauptete, dieses chemische Zeugs vertrüge sie nicht.

Agnes Wiedmann verdrehte die Augen, als sie daran dachte. Viele Patienten hielten sie für ihr persönliches Dienstmädchen. Es dauerte jedes Mal ein paar Tage, bis sie ihnen beigebracht hatte, dass sie nur kam, wenn man einmal auf die Klingel drückte, nicht vier-, fünf- oder zehnmal hintereinander. Hastig trank sie eine Tasse Kaffee. Krankenhausplörre. Schmeckte unmöglich, wenn sie sich nicht selber darum kümmerte. Eigentlich musste sie sich um alles selbst kümmern. Auf Schwester Laura war jedenfalls kein Verlass, schon gar nicht in stressigen Nächten wie dieser. Schwester Laura war ja damit beschäftigt gewesen, dem Polizisten schöne Augen zu machen – und der wiederum hatte es unterhaltsamer gefunden, um eine blondgefärbte Junge herumzuscharwenzeln, als vor dem Zimmer der Mörderin Wache zu halten.

Jeder nannte sie mittlerweile die Mörderin. Auch gestern, als es mit ihr noch auf der Kippe stand, hatte niemand sich die Mühe gemacht, von Ilsa Roth zu sprechen. Allerdings wusste niemand genau, wen sie umgebracht hatte und wie.

Nun, vielleicht hatte Schwester Laura es mittlerweile herausgefunden, so viel Zeit, wie sie mit dem wachhabenden Polizisten zugebracht hatte. Was für ein kindisches Gekicher! Sobald eine jüngere Frau ihnen schöne Augen machte, wurden Männer absolut hirnlos.

Schwester Agnes stellte die Kaffeetasse ab und überlegte, mal nach der Mörderin zu sehen. Der Arzt hatte es nicht für notwendig befunden, sie an die Herzkreislaufmaschine anzuschließen. Gleich nach der gelungenen OP hatte sie selbstständig geatmet und war kurz zu sich gekommen, Agnes war dabei gewesen. Die Mörderin hatte sie mit irrem Blick angestarrt, ehe ihr die Lider wieder zugefallen waren. Ob sie in diesem Augenblick wusste, was sie getan hatte? Oder ob die Nachwirkungen der Narkose sie in jenen schlafähnlichen Zustand versetzten, in dem so viele der Alten hier vor sich hin dämmerten, nicht wissend, wer sie waren und was sie auf dieser Welt verloren hatten?

Menschen, die der liebe Gott vergessen hat, dachte Agnes Wiedmann. Oder Menschen, die der liebe Gott nicht bei sich haben will.

Sie warf einen Blick auf die Lampen, die aufleuchteten, sobald ein Patient sie zu sich rief. Alle blieben finster. Auch die Tussi mit der Brustverkleinerung hatte endlich Schlaf gefunden. Ja, es war Zeit, nach Ilsa Roth zu sehen.

Die Schwester ging den Gang entlang und hielt Ausschau nach dem Polizisten. Natürlich war er nicht da, wie sie es schon erwartet hatte. Ob er mit Schwester Laura bloß einen Abstecher in die Kantine gemacht hatte? Oder ob er im Medikamentenzimmer mit ihr vögelte?

Agnes überlegte kurz, nachzuschauen, die beiden zu beobachten oder noch besser: sie zu erschrecken, aber dann öffnete sie stattdessen leise die Tür zu Ilsa Roths Zimmer. Ihre weißen Birkenstocksandalen machten quietschende Geräusche auf dem Linoleumboden. Eigentlich eine Frechheit, dass eine Mörderin ein Einzelzimmer bekam.

»Frau Roth?«

Keine Antwort, natürlich nicht. Agnes Wiedmann ging, ohne zum Bett zu schauen, direkt zum Fenster, schob die Vorhänge beiseite und zog die Jalousien hoch. Ein paar Tauben flatterten auf – offenbar hatte sie sie gerade gestört, als sie sich paaren wollten.

Pech gehabt, dachte Agnes befriedigt, und kippte das Fenster. Kalte Morgenluft drang in das stickige Zimmer, in der Ferne brummte der Morgenverkehr. Das Geräusch war nicht laut genug, um das stete Tropfen eines Wasserhahns zu übertönen, das Agnes Wiedmann jetzt wahrnahm. Sie blickte genervt in Richtung Badezimmer. Wer hatte denn da wieder vergessen, den Hahn ordentlich zuzudrehen?

»Frau Roth, soll ich Ihnen …«

Agnes Wiedmann brach ab. Noch im Reden hatte sie sich umgedreht und bemerkt, dass ihre weißen Birkenstocksandalen am Boden nahezu festzukleben schienen. Sie blickte an sich hinab und dachte schon ärgerlich, sie sei in einen Kaugummi getreten, als ihr der Atem stockte. Der Abdruck ihrer Sandale auf dem Boden war rot. Sie war wie erstarrt, hob nicht ruckartig den Kopf, sondern ganz langsam, als ahnte sie schon, welcher Anblick sie erwartete. Sie nahm noch mehr Fußabdrücke wahr, schließlich die rote Lache vor Ilsa Roths Bett.

Nicht der Wasserhahn, ging es ihr unglaublich langsam durch den Kopf. Es ist nicht der Wasserhahn, der tropft.

Es war Blut, in das sie getreten war, Blut, das vom Bett tropfte, Blut, das die weißen Wände hochgespritzt war.

Als Agnes Wiedmann endlich wagte, einen Blick auf die Patientin zu werfen, schlug sie die Hände vor den Mund. Beim letzten Mal, als sie so panisch aufgeschrien hatte, war sie noch Schwesternschülerin gewesen.

27

Dora rührte in ihrer Tasse mit weißem Tee. Eigentlich liebte sie schwarzen Kaffee, möglichst stark, aber seit einigen Tagen behauptete sie, Kaffee auf nüchternen Magen ruiniere die Schleimhäute. Weißer Tee hingegen sei gut gegen Krebs. Und stärke die Abwehrkräfte. Sie süßte ihn mit Akazienhonig aus dem Bioladen. Ihr klappernder Löffel war das einzige Geräusch im Esszimmer.

Simon saß regungslos vor einer Brotscheibe, die Zeitung neben seinem Teller war noch zusammengerollt.

Dora sah ihn mehrmals nervös an. »Wie lange willst du das Brot eigentlich noch anstarren?«, entfuhr es ihr schließlich.

Gestern Abend war sie verständnisvoller gewesen. Sie hatte ihm zugehört, als er nach Hause gekommen war, und ihn ermutigt, als er meinte, er sei jetzt im ganzen Haus der Versager, weil er nicht geschossen hatte.

»Das bist du nicht«, hatte sie widersprochen. »Du hattest gute Gründe, nicht zu schießen.« Jetzt allerdings sah sie ihn ungeduldig an. »Schmier dir doch endlich Butter aufs Brot!«, drängte sie. »Das kann man ja nicht mit ansehen!«

Simon reagierte nicht.

»Habt ihr in solchen Fällen keine Psychologen?«, fragte Dora versöhnlicher. »Mit dem könntest du doch über das reden, was passiert ist.«

»Super Vorschlag!«, fuhr Simon abrupt auf. »Was glaubst

du eigentlich, was Hartmann dazu sagt, wenn ich Hilfe brauche, weil ich jemanden *nicht* erschossen habe? Mike Hoff hat abgedrückt, und der sitzt jetzt sicher gut gelaunt beim Frühstück. «

Dora nippte an ihrem Teeglas, er konnte nicht erkennen, ob ihr Gesichtsausdruck betreten oder beleidigt war.

»Das hat doch alles keinen Sinn«, entfuhr es ihm plötzlich.

»Was?«, fragte sie lauernd.

Er zögerte, kaute an der Unterlippe, doch dann konnte er sich nicht mehr zurückhalten. »Ich hätte in Wiesbaden bleiben sollen. Dort habe ich hingehört.«

Dora kniff die Augen zusammen. »Ach ja, und jetzt bin ich schuld, weil ich dich angeblich dazu gedrängt habe. Du hast selbst gesagt, es wäre kein Problem. Und dass es keinen Sinn hat, wenn ich mich an eine Schule in Wiesbaden versetzen lasse, weil wir hier das Haus haben.«

»Jetzt werte doch nicht immer alles als persönlichen Angriff.«

»Ja, wie soll ich es denn sonst sehen. Dein Job frustriert dich! Unsere Ehe frustriert dich!«

»Als ob es bei dir so viel anders wäre.«

»Aber eine Ehe ist doch keine Gemeinschaft von Leidensgenossen! Du kannst das doch nicht einfach so hinnehmen. Wir müssen daran arbeiten, wir müssen …«

»Ja, warum, glaubst du, habe ich mich denn versetzen lassen?«

Dora atmete schwer aus. »Wir drehen uns im Kreis«, sagte sie. »Ich verstehe das einfach nicht.«

Ich schon, dachte Simon müde. Das ist wohl das Schicksal zweier Menschen, die sich ineinander verlieben und im ersten Rausch der Gefühle über alle Unterschiede hinwegsehen, die erst hinterher erkennen: Jemanden zu lieben heißt nicht unbedingt auch, jemanden zu verstehen.

Die Worte eines Onkels kamen ihm in den Sinn, die der am Vorabend der Hochzeit zu ihm gesagt hatte. »Ich wünsche dir alles Glück der Welt. Aber was der Bauer nicht kennt, frisst er nicht. Und bei einer Frau, die nicht tickt wie er, bleibt er nicht.«

»Na, was für ein Glück, dass ich Polizist und nicht Bauer bin«, hatte Simon geantwortet.

»Und jetzt?«, fragte Dora. In ihrem Blick lag Hilflosigkeit.

Simon räusperte sich, doch bevor er etwas sagen konnte, läutete das Telefon. Er sprang auf, erleichtert, ihr die Antwort schuldig bleiben zu können.

Er hob den Hörer ab. »Fabiani?«

Dora beobachtete ihn, versuchte offenbar, von seiner Miene und den knappen Antworten, die er gab, abzulesen, wer dran war. Er bemühte sich, ein gleichgültiges Gesicht zu machen, sich auf wenige Worte zu beschränken. Ja. Nein. Was sagst du? Ich komme sofort.

Als er auflegte, stellte Dora laut die Tasse auf den Tisch zurück. »Sag bloß, du musst weg! Ausgerechnet heute! Ich habe doch erst am Nachmittag Unterricht, ich dachte, wir könnten endlich mal wieder in Ruhe frühstücken.«

Was denn frühstücken?, dachte er. Weißen Tee, der dir nicht schmeckt, und trockenes Brot?

»Tut mir leid, dass ich kein Lokführer bin«, schnaubte er.

Sie zog die Brauen hoch. »Wie kommst du denn auf Lokführer?«

»Na, die haben sicher geregelte Arbeitszeiten.«

»Glaub ich nicht. Bei den vielen Streiks.«

Simon schnaubte. »Dann eben Straßenkehrer.«

Dora ging nicht darauf ein. »Wer war das überhaupt?«

»Clara«, presste er zwischen zusammengekniffenen Lippen hervor, um schließlich fast trotzig hinzuzufügen: »Sie hat mich um Hilfe gebeten.«

Dora zuckte die Schultern, als ließe diese Eröffnung sie völlig kalt. Dennoch meinte sie spitz: »Und da lässt du natürlich alles stehen und liegen.«

»Du hast ja keine Ahnung.«

»Woher auch? Du sagst mir ja nicht, was sie so früh am Morgen von dir will.«

»Das geht nicht«, antwortete er, nicht ohne eine gewisse Befriedigung.

»Tja«, meinte sie bissig. »Dann tu eben, was du nicht lassen kannst.«

Sie schlug den Teelöffel immer lauter gegen die Tasse. Simon ignorierte es, nahm aber die Brotscheibe vom Teller, um sie wieder einzufrieren.

»Die ist doch schon zäh«, sagte Dora.

»Clara braucht wirklich meine Hilfe.«

Doras Lächeln wurde rätselhaft, als sie freundlich fragte: »Und warum ruft sie dann dich an und nicht einen deiner Kollegen? Zum Beispiel diesen Hoff? Der ist doch auch ein wenig … effizienter als du.«

Simon schleuderte die Brotscheibe in den Mülleimer. Ins Altpapier genau genommen. »Danke«, sagte er schneidend. »Danke, dass du eine Frau bist, die hinter mir steht in allem, was ich bin und tue.«

Er sah noch, wie sie Luft holte, zu einer Erwiderung ansetzte, doch dann hatte er das Esszimmer schon verlassen und die Diele erreicht.

Er konnte sich denken, was sie sagen wollte.

Ich habe dich immerhin geheiratet, obwohl meine Familie dagegen war.

Nein, dachte er. Nicht obwohl. Weil.

Er hatte es satt, so satt.

Erst nachdem er sich Schuhe und Jacke angezogen und das Haus verlassen hatte, kam er dazu, über Claras Worte nachzudenken.

Clara schlich auf Zehenspitzen durch die Diele, um Alexander nicht zu wecken. Sie hatte versucht, seine Jacke wieder genauso aufzuhängen wie sie vorher gehangen hatte, und sie hatte auch den Schließfachschlüssel und das Stück Papier in die Tasche zurückgesteckt.

Dann hatte sie ins Wohnzimmer gespäht und Alexander prüfend betrachtet. Seine Lippen waren leicht geöffnet, er gab schnarchende Laute von sich.

Als sie ihn so liegen sah, schämte sie sich für ihren Verdacht.

Es muss eine andere Erklärung geben, dachte sie. Wenn er jetzt aufwacht und ich ihn frage, was es mit dem Schließfachschlüssel und diesen Zahlen auf sich hat, dann wird er mir eine vernünftige Erklärung geben.

Clara zuckte zusammen, als die Türglocke läutete. Konnte es sein, dass Simon so schnell war?

Sie hatte erwartet, dass er erst zum Bahnhof fahren und dort den Inhalt des Schließfachs überprüfen würde, aber offensichtlich hatte er es sich anders überlegt und war auf direktem Weg zu ihr gekommen. Erleichtert drückte sie den Türöffner und wartete fieberhaft, dass Simon in den vierten Stock kam.

Sie öffnete schon die Wohnungstür und lehnte sich dagegen, lauschte dem Geräusch des Aufzugs, der zuerst nach unten fuhr und dann, nachdem Simon eingestiegen und sich die Türen hinter ihm geschlossen hatten, wieder nach oben.

Endlos lange Sekunden vergingen, bis der Aufzug im vierten Stock hielt, doch es war nicht Simon, der ausstieg.

Simon kämpfte sich durch das Gedränge im Hauptbahnhof. Hektische Pendler marschierten mit stur auf den Boden gerichtetem Blick Richtung S-Bahn, eine entnervte Mutter kämpfte mit dem Fahrscheinautomaten, während ihr quengelndes Zweijähriges lautstark etwas zu trinken forderte. Ein älteres Paar erschlug mit seinem Riesenkoffer beinahe einen Obdachlosen, als es ihn vom Gepäckwagen wuchtete. Eine Gruppe grölender, Bier trinkender Fußballfans blockierte den Zugang zu einem Gleis, ein Ökostudent mit Birkenstocklatschen und Riesenrucksack rannte Simon fast über den Haufen, als er zu seinem Zug sprintete.

Simon ging weiter und sah sich suchend nach den Schließfächern um. Schließlich entdeckte er auf einem der Hinweisschilder das entsprechende Symbol und folgte ihm.

Die meisten Schließfächer waren belegt. Vor einem stand wild gestikulierend ein Grüppchen Japaner, sie wussten offenbar nicht, wie man für ein Schließfach bezahlte. Ein Service-Mitarbeiter der Deutschen Bahn stand nicht weit von ihnen entfernt, gab aber vor, sie nicht zu bemerken.

Simon trat zu ihm, nachdem er sich vergewissert hatte, dass

es hier ein Schließfach mit der Nummer 538 gab und dass es belegt war.

Clara hatte den zugehörigen Schlüssel in Alexanders Jackentasche gefunden, außerdem einen kleinen Notizzettel, auf dem mehrere Zahlen standen: 538 und 0616. Was es mit letzterer auf sich hatte, wusste er noch nicht, aber wahrscheinlich würde er es herausfinden, wenn er das Schließfach öffnete.

»Entschuldigung«, sagte Simon. »Ich habe den Schlüssel zu meinem Schließfach verloren. Könnten Sie es für mich öffnen?«

Der Mann sah ihn unwillig an. Die Japaner hatten mittlerweile auch bemerkt, dass es jemanden gab, der ihnen helfen könnte, und stürmten auf ihn zu.

»Da könnte ja jeder kommen«, meinte der Service-Mitarbeiter griesgrämig. »Da müssen Sie erst zur Polizei gehen und angeben, dass der Schlüssel entweder gestohlen worden ist oder Sie ihn verloren haben, und dann kommen Sie wieder …«

Und dann, beendete Simon in Gedanken den Satz, hat hoffentlich einer Ihrer Kollegen Dienst, und Sie müssen sich um den Scheiß nicht mehr kümmern.

Die Japaner überhäuften den Mann mit Fragen, es war nicht zu verstehen, ob sie es auf Englisch versuchten oder auf Deutsch.

Wortlos und mit genervtem Gesichtsausdruck stapfte der DB-Mitarbeiter in Richtung eines Schildes, auf dem beschrieben wurde, wie die Gepäckaufbewahrung funktionierte. Geld einwerfen. Gepäck hineinschieben. Schlüssel abziehen.

Jetzt war den Japanern noch unklar, wie lange sie ihre mit

Aufklebern diverser europäischer Städte übersäten Reisetaschen hier lassen konnten. »How long? How long?«, riefen sie.

»Twenty-four hours«, sagte der Mann kühl.

Simon zückte seinen Ausweis und hielt ihn ihm vors Gesicht. Er konnte sich nicht erinnern, so etwas jemals getan zu haben. »Ich bin von der Kripo. Wir ermitteln in einem Mordfall. Öffnen Sie bitte das Schließfach fünfhundertachtunddreißig.«

Er wusste, dass sein Ausweis allein nicht reichte. Eigentlich hätte er einen richterlichen Befehl vorlegen müssen, doch er setzte auf die Faulheit des Mannes – und wurde nicht enttäuscht.

»Na, dann kommen Sie mal mit«, erklärte der Typ ungerührt und holte den Generalschlüssel.

Eine Minute später sprang das Schließfach auf. Es befand sich unmittelbar am Boden, und Simon musste sich bücken, um hineinsehen zu können. Zuerst dachte er, es wäre leer, doch dann fiel sein Blick auf einen kleinen, flachen Gegenstand, der in die hinterste Ecke geschoben worden war.

Er griff danach und lachte beinahe auf, als er erkannte, was es mit der Zahl 0616 auf sich hatte. Die Zahl des Teufels, von wegen. Er wurde wieder ernst, als er sein Handy hervorholte, um Clara zu warnen.

Clara wich unwillkürlich zurück, als sich die Aufzugtür öffnete. »Was willst du denn hier?«, entfuhr es ihr.

Philip machte einen gehetzten Eindruck. »Du musst mir helfen«, sagte er unerwartet kleinlaut.

Clara stellte sich in die Tür, um die Sicht ins Wohnzimmer

zu versperren, und bemerkte erst in diesem Augenblick, dass Katharina Philip aus dem Aufzug folgte.

»Überraschung!«, rief sie. Anstatt ihre Mutter zu umarmen, lief sie ein paar Stufen der Treppe in den fünften Stock hoch und setzte zum großen Sprung an.

»Pass doch auf, sie wird sich weh tun!«, rief Clara besorgt.

Philip murmelte etwas Unverständliches, ging zu Katharina und zerrte sie ungewohnt barsch die Stufen wieder hinunter.

»Ich will aber hüpfen!«, schrie Katharina und wehrte sich aus Leibeskräften.

»Gleich kannst du hüpfen, aber erst muss ich mit der Mama reden.«

Clara konnte sich ein schadenfrohes Lächeln nicht verkneifen, als sie sah, dass Katharina ihm in den Magen boxte.

»Jetzt sei doch nicht so wild«, sagte sie dennoch streng.

Katharina hörte nicht auf sie.

»Ich will hüpfen!«

»Schluss jetzt!« Philip wurde ungewohnt laut.

Clara stellte sich noch breiter in den Türrahmen. Sie wollte nicht, dass Philip ihre Wohnung betrat, und schon gar nicht, dass Alexander aufwachte, ehe sie mehr über den Inhalt des Schließfachs wusste. »Es ist gerade ganz schlecht«, sagte sie.

Philip brauchte beide Hände, um Katharina davon abzuhalten, wieder die Treppe hochzustürmen. »Du musst sie nehmen«, erwiderte er. »Bitte! Ich habe gerade einen Anruf aus New York bekommen, was Geschäftliches, ich muss ins Büro, um das persönlich zu klären. Und Katharina hat doch heute den Arzttermin, du weißt schon, weil sie so oft Mittelohrentzündung hat. Bei diesem HNO-Spezialisten. Deshalb ist sie auch nicht in der Vorschule.«

Clara hatte noch nie davon gehört, dass Katharina häufig an Mittelohrentzündung litt. »Es geht heute nicht.«

Philip schob Katharina einfach an ihr vorbei. »Es ist nur gerecht, wenn du mir mal aushilfst«, zischte er, und es klang nicht mehr kleinlaut, sondern vorwurfsvoll. »Ich muss mich ständig um sie kümmern. Und erinnere dich mal an das, was letztes Wochenende los war! Sei doch froh, dass du eine Chance bekommst, das wieder gutzumachen.«

Katharina sah das Schuhregal, kletterte drauf und sprang auf den Steinfußboden. Philip warf eine Tasche vor Claras Füße. »Da ist das Notwendigste drin.«

»Aber …«

»Die Adresse vom HNO-Arzt simse ich dir gleich.« Er ging zum Aufzug. »Tschüss!«, rief er Katharina zu.

»Philip, es geht wirklich nicht …«

Der Lift hatte sich schon in Bewegung gesetzt. Katharina kletterte gerade wieder aufs Schuhregal. »Gehen wir heute zu der toten Frau?«, fragte sie.

»Ich muss arbeiten.«

»Papa sagt, du musst nicht arbeiten. Seine Arbeit ist viel wichtiger.«

Klar doch.

»Ich will nicht zum Doktor!«, erklärte Katharina.

»Hast du noch Ohrenschmerzen?«

»In die Schule will ich auch nicht. Gehen wir Eis essen?«

»Wenn du doch Ohrenschmerzen hast.«

»Die sind schon weg.«

Clara brach kalter Schweiß aus, als ihr Smartphone vibrierte. Die SMS mit der Adresse vom HNO-Arzt. Irgendwo in Bornheim.

»Mama, ich will aber ein Eis.«

Clara nickte geistesabwesend. Wieder vibrierte ihr Handy. Diesmal war es ein eingehender Anruf von Simon. »Ja? Was hast du herausgefunden?« Das Rauschen war so laut, dass sie zusammenzuckte und das Telefon vom Ohr weghielt. »Simon? Wo bist du?«

»In der S-Bahn ... auf dem Weg ... beeile mich ...«

Sie wusste nicht, ob er so atemlos oder die Verbindung so schlecht war, dass nur halbe Sätze ankamen. »Simon? Was war in dem Schließfach?«

Wieder Rauschen, dann ein abgehacktes »Gib acht«, dann »gefährlich«, dann nichts mehr.

»Simon?« Statt einer Antwort nur ein Tuten, die Verbindung war endgültig abgerissen.

Clara starrte das Handy an, versuchte, Simon zurückzurufen, erreichte aber nur die Mailbox. »Verdammt!«, zischte sie.

Wenn Simon ihr riet, auf sich achtzugeben, dann musste er irgendetwas gefunden haben, was Alexander belastete. Und damit bestätigte sich der Verdacht, der ihr gekommen war, als sie den Zettel in seiner Jackentasche gefunden hatte – woraufhin ihr plötzlich noch etwas zu Luzifer eingefallen war. Die Gegenstände, die man an den letzten beiden Tatorten gefunden hatte – das Schwert und die Waage – ergaben plötzlich Sinn.

Wieder rief sie Simon an, wieder erreichte sie nur die Mailbox. Wenn er mit der S-Bahn vom Hauptbahnhof zur Ostendstraße fuhr, würde das zirka zehn Minuten dauern. Katharina begann zu quengeln.

»Gleich, Schatz«, murmelte Clara und tippte hastig eine SMS: »A. könnte den 4. Mord begangen haben. Darum die

Waage. Nicht der Erzengel (Ilsa) war siegreich, sondern Luzifer. Er rächt sich für seinen Höllensturz. Was war im Schließfach?«

Als sie den Text überflog, kam er ihr ziemlich schwachsinnig vor. Sie drückte dennoch auf »Senden«.

Katharina zerrte an Claras Arm. »Mama, was machen wir jetzt? Vielleicht will ich doch kein Eis. Aber ich will hüpfen, ich will ins Museum, ich will in den Zoo, ich will …« Die Liste an Forderungen nahm kein Ende.

Wieder brach Clara der Schweiß aus. Sie musste Katharina so schnell wie möglich von hier wegbringen – aber wohin? Eigentlich egal, Hauptsache, sie war nicht mehr in der Nähe eines Mörders. Eines mutmaßlichen Mörders.

Clara griff nach ihrer Handtasche, ihrer Jacke, suchte ihren Wohnungsschlüssel.

»Ich will jetzt endlich …«, kreischte Katharina – und verstummte. Wie Clara hatte auch sie den Schatten wahrgenommen, der in die Diele fiel. Es war Alexander, der am Türrahmen lehnte und sich verschlafen das Gesicht rieb.

»Na«, sagte er grinsend, »du hast Besuch bekommen?«

Clara hoffte, dass er nicht bemerkt hatte, wie sie zusammengezuckt und erbleicht war. Sie bemühte sich um ein freundliches Lächeln, auch wenn sich ihre Mundwinkel wie taub anfühlten.

»Guten Morgen«, sagte sie, und ihre Stimme zitterte unmerklich. »Ich wollte gerade mit Katharina Brötchen holen gehen. Wir wollten dich nicht wecken.«

Alexander ging in die Hocke und zwinkerte der Kleinen zu. »Deine Tochter, nehme ich an. Hallo, Katharina.«

Misstrauisch kniff die Kleine die Augen zusammen und dachte gar nicht daran, das werbende Lächeln zu erwidern. Immerhin verlangte sie nun nicht mehr, zu hüpfen oder in den Zoo zu gehen, sondern schwieg bockig.

»Das kann doch ich machen«, meinte Alexander leichthin.

»Was?«

»Na, Brötchen holen.«

»Wenn du willst.« Clara hoffte, dass sie nicht zu übereilt geantwortet und zu erleichtert geklungen hatte.

Doch Alexander schien nichts zu bemerken, griff träge nach seinem Cardigan und schlüpfte dann langsam in seine Schuhe. Zwischendurch rieb er sich wieder das verschlafene Gesicht.

Nun mach schon! Geh endlich, dachte Clara ungeduldig und zog Katharina schützend an sich. Ihre Tochter begann sich sofort zu winden und boxte gegen ihre Hand.

Endlich war Alexander fertig. »Dann bis gleich«, meinte er.

Clara brachte kein neuerliches Lächeln zustande, nickte ihm aber zu.

Hau endlich ab! Verlass meine Wohnung!

Als er die Tür hinter sich schloss, hätte sie vor Erleichterung beinahe aufgeheult.

Katharina tat das an ihrer Stelle, obwohl sie gar nicht ahnen konnte, welcher Gefahr sie entgangen waren.

»Mama, ich will jetzt endlich in den Zoo«, rief sie.

»Pass auf, Maus.« Clara kniete sich auf den Boden, damit sie auf Augenhöhe mit Katharina war, und packte sie fest an den Schultern. »Wir machen alles, was du willst. Aber erst müssen wir noch einen Moment warten. Weißt du, Onkel Simon kommt gleich hierher, ich habe etwas mit ihm zu besprechen, und bis dahin gehst du in mein Schlafzimmer. Da haben wir noch dein Malbuch, das mit dem roten Osterhasen. Du malst ein bisschen, und danach …« Claras Stimme klang in ihren eigenen Ohren fremd.

»Ich will nicht malen«, sagte Katharina trotzig. »Außerdem sind Osterhasen nicht rot!«

»… und wenn du fertig gemalt hast und ich mit Onkel Simon geredet habe, dann gehen wir zum Arzt.«

»Ich will nicht zu dem doofen Arzt!«

Ich auch nicht, dachte Clara, ich auch nicht. Ich will, dass Simon endlich kommt!

Sie versuchte, ruhig zu atmen. »Kinderschokolade«, sagte sie schnell. »Ich habe noch eine Tafel Kinderschokolade.«

»Ich mag keine Kinderschokolade.«

»Seit wann das denn?«

»Seit immer!«

Clara schwieg, doch ihr Griff um Katharinas Schultern wurde fester.

»Aua!«

»Tut mir leid«, murmelte Clara, doch sie lockerte den Griff nicht. Im Gegenteil, sie hob Katharina einfach hoch und ging mit ihr ins Schlafzimmer, ohne auf das empörte Strampeln zu achten. Sie setzte sie aufs Bett und fasste sie, ehe sie weiter um sich schlagen konnte, an den Händen.

»Schau mich an!«, sagte Clara, zwar nicht sonderlich laut, aber ungewöhnlich bestimmt, sodass Katharina sie tatsächlich verwundert anblickte.

»Ich weiß«, fuhr Clara etwas ruhiger fort, »ich weiß, dass du jetzt lieber beim Papa wärst und dass er mit dir zum Arzt gehen soll und dass die Mama blöd ist und nicht versteht, was du willst. Aber die Mama hat jetzt leider keine Zeit, sie muss noch etwas Dringendes erledigen. Und so lange bleibst du hier still sitzen und malst in deinem Malbuch, hast du mich verstanden?«

Claras Stimme wurde zunehmend entschlossener, Katharinas Blick ungläubiger.

»Hast du mich verstanden?«, wiederholte Clara.

Katharina blinzelte. »Ich will jetzt doch die Kinderschokolade.«

Clara überlegte kurz. »Nein«, sagte sie streng, »jetzt ist es zu spät. Du hast gesagt, dass du keine magst.«

Katharina heulte auf, aber als Clara sich abwandte, verstummte sie sofort.

Clara kramte nach dem Malbuch. Der Osterhase war nicht nur rot, sondern hatte riesige Zähne, die sie herausfordernd anfletschten. Blödes Vieh.

»Bitte schön.« Sie legte das Buch auf das Nachtkästchen und holte eine Packung Buntstifte aus der Schublade.

Katharina verschränkte die Arme und schob die Unterlippe vor. »Osterhasen sind nicht rot.«

»Ich weiß«, sagte Clara und atmete wieder tief durch. »Es gibt gar keinen Osterhasen, und den Weihnachtsmann gibt es auch nicht.«

Vor lauter Erstaunen vergaß Katharina kurz zu schmollen. »Stimmt das? Aber Papa und Oma sagen …«

»Mal ihn grün an. Oder lila. Oder meinetwegen schwarz. Ja, schwarz ist eine gute Farbe für den Osterhasen.« Clara legte das Buch neben Katharina aufs Bett. »Ich komme gleich wieder.«

Sie ging zur Tür und wartete kurz, ob Katharina anfing zu

schreien, doch die Kleine blieb stumm. Sie zog lediglich die Beine an den Körper und verbarg ihr Gesicht zwischen den Knien.

Auch gut, dachte Clara, solange sie nur hier im Zimmer bleibt und nichts von dem mitbekommt, was draußen vorgeht. Später würde sie einen Weihnachtsmann mit ihr malen. Der dürfte rot sein. Und er würde runde Backen und eine Zipfelmütze haben, und kein so schreckliches Gebiss wie der Osterhase.

Leise schloss sie die Tür hinter sich und blieb zögernd stehen. Ob sie noch einmal versuchen sollte, Simon zu erreichen? Ihn warnen, dass er vielleicht mit Alexander zusammentreffen würde, wenn der vom Brötchenholen kam?

Als sie das Wohnzimmer betrat, sah sie, dass die helle Decke, unter der Alexander geschlafen hatte, sorgfältig zusammengelegt war. Vielleicht kam er gar nicht wieder, vielleicht hatte er nur einen Vorwand gesucht, um der Gesellschaft eines trotzigen Kindes zu entkommen.

Mit zitternden Knien ging Clara zum Sofa, sie wollte sich setzen, doch in dem Augenblick, als sie die helle Decke beiseite legte – Alexanders Geruch hing noch darin –, nahm sie vom Flur her eine Bewegung war.

Ob Katharina …? Sie fuhr herum und erstarrte.

Alexander stand dort, die Arme vor der Brust verschränkt. Seelenruhig, als hätte er alle Zeit der Welt.

»Wie bist du …«, setzte sie erschrocken an.

Er löste die Arme und zeigte ihr, was er in der Hand hielt. Ihren Wohnungsschlüssel!

»Der hat mir heute Nacht schon einmal einen guten Dienst erwiesen.«

Clara fiel ein, dass sie vorhin, als sie mit Katharina die Wohnung hatte verlassen wollen, vergeblich nach dem Schlüssel Ausschau gehalten hatte.

Sie kam nicht dazu, über seine Worte nachzudenken, denn nun zeigte er ihr, was er in der anderen Hand hatte: ihr Smartphone. Er hatte Zeit genug gehabt, die SMS zu lesen, die sie vorhin abgeschickt hatte.

28

Claras Mund war staubtrocken. Sie wollte etwas sagen, brachte aber nichts hervor. Panik breitete sich in ihrem Inneren aus wie ein gefräßiges Tier.

»Dein Handy hat geläutet«, stellte Alexander in nüchternem, beinahe geschäftsmäßigem Ton fest. »Ich bin für dich drangegangen.«

Was für eine Ironie, dachte Clara. Wahrscheinlich hat Simon mich zurückgerufen, die Verbindung kam wohl endlich zustande, und ausgerechnet da war ich mit Katharina im Schlafzimmer. Wie hätte sie aber auch damit rechnen sollen, dass Alexander in die Wohnung zurückkommen würde?

»Schade«, murmelte er, »wirklich schade.«

Sie wusste nicht, was er meinte. Woher hat er nur den Schlüssel, fragte sie sich fieberhaft.

»Anfangs habe ich dich für ziemlich dumm gehalten, Clara«, fuhr er fort. »Für eine von diesen lebensunfähigen Tussis, die nichts auf die Reihe kriegen. Ganz hübsch, aber nicht taktisch genug, um was draus zu machen. Ich dachte, du fällst auf jeden Mann rein. Erst auf diesen aufgeblasenen Prinzen, dann auf meinen selbstverliebten Bruder, jetzt sogar auf mich.«

Clara wich zurück, als Alexander auf sie zukam.

»Du hast gestern Abend nicht mit mir geschlafen, okay. Aber noch ein Abend, und du wärest nahezu in meine Arme geflogen. Weil du nämlich nur so spröde tust. Weil du in Wahrheit total frustriert bist. Weil es dir völlig egal ist, dass ich nicht so gut aussehe wie Nicholas, nicht so erfolgreich bin, ja, dass ich eben noch des Mordes verdächtigt wurde. Hauptsache, du musst nicht allein in dieser Bude hocken.« Er grinste boshaft. »Ich habe mich geirrt. In dir steckt viel mehr.«

»Wovon redest du?«, flüsterte Clara. »Und wieso hast du meinen Wohnungsschlüssel?«

Alexanders Gesicht verzerrte sich, er sah auf einmal völlig fremd aus. Nicht mehr so weich und rundlich wie sonst, sondern hart und kantig. Seine Augen schienen aus den Höhlen zu treten, und sein Blick war so eiskalt und leer wie es der von Ilsa gewesen war.

»Ich habe dich wirklich unterschätzt«, wiederholte er. »Gestern Abend dachte ich noch, du wärst selbst zum Ficken zu doof, aber wahrscheinlich hattest du da schon einen Verdacht, nicht wahr? Kluges, kluges Mädchen.« Es klang nicht wie ein Kompliment, sondern höhnisch. »Aber du bist nicht nur klug, du bist auch richtig kaputt. Du hattest Ilsa in Verdacht und bist zu ihr gefahren. Du hattest mich in Verdacht und hast mit mir Wein gesoffen. Na ja, vielleicht wusstest du wirklich nicht, dass wir beide Mörder sind. Aber ganz gleich, was ich beteuert habe – insgeheim warst du davon überzeugt, dass Ilsa die Wahrheit über mich gesagt hatte, und es hat dich nicht abgeschreckt. Im Gegenteil, es gefällt dir, dich mit Menschen zu umgeben, die noch kaputter sind als du, hinter deren schöner Fassade noch tiefere Abgründe lauern. Das ist spannender als jeder Kinofilm, nicht wahr? Da hat deine kleine renitente Seele richtig was zu lachen.«

»Du bist ja verrückt.«

»Bin ich das? Wie viele Leute haben zu dir gesagt, du seist verrückt, als du deinen Grafen verlassen hast? Mal ehrlich: Hat es dich auch nur im Entferntesten gejuckt?«

Clara schluckte schwer.

»Um auf so etwas Banales wie den Wohnungsschlüssel zurückzukommen: Ich hatte mir ein nettes kleines Alibi ausgedacht«, fuhr er fort. »Schade, dass es jetzt keinen Nutzen mehr hat.«

»Was für ein Alibi?«, fragte sie verwirrt.

Kaum merklich deutete er auf die leeren Weingläser, die auf dem Sofatisch standen. »Dachtest du etwa, du wärst nur eingeschlafen, weil du ein paar Gläser zu viel getrunken hattest?« Er grinste.

Clara bemerkte den bitteren Geschmack in ihrem Mund, der ihr schon vorhin aufgefallen war. »Du hast mir etwas in den Wein getan?«

Er zuckte die Schultern. »Ich musste gestern Nacht noch mal fort. Was erledigen. Und ich musste mir sicher sein, dass du es nicht mitkriegst und im Zweifel vor aller Welt bezeugen würdest, dass ich den ganzen Abend und die ganze Nacht hier verbracht habe. Wie gesagt, ein tolles Alibi.«

»Wo bist du gewesen?«, fragte sie tonlos.

»Ach«, meinte er wie nebenbei, »ich habe meiner geliebten Ehefrau einen Besuch im Krankenhaus abgestattet. Das gehört sich doch so, oder? Wo sie doch so schlimm verletzt war. Ich fürchte nur, ihr Zustand hat sich nicht eben verbessert. Im Gegenteil. Aber irgendwie musste ich ja verhindern, dass sie nicht ausplaudert, nur drei Morde begangen zu haben und nicht vier.«

Clara vermied, sich auszumalen, was er mit Ilsa gemacht

hatte. Sie durfte nicht zulassen, dass das Grauen sie überwältigte, sie musste nüchtern genug bleiben, um mit ihm zu reden. Zeit zu schinden. So wie bei Ilsa.

»Deswegen bist du gestern Abend also zu mir gekommen«, sagte sie.

Er hob wieder die Schultern. »Nicht nur wegen des Alibis«, meinte er schließlich. »Ich habe mich gefragt, was Nicholas wohl an dir gefunden hat. Wird nicht sonderlich viel gewesen sein, hat ja nur für 'ne kurze Affäre gereicht. Die meisten seiner Tussis waren hübscher, extravaganter. Aber wer weiß, dachte ich, vielleicht hat sie irgendwelche Qualitäten, von denen man auf den ersten Blick nichts ahnt.«

»Und dann hättest du gehabt, was Nicholas schon hatte«, stellte Clara fest.

»Nicholas, wen interessiert denn jetzt noch Nicholas? Den fressen doch längst die Würmer. Ilsa wusste ja gar nicht, welchen Gefallen sie mir tat, als sie die drei Männer umgebracht hat. Ich war nie an Nicholas' Geschäften mit den Fälschungen beteiligt. Aber so musste ich nur noch Johanson loswerden, um an das Geld zu kommen, das er damit verdient hat!« Er lachte schrill, und sein Gesicht verzerrte sich zu einer grotesken Maske. Sein Körper, der Clara im Vergleich zu dem von Nicholas bisher immer kleiner, schmächtiger vorgekommen war, schien zu wachsen. Vielleicht hatte sie diesen Eindruck aber auch nur, weil sie sich unwillkürlich krümmte und sich immer weiter zurückzog, bis sie an die Fensterbank stieß.

»Wie hast du mich eigentlich durchschaut?«, fragte er. »Ich meine, gestern Abend waren wir ziemlich nah dran an der Wahrheit. Als wir von diesem Tausendjährigen Reich gesprochen haben, von Luzifer, der freigelassen wird und seine

Fesseln abstreift. Ich glaube, an den Teil der Legende hat Ilsa nicht gedacht, als sie daran ging, Luzifer in die Hölle zu stoßen.«

»Alexander, bitte …«

Er war noch näher an sie herangetreten. »Eigentlich genial, was sie sich da ausgedacht hat«, meinte er. »Ich hätte nie gedacht, dass sie genug Fantasie für so was hat. Ich dachte auch immer, Frauen morden im Affekt, nicht nach einem ausgeklügelten Plan. Aber wahrscheinlich ist da die Pastorentochter mit ihr durchgegangen. Alles in einen großen Zusammenhang stellen, allem eine Ordnung geben. Dem bösen Ehemann beweisen, dass sie gar kein doofes Frauchen, sondern richtig genial ist. Ha! Da musste ich natürlich drauf achten, dass der Mord an Johanson schön ins Bild passte. Hat er ja auch, fast zumindest.«

Clara konnte keinen weiteren Schritt zurückgehen, sie konnte ihm nur mehr Worte entgegensetzen. »Du kommst damit nicht durch, Alexander. Du hast doch die SMS gelesen, die Polizei ist informiert. Ich habe den Schlüssel in deiner Jackentasche gefunden. Simon hat das Schließfach öffnen lassen.«

»Ich weiß«, sagte er. »Ich habe gerade mit ihm telefoniert und ihm gesagt, wie gemütlich wir's hier in deiner Wohnung haben. Wie schön es wäre, wenn er auch zu uns stoßen könnte.«

»Alexander …«

»Schade«, murmelte er. »Es ist wirklich schade um dich, jetzt, wo sich herausgestellt hat, dass du dein süßes kleines Köpfchen auch zum Denken benutzt.«

»Was willst du tun?«, fragte sie und versuchte, kühl zu klingen, die Panik zu unterdrücken. »Willst du mich auch umbringen? So wie du den Dänen umgebracht hast?«

»Das Schöne ist: Das muss ich gar nicht.«

Clara schluckte trocken. Nicht töten, dachte sie, er will mich nicht töten.

Ihre Erleichterung hielt jedoch nur kurz an, denn Alexander setzte sogleich hinzu: »Nein, das muss ich nicht. Das wirst du schön selber erledigen.«

Und in diesem Augenblick zog er eine Pistole.

Simon drehte fast durch, als die S-Bahn außergewöhnlich lange an der Konstablerwache stehen blieb und eine Triebwerksstörung gemeldet wurde. Am Bahnhof hatte er sich eigentlich ein Taxi nehmen wollen, sich wegen des oft stockenden Verkehrs in der Innenstadt aber gedacht, mit der S-Bahn schneller zu sein. Von wegen! Er war kurz davor, rauszuspringen und die restliche Strecke zu Fuß zu gehen. Aber dann setzte sich der Waggon im Schneckentempo in Bewegung und trudelte endlich an der Haltestelle Ostend ein.

Simon stöhnte auf, als er feststellte, dass man mindestens fünfhundert Meter entweder in die eine oder in die andere Richtung gehen musste, um die Rolltreppe zu erreichen. Keine Ahnung, ob er links oder rechts raus musste, Hanauer Landstraße oder Bankakademie. Er blieb stehen und atmete tief durch. Auf Doras Weißer-Tee-Packung hatte ein buddhistisches Sprichwort gestanden: »Manchmal kommt man schneller zum Ziel, wenn man zwischendurch einen Schritt zurückgeht.«

Blöder Spruch, aber Simon hielt sich dran. Er wollte sich nicht von seiner Panik überwältigen lassen, sondern entschied sich nach kurzem Nachdenken, in Richtung Bankakademie zu gehen. Die Rolltreppe war außer Betrieb, und in der Mitte hatten sich zwei junge Männer niedergelassen. Der eine zeigte dem anderen etwas auf seinem Smartphone.

»Aus dem Weg!«, rief Simon.

Die Jungs ließen das Smartphone sinken, erhoben sich und stellten sich breitbeinig vor ihn hin. »Immer mit der Ruhe, Alter!«

»Aus dem Weg!«, zischte Simon und quetschte sich zwischen ihnen hindurch, indem er gnadenlos von seinen Ellbogen Gebrauch machte. Eine Wolke aus Zigarettenrauch und aufdringlichem Haargel hüllte ihn ein.

»Bist du verrückt geworden, Alter?«, rief der eine Junge ihm empört hinterher, war aber zu bequem, um ihm nachzulaufen.

Endlich erreichte Simon das obere Ende der Rolltreppe und versuchte, sich zu orientieren. Kein Haus kam ihm auch nur halbwegs bekannt vor. Konzentrier dich! Konzentrier dich!

Das Einzige, was ihm in den Sinn kam, waren Alexander Roths Worte. »Wenn Sie Ihre Kollegen informieren, ist sie sofort tot.«

Er war nach dem vierten Läuten an Claras Handy gegangen.

»Pech gehabt«, hatte die Stimme am anderen Ende ganz ruhig erklärt. »Hier spricht nicht Clara, sondern Alexander Roth.« Er hatte eine kurze Pause gemacht, in der Simon noch gehofft hatte, Roth wüsste nichts von Claras Verdacht. Doch dann hatte er gesagt: »Ich weiß, dass Sie das Schließfach geöffnet haben. Sie bringen die EC-Karte sofort hier vorbei – so lange werde ich Clara nichts tun.«

Simon hetzte die Ostendstraße entlang. Irgendwo hier in der Nähe befand sich nicht nur Claras Wohnung, sondern auch eine kleine Bar, die meist ziemlich leer war. Er hatte sich mal mit Dora dort verabredet, nachdem sie Clara besucht hatte.

Simon bog rechts ab. Alexander wird ihr nichts tun, dazu ist ihm das Geld zu wichtig, überlegte er. Das Geld, zu dem im Moment nur ich Zugang habe.

Er ging die Uhlandstraße entlang und legte sich hektisch einen Plan zurecht. Es könnte klappen, dachte er. Dann wäre zumindest Clara in Sicherheit.

Endlich hatte er die Haustür erreicht und läutete; das Herz klopfte ihm bis zum Hals. Als die Tür aufging, zuckte er zusammen, doch es war nur ein Rentner, der hier offenbar wohnte und jetzt mürrisch seinen Briefkasten aufschloss.

»Immer diese Werbung«, schimpfte er. »Jetzt habe ich schon den Aufkleber: Keine Werbung! Und sie werfen das Zeug trotzdem rein. Alles Analphabeten, dieses Kanakenpack!«

Simon nickte wortlos und verwarf augenblicklich die Möglichkeit, den Mann um Hilfe zu bitten. Es dauerte eine Weile, bis der mürrische Alte den Briefkasten ausgeräumt und den Inhalt in die Altpapiertonne geworfen hatte. Als er endlich verschwunden war, läutete Simon noch einmal, obwohl er den Fuß in der offenen Tür hatte.

»Kommen Sie hoch!«, ertönte Alexander Roths Stimme aus der Gegensprechanlage.

Simon wartete absichtlich einige Sekunden, ehe er antwortete. »Nein«, sagte er schließlich, »nicht ich komme hoch zu Ihnen, sondern Sie kommen runter zu mir!« Und noch ehe

Roth ihm widersprechen konnte, fügte er hinzu: »Wenn Sie die EC-Karte haben wollen, dann müssen Sie tun, was ich Ihnen sage. Sie können mich als Geisel nehmen, ich begebe mich freiwillig in Ihre Hände, aber Sie lassen Clara in Ruhe! Fesseln Sie sie, sperren Sie sie ein, aber tun Sie ihr nichts! Wir beide regeln den Rest. Also kommen Sie jetzt runter!«

»Sie sind wahnsinnig, wenn Sie ernsthaft glauben, dass ich mich darauf einlasse«, schimpfte Alexander Roth ungehalten. »Ich habe eine Waffe, und wenn Sie nicht sofort Ihren Arsch in Bewegung setzen und mir die EC-Karte bringen …«

Schön blöd, wenn man nur die PIN-Nummer hat, dachte Simon.

»Wenn Sie Clara etwas tun, kommen Sie nie an das Geld, verlassen Sie sich darauf«, sagte er. »Aber wenn Sie sie in Ruhe lassen, haben Sie eine Chance. Oder glauben Sie ernsthaft, ich komme hoch, damit Sie uns beide erschießen können?«

Alexander zögerte kurz. »Sie sollten wissen, dass sich nicht nur Clara, sondern auch ihre Tochter in meiner Gewalt …« Er brach so plötzlich ab, dass Simon dachte, es gäbe irgendein technisches Problem mit der Sprechanlage. Doch dann ging ihm auf, dass Alexander abgelenkt worden sein musste.

Auch Simon hatte eine Bewegung wahrgenommen und blickte unwillkürlich an der Hausfassade hoch. Der Atem stockte ihm.

Bis zu dem Zeitpunkt, als Simon geläutet hatte, hatte Clara gehofft, dass er nicht so dumm sein würde, sich allein auf den Weg hierher zu machen. Egal, was er Alexander am Telefon versprochen hatte, wahrscheinlich hatte er ihn nur in Sicherheit wiegen wollen und Hartmann längst informiert. Die Polizei würde jeden Moment ihre Wohnung stürmen und Alexander verhaften.

Doch dann hatte sie durch das Fenster gesehen, wie er ganz allein die Straße entlangkam und im Eingangsbereich ihres Hauses verschwand. Sie konnte seinen Gesichtsausdruck nicht erkennen, nur, dass er aschfahl war.

Es wird keine Verstärkung kommen, dachte sie. Er ist auf sich allein gestellt … und ich auf mich.

Die Panik war mittlerweile zu groß, um sie noch zu spüren. Ihre Hände zitterten nicht mehr, seit Alexander ihr seinen Plan erklärt hatte, sondern fühlten sich ganz taub an.

»Keine Angst«, hatte er mit einem boshaften Lächeln gesagt. »Ich erschieße dich nicht. Sonst wüsste doch jeder gleich, dass ich es war.«

Clara hatte auf die Pistole gestarrt. »Was hast du vor?«, hatte sie mit heiserer Stimme gefragt. »Du kannst doch nicht Simon und mich aus dem Weg schaffen, ohne dass …«

»Glaub mir, ich kann. In welchem Stockwerk sind wir hier? Im vierten? Obendrein in einem Altbau mit sehr hohen Decken. Ich würde mal tippen, den Aufprall überlebst du nicht. Und dann wird es heißen: Oh, die arme Clara, so überfordert, so einsam. Sie kam mit ihrem Leben nicht zurecht, vor allem nicht mit ihrer Tochter. Nach einem wüsten Streit mit ihrem Exmann hat sie keinen anderen Ausweg gesehen, als sich aus dem Fenster zu stürzen.«

»Du bist verrückt«, brachte Clara krächzend hervor. »Du kannst mich nie …«

»Ich doch nicht«, grinste er. »Ich mache mir die Hände ganz bestimmt nicht schmutzig. Es war ekelhaft genug, Ilsa die Kehle aufzuschlitzen.«

»Ich werde niemals freiwillig …«

»Doch, das wirst du«, fiel er ihr ins Wort. »Weil du trotz allem eine gute Mutter bist. Dein Ex ist da vielleicht anderer Meinung, aber wenn ich dich vor die Wahl stelle: Entweder du springst, oder ich töte dein Kind, was wirst du dann wohl tun?«

Clara erstarrte. Kurz war Katharina alles, woran sie denken konnte. Die Schlafzimmertür, sie war nur angelehnt … Hoffentlich bockte Katharina weiter. Hoffentlich kam sie nicht ins Wohnzimmer!

»Bitte«, flehte Clara und schämte sich nicht, dass es so erbärmlich klang. »Tu Katharina nichts, sie ist doch noch so klein. Ich mache alles, was du willst, wenn du sie verschonst.«

»Na also, geht doch. Das mit dem Springen tut mir leid, es gibt schönere Arten zu sterben, aber alles andere dauert zu lange.«

»Aber Simon«, stammelte Clara, »Simon wird gleich hier sein. Was willst du tun? Ihn auch zum Selbstmord zwingen?«

»Nein«, entgegnete Alexander. »Den muss ich anders loswerden. Aber nicht hier.«

»Er wird niemals irgendwohin mit dir gehen! Vor allem nicht, wenn du mich …«

»Der tut im Moment alles, um dein Leben zu retten. Und wenn das keinen Sinn mehr hat, wird er wiederum alles tun, um deine Tochter nicht in Gefahr zu bringen. Zum Beispiel mit mir hinuntergehen, in dein Auto steigen, in den Wald fahren …«

Alexander sprach nicht weiter, doch Clara konnte sich auch so ausmalen, was er vorhatte. Er würde Simon in irgendeinem einsamen Waldstück erschießen und dann seine Leiche verschwinden lassen. Solange der Polizeibeamte nur vermisst wurde, würde sich kein eindeutiger Zusammenhang mit den Morden in Frankfurt herstellen lassen. Und wenn man irgendwann seine Leiche fand, hätte Alexander sich längst mit dem Geld ins Ausland abgesetzt. Geld, das Nicholas für seine gefälschten Gutachten bekommen hatte. Geld, das sich Augustin Johanson unter den Nagel hatte reißen wollen. Geld, mit dem sich Alexander nun eine Zeitlang ein schönes Leben machen konnte.

»Nur gut, dass Nicholas mir mal das ganze Prozedere erklärt hat«, sagte Alexander. »Er hatte sich das selber ausgedacht, und so eitel, wie er war, wollte er damit natürlich irgendjemanden beeindrucken, auch wenn's nur der dumme kleine Bruder war. Ralph Volkers hat die von Nicholas beglaubigten Echtheitszertifikate der Gemälde weitergeleitet. Augustin Johanson war wiederum für das Finanzielle zuständig. Falls Taranow aufgeflogen wären, hätte es keine direkte Verbindung zu Nicholas gegeben. Eigentlich ganz banal, die Nummer. Taranow deponiert das Geld, das er von den Russen bekommen hat, auf einem Konto. Johanson hebt es ab und legt es in Dänemark anonym an. Nicholas greift später darauf zu. Blöd nur, dass Johanson die EC-Karte für das Konto noch nicht aus dem Schließfach geholt hatte und ich bei ihm nur den Schlüssel und die PIN gefunden habe. Sonst wäre alles schon erledigt, und du hättest nicht diese … Schwierigkeiten.«

»Damit kommst du nicht durch!«

»Mal sehen«, überlegte Alexander. »Keiner weiß, dass ich hier war. Ich bin bis jetzt noch der Verschollene. Oder hast du mir gestern wirklich geglaubt, dass ich auf dem Präsidium war, bevor ich bei dir aufgetaucht bin? Ich wollte mir lieber von dir alle Informationen holen. Darüber, was die Polizei so vermutet. Ob sie sich wirklich ganz auf Ilsa eingeschossen haben – hach, was für ein blödes Wortspiel, über so etwas scherzt man nicht. Oder ob sie doch noch irgendetwas gegen mich in der Hand haben. Hat alles so gut geklappt. Schade, wie es jetzt gelaufen ist. Ich wäre wirklich gerne in Deutschland geblieben und hätte meinen Namen behalten. Was glaubst du, wie leicht man Frauen rumkriegt, wenn man den trauernden Witwer spielt.«

»Katharina«, stammelte Clara, die an nichts anderes denken konnte. »Katharina könnte dich sehen …«

»Das sollte sie besser nicht«, meinte Alexander kalt. »Ich hoffe mal, dass sie lange genug schmollt. Vorhin hatte ich nicht unbedingt den Eindruck, dass sie gerne bei dir ist.«

In diesem Augenblick sah Clara Simon die Straße entlangkommen, und kurz darauf läutete es an der Tür.

»Ging ja schnell«, stellte Alexander zufrieden fest. »Ich werde ihm jetzt die Tür öffnen. Und wenn du meinst, du könntest mit dem Küchenmesser hinterrücks auf mich losgehen, knalle ich dich ab, und gleich danach deine Tochter. Hast du verstanden?«

»Ja«, sagte Clara leise. Er wird die Tür öffnen, ging es ihr durch den Kopf, und Simon wird hochkommen. Und bevor er oben ist, wird Alexander von mir verlangen …

Sie wappnete sich innerlich gegen Alexanders Rückkehr. Doch dann hörte sie ihn plötzlich wütende Worte in die Gegensprechanlage schreien und lauschte aufmerksam. Was immer Simon bezweckte, er schien es Alexander so schwer wie möglich machen zu wollen.

Ja, dachte Clara, halt ihn auf, schinde Zeit, damit ich … ja, was eigentlich?

Sie zweifelte nicht daran, dass Alexander seine Drohung wahr machen würde, wenn sie sich wehrte oder wenn sie versuchte, zu Katharina ins Schlafzimmer zu gelangen. Sie war mehr oder weniger im Wohnzimmer gefangen, denn um ins Schlafzimmer zu gehen, musste sie durch den Flur, und dort stand Alexander. Fieberhaft blickte sie sich um – und dann kam ihr eine Idee.

Sie vermied es, in die Tiefe zu schauen. Sie war sicher, dass sie es nicht fertiggebracht hätte, das Fenster zu öffnen, auf das Fensterbrett zu klettern, die Füße nach außen zu schwingen und schließlich Halt auf dem etwa zwanzig Zentimeter breiten Mauersims zu finden, wenn sie auch nur einen Blick nach unten geworfen hätte.

Also starrte sie auf die Wohnzimmerwand, während sie sich am Fensterbrett festhielt und den zweiten Fuß auf den Mauersims setzte. Sie schickte ein Stoßgebet zum Himmel, dass es stabil genug war, sie zu tragen, dann ging sie daran, den schwierigsten Teil ihres Plans umzusetzen. Sie musste nach links balancieren, in Richtung des kleinen Balkons vor ihrem Schlafzimmer, und zu diesem Zweck musste sie das sichere Fensterbrett loslassen und sich irgendwo anders festhalten.

Katharina, ich muss zu Katharina, murmelte sie zum wiederholten Mal, um ihre Panik und ihre Höhenangst zu bezwingen. Ich mache das alles nur für sie.

Clara ertastete nichts weiter als den schmalen Zwischenraum zwischen zwei Ziegeln, in den sie höchstens die Fingerkuppen schieben konnte. Wieder dachte sie stur an Katharina, die sie vor diesem Irren schützen musste. Sie vergewisserte sich nochmals, ob ihre Füße genug Halt hatten, klammerte sich mit der einen Hand an den Ziegelstein und ließ mit der anderen das Fensterbrett los. Ihr Körper verkrampfte sich.

Nicht in die Tiefe schauen, dachte sie. Die zwanzig Millimeter Mauervorsprung mussten reichen, um das Gleichgewicht zu halten. Mühsam machte sie einen Schritt zur Seite und versuchte, auch mit der anderen Hand in einem Mauerspalt Halt zu finden. Dann machte sie einen zweiten Schritt. Dann noch einen, und dann hatte sie den Schlafzimmerbalkon erreicht.

Schnell, sie musste sich beeilen. Simon hatte sie zwar gesehen, wahrscheinlich erkannt, was sie vorhatte, und versuchte nun, Alexander abzulenken. Und wenn der die Nerven verlor, zurück ins Wohnzimmer kam und das offene Fenster sah, würde er zunächst denken, dass sie ihm zuvorgekommen war. Doch sie konnte nicht darauf setzen, dass er sich mit einem zufriedenen Lächeln begnügte. Er würde in die Tiefe schauen, und wenn sie dort nicht lag …

Clara zwang sich, die Finger von der Wand zu lösen, streckte die Hand nach dem geschwungenen Balkongeländer aus und seufzte erleichtert, sobald sie es umklammerte. Sie wuchtete ihren Körper über das Geländer, stürzte zur Balkontür und trommelte leise dagegen. Durch die Scheibe sah sie, wie Katharina irritiert hochblickte. Sie hatte ihren Kopf nicht länger zwischen den Knien versteckt, sondern kritzelte in ihrem Malbuch. Es sah nicht so aus, als würde sie den Osterhasen sorgfältig ausmalen, eher, als wollte sie ihn mit dem schwarzen Stift erstechen.

Clara klopfte wieder. »Mach auf«, rief sie.

Einen Herzschlag lang fürchtete sie, ihre Tochter wäre immer noch beleidigt, aber Katharina legte das Malbuch weg, stand auf und öffnete die Balkontür.

Clara widerstand dem Bedürfnis, sie an sich zu drücken, sich der Erleichterung hinzugeben, dass sie bei ihr war und es Katharina gut ging. Noch war die Gefahr nicht überstanden, und so schob sie die Kleine zur Seite und lief zur Schlafzimmertür.

Sie war sich nicht sicher gewesen, ob der Schlüssel von innen im Schloss steckte, und schluchzte auf, als sie ihn tatsächlich sah. Sie drehte ihn keinen Augenblick zu früh um, denn schon hörte sie Alexanders Schritte.

»Mach die Tür auf!«, schrie er.

Bitte, Simon, beeil dich, flehte Clara innerlich. »Unters Bett«, zischte sie der verstörten Katharina zu. »Ich will, dass du dich unter dem Bett verkriechst.« Aber Katharina starrte sie nur mit weit aufgerissenen Augen an.

Alexander hatte jetzt begonnen, gegen die Tür zu treten. Das Holz knirschte bedrohlich, die Klinke erzitterte.

Nervös sah sich Clara im Schlafzimmer nach irgendeiner Waffe um, die sie gegen ihn richten könnte, um sich und Katharina zu verteidigen. Sie zog einen Stuhl vor die Tür, um sie zu blockieren, und suchte fieberhaft nach weiteren Möbelstücken, die sie vorschieben konnte.

Wieder knirschte das Holz, der Stuhl bebte, er war nicht massiv genug, um einem Angreifer wie Alexander standzuhalten. Doch in dem Augenblick, als er nach hinten zu kippen drohte, ertönte aus dem Flur ein Knall.

Alexander stieß einen Fluch aus und entfernte sich mit lauten Schritten von der Schlafzimmertür. Clara presste ihr

Ohr an die Tür, um zu lauschen. Sie hörte Simons Stimme, so scharf und energisch, wie sie ihn noch nie hatte sprechen hören.

Plötzlich verstummte er. Einen Augenblick lang war es totenstill, Clara hörte nur ihr eigenes Herz, das wie verrückt klopfte, und ihren trockenen, ächzenden Atem, dann Katharinas leises Weinen.

Clara drehte sich um und stürzte zu ihr, nahm sie schützend in die Arme.

Katharina schmiegte sich schluchzend an sie. »Mama!«, stieß das Mädchen hervor, dann zuckte es zusammen und verstummte.

Ein Schuss war gefallen.

29

Simon kniete neben Alexander und fragte sich, wie er in diese Lage geraten war. Eben noch hatte er vor der Wohnungstür gestanden, überlegt, wie er sie aufbrechen könnte, und dann mehrmals auf das Schloss geschossen. Was seitdem geschehen war, raste jetzt so schnell durch seinen Kopf, dass er kein einziges Bild davon klar erfassen konnte. Ein verzerrter schwarz-grauer Schatten, Alexander, wie er vor der verschlossenen Tür von Claras Schlafzimmer stand, herumfuhr, auf Simon zulief, seine Waffe hob, aber nicht mehr abdrücken konnte.

Diesmal hatte Simon nicht so lange gezögert.

Er nahm Alexanders Hand und fühlte nach dem Puls. Der Körper wirkte nicht nur leblos, sondern irgendwie leer, als läge da kein Mensch, der eben noch geatmet, gesprochen, sich bewegt hatte, sondern eine Plastikpuppe.

Kein Puls. Jetzt erst nahm Simon wahr, wie Alexanders Augen ihn anstarrten, reglos wie seine Glieder und mit einem Ausdruck des Erstaunens.

Warum habe ich nicht einfach nur in seine Hand oder sein Bein geschossen, überlegte Simon. Der erste vernünftige Gedanke nach Minuten der Verwirrung.

Sein Gehirn fühlte sich matschig an, als wäre er selbst von einer Kugel gestreift worden, und als er seine Hände von dem Toten zurückzog, hatte er nicht den Eindruck, dass Blut darin zirkulierte. Sie schienen auch gar nicht zu ihm zu gehören, sondern glichen ebenfalls denen einer Gummipuppe ohne Seele, ohne freien Willen, ohne Würde, die man verletzen konnte.

Simon zuckte zusammen, als er hinter sich einen Schatten wahrnahm. Er sprang auf und zog unwillkürlich erneut die Waffe. Doch noch ehe Clara abwehrend die Hände hob, erkannte er sie und ließ die Pistole sinken. »Ich habe ihn getötet«, stieß er hervor.

»Gut … das ist gut.« Clara war kalkweiß im Gesicht. Die dünnen blonden Haare klebten an ihrem verschwitzten Gesicht. Ihre Hände zitterten, und Simon war neidisch auf diese heftige Regung, während er selbst so erstarrt war.

Und dann hatte er Clara schon an sich gezogen, barg ihren Kopf an seiner Brust, streichelte über ihre Haare, die sich ganz weich anfühlten. Zu spät bemerkte er das Blut an seinen Händen, das Blut des Mannes, den er erschossen hatte. Er hatte Claras Bluse befleckt, ihre Haare.

Clara hob den Kopf, schien zurückweichen zu wollen, doch anstatt sie loszulassen, hielt er sie noch fester und hauchte ihr einen Kuss auf die Stirn. Seine Lippen verharrten zu lange, um rein freundschaftlich zu sein, schmeckten ihre Haut.

»Nicht … ich muss mich um Katharina kümmern … und du … Dora …«

Ein zweites Mal versuchte sie sich ihm zu entziehen, und diesmal hinderte er sie nicht daran, sondern ließ sie schlagartig los. Sie taumelte.

Er wandte sich ab, schaute weder sie an noch den Toten, aus dessen Brust Blut sickerte. Er musste ihn direkt ins Herz getroffen haben. »Ich rufe Hartmann an«, sagte er, und seine Stimme klang wie die eines Fremden.

Zum ersten Mal freute sich Simon, Hartmanns Stimme zu hören, auch wenn sie nörgelnd klang wie immer.

Zwanzig Minuten dauerte es von seinem Anruf bis zum Eintreffen des Teams, und so lange war er allein mit dem Toten. Sobald sie sich von ihm losgemacht hatte, hatte Clara sich mit Katharina wieder im Schlafzimmer verschanzt. Er hörte ihr Murmeln, mit dem sie die völlig verstörte Kleine zu beruhigen versuchte, das Summen des Kühlschranks, das Surren einer Fliege, die erst um den Mülleimer flog, dann um den Toten. Simon nahm eine alte *Frankfurter Neue Presse*, rollte sie ein, schlug nach der Fliege. Erst nach drei Schlägen war sie tot, sie klebte an der letzten Seite der Zeitung, auf einem Artikel über Eintracht Frankfurt. Schwungvoll warf Simon die Zeitung Richtung Altpapierkiste, verfehlte sie aber. Eine Werbebroschüre für Hapag-Lloyd-Kreuzfahrten fiel heraus. Die Beine der Fliege schienen immer noch zu zucken.

Er konnte einen Menschen mit einem Schuss töten. Aber bei einer Fliege reichte ein Schlag nicht aus.

Als es endlich läutete, wartete er darauf, dass Clara aus ihrem Schlafzimmer kam und die Haustür aufdrückte. Er schaffte es nicht, Alexander Roth den Rücken zuzukehren. Erst als Hartmann und Mike Hoff den vierten Stock erreichten und an Clara vorbei durch die aufgebrochene Tür marschierten, wandte er sich von der Leiche ab.

Hartmann musterte erst ihn, dann Alexander Roth, zog seine eigenen Schlüsse und runzelte ärgerlich die Stirn. »Was soll denn das?«, herrschte er Simon an.

Simon bückte sich und warf die Zeitung samt Hapag-Lloyd-Broschüre und toter Fliege ins Altpapier. Dann ging er mit ruhigen, festen Schritten auf Hartmann zu, baute sich vor ihm auf, bis der andere zurückwich, und erklärte verächtlich: »Sie haben einen Fehler gemacht, nicht ich.«

Schlagartig verwandelte sich Hartmanns Gesichtsausdruck. Seine Lider flackerten, sein Blick wich Simon aus. »Wie bitte?«

»Sie haben ganz richtig gehört«, sagte Simon mit einer Stimme, die kaum lauter als ein Raunen war. »Wegen Ihrer Schlamperei und Arroganz wäre Clara Mohr fast ermordet worden. Sie hätten nur genauer zuhören müssen, dann wäre die Sache von Anfang an anders gelaufen.«

Hartmann drehte sich hilfesuchend zu Mike um, doch der junge Polizist hatte sich neben Alexander Roths Leiche gehockt, fühlte nach dem Puls und schüttelte schließlich ohne sonderlich großes Bedauern den Kopf.

»Können Sie mir endlich sagen, was hier passiert ist?«

Simon zog etwas aus der Tasche und knallte es geradezu gegen Hartmanns Brust. Es war die EC-Karte aus dem Schließfach.

»Gehen Sie damit mal zum Bankautomaten und geben Sie die PIN-Nummer 0616 ein. Auf dem Konto werden Sie eine halbe Million Euro finden. Der tote Däne war tatsächlich an Nicholas' Geschäften mit den gefälschten Gemälden beteiligt. Nachdem Ilsa Roth ihren Schwager ermordet hatte, dachte Johanson, dann könne er ja das ganze Geld nehmen und sich damit aus dem Staub machen. Die EC-Karte war von Danilo Taranow in einem Schließfach hinterlegt worden. Um die Spuren zu verwischen, hatte er mit Johanson nie in direktem Kontakt gestanden – nur über dieses Schließfach, zu dem beide Zugang hatten. Alexander war wohl nicht an den illegalen Machenschaften beteiligt, aber er wusste davon und hat Johanson erschossen, um an das Geld zu kommen. Durch die Inszenierung ist es ihm gelungen, die Tat seiner Frau in die Schuhe zu schieben. Doch sie hat nur die ersten drei Morde begangen.«

»Und wie hätte ich all das ahnen sollen?«, schnaubte Hartmann.

»Clara Mohr hat angedeutet, dass sich das Tatmuster ab dem dritten Mord leicht verändert hat – was dann vor allem beim vierten augenscheinlich wurde«, entgegnete Simon. »Es war nur ein Detail. Doch ein äußerst wichtiges. Sie erinnern sich sicher daran, dass der Tote eine Waage in der Hand hielt und wir uns alle darüber gewundert haben, da es kein Bildmotiv gibt, in dem Luzifer dem Erzengel Michael die Waage entreißt. Natürlich nicht! Denn Alexander ist zwar der Handschrift seiner Frau gefolgt, sodass man alle vier Morde ein und demselben Täter zugeschrieben hat, gleichzeitig hat er sich aber einen Spaß daraus gemacht, seine eigene Botschaft zu verkünden. Der Tote sollte diesmal nicht Luzifer darstellen, sondern den Erzengel. Der hat nicht länger die Macht, Luzifer in die Hölle zu stoßen, sondern wird von diesem überwältigt. Vielleicht brauchte Alexander Roth das für sein Ego – so genial seine Frau ihr eigenes ›Kunstwerk‹ angefertigt hatte, er setzte da noch eins drauf. In jedem Fall hat er uns nicht zugetraut, dass wir aus diesen Symbolen schlau werden. Doch wir wären dazu durchaus fähig gewesen, wenn wir uns nur eingehender damit befasst hätten. Aber Sie haben das alles ja für Humbug gehalten.« Simon verstummte und sah Hartmann vorwurfsvoll an.

»Hinterher ist man immer schlauer. Und Sie hätten doch genauso gut …«

»Ich weiß jetzt auch, warum wir bei Danilo Taranow, dem dritten Opfer, das Schwert gefunden haben: Ilsa Roth brauchte es nicht mehr, weil das ihr letzter Mord sein würde. Luzifer, also ihr Exmann, war in ihren Augen ein für alle Mal in den Staub getreten worden. Nicht nur, dass er seinen Bruder brutal ermordet hatte – mit den anderen beiden Morden hängte sie ihm zugleich ein Motiv an: die Schulden bei Nicholas und seine, Alexanders, angebliche Beteiligung an den gefälschten Gutachten. Sie konnte nun also die Waffen fallen lassen.«

»Da kommen Sie auch erst jetzt drauf!«

»Ich habe das schon vermutet, als wir Taranow fanden, aber ich hatte damals gar keine Zeit, richtig darüber nachzudenken und die entsprechenden Schlüsse zu ziehen. Sie haben mich ständig wie den allerletzten Idioten behandelt!«

»Jetzt spielen Sie doch nicht das kleine, trotzige Kind, dem man das Spielzeug weggenommen hat.«

»Wenn sich hier irgendeiner kindisch und stur verhalten hat, dann sind das …«

»Nun hört doch mal auf!« Es war Mike Hoff, der sie unterbrach. Unbehaglich zog er die Schultern hoch. »Ich habe gerade einen Anruf aus dem Krankenhaus erhalten«, sagte er. »Ilsa Roth ist tot.«

»Na toll!«, schnaubte Hartmann. »Dann haben wir jetzt keine Zeugin mehr.«

»Sie ist nicht einfach nur tot, sie ist ermordet worden. Eine ziemlich blutige Sache. Man hat ihr die Kehle durchgeschnitten.«

»Bin ich hier nur von unfähigen Schwachköpfen umgeben? Sie stand doch unter Polizeischutz!«, tobte Hartmann los.

»Der hat wohl nichts mitbekommen«, meinte Mike. »Eine Krankenschwester hat die Tote gefunden.«

»Alexander musste sie töten«, schaltete sich Simon wieder ein. »Wenn sie zu Bewusstsein gekommen wäre und ein Geständnis abgelegt hätte, hätte sie sich nur zu den ersten drei Morden bekannt, den vierten aber strikt geleugnet.«

Hartmann schnaubte wieder, es war nicht zu erkennen, wem sein Ärger diesmal galt.

»Vier Opfer und zwei tote Mörder«, meinte Mike sarkastisch. »Das nenne ich mal 'ne Ausbeute.«

»Es hätten noch mehr sein können.« Simon warf einen Blick zu Clara hinüber. Sie stand an der Wohnungstür und ließ weitere Beamte in ihre Wohnung.

»Hab gar nicht gewusst, dass Sie schießen können«, sagte Hartmann unvermittelt. Es klang nicht kleinlaut, sondern immer noch ungehalten, aber wahrscheinlich war das das Äußerste an Lob, was Simon von ihm erwarten konnte.

Er sagte nichts, blickte den Hauptkommissar nur herausfordernd an. Manche Triumphe wurden größer, wenn man darüber schwieg, nicht, wenn man mit ihnen prahlte.

»Alles in Ordnung mit dir?«

Nach der Umarmung waren sie auf Abstand geblieben. Clara hatte die Arme vor der Brust verschränkt, Simon die Hände hinter dem Rücken gefaltet.

»Ja, doch. Ich brauche auch heute keinen Arzt.« Sie grinste flüchtig, als sich ihre Blicke trafen.

»Und was ist mir dir?«

Eben wuchteten zwei Sanitäter den toten Alexander auf eine Bahre. Obwohl Clara nicht hinschauen wollte, blieben ihre Augen unwillkürlich an dem schwarzen Leichensack hängen. Die beiden Männer, die die Bahre nun abtransportierten, wirkten so gleichgültig, als würden sie ein Möbelstück herumschleppen. Das Handy des einen läutete. Die Melodie von »I can't get no satisfaction« tönte ebenso laut wie unpassend durch Claras Wohnung. Der Mann griff in seine Jackentasche und drückte den Anruf weg, dabei geriet die Bahre kurz in Schieflage. Schnell packte er sie wieder und fluchte wenig später über den zu kleinen Aufzug.

»Jetzt müssen wir den auch noch zu Fuß runterschleppen. Viertes Stockwerk, ausgerechnet.«

Eine Weile hörte man noch ihre Schritte, dann nichts mehr.

In den Staub wollte Ilsa dich treten, dachte Clara. Aber am Ende ist nur ein schwarzer Plastiksack geblieben.

Simon hatte es vermieden, auf die Bahre zu schauen. Clara sah, wie sich sein Kiefer anspannte. Wieder trafen sich ihre Blicke.

»Nicht so schlimm«, murmelte er.

Eben noch wäre es undenkbar gewesen, doch jetzt trat sie die zwei Schritte vor, die zwischen ihnen lagen, und strich ihm flüchtig über die Hand. Anfangs schien er es nicht zu bemerken, doch als sie die Berührung wiederholte, nahm er ihre Finger zwischen seine und drückte sie kurz.

»Es gibt doch sicher Leute bei der Polizei, die dafür geschult sind … in solchen Situationen …«, setzte Clara hilflos an. »Ich meine, es gibt doch sicher jemanden, mit dem du reden kannst.«

Simon rang sich ein Lächeln ab. »Das hat mir Dora heute früh auch geraten.«

»Ruf sie an.«

»Ich fahre ohnehin gleich nach Hause.« Er zog seine Hand zurück. »Und wie geht's Katharina?«

»Ich habe versucht, ihr die Sache so gut wie möglich zu erklären«, sagte Clara schnell. »Gott sei Dank hat sie nicht viel mitbekommen.«

Einer der Polizeibeamten war jetzt bei der Kleinen. Sie hatte dessen schwarze Uniform fasziniert gemustert. »Mein Osterhase hat auch so eine Uniform«, hatte sie ihm erklärt. »Und ein Riesengewehr.«

Im Treppenhaus waren Schritte zu hören. Jemand eilte die Stufen hoch.

»Was ist denn hier los?«, ertönte Philips gereizte Stimme.

Simon wich noch weiter von Clara zurück. Entgegen seiner Gewohnheit betrat Philip die Wohnung und musterte die Beamten misstrauisch.

»Ich …«, begann Clara stammelnd und wusste nicht, wie sie ihm mit möglichst wenigen Worten erklären sollte, was hier geschehen war und dass sie nicht die Schuld daran trug.

»Ein Polizist hat mich angerufen und mir gesagt, dass meine Tochter mich braucht«, fuhr er sie an.

Clara spürte einen Stich. Klar doch, Papa musste her. Ein bewaffneter Osterhase genügte nicht. Mama erst recht nicht.

»Das wird ein Nachspiel haben«, zischte Philip, ehe sie sich rechtfertigen konnte. »Ich weiß nicht, was hier passiert ist, aber …«

»Richtig«, fiel Simon ihm scharf ins Wort. »Du weißt nicht, was passiert ist. Also halt einfach die Klappe!«

Philip drehte sich um und musterte Simon verächtlich. Clara hatte mehr als einmal gehört, wie er von oben herab über diesen »Polizisten« gesprochen hatte. Als ob er seinem

Schwager mit einem stinknormalen Jurastudium so viel voraus hätte, hatte sie damals gedacht.

»Was machst du eigentlich hier?«, fragte Philip konsterniert.

»Ich habe den Mann erschossen, der deine Frau … deine Exfrau umbringen wollte«, erklärte Simon. Der scharfe Tonfall war aus seiner Stimme gewichen, er klang nun ganz nüchtern.

Philip blickte irritiert zwischen Simon und Clara hin und her.

»Papa!« Katharina kam an der Hand des Beamten aus Claras Schlafzimmer, lief Philip entgegen und klammerte sich wie ein Äffchen an ihn.

Philip vergrub das Gesicht in ihrem Haar, und die Gereiztheit schwand aus seinen Zügen. So zärtlich hatte er einst auch Clara angesehen, damals, als er noch dachte, es wäre ganz einfach, sie glücklich zu machen.

»Es ist vielleicht am besten, wenn du mit ihr zum HNO-Arzt gehst«, murmelte Clara und rang die Hände, bis es schmerzte.

Philip nickte. Er verzichtete zwar auf neue Vorwürfe, konnte sich aber nicht verkneifen zu sagen: »Wir können gerne eine neue Besuchsregelung treffen, wenn du willst. Vielleicht genügt dir ein Wochenende im Monat.«

Clara war zu müde, um etwas darauf zu erwidern. Aus den Augenwinkeln sah sie, wie Simon empört den Mund aufmachte, aber ehe er Philip anfahren konnte, hob sie beschwichtigend die Hände und schüttelte den Kopf. Simon verstand.

Clara streichelte ihrer Tochter über die Haare. »Mach's gut, mein Schatz. Willst du dein Malbuch mitnehmen?«

Katharina schüttelte den Kopf. »Ich habe den Osterhasen ganz schwarz angemalt«, erzählte sie ihrem Vater.

»Seit wann sind Osterhasen schwarz?«, fragte Philip und hatte keinen Blick mehr für Clara, als er mit seiner Tochter auf dem Arm die Wohnung verließ.

»Du musst nicht bleiben«, sagte Clara schnell zu Simon. »Ich komme wirklich klar.« Beinahe hoffte sie, dass er den Kopf schütteln würde.

Doch er senkte den Blick. »Lass uns später noch mal telefonieren.«

Clara sah zu Boden, als er sich abwandte. Sie hatte das Bedürfnis, tausend Stunden zu schlafen – und wusste zugleich, dass sie hier keine Ruhe finden würde. In ihrem Büro würde sie künftig an den toten Nicholas denken müssen – und in ihrer Wohnung an den toten Alexander. Großartig, dachte sie bitter. Gibt es in meinem Leben noch irgendeinen Ort, an dem niemand gestorben ist?

Sie dachte an den Tag, als alles begonnen und sie mit Hartmann in der Kaffeeküche des Museums gestanden hatte. Sie hatte das Gefühl, dass sich ein Kreis schloss, als sie die anwesenden Polizeibeamten fragte: »Möchte jemand einen Kaffee?«

Es war still im Haus, als Simon zurückkehrte. Auf dem Küchentisch stand noch das Frühstücksgeschirr: seine Kaffee- und Doras Teetasse, der Akazienhonig, der leere Brotkorb, ein Teller mit einem angebissenen Croissant.

Simon zögerte kurz, ob er abräumen sollte, machte sich aber stattdessen auf die Suche nach Dora. Mehrmals rief er ihren Namen, erhielt jedoch keine Antwort. Er stieg hoch in den ersten Stock und sah, dass ihre Schlafzimmertür geschlossen war.

Wie satt er es hatte, immer wie ein Bittsteller an ihre Tür zu klopfen, darauf warten zu müssen, dass sie ihm Einlass gewährte.

Er riss die Tür auf, und Dora zuckte zusammen. Sie war geschminkt und frisiert, trug aber noch ihren lachsfarbenen Morgenmantel und saß mit übereinandergeschlagenen Beinen auf dem Bett. Über die gelbe Satinbettwäsche hatte sie die rostfarbene Tagesdecke geworfen, die fast den gleichen Farbton hatte wie ihr Haar; mehrere beige Kissen waren am Kopfende verteilt, und an einem lehnte sie, während sie in einer Illustrierten blätterte. »Musst du mich so erschrecken?«

Simon trat in den Raum und setzte sich einfach aufs Bett, wenngleich in ausreichendem Abstand zu ihrem Körper. Er stützte seine Ellbogen auf die Knie, legte den Kopf in die Hände und schloss die Augen.

»Was ist denn passiert?« In Doras ungehaltener Stimme lag noch die Kränkung vom Morgen, als er sie einfach am Frühstückstisch hatte sitzen lassen, doch er hörte auch ehrliche Sorge.

Er musste erbärmlich aussehen, wenn sie so reagierte.

Sie legte die Zeitung weg und beugte sich zu ihm herüber. Er fühlte, wie ihre Hand kurz über seinen Schultern in der Luft verharrte und ihn dann vorsichtig berührte.

»Was ist passiert?«, wiederholte sie leise.

Da sprudelten die Worte nur so aus ihm hervor, wirr und ohne jeden Zusammenhang. Manche Sätze wiederholte er mehrfach. Dora unterbrach ihn nicht, stellte keine Zwischenfragen. Manchmal hatte er den Eindruck, sie wolle ihre Hand zurückziehen, vor allem, als er erzählte, dass er Alexander Roth erschossen hatte, doch sie tat es dann doch nicht, und am Ende, als er die Augen öffnete und sich aufrichtete, merkte er, dass sie mittlerweile neben ihm saß. Betreten sah sie ihn an.

»Es ging so schnell«, stammelte er. »Ich wollte ihn nicht töten, ich musste es tun … Und es hat sich gut angefühlt … so saugut.«

Er wollte aufstehen, doch Dora hielt ihn fest, zog ihn an sich. Ohne es zu wollen, vergrub er seinen Kopf an ihrer weichen Brust, verharrte dort.

»Ist mit Clara alles in Ordnung?«, fragte sie.

»Ja«, sagte er mit rauer Stimme, »ja, es geht ihr gut.«

»Dann ist doch alles gut«, sagte sie und drückte ihn fester an sich. Ihr Duft hüllte ihn ein, sie trug längst nicht mehr Opium, sondern Essenza di Roma von Laura Biagotti.

Ob auch Clara ein Parfüm trug? Er konnte sich nicht mehr erinnern, wie sie gerochen hatte.

Ein Zittern durchlief seinen Körper. Dora hielt ihn immer noch fest.

»Komm«, sagte sie schließlich, »leg dich zu mir.«

Sie öffnete ihren Bademantel, darunter war sie nackt. Sie musste sich eingecremt haben, ihr Körper glänzte noch. Langsam begann sie, sein Hemd aufzuknöpfen.

Ich kann jetzt nicht, wollte er sagen, aber er wusste, dass es gelogen wäre.

»Mein Held«, murmelte sie, bevor sie ihn küsste. »Mein Held.«

Er war nicht sicher, ob er einen spöttischen oder mitleidigen Unterton hörte, und fuhr über ihren Körper, bis seine

Finger von der Creme klebten. Er spürte, wie sie an seinem Gürtel nestelte.

Sex ist nicht die Lösung unserer Probleme, hatte er sich in den letzten Wochen oft gedacht. Aber wenn Hartmann und die anderen Kollegen ihn nun mehr respektierten, wenn er nicht ständig mit seiner Versetzung haderte, dann hatten sie doch auch keine Probleme mehr, oder?

Und falls doch, war dies nicht der richtige Zeitpunkt, darüber nachzudenken.

Er rollte sich auf sie. »Ich mache den ganzen restlichen Tag frei«, sagte er heiser.

»Ich auch«, sagte sie und küsste ihn wieder.

30

Die Kieselsteine knirschten unter den Reifen ihres Autos, als Clara vor dem Schloss hielt. Normalerweise fuhr nur Philip mit seinem Wagen vor, ganz langsam und vorsichtig, damit keine unschönen Fahrspuren im Kies entstanden. Alle anderen stellten ihre Autos in der Garage neben dem Besucherparkplatz ab. Clara schaltete den Motor aus und zog die Handbremse an.

Als sie über die steinerne Treppe zum Eingang schritt, stiegen Erinnerungen in ihr hoch: Wie sie zum ersten Mal hierher gekommen war, als Philip sie seinen Eltern vorgestellt hatte, wie aufgeregt sie damals gewesen war und zugleich glücklich, weil sie den Künstler kannte, von dem das Gemälde in der Eingangshalle stammte. Wolf Vostell. Kaum zu glauben, dass es dem Geschmack der von Haidhausens entsprach. Laurenz von Haidhausen, Philips Vater, war auf jeden Fall beeindruckt gewesen.

Einige Jahre später war sie mit der neugeborenen Katharina nach Hause gekommen, hatte auf der Treppe gezögert, wollte nicht weitergehen. »Es … es ist so groß«, hatte sie mit Blick auf das Schloss gesagt.

»Du tust ja so, als würdest du es zum ersten Mal sehen.«

In gewisser Weise war das so. Als kinderlose Frau war alles ein Spiel gewesen, jetzt wurde es plötzlich Ernst.

Wieder ein paar Jahre später hatte Dora sie spätabends hier abgeholt, nachdem sie beschlossen hatte, sich von Philip zu trennen. Sie war im wahrsten Sinne des Wortes bei Nacht und Nebel geflohen, nur mit einer kleinen Reisetasche, in der sich das Nötigste befand. Der Reißverschluss hatte geklemmt, weil der Zipfel einer weinroten Bluse herausschaute, und als sie ihn hineinstopfen wollte, war der Stoff im Reißverschluss hängengeblieben. Sie hatte die Bluse nie wieder getragen.

Wegen Katharina war sie manchmal hierher zurückgekehrt, zum Beispiel an ihrem fünften Geburtstag, doch sie hatte die neugierigen und verächtlichen Blicke gehasst. Die des Personals und erst recht die ihrer Schwiegereltern.

Der Gärtner mit dem merkwürdigen Namen Gregor Wunderlich beschnitt eben den Efeu, der an der Fassade emporrankte. Er stand auf der obersten Stufe einer Leiter und starrte auf Clara hinab wie auf einen Geist.

»Guten Tag, Herr Wunderlich«, rief sie ihm zu, nicht nur aus Höflichkeit, sondern um zu testen, ob ihre Stimme fest genug klang.

Der Gärtner nickte ihr wortlos zu. Dann hatte sie schon die Tür erreicht und läutete. Sie stürmte in die Eingangshalle, sobald sie geöffnet wurde.

Frau Jakobi, die Haushälterin, starrte sie ebenso irritiert an wie Herr Wunderlich es getan hatte, doch diesmal hatte Clara sich rechtzeitig dagegen gewappnet. »Guten Tag, Frau Jakobi!«

»Wo wollen Sie denn …«

»Zu Katharina«, fiel Clara ihr ins Wort. »Ich will zu meiner Tochter. Ist sie oben?«

Frau Jakobi nickte, um gleich darauf empört zu fragen: »Weiß denn Ihr Mann Bescheid?«

Kurz lag Clara eine Lüge auf den Lippen, doch dann drehte sie sich zu der Haushälterin um und erklärte: »Nein, er weiß nicht, dass ich hier bin.«

Ohne eine Entgegnung abzuwarten, ging sie die Treppe hoch, die zur Galerie führte, und von dort zu den Räumlichkeiten im Westflügel. Der Ostflügel war nicht bewohnt, sondern wurde regelmäßig für Feierlichkeiten wie Firmenjubiläen und Hochzeiten vermietet. Mit diesem Geld bezahlten die von Haidhausens aufwendigere Renovierungsarbeiten.

Clara hörte, dass Frau Jakobi aufgeregt hinter ihr herkam, aber sie drehte sich nicht noch einmal um.

Schon hatte sie den Flur erreicht, der zu ihrem ehemaligen Schlafzimmer führte. Sie widerstand der Versuchung, stehen zu bleiben und einen Blick hineinzuwerfen, zu prüfen, ob hier die Erinnerungen genauso stark waren wie draußen oder ob sie längst verschüttet waren.

Sie hastete an der Tür vorbei und war nur mehr zehn Schritte von Katharinas Zimmer entfernt. Links davon stand die chinesische Keramikvase, wegen der sie einmal mit Philip gestritten hatte. Dass so ein kostbarer Gegenstand nichts in der Nähe eines Kinderzimmers verloren habe, hatte sie gesagt. Dass Katharina nicht mit dem Gefühl aufwachsen solle, sich nicht bewegen zu dürfen, damit nur ja nichts kaputt ging. Philip hatte heftig widersprochen. Richtiges Benehmen lerne man schließlich von der Wiege auf.

»Was willst du denn hier?«

Clara erstarrte, während Frau Jakobi erleichtert ausatmete. Auf der Schwelle zu Katharinas Zimmer stand ihre ehemalige Schwiegermutter.

»Gisela«, sagte Clara knapp. Als sie noch verheiratet gewesen war, hatte sie sie immer mit »Mutter« angeredet. Jetzt wurde sie den Verdacht nicht los, dass Gisela am liebsten zum Sie und zur »Frau Gräfin« zurückgekehrt wäre.

»Was willst du hier?«, wiederholte Gisela.

»Ich will …«, begann Clara, um sich sofort zu korrigieren: »Ich werde Katharina besuchen.«

»Das ist nicht abgesprochen«, gab die Gräfin kalt zurück. Mit langsamen, gemessenen Schritten kam sie näher, wie so oft im dunkelblauen Kostüm, mit zweireihiger Perlenkette und perfekt ondulierten Haaren. Sie war einen guten Kopf kleiner als Clara und schaffte es doch, aufgrund ihrer starren Haltung Furcht einflößend zu wirken.

»Ich weiß«, sagte Clara kühl. »Ich werde es trotzdem tun.«

Doch ehe sie weitergehen konnte, hatte sich Gisela von Haidhausen ihr in den Weg gestellt. »Das kann nur Philip entscheiden, und Philip hat einen Termin«, sagte sie.

Clara freute sich, dass die Stimme ihrer Exschwiegermutter nicht länger eisig, sondern aufgebracht klang. Wo bleibt denn da die Contenance, dachte sie nicht ohne Häme.

»So, so«, sagte sie. »Philip hat einen Termin. Er darf ja berufstätig sein, nicht wahr, eine anständige Karriere machen. Er hat ja trotzdem genug Zeit für unser Kind. Nur ich … ich muss immer verfügbar sein, sonst bin ich eine schlechte Mutter. Ich darf nie sagen, ich kann heute mal nicht. Ich darf nicht mal eben einen Mörder überführen.«

Gisela starrte sie an, als hätte sie den Verstand verloren.

»Hast du es etwa nicht in der Zeitung gelesen?«, fragte Clara. »Ach so, ja, solche Blätter liest du ja nicht.«

Frau Jakobi ließ hörbar ihren Atem entweichen.

»Ich bin keine Bittstellerin«, fuhr Clara entschlossen fort. »Ich teile mit ihm die Erziehung unserer Tochter, ich überlasse sie ihm nicht. Und wenn ich Katharina spontan besuchen will, weil ich in den letzten Wochen zu wenig Zeit für sie hatte, dann wird weder er mich daran hindern noch du.«

Bei den letzten Worten hatte ihre Stimme leicht gezittert, doch das schien Gisela entgangen zu sein. Eine Weile blieb sie starr stehen, den Blick unverwandt auf Clara gerichtet. Dann wanderten ihre Augen, fast ein wenig Hilfe suchend, zu Frau Jakobi, die ihrerseits mit den Händen rang.

»Gisela«, sagte Clara energisch. »Ich will mich nicht mit dir streiten, schon gar nicht vor Katharina. Lass uns einfach keine große Sache draus machen, ja?«

Wieder zögerte die Gräfin, dann trat sie zur Seite und verkündete: »Ich werde Philip anrufen.«

Als Clara das Kinderzimmer betrat, merkte sie, dass ihre Hände schweißnass waren. Dennoch musste sie lächeln, als sie Katharina an ihrer Puppenküche sitzen sah. Hinter den geöffneten Fenstern raschelten die Buchen – ein Geräusch, das sie einst geliebt hatte und das sie manchmal in ihrer Wohnung im Ostend vermisste.

Katharina fuhr herum, ihre Augen weiteten sich. »Mama!«, rief sie überrascht.

»Hallo, kleine Maus«, sagte Clara leise.

Noch hielt Katharina einen Rührlöffel fest umklammert und blickte Hilfe suchend zur Tür.

Doch Clara ließ sich nicht verunsichern. »Komm her«, sagte sie, sank auf die Knie und breitete die Arme aus.

Langsam erhob sich Katharina und trat zögernd auf sie zu. Während ihrer letzten Schritte rutschte Clara ihr auf den Knien entgegen und riss sie schließlich einfach an sich. Kurz versteifte sich Katharina, dann ergab sie sich der Umarmung.

»Fahren wir nach Frankfurt zu der toten Frau?«, fragte sie nach einer Weile. Offenbar beschäftigte sie das Merowingergrab noch immer.

»Heute nicht«, sagte Clara. »Aber am Wochenende, wenn du zu mir kommst. Was hast du denn gekocht?«

»Zwiebelsuppe und Pilzrisotto.«

»Echt?«, fragte Clara. »Ich glaube, deine Puppen essen lieber Schlangenpüree und gezuckerte Eule.«

»Nein«, sagte Katharina und grinste verschwörerisch. »Noch lieber haben sie Mäusekotze und Möwenscheiße.«

»Lecker«, sagte Clara. »Wir könnten etwas davon in die chinesische Vase auf dem Flur füllen.«

Saskia Berwein

Todeszeichen

Ein Fall für Leitner und Grohmann

Thriller

Der »Künstler« tötet ohne Skrupel

Mitten im Lemanshainer Wald werden in einem Schlammloch die Überreste einer zerstückelten Frauenleiche gefunden. Bald schon ist klar: Sie ist ein Opfer des »Künstlers« – ein Serienmörder, der Frauen tagelang gefangen hält, sie quält und ihnen bei lebendigem Leibe Bilder in die Haut schneidet, bevor er sie schließlich tötet. Kommissarin Jennifer Leitner und Staatsanwalt Oliver Grohmann ermitteln fieberhaft, um dem grausamen Treiben ein Ende zu setzen …

352 Seiten, kartoniert mit Klappe
€ 9,99 [D]
ISBN 978-3-8025-8981-2

Band 2: Herzenskälte
416 Seiten, kartoniert mit Klappe
€ 9,99 [D]
ISBN 978-3-8025-8982-9

www.egmont-lyx.de

LYX
EGMONT

Karen Keskinen

Ein schmutziges Spiel

Jaymie Zarlin

Thriller

Je tiefer man gräbt, desto schmutzigere Geheimnisse findet man!

Nach dem Tod ihres Bruders hat Jaymie Zarlin ihr Leben völlig umgekrempelt. Sie betreibt nun eine kleine Privatdetektei in Santa Barbara und sucht nach vermissten Menschen, Tieren und Gegenständen. Als ihr ehemaliger Freund, der Deputy Sheriff Mike Dawson, sie bittet, einen angeblich geklärten Mord an einem Teenager noch einmal unter die Lupe zu nehmen, führen sie die Spuren in die feine Gesellschaft der kalifornischen Stadt. Jaymie ahnt nicht, in welches Wespennest sie sticht. Schon bald ist ihr eigenes Leben in großer Gefahr …

»Keskinen liefert einen Thriller, bei dem sich die Seiten wie von selbst umblättern.«
Hector Tobar

Band 1 der Serie
416 Seiten, kartoniert mit Klappe
€ 9,99 [D]
ISBN 978-3-8025-9214-0

www.egmont-lyx.de

LYX
EGMONT

Gefällt mir
Werde Teil unserer
LYX-Community bei Facebook
Unser schnellster Newskanal:
Hier erhältst du die neusten Programm-
hinweise und Veranstaltungstipps
Exklusive Fan-Aktionen:
Regelmäßige Gewinnspiele,
Rätsel und Votings
Finde Gleichgesinnte:
Tausche dich mit anderen Fans über
deine Lieblingsromane aus
JETZT FAN WERDEN BEI:
www.egmont-lyx.de/facebook